KATHRYN KRAMER

KÖNIGIN DER LIEBE

R

Deutsche Erstausgabe

WILHELM HEYNE VERLAG
MÜNCHEN

HEYNE ROMANE FÜR ›SIE‹
Nr. 04/243

Titel der Originalausgabe
LOVE'S BLAZING ECSTASY

Aus dem Amerikanischen von
Beate Darius

Umwelthinweis:
Das Buch wurde auf
chlor- und säurefreiem Papier gedruckt.

Printed in Germany 1998
Umschlagillustration: John Ennis/Agentur Schlück
Umschlaggestaltung: Atelier Ingrid Schütz, München
Satz: Pinkuin Satz- und Datentechnik, Berlin
Druck und Bindung: Elsnerdruck, Berlin

ISBN 3-453-13959-3

Meiner Familie und meinen Vorfahren gewidmet, ohne die dieser Roman niemals entstanden wäre. Möge die Menschheit lernen, in Frieden miteinander zu leben und im Lichte der Morgendämmerung zu wandeln.

Steht es denn in unserer Macht,
zu lieben oder nicht zu lieben?

Robert Browning

ANMERKUNG DER AUTORIN

Die Kelten waren ein Volk aus unterschiedlichen Stämmen, ohne daß dabei Staaten oder Stammesbünde gebildet worden wären. Von ihrer Abstammung wissen wir nur wenig. Frühen schriftlichen Überlieferungen zufolge scheinen sie im südwestlichen Mitteleuropa ansässig gewesen zu sein und besiedelten von dort aus England und Irland im Norden, im Osten drangen sie bis nach Polen und in die Ukraine vor. Da sie selbst keine schriftlichen Aufzeichnungen hinterließen, weiß man heute, abgesehen von Überlieferungen und archäologischen Funden, sehr wenig von ihnen. Doch allein dadurch hat ihr Vermächtnis Bestand.

Die elementaren Kräfte von Feuer, Wasser, Luft und Erde waren die Götter und Göttinnen der keltischen Stämme. Die frühen keltischen Britannier wurden von den Römern besiegt, und unter römischer Herrschaft änderte sich ihre Lebensweise. Kleidung, Sitten und Religion wurden romanisiert.

Das Römische Imperium akzeptierte die lokalen Götter und Göttinnen dieser besiegten Völker und versuchte, die keltischen Stammesgottheiten und Naturgeister mit den eigenen zu identifizieren. Die Römer gewährten jegliche Form der Religionsfreiheit. Die Druiden, Priester der keltischen Religion, widersetzten sich der Autorität der römischen Regierung allerdings ebenso wie die christliche Kirche. Deshalb wurden viele Druiden und deren Anhänger getötet. Mit Ausnahme der überlieferten Sagen weiß man wenig über die Druiden zur Zeit des Christentums. Die Kraft der Elemente in der keltischen Religion, die sich in Elfen, Feen und Wassergeistern widerspiegelte, umgibt uns auch heute noch in Form von Legenden und Sagen. Wir können nur raten, welche Geheimnisse die Druiden besaßen; wir werden vielleicht niemals das wahre Ausmaß dieses alten, mystischen Wissens erfahren.

Ich habe mir bei diesem Roman vorzustellen versucht, wie das Leben in jenen Tagen ausgesehen haben mag und was zwei sich liebenden Menschen widerfahren konnte, deren Kulturen sich hartnäckig bekämpften.

Kathryn Kramer

I

DIE TAUBE UND DER ADLER

Nordwestbritannien

Oh, hätte ich die Flügel einer Taube!
Denn dann würde ich fortfliegen und
meinen Frieden finden.

Die Psalmen

1

Der Himmel war dunkel, während der Vollmond sich durch die Wolken kämpfte, die ihn wie ein Totenhemd bedeckten. Unter dem weiten Firmament standen im Schutz eines kleinen Wäldchens die kreisrunden Hütten des Stammes der Parisier, die mit ihren kegelförmigen Strohdächern wie Pilze aussahen.

Im Mittelpunkt des Dorfes stand das Haus, das Adair, dem Stammesbarden, gehörte. Bis auf das leise Stöhnen des jungen Mädchens, das Wynne gerufen wurde und sich auf ihrem Nachtlager aus Fellen unruhig hin und her wälzte, war es still in der Holzhütte.

»Nein. Nein. Bitte nicht«, murmelte sie leise im Schlaf. Ihr Flachsgewand war schweißdurchtränkt, und ihr blondes Haar wand sich wie ein goldenes Seil um ihren Hals. Plötzlich richtete sie sich kerzengerade auf und spähte mit ängstlich geweiteten blauen Augen durch den Raum. Ihre Hände zitterten. Sie war allein. Es gab keine Anzeichen dafür, daß jemand im Zimmer war. Das Feuer in beiden Feuerstellen glomm immer noch auf kleiner Flamme, und die Tür war verschlossen. Trotzdem beschlich sie das Gefühl, daß irgend etwas nicht in Ordnung war.

Zitternd verließ sie ihr Nachtlager, das aus gebranntem Ton bestand und mit Fellen bedeckt war, und ging auf die Tür der Hütte zu, um in die Nacht hinaus zu spähen.

»Es war nur ein Traum«, flüsterte sie. Aber er war ihr so real erschienen. Ihr Herz klopfte immer noch rasend, und sie war völlig außer Atem.

Das einzige, was ihre Augen erblickten, waren die lodernden Flammen des Stammesfeuers, dem Feuer des Lebens, das in der Ferne leuchtend schimmerte. Alles schien friedlich, aber Wynne fühlte sich trotzdem unwohl; sie spürte die drohende Gegenwart der Gefahr, nicht für sie, sondern für einen anderen Menschen.

Der große Gemeinschaftsraum war dunkel und wurde nur vom schwachen Schein des Feuers erhellt. Wie in Trance wandelte Wynne durch den Raum und überlegte, wo die übrigen Mitglieder der Familie wohl sein mochten. Ihr Vater? Natürlich, fiel es ihr wieder ein, er bereitete sich auf die morgige Jagd vor und schlief in dieser Nacht in der Hütte von Cedric, dem Stammeshäuptling. Aber, so fragte sie sich, wo war eigentlich Brenna? Aller Wahrscheinlichkeit nach wieder auf einer ihrer Nachtwanderungen.

Als Wynne zu ihrem Bett zurückkehrte, überkam sie plötzlich der unbändige Wunsch, ins Freie zu gehen. Wie sie sich danach sehnte, die abgestandene Luft und die engen Wände hinter sich zu lassen. Vielleicht wurde sie draußen von den quälenden Gefühlen befreit.

In ihren Umhang gehüllt, trat Wynne in die klare, kalte Nachtluft hinaus; der leichte Windhauch, der ihr Gesicht umspielte, beruhigte sie.

Rasch lief sie an den dunklen Hütten ihrer Stammesangehörigen vorbei auf den Rand des Waldes zu und hielt Ausschau nach ihrem Hengst. Das große schwarze Tier war beinahe eins mit der Nacht. Auf zwei Fingern pfeifend, gab sie jenen schrillen Laut von sich, auf den er immer reagierte. Als er näher kam, rieb er seinen Kopf an ihrer Hand und nickte wie zur Begrüßung. Wynne tätschelte seine Mähne und sprang dann mit gekonnter Leichtigkeit auf seinen Rücken.

Der schwarze Hengst warf erregt und bereit zum Galopp seinen Kopf zurück, und Wynne entschied, dem Tier freien Lauf zu lassen. Sie schwebten beinahe durch die Luft, Pferd und Reiter verschmolzen mit dem tosenden Wind.

Wynne ritt immer weiter, an dem seichten Strom vorbei und entlang des steilen Abhangs. Sie genoß das Gefühl der Freiheit, das sie auf dem Rücken ihres Pferdes immer erlebte, als wären all ihre Sorgen und Qualen verschwunden.

»Was bist du doch für ein wundervolles Tier, Sloan!« entfuhr es ihr. Der kraftvolle Rappe reagierte auf das leiseste Flüstern, die leichteste Berührung seiner Mähne.

Als sie schließlich ein dichteres Waldstück erreicht hatten, machten sie eine kurze Rast. Wieder spürte Wynne die Gefahr, hörte ihre warnende innere Stimme. Wieder erinnerte sie sich an ihren Traum und fragte sich, was er wohl bedeuten sollte. Wer war der dunkelhaarige Fremde, dessen Gesicht sie so deutlich wahrgenommen hatte? Selbst jetzt sah sie ihn noch lebhaft vor sich, spürte eine unbändige Kraft, die sie hochhob.

Der Wind durchfuhr sie mit Eiseskälte, als der Hengst weitergaloppierte. Oder war da etwas anderes, das sie frösteln ließ, der Hauch des Todes oder die Ahnung von etwas Schrecklichem, das sich ereignen würde?

Wynne hielt ihr Pferd an und blickte hinauf zum Mond, der, umgeben von einem blaßgoldenen Hof, wunderschön aussah. Ihr Volk verehrte all die starken Naturkräfte: den Mond, die See, die Sonne, Wind, Erde und Feuer.

Erneut überfiel Wynne ein Gefühl der Gefahr, und sie spähte und lauschte in die Nacht hinein. Wurde sie von ihren Sinnen betrogen, oder hörte sie wirklich einen leisen singenden Klang, der vom Wind durch die Bäume geweht wurde? Vielleicht war es der Geist der Wälder. Aber sie roch Rauch, und jetzt nahm sie auch in der Ferne das Schimmern eines Feuers wahr.

Vorsichtig lenkte sie ihr Pferd vorwärts, bis sie an eine kleine Lichtung gelangten, wo sich die Eichenbäume majestätisch gegen den Himmel erhoben. Genau dort sah sie ihn – den Mann aus ihrem Traum. Bis auf einen Lendenschurz war er völlig unbekleidet, und seine nackten Füße waren gefesselt.

Er war groß und kräftig gebaut; um ihn zu besiegen, hätte man sicherlich mehr als einen Krieger gebraucht. Er war fest an einen der Eichenstämme gefesselt, seine Arme über dem Kopf zusammengebunden. Es schien, als hätte er das Bewußtsein verloren, denn sein Kopf hing zur Seite, und seine Augen waren geschlossen. Wieder hörte sie den monotonen Gesang, und eine eisige Gänsehaut kroch ihr den Rücken hinauf.

Von Neugier überwältigt, stieg sie vom Pferd und bahnte sich vorsichtig einen Weg durch das Dickicht, bis sie den

Fremden erreicht hatte. Eine Warnung schoß ihr durch den Kopf, als sie das Rascheln eines Zweiges hörte; rasch hielt sie an und duckte sich gerade noch rechtzeitig in das Unterholz, als drei in dunkle Umhänge gehüllte Gestalten an ihr vorübereilten, sich zu dem dunkelhaarigen Fremden gesellten und ihn zwangen, aus der hölzernen Schale zu trinken, die sie an seinen Mund führten. Der Mann hob seinen Kopf und schnaubte seinen Häschern offene Verachtung entgegen. Wynne spürte seinen Zorn, als hätte er sie angesprochen. Sein gequälter Stolz berührte sie aus tiefster Seele. In diesem Augenblick wußte sie, was ihn erwartete. Er würde ein Opfer des Domnu-Kultes werden, lebendig verbrannt in einem Weidenkorb als Gabe für die alten Gottheiten.

Nein! dachte sie voller Zorn. Sie konnte nicht ertragen, daß er auf diese Weise getötet werden sollte. Als spürte er ihre Anwesenheit, starrte der Fremde in ihre Richtung, und obwohl sie wußte, daß er sie nicht sehen konnte, hielt sie ihre Augen auf ihn gerichtet.

Hätte ich doch nur meinen Dolch, dachte sie mutlos, denn der Versuch, ihn mit bloßen Händen zu befreien, war schlicht absurd, doch sie war so eilig aus ihrer Hütte gestürmt und hatte nur ihren Umhang übergeworfen.

Aus einem Augenwinkel nahm sie das Aufblitzen von Metall wahr. Sobald die vermummten Gestalten gegangen waren, schlich sie vorsichtig darauf zu und hielt den Atem an, denn sie wagte kaum zu hoffen. Im Unterholz verborgen fand sie ein Schwert. Gehörte es dem Fremden? Vielleicht hatte er gerade noch Zeit gehabt, es zu verstecken, bevor seine Häscher über ihn herfielen.

Ihre Finger streichelten die Waffe wie einen Geliebten. Es entsprach nicht den Schwertern ihres Volkes. Es war schwerer, aus einem anderen Metall. *Ein römisches Schwert?*

Wynne wartete und beobachtete aus ihrem Versteck, wie die drei Gestalten zurückkehrten. Sie bemerkte, daß der Fremde nicht ihrem Volk angehörte, er war ein Römer; trotzdem wußte sie, daß sie ihm helfen mußte.

Als der Gefangene schließlich wieder allein war, preschte sie vor und nahm die glänzende Waffe an ihrem Griff auf. Sie mußte die Fesseln des Gefangenen durchtrennen, bevor die vermummten Gestalten erneut zurückkehrten, sonst bekam sie vielleicht keine weitere Chance.

»Mögen die Götter mich beschützen«, sagte sie leise und spürte deren übernatürliche Präsenz.

Ein plötzliches Geräusch hinter ihr warnte sie erneut vor der Gefahr. In einer instinktiven Reflexbewegung drehte sie sich um und trat gerade noch rechtzeitig zur Seite, um einem riesigen Felsbrocken auszuweichen, den einer der vermummten Männer auf sie gezielt hatte. Entsetzt erkannte sie, daß der hünenhafte Mann unter seinem Umhang völlig unbekleidet und sein nackter Körper übersät mit gemalten Symbolen war. Ihr blieb jedoch keine Zeit, die Bedeutung dessen zu ergründen, denn der Mann kam auf sie zu und wollte sie töten.

Wynnes Hand umschloß den Griff des Schwertes fester, bereit, sich zu verteidigen.

Den Blick zum Himmel gerichtet, sprach der Römer ein Gebet zu seinen Göttern. Er hatte keine Angst vor dem Tod, er war Soldat. Aber auf diese Weise zu sterben, lebendig verbrannt zu werden, das war grausam. Seinem Ende zu begegnen und dabei wie ein Hähnchen an einen Spieß gebunden zu sein, war mehr, als er ertragen konnte. Er hatte bereits Geschichten über diese Barbaren und ihre Menschenopfer gehört, aber bis zu diesem Augenblick hatte er nicht geglaubt, daß sie der Wahrheit entsprachen. Seine Augen streiften den riesigen Weidenkorb. Sollte das sein Gefängnis oder sein Scheiterhaufen werden?

Fieberhaft versuchten seine Hände, die Fesseln zu lösen, bis seine Handgelenke aufgeschürft waren und bluteten. Bis ihn seine letzte Kraft verließ, würde er nicht aufgeben. Er schloß seine Augen und verfluchte diese vermummten Gestalten, deren Gesang ihn beinahe wahnsinnig machte.

Welchen Zaubertrank haben sie mich gezwungen zu trinken? fragte er sich voller Angst. Sicherlich war es kein Gift, denn das hätte ihrem Ritual jeglichen Spaß genommen. Er fühlte sich so leicht und schwindlig. Er schüttelte seinen

Kopf, um wieder klarer denken zu können. War dieses Gebräu, das man ihm eingeflößt hatte, daran schuld, daß er jetzt dachte, jemand würde ihn aus dem Gebüsch beobachten? War es nur seine Einbildung gewesen, warum er glaubte, daß er nur Augenblicke zuvor den qualvollen Aufschrei einer Frau gehört hatte? Nein, da war jemand gewesen. Dessen war er sich sicher.

»Minerva, du Göttin der Weisheit und der Kriegskunst, höre mich an«, flehte er. »Errette mich vor dieser Verdammnis, und ich werde dir immerfort dienen!«

Als wäre sein Gebet erhört worden, sah er sie. Es war die leibhaftige Minerva, die dort mit einem dieser verhüllten Barbaren kämpfte. Seltsam, er hatte immer angenommen, daß die Göttin dunkles Haar hatte, und doch war ihr Haar so hell wie gesponnenes Gold. Sie war wunderschön. Schöner, als er es sich jemals hätte vorstellen können.

Er wollte den Kampf beobachten, aber das Betäubungsmittel überwältigte ihn. Er versuchte, seine Kräfte zusammenzunehmen, schloß seine Augen und zerrte, um sich zu befreien, ein letztes Mal an seinen Fesseln, aber die Seile gaben nicht nach. Dann spürte er, wie er das Bewußtsein verlor.

Sich immer wieder herumwirbelnd wie Paare bei einem Tanz, kämpften Wynne und ihr Gegner miteinander. Der Mann schien dreimal so groß zu sein wie sie, aber sie war mit einem Schwert bewaffnet. Trotzdem hatte es den Anschein, als wäre er in der Lage, ihre Schwerthiebe abzuwehren, denn er kam ihr von Mal zu Mal näher.

»Du wirst müde, hm?« fragte der Hüne mit einem satanischen Grinsen.

Sie schüttelte den Kopf und stieß wieder zu, wußte allerdings nicht, wie lange sie so weitermachen konnte. Panik ergriff sie erneut. Was wäre, wenn die anderen zurückkehrten? Sie mußte ihn jetzt treffen, bevor er mit seinen Männern in der Überzahl war.

Da er durch seinen Umhang behindert wurde, hatte der Mann ihn abgelegt und stand jetzt nackt vor ihr. Wynnes

Gewand und ihr Umhang drohten, sie ins Stolpern zu bringen, aber sie hatte weder die Zeit noch das Verlangen, diesem Riesen in ihrer ganzen natürlichen Anmut gegenüberzustehen.

Wynne hieb wieder und wieder mit ihrem Schwert um sich, aber der Hüne von einem Mann war alles andere als ein passender Gegner für sie. Plötzlich hatte sie eine Idee.

»Sloan!« rief sie. Das Pferd war unvermittelt an ihrer Seite und wirbelte den Boden vor ihm auf. Einen Moment lang war ihr riesiger Gegner abgelenkt, doch das ließ ihr gerade genug Zeit, um ihm einen heftigen Schlag gegen den Kopf zu verpassen.

Als sie auf die bewußtlose Fleischmasse zu ihren Füßen hinuntersah, wußte Wynne, daß sie ihn nicht würde töten können – Mord war nicht ihre Sache. Sie würde ihn leben lassen, aber sie mußte sich absichern, daß er die anderen nicht warnen konnte. Sie nahm ihren Gürtel ab, fesselte ihn sorgfältig an einen nahe gelegenen Baum und stopfte ihm einen Zipfel seines abgelegten Umhangs in den Mund, damit er nicht um Hilfe rufen konnte.

Ich kann nur hoffen, daß meine Gutmütigkeit nicht mein Untergang sein wird, dachte sie. Sie hatte noch niemals jemanden getötet und wollte es auch jetzt nicht tun.

Erneut auf den Rücken des Pferdes springend, das Schwert in ihrer erhobenen linken Hand, steuerte Wynne auf den Gefangenen zu. Als sie auf ihn zuritt, fiel die Kapuze ihres Umhangs ein weiteres Mal auf ihre Schultern, und ihr blondes Haar glänzte im Mondlicht wie fließendes Gold.

Das Bewußtsein wiedererlangend, beobachtete der Römer völlig verwirrt seine Retterin. In einen schwarzen Umhang gehüllt, auf dem Rücken eines prachtvollen schwarzen Hengstes reitend, das Haar wild über ihre Schultern wogend, sah sie in der Tat aus wie Minerva. Sie bot einen atemberaubenden Anblick, doch er hatte keine Furcht vor ihr, denn er wußte, daß sie zu seiner Befreiung gekommen war.

Er sah, wie sie von ihrem Pferd sprang, fühlte, wie sie mit einem kurzen Schwerthieb schnell die Fesseln löste, mit denen er angebunden war. Er spürte ihre zarten Hände, die ihn berührten, und dann nichts mehr. Er fiel auf den harten Boden und in ein Meer voller Dunkelheit.

2

Die ersten Sonnenstrahlen glitten zärtlich über ihr Gesicht, und Wynne hieß die Morgendämmerung dankbar willkommen. Sie blickte auf die schlafende Gestalt des Römers. Jetzt, im Licht des heranbrechenden Morgens, sah sie ihn erst ganz deutlich. Er war eine stattliche Erscheinung, dieser Fremde, vielleicht sogar noch stattlicher als ihr Vater, wenn das überhaupt möglich war. Er war kräftig gebaut, vielleicht einige Zentimeter kleiner als ihr Vater, aber im Gegensatz zu Adair, der groß und schlank war, war dieser Mann muskulös. Sein Haar war kurz und kringelte sich in rabenschwarzen Locken dicht an seinen Kopf; es war so ganz anders als das lange, offen getragene oder geflochtene Haar der Männer ihres Stammes. Sie hatte den drängenden Wunsch, die glänzenden Locken zu berühren, zog jedoch rasch ihre Hand zurück, als der schlafende Mann tief aufseufzte.

Wer bist du? fragte sie sich, als sie seine Gesichtszüge studierte, die hohen Wangenknochen, die schlanke Nase, die langen, dunklen Wimpern, die einen Schatten auf seine Wangen warfen. Sie konnte nicht umhin, sich zu fragen, welche Farbe wohl seine Augen hatten. Am Kinn hatte er ein kleines Grübchen, das sie faszinierte. Diesmal konnte sie dem Drang nicht widerstehen, ihn zu berühren und die Wärme seiner Haut an ihrer weichen Hand zu spüren. Sanft fuhr ihr Finger über sein Gesicht, als wollte sie es sich einprägen. Der Mann bewegte sich erneut in seinem tiefen Schlummer, und Wynne zog ihre Hand zurück.

Ohne ihren Umhang war es kühl, aber sie hatte ihn dem Fremden gegeben, weil sie befürchtete, daß er nach all seinen Qualen frieren und krank werden könnte.

Wynne erhob sich und hoffte, daß ein wenig Bewegung

sie wieder erwärmte. Als sie umherging, dachte sie darüber nach, was während der Nacht passiert war, und war erstaunt über ihren Mut und ihr Geschick, den dunkel gekleideten Hünen besiegt zu haben. Jetzt war sie ihrem Vater dankbar, der sie im Umgang mit Waffen geschult hatte, eine nicht unübliche Praktik bei ihrem Volk, saßen doch auch Frauen zusammen mit den Männern in den Kriegskonzilen. Trotzdem war es nur der Durchsetzungskraft ihres Vaters zu verdanken, daß sie so gewandt mit einem Schwert umgehen konnte.

Wynne erschauerte, diesmal aufgrund der Erinnerung an den ungeschlachten Riesen, dem sie sich im Kampf hatte stellen müssen. Wieder sah sie sein Gesicht vor sich. Er war ihr irgendwie vertraut gewesen, aber sie konnte sich nicht erklären, wo sie ihn schon einmal gesehen hatte.

Die Geräusche des im Schlaf murmelnden Fremden unterbrachen ihre Gedankengänge, und sie eilte an seine Seite. Es war anstrengend für sie gewesen, seinen Körper auf Sloans Rücken zu hieven, nachdem sie seine Fesseln durchtrennt hatte. Irgendwie war ihr das, wie von unsichtbarer Kraft oder einer inneren Stärke gelenkt, jedoch gelungen. Dann war sie mit ihm zu diesem Fleckchen Erde geritten, das ihr so kostbar war – dem Versteck aus ihrer Kindheit.

»Minerva … Minerva … so wunderschön«, stöhnte der Fremde in seiner Sprache. Sie streckte ihre Hand aus, um seine Schläfe zu berühren, und war beruhigt, da er scheinbar kein Fieber hatte. Sie fragte sich, welchen Trank man ihm eingeflößt hatte. Aller Wahrscheinlichkeit nach Belladonna, das aus einem Nachtschattengewächs gewonnen wurde. Es wurde häufig von den Anhängern der dunklen Mächte angewendet. Es hieß sogar, daß die Übeltäter fliegen konnten, wenn es als Salbe auf ihnen verrieben wurde. Warum hatte man ihn gezwungen, ihren Zaubertrank zu sich zu nehmen? War das ein Bestandteil ihrer Zeremonie?

Als Wynnes Blick ihn streifte, schlug der dunkelhaarige Mann die Augen auf. Die Farbe seiner Augen überraschte sie. Sie waren nicht blau oder grau, sondern beinahe gold- oder bernsteinfarben.

»Du bist hier … Minerva«, seufzte er. Er streckte seine große, schlanke Hand aus und umfing einige Strähnen ihres weichen goldblonden Haars. »Ich hätte niemals zu träumen gewagt, daß ich jemals eine Göttin berühren würde.«

Seine Augen musterten sie neugierig. Sie war groß, aber sicherlich paßte das zu einer Göttin. Ihr Haar umrahmte ihr ovales Gesicht, fiel über ihre Schultern und reichte ihr bis zur Taille. Ihr Gesicht war schön, mit einer geraden, wohlgeformten Nase, energischem Kinn und großen blauen Augen, die von dichten braunen Wimpern umrahmt wurden, üppige, gefühlvolle Lippen. Seine Augen nahmen alles in sich auf – die vollen, festen Brüste, lange Beine, schlanke Taille, wohlgerundete Hüften. Sie war vollkommen. Selbst die formlose blaue Tunika, die sie trug, konnte diese Tatsache nicht verbergen.

»Du bist wunderschön!« rief er verzückt und sehnte sich danach, ihren Körper neben dem seinen zu spüren. Er erinnerte sich an Geschichten aus längst vergangenen Zeiten, in denen es geheißen hatte, daß Göttinnen sterbliche Männer geliebt und sich mit ihnen vereinigt hatten. In diesem Augenblick wußte er, daß es sein sehnlichster Wunsch war, daß Minerva ihn liebte. Er streckte seine Hand aus, um sie zu berühren, nahm zärtlich ihren Arm und zog sie zu sich. Sie roch den Duft von Veilchen und die frische Morgenluft. Seine Augen liebkosten sie.

»Oh, süße Göttin, laß mich deine Lippen berühren«, seufzte er. Sein starker Arm umfaßte ihre Taille, dann zog er sie nahe an sich heran. Seine Lippen berührten ihren Mund so leicht wie die Flügel eines Schmetterlings. Dann küßte er sie erneut, und diesmal sog sein Mund die Honigsüße ihrer Lippen ein.

Vor Überraschung riß Wynne ihre Augen weit auf. Was war das für eine Berührung seiner Lippen? Das war in ihrem Stamm nicht üblich. Seine Lippen hatten ihren Mund so plötzlich gefangengenommen, aber sie mochte dieses Gefühl. Sie schloß ihre Augen, genoß den sanften Druck, seine forschenden Lippen und seine Zunge. Es durchzuckte sie wie ein Blitz. Eine auflodernde Flamme, die durch ihre Venen pulsierte. Sie wußte nicht recht, wie sie reagieren, was sie tun sollte, aber als sich seine Lippen ein weiteres Mal öffneten, gab sie der Zärtlichkeit seines Mundes nach und drückte ihre Lippen sanft gegen die seinen. Er stöhnte und umschlang sie beinahe so fest, daß sie kaum noch atmen konnte.

Die warme Süße ihrer Küsse ließ ihn vor Verlangen erzittern. Alles um ihn herum schien vergessen, nur ihre Nähe zählte. Der Duft und die Zartheit ihrer Haut und ihres Haars waren unwiderstehlich und faszinierten ihn. Er streckte seine Hand aus, berührte ihre Hüften, glitt nach oben zu ihren vollen Brüsten, und seine Hand streichelte voller Begehren über die festen Spitzen.

Wynne fröstelte, der Zauber war gebrochen, und sie entzog sich ihm so rasch, als wäre sie elektrisiert. Sie bebte aufgrund des unerwarteten Feuers, das ihren Körper bei der Berührung des Fremden durchströmte. Sie fürchtete seine Macht über ihren Körper und war verwirrt von der Reaktion, die seine Berührungen in ihr auslösten.

Der dunkelhaarige Mann war überrascht von ihrer Reaktion, über ihren entsetzten Gesichtsausdruck, die Furcht, die er in ihren vollkommenen Zügen sehen konnte. War es denn letztlich unnatürlich für einen Mann, eine schöne Frau zu begehren, egal ob Göttin oder sterblich? Warum verhielt sie sich beinahe wie ein unschuldiges Mädchen oder wie eine Jungfrau? Dann war es also wahr, was man von Minerva berichtete, daß sie unberührt und rein war. Der Römer hatte plötzlich Angst, sie verletzt zu haben. Würde sie ihn jetzt aus Zorn über seine Kühnheit verdammen?

»Es tut mir leid«, entschuldigte er sich und blickte in ihre großen blauen Augen. »Aber du bist so wunderschön. Habe ich dich erzürnt?«

Wynne sah ihn, immer noch überwältigt von seiner Nähe, an und war befremdet und verschüchtert, als er sie anblickte. Sie schüttelte den Kopf, überlegte, was er wohl in römischer Sprache zu ihr gesagt hatte. Ihr Vater hatte häufiger mit den Römern zu tun gehabt und kannte viele ihrer Worte. Er hatte sie ein wenig in ihrer Sprache unterrichtet – man nannte sie Latein –, aber nicht genug, als daß sie hätte verstehen können, was der Fremde zu ihr sagte, oder um sich mit ihm zu unterhalten. Sie gestikulierte mit ihren Händen, gebot ihm, sich wieder hinzulegen, nicht recht wissend, ob er sich nach seinem Martyrium ausruhen sollte.

»Aber ... aber, du verstehst ja kein einziges Wort von dem, was ich sage!« Diese Erkenntnis durchfuhr ihn wie ein Schlag. Kein Wunder, daß sie die ganze Zeit geschwiegen hatte, als er ihren Liebreiz gepriesen hatte, doch sie hatte ihm den Kuß nicht verwehrt. Seine Worte mußten für ihre Ohren wie dummes Geschwätz geklungen haben.

Die Situationskomik überwältigte ihn, und er lachte leise auf. Er, Valerian Quillon, der jede Frau haben, jeder Taube ihre Flügel abschwatzen konnte, war hier ganz allein mit einer zutiefst begehrenswerten Frau und konnte ihr nicht die Bedeutung seiner Liebesschwüre klarmachen.

Beim Klang seines Lachens lächelte Wynne ihn an. Selbst ihre Zähne, bemerkte er, waren wie alles andere an ihr vollkommen, weiß und gleichmäßig.

Das Bild der jungen Frau und ihrer wagemutigen Rettungsaktion kam ihm erneut in den Sinn. Er dachte wieder an ihr goldenes Haar im Mondlicht, das erhobene Schwert, den feurigen Rappen und erkannte dann, daß sie trotz allem menschlicher Natur war. Einerseits gefiel ihm dieses Wissen, denn eine Göttin zu umwerben wäre schwierig, aber bei einer Frau aus Fleisch und Blut war das eine gänzlich andere Sache.

»Also, du bist trotz allem keine Göttin, du liebenswerte Kreatur. Du bist bloß ein menschliches Wesen wie ich«, sagte er leise.

Wynne legte ihren Kopf schief und versuchte Worte herauszuhören, die sie kannte. Aber sie verstand nichts. Ihr Vater hatte sie die Worte nicht gelehrt, die der Römer ihr zuflüsterte. Für Sekundenbruchteile bot sie den stummen Anblick von Liebreiz.

»Ich weiß, daß du nichts von dem verstehst, was ich sage«, begann der Römer, »aber bald wirst du es verstehen können.« Er sehnte sich danach, diese Schönheit zu besitzen, aber er wußte, daß er zunächst die Sprachbarriere überwinden mußte, bevor sie ihm gehören konnte.

Er ergriff ihre Hand, drückte sie fest und sah ihr tief in die Augen. »Danke, daß du mir das Leben gerettet hast«, sagte er feierlich, und wieder lächelte sie ihn an. Sie hatte die Bedeutung verstanden, denn sie kannte die Worte »Danke« und »Leben«.

Von plötzlicher Müdigkeit übermannt, ließ sich Valerian auf den harten Boden zurücksinken und schloß seine Augen. Auch Wynne fühlte sich erschöpft. Es war eine lange Nacht gewesen, und die Strapazen machten sich schließlich bemerkbar. Sie krabbelte zu der Stelle, wo der Mann eingeschlafen war, legte sich neben ihn und fiel in einen tiefen Schlaf.

3

Als sie aus ihrem tiefen Schlummer erwachte, erhob sich Wynne und ließ ihren Blick schweifen, nahm den ungezähmten Wald mit seinem moosigen Boden wahr, der von einem Vorhang aus Hunderten sich im Hauch der Morgenluft wiegenden Baumwipfel überschattet wurde. Die wildromantischen Geräusche unzähliger erwachender Vögel, die sich von Ast zu Ast schwangen und über die Berge, Höhen und Täler davonflogen, klangen wie Musik in ihren Ohren. Hier im Wald fühlte sie sich geborgen und war sich sicher, daß auch der dunkelhaarige Mann in Sicherheit wäre.

Bei dem Gedanken an den Römer durchfuhr Wynne ein leichtes Prickeln; sie erinnerte sich an seine Berührung, die Zärtlichkeit seiner Lippen auf den ihren. Sie drehte sich um und bemerkte, daß auch er wach war und sie mit seinen bernsteinfarbenen Augen betrachtete.

»Bei den Göttern, du bist wirklich aus Fleisch und Blut. Nicht nur eine Vision in meiner Einbildung«, meinte er lächelnd zu ihr. Das Lächeln verschwand, als er den Blick über seinen Körper schweifen ließ und bemerkte, daß er nur den Lendenschurz trug. Die Erinnerung, dem Tod gerade noch entronnen zu sein, überfiel ihn wieder. Seine Häscher hatten ihm die Toga und seine Rüstung abgenommen.

»Wo, im Namen der Götter, sind meine Kleider?« schrie er wütend. Wie war es den anderen überhaupt gelungen, ihn gefangenzunehmen, ihn, einen Zenturion, Führer vieler Soldaten?

»Kleider?« wiederholte Wynne und sah ihn mit einem Aufblitzen in den Augen an, denn sie hatte das Wort verstanden.

»Ja. Ja. Ich brauche Kleider. Kleider«, wiederholte er, überrascht von ihrer Reaktion. Vielleicht kannte sie doch einige Begriffe aus seiner Sprache. Er deutete mit der Hand auf seine Brust und sprach seinen Namen.

»Valerian. Valerian ... ich ... so heiße ich«, sagte er.

»Val-er-ian«, wiederholte Wynne mit einem leichten Akzent. Er nahm ihre schlanke Hand in die seine, berührte ihren Brustkorb und hob fragend seine Brauen.

»Wynne«, antwortete sie, denn sie verstand, was er von ihr wollte.

»Wynne, ein wunderschöner Name. Er paßt zu dir, weißt du das.« Valerian kannte sich mit den Sprachen in diesem Land etwas aus, aber jeder Stamm hatte seinen eigenen Dialekt, was es schwierig machte, sich mit ihr zu unterhalten. Er wußte jedoch, daß ihr Name in keltischer Sprache »die Schöne« oder »die Helle« bedeutete.

Valerian fand allerdings heraus, daß er sich mit dieser jungen Frau recht gut unterhalten konnte, wenn sie eine Mischung aus Gesten und einzelnen Begriffen verwendeten. Als er ihr zu verstehen gab, daß er hungrig war, verließ sie ihn für kurze Zeit und kehrte dann mit einem Frühstück aus Früchten und Beeren zu ihm zurück. Sie aßen zusammen und genossen die Gesellschaft des anderen.

»Gehen!« sagte Wynne plötzlich und erhob sich. »Wynne muß zurückgehen.« Sie gestikulierte mit ihren Händen.

Valerian wollte sie nicht gehen lassen. Statt dessen übermannte ihn der Wunsch, sie in seine Arme zu nehmen und sie zu lieben, aber etwas in ihrem Blick vermittelte ihm, daß sie die Wahrheit sagte, daß sie zu ihrem Volk zurückkehren mußte. Mit ihren Augen und ihren Gesten erklärte sie ihm, daß sie bei Sonnenuntergang zu ihm zurückkäme.

»Auf Wiedersehen, meine Schöne«, sagte Valerian leise zu ihr, als sie verschwand. Er kannte diese Schönheit noch nicht einmal einen vollen Tag, und doch, als sie ihn verließ, war es ihm, als wäre auch ein Teil von ihm gegangen.

Wynne ritt durch den Wald zurück und wagte es nicht, anzuhalten und das Pferd ausruhen zu lassen. Wenn die Götter ihr wohlgesonnen waren, hatte Adair die Hütte jetzt verlassen, nachdem er die Nacht in der Unterkunft des Stammeshäuptlings verbracht hatte. Sie befanden sich auf der Wildschweinjagd. Die Tiere hausten im östlich gelegenen Marschland.

Als sie von Sloans Rücken hinabgeglitten war, näherte sie sich vorsichtig der Hütte und war erleichtert, als sie bemerkte, daß die Waffen ihres Vaters nicht mehr neben der Tür hingen. Sie wünschte, sie könnte sich unsichtbar machen, und trat leise über die Schwelle.

»Ach, kommst du auch noch mal nach Hause«, erklang eine Stimme hinter ihr, die sie nur allzu gut kannte. Als sie sich umwandte, erblickte sie Brenna, die vor ihrem hölzernen Webstuhl saß und mit anmutigen Armbewegungen ihrer Arbeit nachging.

»Ich ... ich bin mit Sloan ausgeritten«, flüsterte Wynne und wich dem Blick der anderen Frau aus. Brenna war die zweite Frau ihres Vaters. Adair hatte die dralle, dunkelhaarige Frau nach dem Tod von Wynnes Mutter vor einigen Jahren geheiratet, aber sie und Wynne lagen sich ständig in den Haaren. Wynne wußte, daß Brenna ihr keine Zuneigung entgegenbrachte, und fragte sich, ob das an ihrer innigen Beziehung zu ihrem Vater lag. »Ich bin dabei gestürzt«, fuhr sie fort, um ihre unordentliche Erscheinung zu erklären.

»Schon wieder mit dem Pferd ausgeritten, statt mir bei der Hausarbeit zu helfen. Wann wirst du endlich erkennen, daß du eine Frau bist und kein Mann? Du bist die Tochter deines Vaters und nicht sein Sohn!« Ihre Stimme klang unheilvoll, vielleicht weil Adair sich so sehr einen Sohn wünschte, aber Brenna noch nicht schwanger geworden war. Ihr Blick vermittelte Wynne, daß sie den Tag herbeisehnte, an dem sie

Adair endlich ganz für sich allein hatte, wenn Wynne die Hütte verließ, um das Feuer mit ihrem eigenen Ehemann zu teilen.

»Es tut mir leid, Brenna«, entschuldigte sich Wynne und wünschte wie jeden Tag, einem Streit ausweichen zu können.

Brenna antwortete ihr nicht, sondern starrte Wynne unverhohlen mit ihren dunklen hinterhältigen Augen an, als diese ihre Kleidung wechselte und dann den großen Raum der runden Hütte reinigte. Wynne strich über die Wand aus Flechtwerk mit ihren leuchtendbunten Gemälden. Ihr Vater und auch ihre Mutter waren so stolz über ihre künstlerische Leistung gewesen. Schon damals hatten sich ihre vielversprechenden Talente gezeigt.

»Willst du den ganzen Tag im Land der Träume verbringen?« fragte Brenna mit scharfer Stimme.

Wynne fuhr mit ihrer Arbeit fort und spürte, wie Brennas Blick auf ihr lastete, während sie sich im Raum bewegte. Sie schüttelte die Felle aus, die die Schlafstätten bedeckten, füllte die Wasserbecher und kehrte das alte, schmutzige Stroh vom Boden, das sie durch neues ersetzte.

Die Stunden schienen sich endlos hinzuziehen. Ihre Gedanken kreisten den ganzen Tag um Valerian, sie machte sich Sorgen, fragte sich, was er wohl tat. Sie versuchte sich sogar mit dem Webstuhl, aber ihre Hände schienen nur aus Daumen zu bestehen, und ihre Finger zitterten, als sie die dünnen Fäden spannte.

»Halt, laß mich das machen!« schnaubte Brenna. »Du bist heute wieder vollkommen nutzlos!« Die stechenden Augen der Frau musterten Wynnes Gesicht, als wollte sie deren Gedanken erraten. »Irgend etwas stimmt nicht mit dir. Und das ist mehr als nur ein Sturz vom Pferd. Irgend etwas ist passiert.«

»Nein. Nein, ich bin nur ein bißchen durcheinander, sonst ist nichts«, log Wynne in der Hoffnung, daß Brenna ihr glaubte.

Brenna schüttelte wütend den Kopf und versetzte ihr am Webstuhl einen leichten Schubs. »Schon gut, in Ordnung. Aber verschwinde jetzt endlich. Ich kann es nicht ertragen, dich in meiner Nähe zu haben, wenn du dich so tolpatschig anstellst.«

Wynne rannte ins Freie und war froh, mit ihren Gedanken allein zu sein. Sie beobachtete einige Sklaven, die eifrig damit beschäftigt waren, ein Loch in die westliche Abgrenzung zu schaufeln. Eine Palisade verlief durch das Innere dieses Grabens und ließ nur einen Eingang frei. Sie sah, wie mehrere Arbeiter ihre Kühe durch diesen Graben führten, und ein Anflug von Mitgefühl für diese Leute überkam sie. Wie war es wohl, wenn man *Leibeigener* war? fragte sie sich und erschauerte bei dem Gedanken, als sie ihre eisernen Nackenjoche bemerkte. Warum mußten einige Menschen ihr Leben mit harter Arbeit und in Armut zubringen, während andere vom Schicksal begünstigt wurden? Schon viele Male hatte sie ihrem Vater diese Frage gestellt und immer wieder die gleiche Antwort erhalten. Das war bei allen keltischen Stämmen so. Die Unterteilung war klar: Druiden, gelehrte Männer und Gleichrangige, Krieger und Adlige bildeten die herrschende Klasse, wohingegen die Bauern und Sklaven die arbeitende Unterschicht verkörperten.

Als sie zwei Hunde bemerkte, die sich in dem für alle zugänglichen Bereich in der Nähe des Lebensfeuers um einen Knochen zankten, wurde Wynne daran erinnert, daß Valerian an diesem Tag noch nicht viel gegessen hatte. Sicherlich hatte er großen Hunger. In ihrer Sorge, etwas Eßbares für ihn zu finden, machte sie sich auf den Weg zum Getreidespeicher. Sie wollte etwas Gerste für den Römer holen.

Rauchschwaden wehten den Duft von gebratenem Fleisch und Gemüse aus den Kochtöpfen auf den Feuerstellen zu ihr herüber. Sie wollte von allem etwas nehmen, um es dann zu dem Versteck zu bringen.

In der Hoffnung, daß Brenna die Hütte verlassen hatte, kehrte Wynne zurück, doch die Frau saß immer noch vor ihrem Webstuhl.

Ich werde zurückkommen, wenn es dunkel ist und Brenna schläft, um Kleider für den dunkelhaarigen Fremden zu holen, dachte sie bei sich.

Als sie ihr Haar zurückstreifen wollte, bemerkte sie entsetzt, daß es völlig verfilzt und zerzaust war. Zum ersten Mal in ihrem Leben wünschte sich Wynne, einen Spiegel zur Hand zu haben, aber im Augenblick besaß sie keinen, dafür hätte sie zur Hütte zurückkehren müssen, was sie nicht im geringsten beabsichtigte.

Auf einmal verspürte Wynne – die bis dahin eine vollkommen uneitle Frau gewesen war – den Wunsch, attraktiver zu sein. Lag das an dem Fremden? Als sie zum Rand eines dem Dorf nahen Teiches schlenderte, hielt Wynne einen Augenblick inne und betrachtete ihr Spiegelbild. Was dachte der Fremde wohl von ihr? fragte sie sich. War sie hübsch? Das hoffte sie jedenfalls. Sie wünschte sich, daß er sie mochte. Mit den Fingern fuhr sie sich durch ihr ungebändigtes Haar, dann flocht sie es sorgfältig zu zwei dicken Zöpfen. Am Rand des Teiches kniend, spritzte sie sich das klare Wasser ins Gesicht. Es war eiskalt und erfrischend.

Wird er es noch einmal tun, dieses Berühren von den Lippen? überlegte sie und betrachtete wieder ihr Spiegelbild auf der Wasseroberfläche, während sie sich mit ihren Fingerspitzen über die Lippen strich.

Dann wusch sie ihre Arme und Beine und erinnerte sich daran, daß Brenna immer einen Extrakt aus Rosenknospen und Geißblatt auf ihrem Gesicht auftrug, wenn sie bei Adair Gefallen finden wollte. Wynne suchte eine Handvoll Geißblattsamen und fragte sich, ob deren Zauberkräfte auch bei ihr Wirkung zeigen würden.

Als das blondhaarige Mädchen seine Körperpflege beendet hatte, brach bereits der Abend an. Mit einem Glücksgefühl, wie sie es bis dahin noch selten gespürt hatte, dachte sie daran, daß sie Valerian bald wiedersehen würde. Sie kehrte zur Hütte zurück, die Brenna bereits verlassen hatte.

Sie ging zu ihrem Kleiderspind und suchte nach etwas Passendem, das sie anziehen konnte. Schließlich entschied sie sich für eine grüne Tunika mit einem schwarzbraun gemusterten Überwurf, der mit einer Bronzespange zusammengehalten wurde. Die Kleidungsstücke betonten ihre Weiblichkeit und unterstrichen ihre Schönheit. Als sie fertig gekleidet war, sah sie sich vorsichtig um, um sicherzugehen, daß Brenna nirgends zu sehen war; dann durchwühlte sie die Kleidungsstücke ihres Vaters und hoffte, daß der Fremde nicht zu kräftig für Adairs Gewänder war. Schließlich wikkelte sie die ausgewählten Kleidungsstücke in einen Fellumhang ihres Vaters und machte sich auf den Weg zur Feuerstelle.

Ach wie gut. Ihre Familie hatte noch viel vom Abendessen übriggelassen, dachte sie und packte eine große Portion für sich und für Valerian in eine Tonschale. Sie mußte auch noch einen kleinen Krug Met oder Bier für Valerian finden. Sicherlich gab es das in der Nähe des Versammlungshauses.

Wynne sehnte sich so sehr danach, wieder zu dem Fremden im Wald zurückzukehren, daß sie gar nicht die Augen bemerkte, die jede ihrer Bewegungen verfolgten – kalte, grausame Augen.

»So«, meinte eine Stimme, als Wynne gegangen war, »der römische Barbar ist also nicht weit, und die Tochter des Barden beschützt ihn. Um so schlimmer für sie. Sie wird noch Gehorsam lernen.« Die Gestalt lächelte in ihrem Versteck und kehrte zur Hütte zurück.

4

Valerian seufzte, als er seinen Blick schweifen ließ. Er ging immer auf und ab und hatte bereits einen Pfad auf dem Boden der winzigen Höhle, die jetzt sein Zuhause geworden war, ausgetreten. Er hatte sein Kinn vorgeschoben und seine Arme vor der Brust verschränkt. Wo war sie? War sie in böser Absicht zu ihm gekommen?

Er strich über sein Gesicht, bemerkte die Bartstoppeln und fluchte verhalten. Was hätte er jetzt nicht alles für ein heißes Bad gegeben, aber in diesem gottverdammten Land war ihm dieser Luxus, genau wie vieles andere, verwehrt.

Eine Gänsehaut jagte ihm über den Rücken, als er darüber nachdachte, welches Schicksal ihn beinahe ereilt hätte, wenn die wunderschöne Wynne nicht gewesen wäre. Wynne! Für seine Landsleute wäre sie eine Heidin, eine Barbarin. Die wilden keltischen Krieger glaubten an die Unsterblichkeit der Seele und an Wiedergeburt. Sie hatten keine Angst vor dem Tod in der Schlacht, denn ihre Druiden predigten ihnen, daß sie in einem anderen Körper wieder auferstehen würden. Valerian hatte auch gehört, daß sie Menschen jagten und die Köpfe ihrer Opfer freimütig als Trophäen zur Schau stellten. Solange er sicher in Rom gelebt hatte, hatte er all diese Geschichten nicht geglaubt. Er hatte über die Ängste seines Cousins Marcus gelacht, der sich bei dem Gedanken, nach Gallien geschickt zu werden, innerlich gekrümmt hatte. Und stimmte es nicht doch, daß diese Völker Menschenopfer darbrachten? War er nicht beinahe selbst ein Opfer ihrer Priester geworden?

»O Wynne, es gibt so vieles, was ich über dich, über dein Volk lernen muß«, seufzte er.

Vielleicht sind nicht alle diese Menschen Barbaren, überlegte er. Sicherlich gehörte auch Wynne nicht dazu, obwohl er nichts von ihren Stammesangehörigen oder ihren Sitten und Gebräuchen wußte. Einer Sache war er sich jedoch ganz sicher. Die liebreizende blonde Schönheit war nicht wie die singenden, nackten und bemalten Heiden, die ihn überfallen hatten, als er durch die Nacht geritten war, um seine Heeressoldaten zu finden, die er im dichten Nebel eines aufziehenden Sturms verloren hatte. Wie eine goldene Flamme war sie aus der Dunkelheit zu seiner Rettung erschienen.

Seine Gedanken drehten sich im Kreis, und der Römer fröstelte plötzlich aufgrund der kalten Luft und hob den Umhang vom Boden auf; er berührte ihn so ehrfürchtig, als wäre er heilig, und dachte an das Gesicht der Frau, deren Berührung er immer noch an seiner Schläfe spürte. Ihre Berührung war sanft und doch so stark gewesen. Ihre Lippen und ihre Haut waren so weich. Die Göttin Minerva selbst hätte seine Sinne nicht so entflammen können, und doch war sie ängstlich gegenüber seinen Küssen.

Er warf sich den Umhang über die Schultern und schmiegte ihn fest um seinen Körper, als könnte er damit die Frau zurückholen, deren Bild von seinem geistigen Auge verherrlicht wurde. Erneut überkam ihn Furcht. Was wäre, wenn diese nackten Barbaren sie gefangengenommen hatten und sie für ihre Rettungsaktion büßen mußte? Was wäre, wenn sie in diesem Augenblick selbst als Gefangene ihr Dasein fristete? Er hatte das unbändige Verlangen, nach ihr zu suchen, aber sie hatte ihm klar zu verstehen gegeben, daß er auf sie warten und den Schutz der Höhle nicht verlassen sollte.

Valerian wartete, bis der Himmel in ein dunkles Grau übergegangen war, dann verließ ihn die Geduld. Visionen von Wynne, die irgendwo verwundet lag, verfolgten ihn. Was wäre, wenn sie vom Pferd gefallen war und jetzt verletzt und blutend am Boden lag? Oder, noch schlimmer, gefangengenommen worden war?

»Wenn ihr irgend jemand etwas zuleide tut, bekommt er es mit mir zu tun«, schwor er, griff nach seinem Schwert und verließ die sichere Höhle.

Die Nacht war warm, der Himmel wolkenlos. Valerian liebte den Wald; er war ein Paradies aus üppigem Grün mit riesigen Bäumen, die sich wie Zenturionen gegen den Himmel erhoben. Glasklare Quellen sprudelten aus der Erde, und er hielt an und spritzte sich mit seinen Händen zur Erfrischung das eiskalte Wasser ins Gesicht.

Ein plötzliches Rascheln im Unterholz ermahnte ihn zur Vorsicht. Valerian zog sein Schwert und erhob sich lautlos. Dann bemerkte er ein Rehkitz auf der Suche nach seiner Mutter. Seufzend zuckte er die Schultern und ging weiter, dabei setzte er sorgfältige Markierungen, um den Weg zur Höhle später wiederzufinden.

Eine im Unterholz verborgene Klette schlang sich um Valerians Knöchel, und er ging mit einem dumpfen Aufprall zu Boden. Seine Hand berührte etwas Weiches, irgendein Stoff, vielleicht Leinen. Voll böser Ahnung nahm er das Kleidungsstück in seine Hand und hielt es hoch, um es im Mondlicht zu betrachten. Es war die Tunika einer Frau, ähnlich der von Wynne. Er unterdrückte ein Schluchzen in der Kehle, als er das Gewand an seine Brust drückte und seine Augen schloß und zu seinen Göttern betete, daß ihr nur ja kein Leid zugefügt worden war. Er erhob sich wieder und bahnte sich wie von Sinnen seinen Weg durch die üppigen Schlingpflanzen und das dichte Unterholz, bis er schließlich an den Rand eines riesigen Teiches gelangte.

Dort stand sie, ihre Arme zum Himmel hochgestreckt, ihr blondes Haar fiel in zwei Flechten über ihre Schultern – wie zwei goldene Taue. Im Mondlicht wirkte sie wie eine anmutige Marmorstatue. Er konnte sein Verlangen nicht zähmen, und seine Männlichkeit reagierte auf sein Begehren nach ihr. Er sehnte sich danach, zu ihr zu gelangen, sie zu umarmen und diese bezaubernde junge Frau am moosigen Ufer zu lieben. Wie in Trance schlenderte er auf sie zu.

»O Mutter des Wassers allen Lebens, höre mich an«, sang Wynne in ihrer Sprache. »Ich danke dir für die Kraft, die du mir geschenkt hast. Mögen meine Augen gestärkt sein, um den Glanz deiner Großzügigkeit zu sehen, meine Ohren geschult auf den Klang deiner Stimme und mein Herz mit dem deinen verbunden sein. Ich gebe mich ganz dir hin. Möge mein Geist von allem Übel erlöst sein.« Nachdem sie das gesagt hatte, stürzte sich Wynne in die kalten Fluten, schwamm in dem einsamen Teich und fühlte sich befreit.

Valerian hatte bei ihren Worten auf seinem Weg innegehalten; zwar kannte er nicht deren Bedeutung, aber er spürte, daß sie ein bestimmtes Ritual durchführte. Er duckte sich wieder ins Unterholz, so daß sie ihn nicht sehen konnte.

Valerian, du bist nicht besser als ein gottverdammtes Tier, das hinter einem begehrten Weibchen herjagt, schalt er sich. Nun, von jetzt an wirst du es lernen, deine Leidenschaft zu zügeln. Diese junge Frau ist keine einfache Sklavin, die du nehmen kannst, wann immer es dir paßt.

Unter größten Mühen wandte er sich ab und rannte zurück durch den Wald, als wären ihm die Götter des Hades auf den Fersen. Sein Herz hämmerte in seiner Brust, als er die Höhle betrat und zu seinem Bett aus Moos ging, aber das war nicht nur aufgrund der Anstrengung. Sein Gesicht mit beiden Händen bedeckend, sah er sie immer noch vor sich, so wunderschön, und er wußte, welche Qual es von nun an für ihn bedeuten würde, sich mit seinen Berührungen zurückzuhalten und sie nicht zu verführen.

Wenn ich doch nur für immer hierbleiben könnte, dachte er traurig. Um sie werben und sie mit zu mir nehmen. Aber er wußte, daß das nicht möglich war. Wynne gehörte nicht zu den Frauen, die an einem Leben als Mätresse oder Soldatenliebchen Gefallen fanden. Seine Instinkte sagten ihm, daß sie unberührt war. Zweifelsohne hatte sie deshalb so impulsiv reagiert, als er sie das erste Mal küssen wollte. Nein, er durfte das Mädchen nicht anrühren, damit sie auch nach seinem Fortgehen ein ehrenhaftes Leben führen, heiraten und die Mutter vieler prächtiger Söhne werden konnte. Doch allein der Gedanke, daß sie die Kinder eines anderen Mannes gebären würde, versetzte seinem Herzen einen schmerzhaften Stich. Vor Qual schloß er seine Augen.

Wynne nahm rasch ihre Kleidung und zog sich an. Sie fühlte sich ruhig, befreit und sehr glücklich. Lag das daran, weil sie in Kürze Valerian wiedersehen würde? Sie wußte, daß die Antwort darauf ja lautete. Wenn sie an den gutaussehenden Römer dachte, befiel sie ein Gefühl der Leichtherzigkeit und Unbesonnenheit, wie sie es noch bei keinem der jungen Männer ihres Stammes erlebt hatte. Wynne hatte schon immer die Gesellschaft der jungen männlichen Stammesmitglieder geteilt, die wie Brüder zu ihr waren. Sie ritt mit ihnen, ging mit ihnen fischen, scherzte mit ihnen, als wäre sie selbst ein Junge. Wenn einer von ihnen versuchte, ihr zu nahe zu treten oder sie irgendwie zu berühren, legte sie sich direkt mit dem kühnen Angreifer an und brachte ihm bei, daß sie ihm ebenbürtig war und er gefälligst Abstand halten sollte, aber diesmal verspürte sie ein anderes Gefühl. In der Gesellschaft des Römers fühlte sie sich weich und weiblich. Sie wollte gar nicht, daß er wie ein Bruder war. Sie sehnte sich nach etwas anderem, daß er sie wieder so betrachten sollte, wie er es getan hatte, als er das erste Mal seine Augen geöffnet hatte.

Wynne dachte an die Zeremonie, die sie gerade durchgeführt hatte. Sie hatte sich beinahe in der gleichen Weise gereinigt, wie es eine junge Braut tun würde, bevor sie sich mit ihrem gewählten Ehemann vereinigte. Der Gedanke, zu dem Römer zu gehören, ließ sie vor Freude erröten. Sie hatte der

Göttin des Wassers für das Leben des Römers und für ihre Kraft, ihn gerettet zu haben, gedankt, aber da war noch sehr viel mehr. Jetzt waren ihre Gedanken zu einer Einheit verschmolzen. Sie hatte sich nach der überlieferten Tradition der Göttin im Austausch für Valerian angeboten. Doch die Göttin hatte ihr das Leben geschenkt, was sicherlich ein Zeichen dafür war, daß sie Gnade vor der Mutter des Wassers allen Lebens gefunden hatte und daß der Römer, auch wenn er nicht an ihre Gottheiten glaubte, trotzdem ein wertvoller Mensch war.

Aufgrund des eiskalten Wassers im Teich noch immer fröstelnd, bahnte sich Wynne ihren Weg durch das Geäst der Bäume. In ihren Gedanken träumte sie von den Zärtlichkeiten des Römers, seiner Nähe, doch als sie die Höhle betrat, schlief er. Sie ahnte nicht einmal, daß sein Schlummer nur vorgetäuscht war, denn er fürchtete sich so, nicht mehr Herr seiner Sinne zu sein, wenn er ihr heute abend gegenübertrat.

Als sie vorsichtig auf ihn zuging, überfiel Wynne der unbändige Wunsch, ihn zu berühren und aufzuwecken und mit ihren Lippen seinen Mund zu bedecken, wie er es bei ihr getan hatte. Selbst an dem See hatte sie diese merkwürdige Erregung verspürt, wenn sie an ihn dachte. Sie streckte ihre Hand aus, zog sie aber im gleichen Augenblick ängstlich wieder zurück. Sie wollte ihn nicht aufwecken, nicht riskieren, ihn zu erzürnen. Enttäuscht legte sie die mitgebrachten Nahrungsmittel und die Kleidungsstücke ihres Vaters auf den Boden der Höhle und trat auf Zehenspitzen wieder hinaus in die nächtliche Dunkelheit.

5

Am nächsten Morgen erwachte Wynne, noch ehe die ersten Sonnenstrahlen die Erde berührt hatten. Sie hatte eine schlaflose Nacht verbracht, sich auf ihrem Nachtlager hin und her gewälzt und sich aus tiefstem Herzen danach gesehnt, die Nacht wieder gemeinsam mit dem gutaussehenden Fremden zu verbringen. Sie wußte, daß das unmöglich war, denn Brenna hätte sich bestimmt gefragt, wohin sie gegangen war, und sie durfte es nicht riskieren, daß Valerian von ihren Stammesmitgliedern entdeckt wurde. Die Furcht und die Haßgefühle, die den Römern entgegengebracht wurden, waren einfach zu stark. Geschichten über ihre Grausamkeit waren im Umlauf, und wo immer sie ins Land zogen, brachten sie Brandstiftung, Plünderungen, Raub und Zerstörung mit sich. Auch sie hatte die Eindringlinge aus dem Süden einmal gehaßt, aber jetzt, seitdem sie Valerian kannte, nicht mehr.

Wynne verschränkte ihre schlanken Arme hinter ihrem Kopf und gab sich ihren Träumen von dem jungen Römer hin, dachte an seine starken Arme, die sie umschlungen hielten, und an die Wärme seines Mundes auf ihren Lippen. Vielleicht würde sie heute nacht herausfinden, wie es war, eine richtige Frau zu werden. Sie war ja nicht taub gegenüber dem lustvollen Stöhnen, das in der Dunkelheit von dem Nachtlager herüberscholl, das ihr Vater mit Brenna teilte. Sicherlich war das, was ein Mann und eine Frau miteinander taten, eine angenehme Beschäftigung, wenn man dabei so stöhnte. Trotzdem hatte ihr die Zeremonie, die sie zur Frau gemacht hatte und während der ihre Jungfräulichkeit vom Messer des obersten Druiden zerstört worden war, solche Schmerzen bereitet!

Das Geräusch der Schritte ihrer Stiefmutter veranlaßte sie, ihre Traumwelt eiligst zu verlassen, und als sie aus dem Bett sprang, stand die dunkelhaarige Frau bereits vor ihr. Ihre dunklen Augen schienen sich in Wynnes Seele zu bohren, als wollte sie ihre Gedanken lesen.

»Was bedrückt dich, Wynne?« fragte Brenna stirnrunzelnd. »Es ist sonst gar nicht deine Art, im Bett liegenzubleiben, wenn du wach bist. Hat es vielleicht etwas mit deinem Pferd zu tun? Lahmt Sloan etwa?«

Wynne schüttelte den Kopf. Normalerweise war sie um diese Zeit bereits auf dem Rücken ihres Hengstes und galoppierte durch die frische Morgenluft. Zweifelsohne dachte Brenna, daß sie entweder krank oder das Pferd verletzt war. Natürlich konnte sie ihr die Wahrheit nicht erzählen. Sie sehnte sich danach, mit Brenna so zu reden, wie sie es mit ihrer Mutter getan hätte, aber ihre Vorsicht hinderte sie daran. Brenna würde nicht den Platz ihrer Mutter einnehmen und könnte es auch niemals tun. Der Schmerz über den Verlust ihrer Mutter übermannte Wynne erneut, und ihre Augen füllten sich mit Tränen. Warum war ihre Mutter so früh in ein anderes Leben befohlen worden?

»Also hatte ich recht. Du bist krank!« sagte Brenna, ihre Hände auf die drallen Hüften gestützt, und beobachtete die Tochter ihres Mannes.

Wynne war peinlich berührt von der Besorgnis ihrer Stiefmutter. Normalerweise schien sich die Frau überhaupt nicht darum zu kümmern, was mit Wynne los war. Gab es doch noch eine Chance für ein freundschaftliches Verhältnis zwischen ihnen?

»Laß mich ein paar Kräuter für dich holen. Ich möchte nicht auch noch mit einer hilflosen Kranken belastet sein. Du bist schon nutzlos genug, wenn du gesund bist«, fügte Brenna hinzu und zerstörte damit jegliche Hoffnung auf einen Frieden, die Wynne gehegt hatte. »Du weißt, daß ich Schwächlinge nicht ausstehen kann.«

Wynne mußte gegen ihren aufkeimenden Zorn ankämpfen. Es kostete sie all ihre Selbstkontrolle, das ihrem Vater gegebene Versprechen einzuhalten, seiner neuen Ehefrau zu gehorchen, als wäre sie Wynnes leibliche Mutter.

»Ich bin nicht krank. Danke für deine Besorgnis«, murmelte sie und wandte ihren Blick ab, um ihre wahren Gefühle und Empfindungen nicht preiszugeben. Bevor Brenna noch etwas erwidern konnte, griff sie nach Tunika und Umhang und rannte hinaus in die kühle Morgenluft. Dann schlenderte sie von Hütte zu Hütte und atmete dabei den Duft von gekochter Hafergrütze ein, bis sich ihr Ärger gelegt hatte.

Ich werde dem Römer Frühstück bringen, dachte sie und lächelte plötzlich über die Idee, ihm damit eine Freude zu machen. Sie würde ihm Hafergrütze mit Honig und Milch bringen. Als sie eine Tonschale gefüllt hatte, machte sie sich auf den Weg zu Sloan. Wie schon einmal war sich Wynne auch diesmal nicht der feindseligen Augen bewußt, die sie beobachteten.

Als das gleißende Tageslicht durch die felsige Öffnung der Höhle einfiel, öffnete Valerian seine Augen. Zunächst war er verwirrt über seine Umgebung, suchte nach bekannten Anzeichen für sein Lager, seine Soldaten. Dann erinnerte er sich.

»Ich fürchte, es wird noch eine ganze Weile dauern, bis ich meine Kameraden wiedersehe«, sagte er laut. Beim Klang seiner Stimme hielt das kleine braune Eichhörnchen mit dem Sammeln seines Frühstücks inne und betrachtete ihn aus seinen schwarzen Knopfaugen. Als es entschieden hatte, daß er keine Bedrohung darstellte, sammelte es weiter seine Nüsse ein und hüpfte dann fort.

Valerian erhob sich von der harten Erde und dehnte seine Gliedmaßen, reckte und streckte sich, um wieder Leben in seinem schmerzenden Körper zu spüren. Er war dankbar für seine Soldatenausbildung, die ihn auf Härten geschult hatte – kärgliches Essen, harte Betten und ständig unterwegs.

Während seiner Körperpflege mußte Valerian lächeln, denn er kannte den Grund für seine Eitelkeit. Die junge Keltin. Die Kleidungsstücke auf der Erde erinnerten ihn daran, wieviel Selbstkontrolle es ihn gekostet hatte, Wynne am Abend zuvor nicht anzurühren. Aber er war standhaft geblieben und hatte seinem Begehren nicht nachgegeben, obwohl er sich die ganze Zeit danach gesehnt hatte, tief in ihre goldene Schönheit einzudringen.

»Ach wäre sie doch nur eine Römerin. Ich würde sie vom Fleck weg heiraten!« sagte er laut und stellte sich insgeheim vor, wie ihn alle anderen Männer wegen seiner göttinnengleichen Ehefrau beneideten. Aber die Tatsache blieb, daß Wynne eine Keltin war und von seinem Volk für eine Barbarin gehalten wurde, genau wie er es zweifellos für ihre Stammesmitglieder war. Eine Schlucht, die so breit war wie ein Ozean, trennte sie voneinander.

Noch immer tief in Gedanken versunken, begann Valerian, die Kleidungsstücke anzuziehen, die ihm seine blonde Beschützerin gebracht hatte, und wunderte sich dabei über deren Fremdartigkeit – ein weiterer Beweis für die Kluft zwischen ihren Welten. Die Tunika war der seinen recht ähnlich, nur die Ärmel waren bedeutend länger und fielen bis über die Handgelenke. Mit einem Auflachen erkannte Valerian, wie schlecht die Tunika an seinem Körper saß, denn der eigentliche Besitzer mußte sehr viel größer und schlanker sein als er. Es war lustig, die langen Ärmel zu sehen, die ihm beinahe bis zu den Fingerspitzen reichten. Lachend rollte er sie hoch, um seinen Händen Bewegungsfreiheit zu verschaffen. Als er sich fragte, wem diese Kleidungsstücke eigentlich gehörten, überkam ihn plötzlich Zorn. War das die Garderobe ihres Ehemannes? Schließlich wußte er nicht mit Bestimmtheit, ob Wynne unverheiratet war; vielleicht war ihre jungfräuliche Aura schlicht darauf zurückzuführen, daß sie als schüchterne, frisch verheiratete junge Frau mit einem unbekannten Mann zusammengetroffen war. Jetzt war ihm das Lachen vergangen, weil er sich Wynne in den Armen eines anderen Mannes vorstellte.

»Dummkopf! Du hast kein Recht auf sie!« rief er wütend und rang mit den Händen, dann schloß er vor Schmerz über diesen Gedanken die Augen. »Sie ist einfach nur eine sehr schöne junge Frau, die dir das Leben gerettet hat. Sie lebt ihr eigenes Leben, ein Leben, an dem du nicht teilhaben kannst.«

Valerian versuchte, jeden Gedanken an Wynne in seinem Hirn auszulöschen, aber das nagende, quälende Gefühl ließ sich nicht abstellen: Er mußte in Kürze aufbrechen und würde die Frau niemals wiedersehen.

Die weiten Hosenbeine über seine muskulösen Schenkel streifend, geriet Valerian mit dem ihm nicht vertrauten Taillenzugband in Konflikt. Es war schwierig für ihn, die Balance zu halten, während er auf einem Bein stand und versuchte, das Hosenbein über den anderen Fuß nach oben zu ziehen. Verwirrt blickte er auf die Stoffstreifen am Boden. Wofür waren sie gedacht? Als Gürtel? Als Halsschmuck? Er wußte es nicht, vermutete aber, daß sie einen Gürtel darstellten. Als er sich die Bänder um die Taille knotete, überraschte ihn ein fröhliches Lachen im Hintergrund. Als er sich umwandte, erblickte er Wynne.

»Nein!« rief sie und zeigte auf den Stoffetzen in seiner Hand, den er um seine Taille hatte wickeln wollen. Sie schüttelte den Kopf und ging auf ihn zu. Ihre Hände berührten sich, als sie nach den Stoffbändern griff, und jagten einen heißen Schauer durch Valerians Körper. Er verlangte nach ihr, aber wenn er die Unschuld in ihren Augen las, das Vertrauen, das sich in ihrem Blick widerspiegelte, dann brachte er es einfach nicht über sich, sein eigenes, schnödes Verlangen zu befriedigen.

Wynne wickelte die Stoffstreifen sorgfältig von Valerians Knie bis zu seinem Fußknöchel und zeigte ihm, wie er es an seinem anderen Bein machen mußte, dabei redete sie mit leiser, sanfter Stimme in ihrer fremdartigen Sprache auf ihn ein. Er verstand nur wenig und gestand sich selbst ein, wie sinnlos es wäre, mit ihr in dem Dialekt zu reden, der ihm in Rom beigebracht worden war.

»Wenn wir miteinander reden wollen, werde ich dir Latein beibringen müssen«, sagte er lächelnd zu ihr. Ihre Blicke trafen sich, und er war verwirrt über das, was er dort sah. Wenn er es nicht besser gewußt hätte, hätte er gedacht, daß diese Augen sein eigenes Verlangen widerspiegelten.

Aus ihrer knienden Haltung blickte Wynne vom Boden zu ihm empor. Seine festen Waden in ihren Händen vermittelten ihr ein angenehmes Gefühl und beflügelten ihre Emotionen. Sie war überwältigt von ihren Gefühlen und fürchtete, daß sie nicht erwidert würden. Verwirrt wandte sie ihr Gesicht ab, erhob sich und entfernte sich aus seiner Nähe. Diese Geste brachte Valerian wieder in die Wirklichkeit zurück und ließ ihn die Vorstellung, die junge Frau zu verführen, vergessen. Offensichtlich hatte er ihre Gefühle falsch eingeschätzt. Sie war nur einfach nett zu ihm. Zweifelsohne erriet sie seine Gedanken und erkannte seine Absichten. Kein Wunder, daß sie sich so hastig von ihm abgewandt hatte. Sie mußte ihn doch für sehr kühn halten, daß er sie so anstarrte. Erneut ermahnte er sich, Distanz zu wahren und der Verlokkung zu widerstehen, die sie mit ihren sanften blauen Augen, dem goldenen Haar und ihrer aufreizenden Figur bot. Trotz allem war ihre Präsenz mehr, als er ertragen konnte. Fluchend rannte er aus der Höhle und ließ eine vollkommen verwirrte Frau zurück, die sich fragte, warum sie seinen Zorn heraufbeschworen hatte.

»Komm zurück, Römer!« rief sie mit tränenfeuchten Augen. Als könnte sie damit seine Liebe erringen, fuhr sie sich mit den Fingern durch ihr ungebändigtes Haar und versuchte die wilde, goldblonde Mähne zu zähmen. Dann nahm sie die Essensschale, die sie auf dem Boden abgesetzt hatte, um ihm beim Ankleiden zu helfen, und folgte ihm. Ihr Verstand raste vor lauter Kummer, denn ihr war klar, wenn der Römer sie nicht liebte, würde ein kleiner Teil ihrer selbst daran zugrunde gehen.

Als sie ins Dorf zurückritt, dachte Wynne über den Tag nach, den sie gemeinsam mit dem Römer verbracht hatte. Er hatte sich ihr gegenüber höflich, aber distanziert verhalten. Hatte sie ihn vielleicht beleidigt? überlegte sie. Lag es daran, daß sie Keltin war? Sie hatte gehört, daß die Römer die Völker ihres Landes für Barbaren hielten. Dieser Gedanke schmerzte und erzürnte sie. Die Römer waren doch die Barbaren, die aus ihrem Land weit im Süden kamen, gewaltige Wassermassen bezwangen und Land befriedeten, während sie wie ein riesiger Moloch vordrangen. Ihr Vater hatte mit eigenen Augen die Grausamkeiten gesehen, zu denen diese Fremden fähig waren, als Boadicea, die Königin des im Süden lebenden Stammes der Iceni, besiegt wurde. War es also verwunderlich, daß er sie so haßte? Valerian war ihr Feind, ein Feind ihres Volkes.

»Nein«, flüsterte sie. Sie konnte ihn nicht als solchen betrachten. Er war nicht ihr Feind, was auch immer seine Landsleute angerichtet hatten. Sie hatte seine Höflichkeit und seine Gutmütigkeit gespürt. Er hatte ihre Schnelligkeit gelobt, mit der sie die Begriffe, die er sie heute gelehrt hatte, aufgenommen hatte. Er hatte sie angelächelt, als sie ihn verlassen hatte. Hatte sie wieder »Minerva« genannt und ihr die Bedeutung dieser Göttin für sein Volk erklärt.

Der Klang herannahender Pferdehufe rüttelte Wynne aus ihren Gedanken. Panik überfiel sie. Wenn es die dunklen Gestalten waren, befand sie sich in höchster Gefahr. Sie trieb Sloan zu einem wilden Galopp und setzte zur Flucht an, blieb nur ein- oder zweimal stehen, um über ihre Schulter zu spähen. Ihre Eingebung war richtig gewesen – dunkle, verhüllte Gestalten verfolgten sie zu Pferde. Sie mußte sich verstecken und all ihre Sinne zusammennehmen.

Sich zwischen den Bäumen hindurch schlängelnd, versuchte Wynne, ihre Spuren zu vertuschen und ihre Verfolger zu irritieren. Drei Reiter hatten sie verfolgt; jetzt war es nur noch einer. Sie lenkte Sloan zu einem Wäldchen in der Nähe eines kleinen Baches und versteckte sich rasch hinter einem dicken Busch, gerade noch schnell genug, um einer verhüllten Gestalt zu entkommen, die auf einem dunkelbraunen Pferd an ihr vorbeipreschte.

Furcht überkam sie, nicht um ihretwegen, sondern wegen Valerian. Sie erkannte die Gefahr, in der er war, falls man ihn fand, aber als sie darüber nachdachte, war sie sich sicher, daß die Reiter ihr Verlassen der Höhle nicht beobachtet hatten. Im Augenblick war Valerian sicher, aber Wynne konnte es nicht mehr riskieren, die Höhle bei Tageslicht aufzusuchen. Von nun an mußte sie bis zum Anbruch der Dunkelheit warten, um den Mann wiederzusehen, in den sie sich verliebt hatte.

»Valerian«, rief sie von Sorge übermannt. Es drängte sie, zur Höhle zurückzukehren, um ihn zu beschützen, doch sie wußte auch, daß das sein Tod sein konnte, denn die Reiter waren ohne Zweifel immer noch in ihrer Nähe und suchten nach ihr. Ihr blieb keine andere Wahl, als zu ihrem Dorf zurückzukehren und bis zur Dämmerung zu warten, um zu ihm zu gelangen.

6

Valerian starrte in die Flammen des Feuers. Es war jetzt fünf Tage her, seit er von den Barbaren gefangengenommen und von der jungen Frau namens Wynne gerettet worden war. Er hatte also genug Zeit gehabt, um wieder zu Kräften zu kommen, aber irgendwie gelang es ihm nicht aufzubrechen. Er wartete jeden Abend darauf, die junge Frau wiederzusehen, wenn sie ihm Essen brachte. Aber er konnte nicht für immer hierbleiben; bald mußte er den Weg zurück zu seinen Leuten finden.

»Warum ist der Gedanke an einen Aufbruch für mich so quälend?« fragte er sich, als wüßte er nicht selbst die Antwort. Die blondhaarige Wynne hatte ihn verzaubert.

Sie lernte so schnell, diese reizende Frau. Er hatte ihr viele Begriffe aus seiner Sprache beigebracht, und sie hatte ihn wiederum ihre Muttersprache gelehrt. Ihre Unterhaltung war primitiv, wurde aber mit jedem Tag flüssiger.

Seit jener ersten Nacht hatte Valerian keinen Versuch mehr unternommen, Wynne zu berühren oder zu küssen. Er fürchtete, sie zu erschrecken. Sie war so schüchtern, und er wußte nicht einmal, ob sie ihn wirklich mochte. Nein, er wollte nicht riskieren, sie zu verletzen, jetzt jedenfalls nicht. Wenn er ehrlich war, mußte er sogar zugeben, daß er selbst ängstlich war, denn er hatte noch niemals solche Gefühle verspürt. Frauen waren in seinem Leben ein und aus gegangen; er hatte ihren Liebreiz genossen und sie dann wieder verlassen. Von Wynne wollte er jedoch mehr.

Ein Geräusch hinter ihm schreckte ihn auf, aber als er sich umdrehte, sah er, daß es Wynne war. Sie hatte ihm eine Hammelkeule, Brot und einen kleinen Krug Bier gebracht.

»Ach Wynne. Du verstehst es, einem Mann zu gefallen«, sagte er lachend und aß mit großem Appetit. Gegen Abend war er immer wie ausgehungert, denn Wynne kam jetzt nur noch in der Dunkelheit.

Valerians Vorfreude auf Wynnes Besuche hatte jedoch wenig damit zu tun, daß sie ihm Nahrung brachte. Als Zenturion war er gewohnt, nur von den Beeren und kleinen Vögeln im Wald zu überleben. Nein, es war ihre Gesellschaft, die ihm gefiel. Als er aufblickte, trafen sich ihre Augen, und er lachte. Sie erwiderte schüchtern sein Lächeln und schaute dann aus Furcht, er könnte das Verlangen in ihren Augen erkennen, zur Seite. Zu ihrer größten Enttäuschung hatte er nicht wieder versucht, sie zu küssen. Vielleicht war er bereits verheiratet, dachte sie traurig, oder fand sie nicht anziehend. Dabei hatte sie sich so bemüht, sich für ihn schönzumachen.

Wie immer beobachtete sie ängstlich die Reaktionen des Römers.

Nachdem er seinen Durst mit dem Bier gelöscht hatte, stand Valerian auf. Wie schön sie heute abend ist, sinnierte er, als er sie genauer betrachtete. Wie viele ihrer Landsleute war Wynne fast so groß wie er. Ihre hohe Gestalt wirkte beinahe wie die einer Königin in ihrem scharlachroten Gewand, das bis zum Boden reichte, und ihrer bloßen Taille. Sie war so schmal, daß er sie mühelos mit seinen beiden Händen umfassen konnte. Ihre Brüste waren voll, und deren Spitzen zeichneten sich unter dem Leinenstoff ihrer Tunika ab. Es bedurfte seiner ganzen Selbstkontrolle, sie nicht in seine Arme zu ziehen. Ihre schlanken Arme, die das ärmellose Kleid freigab, waren mit großen vergoldeten Armreifen geschmückt. Er wunderte sich über das Muster, das nicht nur diese Armbänder, sondern auch ihre Halskette und ihre Brosche zierte.

»Du siehst bezaubernd aus«, flüsterte er.

»Danke«, antwortete sie und verstand, daß er ihr ein Kompliment gemacht hatte. Ihr Herz ging schneller, als sie bemerkte, daß seine Augen über ihren Körper glitten.

Valerian blickte hastig beiseite. Ihr Anblick war einfach zu erregend. Verzweifelt bemühte er sich, irgend etwas zu sagen, um das Schweigen zu unterbrechen, denn sein eigener Herzschlag erschien ihm ohrenbetäubend.

»Das Essen war gut!« brachte er schließlich hervor und kam sich wie ein Idiot vor, als er das gesagt hatte.

»Ja. Gut«, antwortete sie und überlegte, warum er sie nicht mehr ansehen wollte. Seine Sprache wurde ihr immer geläufiger und vertrauter. Tatsächlich mochte sie alles an diesem Mann und sehnte sich jedesmal nach ihrem Zusammentreffen, obwohl ihr klar war, daß ihre Stiefmutter bereits mißtrauisch über ihr Verschwinden war. Sie blickte Valerian an und bemerkte, daß er zitterte. Stimmte etwas nicht mit ihm? Fühlte er sich etwa krank? Beunruhigt über sein eigenartiges Verhalten, berührte Wynne sanft seinen Arm.

Er entzog sich ihr so rasch, als hätte er sich verbrannt. Ihre Berührung war beinahe mehr, als er ertragen konnte, denn so viele Nächte lang hatte er davon geträumt, sie zu lieben, aber er wollte sie nicht beschämen. Er konnte nicht hierbleiben, dachte er wieder, er mußte jetzt sehr bald aufbrechen. Außerdem war sie einfach nur nett zu ihm gewesen. Nichts an ihrem Verhalten wies darauf hin, daß sie ihn verführen wollte. Sie hatte ihm Kleidung und Nahrung besorgt und ihm das Leben gerettet. Konnte sie etwas dafür, daß ihre Schönheit ihn so entflammte? Von Gefühlen aufgewühlt, warf Valerian seine Hände vors Gesicht und kämpfte mit seiner inneren Aufruhr.

»Stimmt etwas nicht?« flüsterte Wynne, verletzt über seine Reaktion auf ihre Berührung. Hatte sie den Römer mit ihrer Zuwendung beleidigt? Fand er sie häßlich? Sie fragte sich, wie die Frauen in seiner Welt wohl aussahen.

Als er den Schmerz in ihren Augen wahrnahm, schalt sich Valerian für seine Dummheit. Er wollte sie nicht verführen, aber er wollte sie auch nicht verletzen.

»Nein, nein. Ich … ich …« Auf der Suche nach den richtigen Begriffen glitt sein Blick über seine Kleidung, und er war erneut verwundert über dieses ungewohnte Gewand, die Beinkleider, die mit Stoffstreifen umwickelt wurden, und die Tunika, die gerade einmal bis ans Knie reichte und von einem breiten Gürtel gehalten wurde.

Als Wynne Valerians irritierten Blick erhaschte, mußte sie kichern, weil sie glaubte, dies sei der wahre Grund für sein seltsames Verhalten und seinen Unmut. In Wahrheit wirkte der Römer so fremd in der Kleidung ihres Vaters, die ihm eigentlich überhaupt nicht stand.

Bei ihrem Lachen entspannte sich Valerian, und er gab sich selbst auch der Laune hin, über das Bild zu schmunzeln, das er sicherlich abgab. »Ich würde meinen eigenen Männern bestimmt angst machen, wenn sie mich jetzt sehen könnten«, sagte er. Der Gedanke an seine Soldaten bekümmerte ihn auf einmal. Er hatte ihnen gegenüber eine Verpflichtung, und er hatte sich viel zu lange an diesem Ort aufgehalten.

Wynne kräuselte fragend ihre Lippen, denn sie ahnte, was er gerade dachte. Der Römer wollte natürlich zu seinen eigenen Leuten zurück. Sie konnte ihre Tränen nur noch mühsam zurückhalten, wenn sie an seinen Abschied dachte. Damit er sie nicht sah, wandte sie sich ab und wischte sich hastig die Augen.

»Wynne, kannst du mir helfen, damit ich meine Leute wiederfinde?« fragte er sanft und war überrascht, daß sie weinte. Galten ihre Tränen ihm? War es möglich, daß sie sich Sorgen um ihn machte? Bei diesem Gedanken durchfuhr ihn ein wohliger Schauer.

»Ich ... höre ... auf jedes ... Wort ... über dein Volk«, sagte sie von Gefühlen übermannt und mühsam die richtigen Begriffe suchend. »Nicht weit weg.«

»Meine Legion ist nicht weit von hier entfernt?« fragte er. »Wie weit? Ein Tagesritt? Zwei?«

»Vielleicht drei«, antwortete sie so traurig über den Gedanken an einen Abschied, daß sie sich kaum artikulieren konnte. Erneut wandte sie sich ab, um ihre Tränen zu verbergen, die an ihren langen Augenwimpern hingen.

»Drei Tage«, wiederholte er. »Wenn ich doch nur ein Pferd hätte!« Er rang mit den Händen. »Aber sie haben mir alles weggenommen.«

So schrecklich der Gedanke an seinen Aufbruch war, wußte Wynne doch, daß es seine Pflicht war, zu seinem Volk zurückzukehren, und daß die Gefahr, wenn er sich noch länger hier versteckte, für sie beide gravierend war.

Sanft berührte sie seine Schulter, und diesmal ließ er es geschehen. »Wynne wird helfen«, flüsterte sie.

Valerian schaute sie an und dachte, daß er am liebsten in das blaue Meer ihrer Augen eingetaucht wäre. Bei ihr zu bleiben würde ihm Glück bringen; aber nein, das konnte er nicht tun. Er mußte zu seinen Landsleuten zurückkehren.

»Du hast mir schon so sehr geholfen«, sagte er lächelnd. »Ich bin dir zutiefst dankbar. Ich werde dich niemals vergessen. Niemals!«

»Wynne wird Valerian nicht vergessen«, antwortete sie schüchtern.

Es kostete ihn alle Zurückhaltung, deren er fähig war, um sie jetzt und hier nicht in seine Arme zu schließen, sie auf dem Boden der Höhle zu betten, in ihre honigsüße Sanftheit einzudringen und sie zu der Seinen zu machen. Statt dessen gelang es ihm, sich ein weiteres Mal zur Beherrschung zu zwingen, als er sagte: »Ich werde ein Pferd brauchen.«

»Valerian *hat* Pferd«, sagte sie lächelnd.

»Ich habe ein Pferd? Hast du mein Pferd im Wald herumstreunend gefunden?« Aufgeregt umfaßte er ihre Schultern.

Wynne wich nicht zurück, obwohl seine Hände sie mit seiner Glut zu verbrennen schienen; sie zitterte, und ihr Herz pochte wie rasend.

»Du ... du kannst Sloan nehmen«, sagte sie und kämpfte gegen ihre Tränen an. Der Rappe bedeutete ihr sehr viel, er war wie ein Teil von ihr, aber sie war bereit, ihn Valerian zu schenken und ihm damit das Leben zu retten.

Er wußte, wie sehr sie den schwarzen Hengst liebte, und der Gedanke, daß sie ihm das Pferd trotzdem geben wollte, überwältigte Valerian. Niemals zuvor hatte ihm jemand freiwillig etwas geschenkt, noch nicht einmal sein eigener Vater. Ihr Geschenk berührte ihn tief, und er liebte sie dafür noch inniger, aber ein solch wertvolles Geschenk von ihr konnte er nicht annehmen.

»Ich danke dir, aber es geht nicht. Nein. Ich könnte dir nichts wegnehmen, was dir so lieb und wert ist.« Seine Stimme war nur noch ein heiseres Flüstern.

»Nimm Sloan!« beharrte sie. »Ich liebe ihn, aber ich liebe dich auch. Du bist in Gefahr ... wenn ... wenn du hierbleibst.« Die Worte bereiteten ihr große Mühe, aber er hatte sie genau verstanden. *Sie hatte gesagt, daß sie ihn liebte.* Allein diese Worte ließen ihn schwindeln.

»Bei den Göttern, ich liebe dich auch«, stöhnte er. Er war nicht mehr in der Lage, sein Verlangen nach ihr unter Kontrolle zu halten. Sein Mund preßte sich leidenschaftlich auf den ihren und verschmolz mit der Süße ihrer Lippen. Er hob sie hoch und trug sie auf seinen Armen zu dem Fell, das sein Nachtlager geworden war. Sie leistete keinen Widerstand, als sie sich beide wie in einem Traum bewegten, sich berührten, schmeckten und einander eng umschlungen erkundeten.

Mit zitternden, ungeschickten Fingern begann Valerian,

sie zu entkleiden, die Bänder ihres Rocks zu lösen und ihn über ihre Hüften zu streifen. Dann entledigte er sie ihrer kurzen Übertunika und liebkoste die zarte Haut ihres Körpers. Venus selbst hätte in seinen Augen nicht schöner sein können. Ungeduldig streifte er seine eigenen Kleidungsstücke ab und zog sie in seine Arme.

Valerian senkte seinen Kopf zu ihrer Brustwarze und liebkoste sie mit seiner Zunge. »Du schmeckst so süß wie Honig«, flüsterte er und sah ihr dabei tief in ihre großen blauen Augen. Sie verstand die Bedeutung seiner Worte nicht, lächelte jedoch über den liebevollen Klang seiner Stimme. Er preßte seinen Mund auf ihre Lippen, und instinktiv umschlang ihn Wynne mit ihren Armen, schmiegte sich in einer Woge des Glücks und der Zufriedenheit eng an seinen Körper. Ihre Lippen trafen sich, und seine Zunge spielte mit der ihren, als er die zarte Süße ihres Mundes erkundete.

Im Schein des einfallenden Mondlichts bewunderte Valerian ihren Körper, ihre wohlgerundeten, weißen Brüste. Er beugte sich vor, küßte sie und spielte wieder mit ihren Brustwarzen, bis sie vor Wollust erbebte.

»Ich liebe dich«, sagte er leise.

Wynne schloß ihre Augen und gab sich der Berührung seiner weichen, warmen Lippen hin, die jeden Zentimeter ihres Körpers erkundeten. Als er ihre intimste Region berührte, ihre samtene Weichheit streichelte, stöhnte sie vor Verlangen überrascht auf und wußte doch nicht, was sie begehrte. Wenn sie an die Zeremonie dachte, der sie sich unterzogen hatte, und an den Schmerz, den ihr der Druide beim Verlust ihrer Jungfräulichkeit zugefügt hatte, war sie gelähmt vor Furcht. Würde dieser Mann, den sie kaum kannte, sie ebenfalls verletzen? Sanft entzog sie sich und betrachtete ihn; seine vor Verlangen erigierte Männlichkeit war ein bedrohlicher Anblick. Er bemerkte ihre Furcht und drückte sie fest an sich. Sie versuchte, sich ihm zu entwinden.

»Nein«, murmelte sie mit vor Entsetzen geweiteten Augen.

»Ich werde dir nicht weh tun, das verspreche ich«, flüsterte er. Valerians Küsse beruhigten sie, und seine Liebkosungen ließen sie erzittern. Sein Körper war heiß und muskulös, und es erfüllte sie mit Erregung, seine erigierte Männlichkeit zu spüren. Alle ihre Ängste waren vergessen, als ihr Körper seinen eigenen Willen demonstrierte und reagierte. Instinktiv erwiderte sie seine Zärtlichkeiten, erkundete seinen Körper und genoß sein lustvolles Stöhnen.

Er hatte sich neben sie gekniet, küßte ihren Bauchnabel, und seine Lippen bahnten sich einen Weg zu den goldenen Locken zwischen ihren Schenkeln. Wie er sich danach sehnte, tief in ihren Körper einzudringen, aber er wollte sein Verlangen bezähmen, bis er sich sicher war, daß auch sie von der gleichen Leidenschaft beseelt war.

Wynne stöhnte unter seinen Berührungen und spürte, wie sie einem wilden Begehren nachgab. Er öffnete ihre Schenkel mit dem sanften Druck seiner erfahrenen Hände und streichelte ihr goldenes Vlies. Wieder spürte Wynne das Verlangen in ihren Lenden, und ihre Hüften erzitterten unter seiner Liebkosung.

»So, meine goldhaarige Göttin, jetzt bist du bereit«, hauchte er, als er seine Hand durch seinen drängenden Stab ersetzte. Langsam drang er in sie ein und erzeugte in ihr ein so starkes Begehren, daß sie wie von einer Explosion erschüttert und von Sinnen war. Ihre Körper schienen zu verschmelzen, wurden eins miteinander.

»Val ... Val ...«, schrie sie, als eine schmerzhafte Süße sie durchfuhr und in eine solche Befriedigung eskalierte, die jeden Winkel ihres Körpers durchströmte.

Valerian blickte zu ihrem Gesicht herab und strich ihr sanft das Haar aus ihrem Gesicht. Von jetzt an gehörte sie zu ihm. Er würde sie mit niemandem mehr teilen. Wenn sie doch nur so wie jetzt für immer zusammenbleiben könnten. Die Trauer über ihren Abschied brach ihm fast das Herz.

Wynne öffnete ihre Augen und sah lächelnd zu ihm auf. Es war viel zu kurz gewesen, dieses wunderbare Verschmelzen ihrer beider Körper. Sie wollte nicht, daß er sie verließ, niemals wieder. Sie spürte, daß sie die andere Hälfte ihres Selbst gefunden hatte, den Mann ihres Lebens. Sie streckte ihre Hand aus und streichelte das Grübchen in seinem Kinn. Als Antwort darauf beugte er sich zu ihr hinunter und küßte sie, was sein Begehren erneut entfachte.

»Also, meine Göttin, die Liebe gefällt dir wohl«, flüsterte er. »Ich schwöre bei den Göttern, daß du für mich erschaffen wurdest.«

Er küßte und liebkoste sie wieder, schürte das ihr jetzt vertraute Feuer erneut, als sich seine heißen, feuchten Lippen ihren Weg von einer Brust zur anderen bahnten und sie willenlos machten. Plötzlich war er wieder in ihr, und sie spürte eine quälende Leidenschaft. Diesmal hielt sich Valerian zurück, denn er wollte, daß Wynne die ganzen Freuden ihrer neugewonnenen Weiblichkeit erfuhr. Er wurde für seine Geduld reich belohnt, denn sie ließ alle Schranken fallen und gab sich ihm sehnsüchtig und voller Begehren hin. Schließlich wurde ihr ganzer Körper von Zuckungen gepackt, und dann schien sie in den siebten Himmel zu schweben.

Die ganze Nacht hielten sie sich umschlungen, liebten sich wieder und wieder. Schweren Herzens erwarteten sie die hereinbrechende Morgendämmerung.

7

Als sich die beiden Jungverliebten am nächsten Morgen trennen mußten, wußten beide, daß ihr Leben nie mehr ganz so sein würde wie zuvor.

Valerian küßte Wynne zum Abschied, er hielt sie eng umschlungen und mußte gegen seine eigenen Tränen ankämpfen, als er ihre feuchten Wangen liebkoste.

»Ich liebe dich. Ich werde zurückkommen. Das verspreche ich dir!« schwor er. »Wenn uns die Götter gnädig sind, werden wir uns wiedersehen.«

»Mögest du im Licht der Sonne wandeln«, sagte sie in ihrer eigenen Sprache, als sie ihn verließ. Ihr schien das Herz in ihrer Brust zu zerbrechen; fast unerträglich war der Schmerz. Sie fühlte den Impuls, ihn erneut in ihre Arme zu schließen und ihn darum zu bitten, bei ihr zu bleiben, aber sie durfte nicht so egoistisch sein. Vielleicht kam er eines Tages, wenn der Haß ihrer Völker Vergangenheit war, zu ihr zurück, und sie konnten zusammenbleiben.

Valerian bestieg den schwarzen Hengst, der mit den Hufen ausschlug, weil er nicht daran gewöhnt war, diesen Mann auf seinem Rücken zu tragen. Wynne rannte zu ihm hin, streichelte seinen Kopf und versicherte ihm flüsternd, das alles in Ordnung war. Das Tier verstand, was sie von ihm wollte, und wurde augenblicklich sanftmütig.

Als Pferd und Reiter fortgaloppierten, sah Wynne Valerian unter Tränen nach, bis er in der Ferne verschwunden war. Mit einem Gefühl, als wäre das Ende der Welt hereingebrochen, saß sie auf einem Felsen und weinte herzerweichend. Erst als sie ihre Gefühle wieder etwas unter Kontrolle hatte, stand sie auf und schlenderte über den Pfad, der ins Dorf führte, zur Hütte ihres Vaters zurück.

Die Schönheit des Pferdes und seine Schnelligkeit bewundernd, preschte Valerian auf Sloans Rücken durch den Wald. Selbst die edelsten Pferde Roms konnten sich an diesem Rappen nicht messen. Sloans Mähne und Schweif wirbelten im Wind wie ein königliches Banner; seine Augen funkelten im Sonnenlicht, die Muskeln arbeiteten unter seinem seidigen Fell. Der Römer zweifelte nicht daran, daß er auf seine Einheit stoßen würde, wenn er Tag und Nacht ritt und nur innehielt, wenn das Pferd eine Rast benötigte. Er wußte, daß seine Sinne stets geschärft für Gefahren sein mußten. Ein zweites Mal ließ er sich nicht mehr so leicht überwältigen, wie es ihm in jener verhängnisvollen Nacht passiert war, als er von seiner Legion getrennt worden war.

Seine Gedanken befanden sich im Widerstreit, als er weiterritt, weil er unbedingt seine Legion einholen wollte, sich andererseits allerdings danach sehnte, in Wynnes reizendes Gesicht zu schauen und sie wieder in seine Arme zu nehmen. Sie hatte sein Herz und seine Seele für immer gezeichnet. Keine andere Frau würde jemals ihren Platz einnehmen können.

»Wynne!« rief er laut. Die Vereinigung ihrer Körper war

auch ein Verschmelzen ihrer Herzen gewesen und hatte sie beide in ihrer Sehnsucht bestärkt.

Roß und Reiter setzen ihren Weg fort, und Sloans Hufe donnerten auf den Boden und entfernten Valerian immer mehr von der Frau, die er liebte.

8

Die mächtigen Arme vor der Brust verschränkt, begrüßte Adair seine Tochter bei ihrer Rückkehr zur Hütte.

»Und wo bist du gewesen, meine Tochter?« fragte er streng. »Dein Bett ist letzte Nacht nicht angerührt worden. Brenna sagte mir, daß du nirgends zu sehen warst, als das Feuer mit Asche belegt wurde. Stimmt das?«

Wynne blickte zu dem Gesicht empor, das sie so innig liebte. Sie konnte ihn nicht anlügen, das könnte sie niemals. Seine blauen Augen, die den ihren so ähnlich waren, musterten sie. Sein Gesichtsausdruck vermittelte ihr, daß er hoffte, im Unrecht zu sein.

»Es ist wahr, Vater. Ich war letzte Nacht nicht in der Hütte.«

Sein Gesicht nahm einen verärgerten Ausdruck an. »Wo warst du dann?« fragte er mit zornig gerunzelter Stirn.

Noch bevor sie antworten konnte, trat Brenna scheinbar aus dem Nichts zu ihnen, und um ihren Mund spielte ein verräterisches Lächeln. »Adair, ich bin sicher, daß Wynne einen Grund hatte. Schließlich war es nicht das erste Mal, daß sie nachts nicht bei uns in der Hütte geschlafen hat. Es gab da noch eine andere Nacht.« Sie ging auf die Tochter ihres Mannes zu und stellte sich zwischen Wynne und ihren Vater.

»So, du mißachtest also meine Gesetze und beschämst mich vor den gesamten Stammesmitgliedern!« grollte Adair.

»Nein, Vater. So war es nicht. Ich habe sie nicht absichtlich mißachtet. Was ich getan habe, mußte ich tun.«

»Aus welchem Grund?« Er blickte in Wynnes Augen und zwang sie damit, ihm ihre Seele zu offenbaren.

Wynne wußte, daß sie ihm alles erzählen, ihm ihre Gefühle zu verstehen geben mußte. Waren sie nicht immer einer Meinung gewesen? Verachtete ihr Vater sinnloses Blutvergießen nicht genauso wie sie? Und doch hielt sie irgend etwas zurück; eine innere Stimme gebot ihr zu schweigen.

»Ich glaube, deine Wynne ist eine richtige Frau geworden«, flüsterte Brenna. »Zweifelsohne hat sie ihren Geliebten getroffen, als sie sich nachts weggeschlichen hat.«

Bei der Erinnerung an die Nacht, die sie mit ihrem römischen Geliebten verbracht hatte, nahm Wynnes Gesicht eine tiefrote Färbung an.

»Ein Geliebter!« spie Adair die Worte aus und ergriff den Arm seiner Tochter. »Aber du bist Edan versprochen, dem Sohn Cedrics, unseres Führers. Sag mir, daß das nicht stimmt. Sag mir, daß du keine solche Schande über deinen Vater bringen würdest.«

Wynne war nicht in der Lage zu antworten, denn sie konnte ihren Vater nicht belügen; also verriet sie ihr Schweigen.

Brenna schlenderte zu der Kiste, in der die Kleidungsstükke ihres Vaters aufgehoben wurden, und hob langsam den Deckel hoch. »Mein Ehemann, wo sind deine Sachen für die Zeremonien und deine Lieblingstunika? Hast du sie mit zur Jagd genommen?« Ihr Gesicht bot ein Bild der Unschuld.

Diesmal konnte Wynne nicht ruhig bleiben. »Ich habe sie genommen, Vater, zusammen mit deinem Gürtel und deinen Beinkleidern.«

Mit einem traurigen Blick sah er sie lange an, bevor er sprach. »Ach Wynne, also würdest du mich auch bestehlen, mich, der ich dich über alle Maßen geliebt habe, mein Goldschopf.« Seine Stimme war so voller Leid, daß Wynnes Herz wie ein Streitwagen in ihrer Brust dröhnte.

»Ich habe nichts Böses getan, ich wollte nur jemandem helfen, der in großer Not war. Vater, ich habe am Rande des Waldes die Machenschaften des schrecklichen Kultes der Dunkelheit beobachtet. Sie versuchten, ihrem hungrigen Gott ein Menschenopfer darzubringen.« Ihre Augen flehten ihn an, ihr Glauben zu schenken.

Brennas schrilles Gelächter durchbrach den Zauber, und Adair wandte seinen Blick vom Gesicht seiner Tochter ab und sah seine Frau an. »Kult der Dunkelheit? Sie haben unser Land doch schon lange verlassen. Ich befürchte fast, daß Wynne von der Schafgarbe probiert hat, sonst könnte sie doch nicht solche Fantasien entwickeln?«

»Es ist wahr. Ich rettete einen Römer aus ihrem Joch!« rief Wynne verzweifelt und bereute ihre Worte sogleich.

»Einen Römer? Einen Barbaren?« Ihr Vater war fassungslos. »Ist er dein Geliebter?« Als sie zustimmend nickte, wandte Adair seinen Blick zum Himmel. »Besser ließest du dich durch die Schlange verführen als durch einen unserer verhaßten Feinde, Feinde, die jeden Augenblick versuchen, uns zu vernichten, uns unsere Würde zu nehmen. Ich werde nicht ruhen, bis nicht der letzte Römer im Meer versenkt worden ist. Mit uns gelingt ihnen nicht, was sie der Königin der Iceni antaten.« Er ballte seine Hände zu Fäusten und schlug sich in der jahrhundertelang überlieferten Trauergeste wie von Sinnen vor die Brust.

Betroffen über seinen Schmerz legte Wynne ihre Arme um seine Schultern. Wütend schüttelte er sie ab. »Vater, bitte, hör mir zu! Höre meine Geschichte«, flehte sie, und Tränen rannen über ihre Wangen. »Er war nicht wie die anderen!«

»Sie sind alle gleich, wie Tiere!« stieß er hervor. »Und jetzt hast du dich mit einer dieser Bestien vereinigt.« Beim Anblick seiner weinenden Tochter bereute Adair seine Worte, und er streckte tröstend seine Hand nach ihr aus.

»Ein Römer!« kreischte Brenna, als sie bemerkte, daß Adair nachzugeben schien. Rasch zog er seine Hand zurück. »Mögen uns die Götter gnädig sein. Mögen sie uns beschützen, wenn der Vollmond zu uns herabsteigt.« Aufgrund ihrer Ermahnung, daß die Sonnenwende, also eine Zeit der Reinheit, bevorstand, flammte Adairs Zorn erneut auf.

»Geh mir aus den Augen. Ich kann deinen Anblick nicht ertragen«, sagte er zu Wynne.

Sie starrte ihn entsetzt und fassungslos an. Noch nie hatte ihr Vater so mit ihr gesprochen. Langsam blickte sie von ihrem Vater zu ihrer hämischen Stiefmutter, und dann wandte sie sich zur Tür. Wohin sollte sie gehen? Was konnte sie tun, um die Liebe ihres Vaters zurückzugewinnen? Allen Mut zusammennehmend, wandte sie sich ihm wieder zu.

»Ich habe nichts Unrechtes getan«, sagte sie. »Ich habe ein Menschenleben gerettet. Ich habe jemandem Schutz gewährt, der in Not war, und ich habe geliebt. Ich kann daran nichts Unrechtes erkennen. Ob Römer oder Kelte oder ein barbarischer Pikte, ich würde ihn immer noch lieben, und das tue ich auch.«

»Warte in der Hütte deines Vetters, bis ich entschieden habe, was getan werden soll«, befahl er ihr, denn ihre Worte hatten ihn tief bewegt, und er wollte nicht riskieren, daß ihr im Wald etwas zustieße. »Ich werde mich mit dem Konzil beraten.«

Irgendwo tief in ihrem Herzen hatte Wynne das Gefühl, daß sich alles noch zum Guten wenden würde, auch wenn sie in diesem Augenblick Qualen durchlitt. Die Götter würden sich nicht von ihr abwenden, wie es ihr Vater tat. An der Tür zögerte sie und sah zu ihm zurück. Er schaute ihr nicht mehr in die Augen, aber sie war sich sicher, daß er genauso unter der im Zorn ausgesprochenen Trennung litt wie sie. Aber sein Stolz würde es niemals zulassen, daß er sie zurückrief.

Wynne fühlte sich wie tot – als hätte ihr Herz aufgehört zu schlagen –, während sie die Hütte verließ und in die nächtliche Dunkelheit trat.

Vielleicht wäre es sogar besser, wenn ich tot wäre. Dann könnte ich rasch wieder auf die Erde zurückkehren und müßte diesen Schmerz nicht länger ertragen, dachte sie, doch dann schüttelte sie den Kopf. Nein, sie mußte dem morgigen Tag tapfer ins Auge sehen. Was auch immer geschah, sie würde den Mut eines Kriegers beweisen. Vorsichtig bahnte sie sich ihren Weg zum Hause ihres Vetters.

Wynne verbrachte drei Nächte in der Hütte ihres Cousins Tyrone. Es schien, als sei sie für ihren Vater gestorben, denn er übermittelte ihr keinerlei Nachricht bezüglich ihres Schicksals. Dann, als sie schon mit dem Schlimmsten rechnete – daß ihr niemals vergeben würde –, ließ er sie benachrichtigen, daß ihr Urteil erst nach dem Fest der Sonnenwende gefällt werden würde. Das beruhigte ihr aufgewühltes Inneres, hieß es doch, daß sie wenigstens nicht von ihrem Stamm ausgeschlossen werden würde.

Isolde, die Frau ihres Vetters, war eine liebenswerte Freundin in den Tagen, die sie verbannt von ihrer eigenen Familie verbringen mußte. Obwohl sie die Tätigkeiten der Frauen nie besonders interessiert hatten, fand Wynne heraus, daß ihr Spinnen, Weben und Kochen viel leichter von der Hand gingen, wenn sie nicht dauernd dem abschätzigen Blick Brennas unterworfen war.

Sie mochte Isolde, denn sie und nicht Brenna hatte sie seinerzeit zu der Zeremonie begleitet, während der man ihr die Unschuld genommen und sie zur Frau gemacht hatte, die nun verlobt werden konnte. Isolde hatte ihr Mut zugesprochen, als man sie entjungfert hatte, und sie nachher getröstet.

Wieder und wieder bemerkte sie einen fragenden und mitfühlenden Ausdruck in Isoldes Augen, und sie wußte, diese Frau würde immer zu ihr halten, egal, was sie getan hatte und wie sehr die anderen sie auch dafür verachteten.

»Bei uns findest du immer dein Zuhause. Ich möchte, daß du das weißt«, sagte Isolde eines Abends, als die Familie um das Feuer saß.

»Ich weiß das, und ich danke dir dafür, Isolde. Und auch dir, Tyrone«, antwortete Wynne. Sie wiegte Llewellyn, den Sohn des Paares, in ihren Armen. Das Baby versuchte, an ihrer bekleideten Brust zu saugen, und sie mußte lachen. »Nein. Ich glaube, dafür brauchst du deine Mutter«, sagte sie lächelnd. Das Baby erweckte in ihr das Verlangen, ein eigenes Kind zu haben, ein Kind von Valerian.

Sie dachte wieder an den Römer, überlegte, was er wohl gerade tat und ob er in Sicherheit war.

»Valerian«, murmelte sie und vergaß für einen Augenblick, wo sie sich befand.

»Was hast du gesagt?« fragte Tyrone.

»Ach nichts, ich … ich … habe nur laut gedacht«, flüsterte sie und betrachtete wieder das Kind in ihren Armen.

Ihre stille Zurückhaltung und der abwesende Ausdruck in ihren Augen beunruhigten ihren Vetter. Was war mit dieser fröhlichen jungen Frau passiert, die sonst immer zu Scherzen aufgelegt war? War es wirklich wahr, was man sich von ihr erzählte?

»Ich verstehe dich nicht, Cousine. Du bist anders als früher«, meinte Tyrone ernst. Aufblickend bemerkte Wynne, daß er sie mit stechenden und doch nachsichtigen Augen betrachtete. Sie fragte sich, ob man ihm berichtet hatte, daß sie sich von einem Römer hatte verführen lassen. Wie konnte sie ihm zu verstehen geben, daß Liebe keine Grenzen und auch keine Stammesangehörigkeiten berücksichtigte, daß sie ihrer Liebe zu dem Römer genausowenig Einhalt gebieten, wie sie auch nicht das lebensnotwendige Atmen einstellen konnte?

»Laß sie in Frieden, Tyrone. Wynne hat in den letzten Tagen genug gelitten. Du hast nicht das Recht, über sie zu urteilen«, unterbrach ihn Isolde und nahm ihr sanft das Baby aus den Armen. Der Klang ihrer Stimme gab Wynne zu verstehen, daß sie sie verstand und wußte, was es bedeutete, vorbehaltlos zu lieben.

Aufgrund dieser Maßregelung warf Tyrone seiner Frau einen zornigen Blick zu, stapfte aus der Hütte und hielt nur noch einmal inne, um sie an das herannahende Fest zu erinnern. »Morgen ist Vollmondnacht«, sagte er. Wenn die Zeremonie vorüber ist, muß Wynne für ihre Übertretung bestraft werden. So will es die Gesetzgebung unseres Volkes.« Mit diesen Worten verließ er die Hütte.

Bei seinen Worten hatte Wynne ein Schauer der Angst durchzuckt. Sie fragte sich, wie ihre Bestrafung aussehen würde. Aber egal, was geschehen würde, sie mußte tapfer sein.

»So, morgen beginnt das Fest«, verkündete Isolde und unterbrach Wynnes Gedanken. Ihre sanfte Hand glitt über Wynnes Schulter. »Hab keine Angst, dein Vater wird dafür sorgen, daß du anständig behandelt wirst. Die Gesetze der Druiden sind gerecht.«

Wynne wußte, daß Isolde die Wahrheit sagte, aber sie wußte auch, daß sie die Nacht in Valerians Armen niemals bereuen würde, welche Bestrafung sie auch immer erleiden sollte. Dafür hätte sie ihr Leben gegeben. Und eines Tages würde sie ihn wiedersehen.

9

Der Himmel war hell erleuchtet von den Blitzen, die die Götter wie zuckende Speere zur Erde hernieder sandten. Valerian blickte zornig zu der dunklen Wolkendecke hinauf. Was konnte denn noch schiefgehen, um seine Reise zu erschweren? Er ritt nun schon länger als eine Woche und hatte seine Kavallerie noch immer nicht eingeholt. Als wären sie vom Erdboden verschluckt worden. Und jetzt war er gezwungen, ein weiteres Mal Rast zu machen.

»Langsam, Sloan«, befahl er. Er bewunderte immer noch die Schönheit, Anmut und die Kraft dieses Pferdes. Wie Wynne war auch er nun in der Lage, das Tier mit den leichtesten Berührungen in seine Flanken zu dirigieren.

Valerian lenkte den Rappen in die Richtung einer verfallenen Ruine. Das Dach war zerstört, trotzdem würde es ihnen in der Nacht Schutz bieten. Er sah in den Ledersack, den er bei sich trug, und überprüfte die noch vorhandenen Vorräte, die Wynne ihm mitgegeben hatte. Er war nicht überrascht, als er nur noch ein kleines, fast verschimmeltes Stück Brot, einen Rest Bier und einen Streifen getrocknetes Wildfleisch fand.

Wynne hatte getan, was sie konnte; es lag einfach daran, daß keiner von ihnen beiden damit gerechnet hatte, daß er vor einer solch langen Reise stand.

»Wynne.« Er wiederholte andächtig ihren Namen. Wie oft hatte er in diesen kalten, dunklen Nächten von ihr geträumt und sich danach gesehnt, sie in seine Arme zu schließen. Wenn er sie doch nur hätte mitnehmen können. Er lächelte bei dem Gedanken, welchen Eindruck sie in Rom hinterließe, wo blonde Frauen eine Seltenheit waren. Sicherlich würde selbst der Imperator sie für eine Göttin halten, wie auch er es in jener rätselhaften Nacht geglaubt hatte. Keine Frau war je mit ihr vergleichbar. Ihre Schönheit war atemberaubend. Eines Tages würde er zu ihr zurückkehren und sie mitnehmen, um ihr den Glanz von Rom zu zeigen. Er fragte sich, was sie wohl gerade tat – sicherlich am Feuer sitzen und mit ihren Stammesmitgliedern erzählen, lachen und den Sagen und Legenden über die Kraft der Götter lauschen.

Valerian schlang sein Essen hinunter. Wynne hatte ihn verwöhnt, denn er liebte es mittlerweile, Fleisch zu essen. Die Nahrung im Lager seiner Legion war einfach gewesen – Brot oder Hafergrütze, Gemüse, saurer Wein; sie aßen nur selten Fleisch. An seine Zeit als Soldat dachte er mit gemischten Gefühlen. Sein Vater hatte diese Laufbahn für ihn ausgewählt, denn er war der dritte Sohn. Seit seiner Kindheit war er für den Militärdienst ausgebildet worden, hatte die Kriegskünste studiert und zehn Jahre seines Lebens auf dem Schlachtfeld verbracht, und doch würde er sich niemals an das Blutvergießen gewöhnen können. Es lag ihm einfach nicht.

»Vielleicht habe ich Aussicht auf ein anderes Leben – ein Leben ohne den permanenten Kampf –, wenn diese Sache mit den Britanniern vorüber ist«, sinnierte er laut.

Abwesend fuhr er sich durch sein Haar. Es war gewachsen und reichte ihm weit in den Nacken hinein. Er strich sich über sein mittlerweile bärtiges Gesicht. Er hatte keine Gelegenheit gefunden, sich zu rasieren oder zu baden, und sah sicherlich aus wie der hinterhältigste Barbar.

»Ich sehe sicherlich aus wie ein Pikte«, dachte er stirnrunzelnd. Wie er diese Barbaren des Nordens verabscheute. Hatten sie nicht selbst Cäsar die Stirn geboten? Nun, wenigstens war es warm und trocken in ihren Tuniken und Beinkleidern. Er kauerte sich in seinen Umhang und legte sich kurz zur Ruhe, bevor er wieder aufbrechen mußte.

Der Regen trommelte gleichförmig auf das durchlöcherte Dach der Hütte und schläferte ihn ein. Die Luft war feucht und schneidend kalt. Er zog den Umhang fester um sich und fiel in einen tiefen Schlummer, in dem das makellose Gesicht seiner goldhaarigen Geliebten wieder vor ihm erschien.

Als er einen harten Druck auf seiner Brust verspürte, wurde Valerian unsanft aus seinem Schlaf gerissen. Noch in den Tiefen seines Unterbewußtseins vernahm er Sloans Wiehern und griff nach seinem Schwert.

»Nicht so eilig, Barbar!« befahl ihm eine barsche Stimme. Er blickte in die Gesichter mehrerer römischer Soldaten der Infanterie. Sein Schwert wurde beiseite getreten und von einem grinsenden Jugendlichen aufgehoben, der vermutlich kaum erst die Schulbank verlassen hatte. Wütend versuchte er sich gegen seine Angreifer – drei kräftige Männer, die seine Arme und Beine zu Boden drückten – zur Wehr zu setzen.

»Na, na, na, unser barbarischer Freund ist eine wahrhaftige Kämpfernatur, was, Darius?« meinte ein großer Soldat lachend. Valerian begriff, wie er wohl in ihren Augen erscheinen mußte, mit seiner Bekleidung, dem zottigen Bart und den langen Haaren.

»Ich bin kein Barbar. Ich bin römischer Soldat«, antwortete er zornig und erkannte zum ersten Mal, wie grausam seine Landsleute sein konnten.

»Und ich bin der wiedergeborene Julius Cäsar!« meinte ein anderer Soldat sarkastisch und trat Valerian so fest in die Rippen, daß dieser vor Schmerz aufschrie. »Kommt, laßt uns sehen, ob er irgend etwas Wertvolles bei sich trägt!«

Während Valerian sie trotzig schweigend beobachtete, durchsuchten sie seine armseligen Habseligkeiten. Nur sein Schwert besaß einen gewissen Wert.

»Ich sehe, du hast einen Römer getötet und sein Schwert gestohlen!« grölte ein verhärmt aussehender Mann mit verkniffenem, hinterlistigem Blick. Er sah ihn an, als wollte er ihn an Ort und Stelle umbringen.

»Ich bin ein römischer Soldat, das sage ich euch. Mein Name ist Valerian Quillon Tullius, Sohn des Publius Quillon Tullius, Senator von Rom!« Valerian erwiderte den hinterlistigen Blick des Mannes mit aufflackerndem Zorn in seinen Augen.

Der große Soldat musterte Valerian und hielt an seinen Beinen inne. »Er spricht perfekt Latein«, sagte er laut, »aber warum ist er dann so gekleidet?«

Als er bemerkte, daß sie für einen Moment abgelenkt waren, trat Valerian heftig mit seinen Beinen aus und setzte seine beiden Angreifer außer Gefecht. Er griff nach seinem Schwert und überraschte damit den jungen bartlosen Soldaten. Gekonnt schwenkte er sein Schwert, und es gelang ihm, die kleine Gruppe von Soldaten in Schach zu halten.

»Nun, hört mir zu, was ich euch zu sagen habe. Ich bin Valerian Quillon, Zenturion der zehnten Zenturie. Ich wurde von meinen Männern getrennt und gelangte in die Hand von Barbaren. Ich entkam mit dem Leben und meinem Schwert, aber das ist alles, und ich kann mich glücklich preisen, daß mir das gelungen ist.« Während er sprach, waren aller Augen auf ihn gerichtet. »Ich möchte, daß ihr mich zu Severus Cicero bringt. Versteht ihr mich?«

Alle nickten zustimmend und waren mittlerweile verängstigt, weil sie ahnten, daß er die Wahrheit sagte, und sich vor Vergeltungsmaßnahmen fürchteten, denn ein römischer Offizier war in der Lage, die grausamsten Bestrafungen anzuordnen.

»Wir müssen ihn natürlich begleiten«, stotterte der Jugendliche, der Valerian jetzt für einen Helden hielt.

Der verhärmt blickende Soldat versuchte zu lächeln, aber ihm gelang nur eine Grimasse. »Entschuldigt, daß wir Euch für einen Pikten gehalten haben, aber Ihr müßt zugeben, daß Ihr einem solchen ähnlich seht. Laßt uns jedoch Gewesenes vergessen. Wir sind schließlich alle Römer. Wir bringen Euch dorthin, wohin Ihr gehen möchtet.«

»Dann laßt uns unsere Reise wieder aufnehmen«, erwiderte Valerian und senkte sein Schwert, hielt es aber immer noch mit festem Griff, als er Sloan bestieg. Er hatte seine Lektion an diesem Tag gelernt. Er hatte begriffen, wie es war, wenn man auf der Seite des Gegners stand, Pikte oder Kelte war. Sicherlich waren diese Männer hier genauso gefährlich wie die Anhänger des Dunkelheitskultes. Er zweifelte keine Sekunde lang daran, daß es immer noch möglich war, von ihnen aufgeschlitzt zu werden. Wie lange ihre Reise auch dauern mochte, er war gezwungen, selbst im Schlaf wachsam zu bleiben, auf jedes Geräusch zu achten und bis zu ihrem Bestimmungsort auf der Hut zu sein. Irgendwie fühlte sich Valerian nicht mehr wie ein richtiger Römer, und zum ersten Mal in seinem Leben stellte er ihre Lebensweise und das Weltreich, für das er kämpfte, in Frage.

10

Am nächsten Morgen erwachte Wynne noch vor Sonnenaufgang. Weil sie die anderen nicht aufwecken wollte, erhob sie sich leise von ihrem Nachtlager und schlich geräuschlos zur Tür. Sie verspürte das überwältigende Bedürfnis, heimlich zum Wald zu laufen und die goldenen Sonnenstrahlen an jenem Ort, der ihr so viel bedeutete, allein zu begrüßen, aber sie wußte, daß ihr Vorhaben den Unmut ihres Vaters noch verstärken konnte.

Der Gedanke an ihren Vater bereitete ihr gemischte Gefühle: die Furcht vor seinem Zorn, die Liebe zu diesem Mann, der immer so gütig gewesen war, bis sie ihn erzürnt hatte, und vor allem der Stolz. Ihr Vater gehörte zu den Druiden, war der Barde, ein Künstler, der für seinen Gesang und seine Erzählkunst bei ihrem Volk berühmt war. Denn für ihr Volk zählte Eloquenz ebensoviel wie Tapferkeit, denn so wie ein Krieger seinen Stamm beschützte, hütete der Barde durch sein Erinnerungsvermögen die Stammesgeschichte.

Wenn ich ein Junge wäre, wäre ich auch Druide geworden, dachte sie, hätte die Gesetze und Geheimnisse des Himmels erfahren, die Kraft des Mondes und der Sterne auf das Schicksal des Menschen, oder man hätte mich vielleicht wie meinen Vater als Barden auserwählt, um die glorreichen Geschichten des Lebens zu überliefern. Verträumt schloß sie ihre Augen. War nicht auch gesagt worden, daß sie die Schönheit der Stimme von ihrem Vater geerbt hatte? Oft hatte sie sich gewünscht, ein Junge zu sein, aber nicht mehr, seit sie Valerian kennengelernt hatte. Schulterzuckend trat sie von der geöffneten Tür zurück.

»Ich bin nicht der Sohn meines Vaters, sondern seine Tochter, und deshalb bin ich froh!« sagte sie laut. Als sie sich ankleidete, bewunderte sie ihren weiblichen Körper. »Denn ich besitze, was kein Mann besitzt, die Macht, neues Leben hervorzubringen. Mit Sicherheit gibt es keine größere Macht als diese.« Sie strich über ihren Bauch und bat die Götter im stillen erneut darum, als Frucht ihrer Liebe zu Valerian ein Kind zu gebären. Wenigstens wäre ihr dann für immer ein Teil von ihm geblieben.

Auf ein Rascheln im Hintergrund drehte sie sich um und wurde von Isoldes warmherzigem Lächeln begrüßt. »Möge die Sonne über dir wachen, Cousine.«

»Danke, Isolde. Möge die Göttin deine Augen erhellen«, antwortete sie laut dem Zeremoniell, das an diesem besonderen Tag stets Anwendung fand.

Zusammen bereiteten sie die Morgenmahlzeit vor, die der Fastenzeit ein Ende setzte und aus einer Getreidemischung bestand, die in einer Handmühle geschrotet werden mußte. Seit mehreren Tagen hatten sie kein Fleisch mehr gegessen, und daran würde sich auch bis nach der Zeremonie nichts ändern. Auf diese Weise reinigten sie ihre Körper. Trotzdem machte der aus dem Kochtopf steigende Duft Wynne den Mund wäßrig; sie war beinahe am Verhungern.

»Ich werde noch ein paar Beeren sammeln, wenn du in der Zwischenzeit die Ziege melken kannst«, meinte Isolde und warf mit einem Schwung ihre blonden Locken zurück. »Du scheinst ein Gespür für Tiere zu haben. Mir tritt sie dauernd auf den Füßen herum, oder, noch schlimmer, sie beißt mich.«

Lächelnd ergab sich Wynne in ihr Schicksal, das ihr keineswegs unangenehm war, spürte sie sich dadurch doch enger mit der Göttin verbunden, die das Leben stiftete.

Wynne kehrte mit der warmen Milch in die Hütte zurück und goß sie dann in große Tonbecher für die beiden älteren Kinder Isoldes, die sie hastig leertranken. Als Isolde mit ihren gesammelten Beeren zurückkam, breiteten die beiden Frauen ein großes Tuch über dem Boden aus, so daß sie der Erdgöttin huldigen konnten. Auf diesem Tuch breitete

Wynne die zarten Bronze-Utensilien mit den feinziselierten Ornamenten und Tiermotiven aus. Sie bewunderte diese künstlerische Arbeit immer wieder aufs neue.

Mitten auf den Tisch stellten sie den großen silbernen Kessel mit der Getreidemischung und den besonderen Kräutern. Auch dieses Gefäß war mit Linien, verschlungenen Pflanzen, Tieren und den Gesichtern von Göttern und Göttinnen geschmückt. Silber war das kostbarste aller Metalle und wurde für wertvoller als Gold gehalten.

Tyrone kam, um an ihrem Fest teilzunehmen, und begrüßte seine Frau und Wynne mit einem Lächeln. Vergessen waren die barschen Worte vom Vorabend, doch Wynne erkannte an seinem Blick, daß er sie im Inneren seines Herzens immer noch verurteilte, weil sie ihren Vater erzürnt hatte.

Selma und Farrell, die rechts und links von ihrem Vater saßen, grinsten scheinheilig, wußten sie doch, daß es Tyrones Aufgabe war, sich an diesem Tag um sie zu kümmern, da die Frauen mit den Vorbereitungen für die abendliche Zeremonie beschäftigt sein würden. Sie freuten sich schon darauf, ihn mit ihren Späßchen zur Verzweiflung zu bringen. Sehnsüchtig blickten sie auf die verlockenden Beeren in dem Korb, dann sahen sie einander an und prusteten los, als ihr Vater das Essen zu lobpreisen begann.

Tyrone schloß seine Augen und dankte den Göttern für das Übermaß an Getreide vor ihm und für den Nektar des Wassers allen Lebens. Genau in diesem Augenblick hielt Farrell es nicht mehr länger aus, die süßen Früchte zu probieren, und streckte seine Hand nach den leuchtendroten Beeren aus. Ohne innezuhalten, starrte Tyrone auf seinen mißratenen Sohn, der, als er die Zornesglut in den Augen seines Vaters auflodern sah, rasch die Früchte zurücklegte.

Als die Familie ihr Mahl beendet hatte, erhoben sich Isolde und Wynne, um sich in ihre feinsten Gewänder zu hüllen, deren blaugoldene Farbenpracht den Sommerhimmel symbolisierte.

»Du siehst bezaubernd aus, Wynne«, flüsterte Isolde. »Ach besäße ich doch nur deine Schönheit.«

Wynne trug einen tiefblaues Unterkleid, das ihr fast bis zu

den Knöcheln reichte, und darüber eine ärmellose goldfarbene Tunika. In ihre beiden Zöpfe hatte sie blaue Bänder eingeflochten. Ihr Gürtel war aus Gold, genauso wie ihre Halsspange, die Fingerringe und die vielen Armbänder. Wie viele Mitglieder ihres Stammes würde auch sie barfuß gehen, damit sie nichts von der Mutter Erde trennte.

Wieder dachte Wynne voller Sehnsucht an ihren Vater. »Das ist das erste Fest, an dem ich Adair nicht beim Ankleiden seiner weißen Robe geholfen oder ihn mit dem geweihten Öl aus den Blättern des Eichenbaums eingerieben habe«, sagte sie zu Isolde. Die Verzweiflung über ihre Trennung zerriß ihr beinahe das Herz.

Voller Mitgefühl strich Isolde sanft über ihre Schulter. »Gib deinem Vater etwas Zeit. Er wird dich wieder an seinem Feuer willkommen heißen. Die Bestrafung wird nicht hart sein. Unser Volk ist gerecht. Es ist nur sein Haß auf die Römer, der ihn blind macht und ihn dazu veranlaßt, dich zu ignorieren.«

»Ja, sein Haß sitzt tief. Er fürchtet, daß sie versuchen, uns zu zerstören. Wenn er doch nur wie ich erlebte, daß nicht alle von ihnen grausam sind.«

»Du denkst dabei an deinen Römer«, antwortete Isolde lächelnd. Auch sie fürchtete dieses Volk aus dem Süden, doch wenn Wynne einen von ihnen liebte, konnten sie nicht so furchterregend sein. Gerüchte, die sie gehört hatte, kamen ihr wieder in den Sinn. »Erzähl mir, stimmt es, was ich gehört habe, daß sie ihre Gottheiten in riesigen Hütten anbeten?«

Wynne nickte zustimmend. »Valerian hat mir erzählt, daß ihre Götter in Behausungen leben, die sie ... Tempel nennen.« Für Sekundenbruchteile hatte sie wieder sein Gesicht vor Augen, seinen Gesichtsausdruck, als sie sich über ihn gebeugt hatte. »Er dachte, *ich* wäre eine seiner Göttinnen. Minerva«, sagte sie sanft.

»Minerva«, wiederholte Isolde, dann schüttelte sie den Kopf. »Wie können die Römer nur glauben, daß die Götter Menschengestalt haben oder daß die erhebenden Mächte, die diese Welt und das Firmament erschaffen haben, in von Menschenhand errichteten Gebäuden verehrt werden können? Wie seltsam.« Isolde lachte und griff nach ihrem Kamm, mit dem sie sich durch ihre blonden Locken fuhr. Einen Augenblick lang schwiegen beide Frauen und setzten ihre Vorbereitungen für die abendliche Zeremonie fort.

Als schließlich die Nacht hereinbrach, folgte Wynne Isolde zu dem geweihten Eichenhain. In der Dämmerung sah Wynne die Versammlung der weißbekleideten Druiden und fragte sich, welche der Gestalten wohl ihr Vater sein mochte. Jeder Druide trug die goldene Sichel, die zum Schneiden der geheiligten Mistelzweige diente und die als Symbol ihrer Macht galt.

Wynne spürte, wie Isolde ihre Hand ergriff, diese fest drückte und sich mit ihr gemeinsam einem der drei Huldigungskreise in dem Hain anschloß. Drei war die magische Zahl ihres Volkes und symbolisierte die Geburt, das Leben und den Tod, einen niemals endenden Zyklus, der sich bis in alle Ewigkeit fortsetzte. Der Tod war wie ein Schlaf, und wenn dieser Schlaf bei einem Menschen eintrat, dann war er nur von kurzer Dauer, bis der Geist in einem neuen Körper wiedergeboren wurde.

»Und dann beginnt es von neuem«, flüsterte Isolde ehrfürchtig.

»Unendlich. Ein ewig währender Zyklus ... heute, morgen, gestern und ewiglich«, entgegnete Wynne, die das Gefühl beschlich, mit all den übermächtigen Naturgewalten verbunden zu sein. Sie vernahm die Stimme ihres Vaters, klar und ausdrucksstark, die zum Gesang anhob.

Die Jahreszeiten sind unendlich.
Der Zyklus des Lebens ist fließend.
Die Geheimnisse und Wunder der Weisheit
Umfangen uns mit der Morgendämmerung.

Wynne drückte Isoldes Hand und spürte, wie ein weiterer Festteilnehmer ihre andere Hand ergriff. Das Ritual wurde mit Liedern von Transformation und Wiedergeburt fortgesetzt, der Sonnenwende, dem Fest des Lug, wenn die Natur ihre Vollkommenheit erreicht. Der nackte und kalte Winterboden würde sich nun wieder in frisches junges Grün hüllen und den Keim des Lebens tragen.

»Überall, wo es Menschen gibt, erkennt man das Wunder der Wiedergeburt«, stimmte die Versammlung ein.

»Das Rad des Himmels dreht sich und bringt uns Saat- und Erntezeit, Hitze und Kälte, Licht und Dunkelheit«, sang ihr Vater laut.

Während der gesamten übrigen Zeremonie waren Wynnes Sinne in Aufruhr, denn als sie die riesige Hand bemerkte, die ihre Linke umschloß, hielt sie den Atem an. Er war es, der Mann, mit dem sie in der Nacht gerungen hatte, als sie Valerian entdeckt hatte. Selbst ohne die merkwürdigen Symbole erkannte sie ihn wieder, so sehr hatte sich sein Gesicht in ihre Erinnerung eingeprägt. Jetzt starrte er sie mit haßerfülltem Blick an.

Wynne öffnete ihren Mund, doch bevor sie noch etwas sagen konnte, floh der Mann. Furcht umfing ihr Herz. Der Kreis war durch seine Flucht durchbrochen worden; dieses Omen bedeutete nichts Gutes für ihre Stammesmitglieder.

11

»Schnell, nimm meine Hand«, vernahm sie eine Stimme an ihrem Ohr. Sie sah auf und blickte Edan, dem Mann, dem ihr Vater sie versprochen hatte, in die Augen. Sie war erleichtert, daß der durchbrochene Kreis nicht bemerkt worden war, denn das würde die Anbeter sehr beunruhigen. Isolde hielt immer noch ihre rechte Hand umfaßt und hatte, während sie sang, ihre Augen geschlossen.

Ich bin kein Objekt, daß man einfach weggeben kann! dachte Wynne erregt. Ich sollte auch etwas dazu zu sagen haben, mit wem ich mein Bett teilen will. Aber so wollten es die Sitten und Gebräuche ihres Stammes.

Edans Hand war warm und stark. Sie wandte sich um, um den Freund aus ihrer Kindheit anzusehen. Mit seinem roten Haar und den grauen Augen unterschied er sich gänzlich von Valerian. Wie alle Männer ihres Stammes trug Edan sein Haar lang und hatte ebenfalls einen langen Bart. Selbst seine Haut unterschied sich von der des Römers, sie war nicht goldbraun, sondern rötlich und fleckig. Auch Edan war auf seine Weise attraktiv, und sie mochte ihn sehr, obgleich sie es lange abgelehnt hatte, daß ihre Zukunft von einem Mann abhing, ohne selbst gefragt zu werden. Aber das spielte auch keine Rolle mehr – jetzt gehörte sie zu dem Römer.

Erleichtert seufzte Wynne auf, daß der Kreis wieder intakt war, aber eine Frage bereitete ihr immer noch Kopfzerbrechen. Wer war der Riese von Mann, der sie so geängstigt hatte, und warum war er bei der Zeremonie anwesend? Kam er aus einem der Nachbardörfer? Er gehörte nicht zu den Mitgliedern ihres Stammes, dessen war sie sich ganz sicher.

Wer er auch sein mag, ich muß meinem Vater berichten, was ich gesehen habe. Sie müssen ihn finden. Vielleicht kann er uns zu den Opferanbetern führen, bevor die vermummten Gestalten meinem Volk Schaden zufügen. Deshalb glaubten die Römer ja, daß die keltischen Völkerstämme Menschenopfer darbrachten. In Wahrheit war ihnen eine solche Praktik bereits seit Generationen fremd, aber die Lüge hielt sich hartnäckig, und die Flammen des Hasses wurden von der Blutrünstigkeit der grausamen Kultanhänger geschürt.

»Mit jeder Faser meines Körpers schwöre ich, daß ich ihnen ein Ende machen werde«, sagte sie mit erstickter Stimme und schloß ihre Augen zum stummen Gebet an die Götter.

Das Ritual setzte sich bis weit in die Nacht hinein fort, bis Wynne schließlich erschöpft war und sich nach ein wenig Schlaf sehnte. Aber die Festteilnehmer mußten bis zur Morgendämmerung ausharren und das erste Licht der Sonne willkommen heißen. Bald schon war es Zeit für die symbolische Opfergabe. Derjenige, der als Bräutigam für die Göttin des Wassers allen Lebens ausgewählt worden war, würde, mit weit ausgestreckten Armen auf ein Floß gebunden, der Göttin huldigen. Es mußte ein unberührter junger Mann sein, der sich noch niemals mit einer Frau vereinigt hatte. Nach dieser Nacht war er zwar wieder frei, aber vor langer, langer Zeit war es üblich gewesen, der Göttin die Opfergabe für die Ewigkeit darzubringen, was bedeutete, daß der Auserwählte den Totenschlaf in ihren Armen halten mußte. Symbolische Opfergaben wurden auch bei anderen Festen dargebracht. Während der Samhain-Zeremonie im Winter würde wieder ein junger Mann auserwählt, der diesmal in der Erde vergraben werden mußte, denn Erde und Wasser waren weibliche Kräfte. Bei der Frühlingszeremonie – dem Fest des Feuers, das Beltene genannt wurde – und der Herbstzeremonie, die Imbolc, Fest der Lüfte hieß, waren die symbolischen Opfergaben Jungfrauen, denn Feuer und Luft galten als männliche Kräfte.

Wynne spürte, wie Edan ihre Hand drückte. »Aha, diesmal ist es Regans Sohn«, sagte Edan stolz, denn der auserwählte junge Mann war sein Neffe.

»Er ist ein tapferer Krieger. Du kannst wirklich stolz sein«, flüsterte Wynne und umklammerte sanft seine Hand.

»Ich erinnere mich noch daran, als man mir diese Ehre erwies«, sinnierte Edan mit einem entseelten Blick in seinen Augen, »der Bräutigam und die Göttin, aber jetzt sehne ich mich danach, dein Ehemann zu werden, Wynne.« Er sah ihr fest in die Augen, woraufhin sie traurig ihren Blick abwandte.

Nur die Klänge des Gesangs durchdrangen die Stille, als das Floß wie ein Blatt im Wind auf dem aufgewühlten See schaukelte. Zum ersten Mal seit Beginn der Zeremonie lächelte Wynne, denn sie freute sich für den jungen Mann. Ein Gefühl tiefen Friedens durchströmte sie. Es würde sich alles zum Besten wenden. Für den Augenblick war das Gesicht des gräßlichen Mannes vergessen.

Als die Zeremonie sich ihrem Ende zuneigte, klopfte Wynnes Herz wie rasend in ihrer Brust, denn sie wurde vor das Druidenkonzil befohlen.

»Also, Tochter des Adair, du hast dich mit einem Gottlosen, einem Römer, vereinigt«, begann einer der Druiden, ein alter Mann mit weißem Haar und Bart. »Leugnest du das ab?«

»Ich habe mich mit dem Mann vereinigt, den ich liebe«,

antwortete sie kühn und begegnete dem Blick ihres Vaters. Sie bemerkte darin seinen Zorn.

»Bereust du diesen Fehltritt nicht?« fragte der alte Mann stirnrunzelnd.

»Ich bereue nichts, und es tut mir auch nicht leid. Ich habe meinen Körper und mein Herz aus Liebe dargebracht. Es kann kein stärkeres Gesetz als das der Liebe geben. Selbst die Götter müssen Gefallen daran finden, was ich getan habe«, antwortete Wynne unbeirrt.

Die sieben Druiden schwiegen, als Wynne stolz erhobenen Hauptes und aufrecht vor ihnen stand. Sie würde ihrem Schicksal mutig begegnen.

»Daraus könnte natürlich ein Kind hervorgehen«, murmelte einer der jüngeren Druiden. Wynne schloß ihre Augen und wünschte, es wäre so.

»Ich habe Edan, dem Sohn Cedrics, meine Tochter zur Frau versprochen«, warf Adair ein und wirkte einen Augenblick lang so niedergeschlagen, daß Wynne Mitleid bekam. Sie hatte ihm keinen Kummer bereiten wollen und war immer eine folgsame Tochter gewesen, aber gegen die Macht der Liebe konnte sie nichts ausrichten.

Der alte Druide zwirbelte gedankenversunken die Enden seines Bartes. »Zuerst müssen wir herausfinden, ob sie ein Kind bekommen wird«, meinte er. »Wenn nicht, wird sie selbstverständlich nach ihrer Reinigung Edan heiraten. Wenn sie mit dem Römer ein Kind gezeugt hat, dann wird dieses Kind im Hause Adairs großgezogen werden wie sein eigen Fleisch und Blut.«

»Und was wird aus meiner Tochter?« fragte Adair voller Furcht. »Wenn sie wirklich ein Baby bekommt?«

»Sie wird ihr weiteres Leben lang unverheiratet bleiben«, antwortete der alte Druide. »In der Zwischenzeit wirst du, Tochter des Adair, in der kleinen Hütte am Ende des Dorfes einen Monat lang als Ausgestoßene leben. Dann ist wieder Vollmond.«

Wynne hielt den Atem an. Einen ganzen Monat in völliger Einsamkeit zubringen.

»Du wirst niemanden sehen außer denjenigen, die dir

während deiner Buße Nahrung und Wasser bringen, und du wirst die Hütte weder bei Tageslicht noch bei Nacht verlassen. Wenn genügend Zeit verstrichen ist, werden wir dein Schicksal hinsichtlich der Fruchtbarkeit deines Leibes wissen.« Der alte Druide hatte die Augen vor Kummer gesenkt. Die Gesetze mußten befolgt werden.

Wynne bedeckte ihr Gesicht mit ihren Händen und weinte. Wie ein gefangenes Tier im Käfig mußte sie einen Mondzyklus verbringen, fernab von ihrer eigenen Hütte, ihrem Volk, von Isolde, ihrem Vater.

Aber wenn ich mein Kind bekommen darf, ist diese Strafe dafür nicht zu hoch, sagte sie sich. Sie wischte sich die Tränen von ihren Wangen und hob wieder stolz und unbeugsam ihr Gesicht. Sie würde diese Bestrafung in Würde und Anmut ertragen. Für Sekundenbruchteile trafen sich ihre Blicke mit denen ihres Vaters, und sie erkannte, daß er im stillen um sie weinte. Es gelang ihr, ihn zart anzulächeln und ihm damit zu bezeugen, daß sie ihm vergeben hatte. Was er getan hatte, war seine Pflicht gewesen. Sie hätte ihn um nichts anderes bitten dürfen.

»Ich bin bereit, Vater«, flüsterte sie. Zusammen machten sie sich auf den Weg zur Hütte, wo er sie verließ. Seufzend bereitete sie sich auf ihre Buße vor.

»Wynne, Wynne«, hörte sie Edan rufen, und dann sah sie, daß er auf sie zulief. Als er sie erreicht hatte, griff er nach ihrer Hand und führte sie an seine Wange, wie er es schon als Kind häufig getan hatte.

»Egal, was passiert sein mag, sei versichert, daß ich dich heiraten werde. Ich werde auf dich warten, wenn es sein muß, sogar für immer. Du bist mir versprochen. Ich habe immer gewußt, daß du meine Frau werden würdest.« Edan kniete vor ihr nieder, als wollte er damit seinen Schwur besiegeln.

Wynne sah zu ihm hinunter. Sie hatte ihn niemals verletzen wollen und hoffte, daß er sie verstehen würde. »Ich kann dich nicht heiraten, Edan. Ich liebe einen anderen«, flüsterte sie und entzog ihm ihre Hand.

Verunsichert durch ihre Worte schüttelte Edan den Kopf. »Ich werde nicht zuhören. Du wirst meine Frau, das haben die Götter so entschieden.« Nachdem er das gesagt hatte, drehte er sich um und verließ sie. Sie fühlte sich so einsam und unverstanden. Als sie ihre Augen schloß, sah sie Valerians Gesicht vor sich und betete, er möge in Sicherheit sein. Wenn die Götter es zuließen, würde sie ihn wiedersehen.

12

Vom höchsten Punkt des Hügels sah der römische Militärtribun die herannahende kleine Gruppe von Männern, die aufgrund ihrer großen Entfernung aber nur mehr Staubwolken waren.

»Wenn es Kelten sind, haben sie die längste Zeit gelebt!« schwor er sich. Er hatte die blonden Barbaren noch nie ausstehen können und haßte ihr kaltes Britannien. Solange diese rebellischen Heiden allerdings nicht unterworfen waren, konnte er von seinem Heimatland jedoch nur träumen.

Die kalten blauen Augen des Tribuns spähten erneut über das weite Land. Neben einem seiner Befehlshaber reitend, gab er seinem Pferd die Sporen und lenkte es in die Richtung ihres Lagers. Er hatte noch immer nicht die Zeit gefunden, seinem alten Freund Publius einen Brief zu schreiben und diesen vom tragischen Schicksal seines Sohnes Valerian zu unterrichten, der vermißt wurde, seit er während eines Sturms im Nordwesten von seinen Männern getrennt worden war. Zweifelsohne schmückte sein Kopf jetzt als Trophäe irgendeine keltische Wand.

»Nun ja. So ist der Krieg!« meinte er leise.

Als er vom Pferd abgestiegen war, ging er an den Zelten des Lagers vorbei. Das Lager feierte den Sieg über einen der keltischen Stämme, und man gestattete den Soldaten, die Beute der unterworfenen Völker zu teilen – einschließlich natürlich ihrer Frauen.

Als er sein eigenes Zelt betreten hatte, berührte der Tribun mit habgierigen Fingern seine neuen Schätze: große, feinziselierte Bronzehelme, ein wunderschönes massives Schwert, verschiedene Armreifen und Ringe aus Silber sowie feinste Stoffe. Diese wilden Bestien verstanden sich auf vielerlei Kunsthandwerke.

Plötzlich tauchte ein junger Soldat unangemeldet in seinem Zelt auf. »Tribun! Eine Gruppe von Soldaten nähert sich. Sie haben einen Pikten gefangengenommen!«

»Einen Pikten? Warum in aller Welt sollten sie einen dieser Kerle so weit südlich finden?« entfuhr es Severus Cicero. Der Tribun war sichtlich verärgert über die Störung, doch er folgte dem jungen Mann aus dem Zelt, um die herannahenden Reiter in Augenschein zu nehmen. Das war also die Gruppe, die er vom Berg aus gesehen hatte.

Severus beobachtete die verwahrloste Truppe voller Abscheu. Sie wirkten wie Deserteure. Wenn dem wirklich so gewesen wäre, hätte er sie ihrem General überstellt, der vermutlich angeordnet hätte, daß man ihnen ihre rechte Hand abhackte, die übliche Bestrafung für Deserteure und Diebe. Einer der Reiter beeindruckte ihn allerdings auf seinem großartigen Rappen. Der Mann war wie ein Kelte gekleidet, aber sein schwarzes Haar wies ihn als Pikten aus. Er war der einzige der Männer, der sich fest und aufrecht im Sattel hielt.

Jetzt war die Gruppe nahe genug herangekommen, daß der Tribun ihre Gesichter erkennen konnte. Ein stahlhartes Glänzen bernsteinfarbener Augen, Augen, an die sich selbst Severus gut erinnerte, traf seinen Blick.

»Valerian«, rief er.

Grinsend sprang Valerian vom Pferd und ging auf ihn zu.

Severus packte den dunkelhaarigen Mann fest an den Schultern. »Also, du junger Hengst, bist du endlich zurückgekommen. Wie ich sehe unversehrt, abgesehen von einigen Veränderungen deiner Bekleidung.« Seine Augen streiften Valerian; dann lachte er. »Nun, willkommen zu Hause!«

Gemeinsam schlenderten sie zu dem großen Zelt des Tribuns. »Ich hatte dich schon für verloren geglaubt.« Wieder blickte er Valerian an. »Erzähl mir, warum du so gekleidet bist.«

»Ich ... nun ... ich habe mir diese Kleidungsstücke geborgt«, sagte Valerian ziemlich einfältig. »Erinnere mich daran, daß ich dir die ganze Geschichte irgendwann erzähle. Sie ist unglaublich.«

»Du warst zum Kampf mit einem Barbaren gezwungen, und nachdem er als Verlierer hervorging, hast du seine Kleider gestohlen, um sicherer reisen zu können?« fragte Severus mit hochgezogenen Augenbrauen.

Valerian schüttelte den Kopf. »Nein. Laß es mich einmal so formulieren: Meine Rückkehr wurde durch eine wunderschöne Keltin ermöglicht, die selbst Venus vor Neid erblassen ließe. Ich dachte zuerst, es wäre Minerva. Sie war großartig! Weißt du, sie ...« Er hatte keine Chance, fortzufahren.

»Eine Keltin. Zweifelsohne eine schmutzige, ungepflegte Barbarin. Hatte sie Köpfe an ihrem Gürtel baumeln?« fragte der Tribun sarkastisch. »Nun ja, nicht jeder von uns hat das Glück, auf romanisierte Barbaren zu stoßen, die unsere Tradition des Badehauses schätzengelernt haben, oder, Valerian?« Seine Mundwinkel verzogen sich zu einem süffisanten Lächeln.

Valerian kochte vor Wut. Daß dieser grinsende Idiot so über Wynne redete, seine süße Wynne, die nach Veilchen und Frühlingsluft duftete. Nur mit größter Anstrengung gelang es ihm, sein Temperament zu zügeln und sich mit dem Gedanken zu beruhigen, daß er Wynne eines Tages hier ins Lager bringen wollte, und dann würde dieser Römer wahre Schönheit erkennen.

»Sie war keine Barbarin«, sagte Valerian ruhig.

»Sie sind alle einfältige und ungehobelte Barbaren, können keine zivilisierte Sprache sprechen und weder lesen noch schreiben«, brüllte Severus. Wie er sie verabscheute.

Valerian dachte an sein Entzücken, als er Wynnes sanfte Stimme gehört hatte. Er konnte sich nicht länger beherrschen. »Du nennst sie ›Barbaren‹, aber soweit ich mich erinnern kann, stammt der Begriff ursprünglich von den Griechen und galt den gestammelten Ba-Ba-Ba-Lauten derjenigen, die zu dumm waren, die griechische Sprache zu erlernen – und dazu zählten, das darf ich wohl sagen, auch wir Römer.« Er zwang sich zu einem Lächeln.

Severus bedachte Valerian mit einem eisigen Blick. Er war schon seit langem neidisch auf das Aussehen und die Umgangsformen dieses jungen Zenturios, aber schließlich grinste er wieder. »Ach Valerian. Stets der Klugscheißer. Manchmal denke ich, du bist einfach zu gebildet für das Soldatenleben.« Er griff nach seinem Arm und führte Valerian in sein Zelt. »Wir werden heute nacht ein richtiges Fest zu Ehren deiner Rückkehr feiern. Und wie wäre es jetzt mit einem schönen heißen Bad?«

»Mußt du da noch fragen?« kicherte Valerian. Augenblicklich war der Zorn auf den Tribun verraucht.

»Heute nacht kannst du alles haben, was du dir wünschst«, versprach ihm Severus mit einem hinterlistigen Grinsen. Er überließ Valerian sein Zelt und schickte ihm Sklaven, die dem Zenturio zu Hilfe eilten.

Von seinem Bad erfrischt, reckte und streckte sich Valerian und atmete tief ein. Es war ein so erhebendes Gefühl, wieder sauber zu sein. Er hatte sich rasiert, sein Haar war auf normale Länge zurückgestutzt worden, und er fühlte sich wieder wie ein Römer. Nur mit seinem Lendenschurz bekleidet, griff er nach dem Becher Wein, den ihm einer der Sklaven brachte, ein junger Schwarzer mit Zähnen so weiß wie Elfenbein. Severus hatte ihn von seinen Feldzügen aus Ägypten mitgebracht. Der Junge tat Valerian leid, denn er hatte das Gebaren eines Prinzen und sicherlich zur Oberschicht seines Heimatlandes gezählt. In die Sklaverei gezwungen zu werden mußte ihn mit tiefster Bitterkeit erfüllen.

Valerian hatte die Sklaverei immer schon mit gemischten Gefühlen betrachtet, wurden doch Menschen wie Objekte behandelt, als Besitz, für den der Sklavenhalter das gesetzlich verbriefte Recht über Leben und Tod hatte. Es war außerdem unverkennbar, daß Rom auf dem Rücken dieser Sklaven zu seiner Größe aufgestiegen war.

Der Sklavenjunge reichte Valerian seine kurze Tunika, aber noch bevor er diese überstreifen konnte, hörte er Schritte hinter sich. Als er sich umwandte, sah er ein junges Mädchen vor sich stehen. Sie war kaum älter als ein Kind, jedoch sehr hübsch mit rotgoldenem Haar und Augen wie grüne Jade. »Der Tribun Severus Cicero schickt mich, um dich zu erfreuen«, flüsterte sie mit zitternder Stimme. Als er sie ansah, senkte sie ihren Blick zu Boden.

Valerian musterte das Mädchen. Sie war eine anmutige Erscheinung mit ihren knospenden Brüsten, den geschwungenen Hüften und der schmalen Taille. Sie trug lediglich ein hauchdünnes Gewand, das ihren schlanken Körper umschmeichelte.

Zögernd kam das Mädchen auf ihn zu, während sie darüber nachdachte, womit man sie beauftragt hatte, um ihm zu gefallen. Sie versuchte, ihre Arme um seinen Hals zu legen, hielt jedoch inne, als er sie zurückwies.

»Wie heißt du, mein Kind?« fragte er höflich.

»Meghan«, antwortete sie leise.

»Woher kommst du? Bist du Keltin?«

»Ja«, antwortete sie und versuchte, die Tränen in ihren großen schimmernden Augen zurückzuhalten. »Mein Volk war immer freundlich zu euch Römern. Mein Vater wurde von euren Soldaten zum Stammesführer ernannt, weil er eure Sprache sprach.«

»Und wie kommt es dann, daß du Sklavin geworden bist?« fragte Valerian.

Traurig schüttelte sie den Kopf, und diesmal gelang es ihr nicht, die Tränen unter Kontrolle zu halten, die über ihre Wangen rollten und im Licht des Feuers wie Diamanten funkelten.

»Mein Vater versuchte, seine Frau vor einem betrunkenen Soldaten zu beschützen, und dafür wurde er bestraft. Als der Soldat seinen Verletzungen erlag, wurde mein Vater geköpft und meine Mutter und ich als Sklavinnen verkauft.«

Diese Geschichte war kein Einzelfall. Valerian hatte schon des öfteren von solchen Dingen gehört, denn Rom protegierte seine eigenen Landsleute und meinte, daß der Tod eines Barbaren keine Rolle spielte.

Das Mädchen sah ihn erneut an und trocknete ihre Tränen. Irgendwie erinnerte sie ihn an Wynne. Vielleicht lag das an ihren üppigen Lippen oder ihrer Nasenform oder ihrer anmutigen Erscheinung. Was wäre, wenn Wynne hier vor einem seiner Soldaten stände und ihr Schicksal erwartete?

»Geh zurück zu deinem Zelt, Kind«, befahl er.

Meghan warf sich ihm zu Füßen und kreischte hysterisch. »Ich gefalle dir nicht. Ach, was kann ich nur tun. Man wird mich auspeitschen und dann diesem brutalen Gallus übergeben.«

Valerian zog sie sanft vom Boden hoch. »Du gefällst mir. Sehr gut sogar. Aber du bist so jung, und, ich würde sagen, noch Jungfrau.« Sie nickte. Severus ging großzügig mit seinen Geschenken um, dachte er sarkastisch. »Du verdienst etwas Besseres, als nur das Verlangen eines Mannes zu stillen. Irgendwann wirst du dein Herz an einen Mann verlieren, und dann möchtest du ihm deinen Körper schenken«, sagte er und dachte dabei erneut an Wynne. Solange er sie noch nicht kannte, hatte er nicht an die Liebe geglaubt. Wenn er sie vielleicht nicht kennengelernt hätte, hätte er dieses junge Mädchen verführt, wie es die abgestumpften Soldaten seiner Einheit taten. Aber Wynne hatte ihm die Augen geöffnet, so daß er erkannte, was um ihn herum geschah, und seine Liebe zu ihr ließ ihn Recht von Unrecht, Liebe von Lust unterscheiden.

»Dann wirst du ihm also nicht sagen, daß du unzufrieden mit mir warst?« fragte sie.

»Nein. Ich werde Severus sagen, daß du mir sehr zu Gefallen warst. Tatsache ist, daß ich beabsichtige, dich zu kaufen, liebste Meghan, um dich vor Kummer zu bewahren, bis du zu der wunderschönen Frau herangereift bist, die ich mir vorstelle.«

Bei dem Gedanken, diesem Römer zu gehören, der doch ein Ehrenmann zu sein schien, strahlten ihre Augen vor Freude. Er war höflich und eine angenehme Erscheinung – nicht alt, grausam und häßlich wie der Tribun Severus. Sie griff nach seiner Hand und bedeckte sie mit Küssen.

»Danke«, hauchte sie.

Verwirrt über soviel Dankbarkeit, bat Valerian sie aufzustehen. Sanft schob er sie von sich. »Geh jetzt, Meghan!« befahl er. Geräuschlos schlich sie aus dem Zelt, sah sich am Eingang noch einmal um und lächelte ihn an. Dann war sie verschwunden.

Valerian kleidete sich an und legte seinen Panzer über der roten Wolltunika an. Es war seltsam, wieder das Gewicht der überlappenden Metallschalen und den Zug der Lederriemen am Brustkorb zu spüren. Er kniete sich, um seine weißen Lederstiefel über die gewebten Strümpfe zu ziehen, und hängte sich dann das lederne Waffenhalfter über die Schulter. Dann nahm er seinen Bronzehelm und schlenderte zum Zelteingang. Er wollte umgehend mit Severus über das Mädchen Meghan sprechen.

Als er aus seinem Zelt trat, bemerkte er ein schwaches Feuer und ging geradewegs darauf zu. Er nahm den Geruch verbrannter Kleidung wahr.

»Was tust du da, Soldat?« fragte er neugierig.

»Der Tribun hat angeordnet, daß die Kleidung verbrannt werden soll, in der du hierherkamst«, antwortete der Soldat.

»Nein!« schrie Valerian, schoß nach vorn und griff wie ein Irrer in die Flammen. Diese Kleidungsstücke vermittelten ihm das Gefühl, näher bei Wynne zu sein, und ihre Zerstörung bedeutete, daß ihr etwas zustoßen könnte. Als wäre diese Vernichtung ein böses Omen.

Es war bereits zu spät. Die Kleidung, die dem Vater seiner Geliebten gehört hatte, war nur noch ein Häufchen Asche. Valerian hielt seine verbrannte Hand, aber der wahre Schmerz war in seinem Herzen. Er hatte vorgehabt, Wynne diese Kleidungsstücke bei seiner Rückkehr wiederzugeben.

Die beiden Soldaten musterten ihn mißtrauisch. Einer machte eine kreisförmige Bewegung mit seinem Finger, die andeuten sollte, daß er den Zenturio für verrückt hielt, aber Valerian war egal, was sie dachten. Insgeheim verfluchte er sie.

Ein plötzlicher Schrei hallte durch die Stille, und Valerian beschlich eine Gänsehaut.

»Was, im Namen der Götter, war das?« fragte er einen der Männer.

»Nichts. Nur das Stöhnen unseres keltischen Gefangenen. Der edle Severus hat befohlen, daß der Barbar langsam gefoltert werden soll, damit er ein Beispiel abgibt für all diejenigen, die sich gegen Rom zu erheben wagen«, antwortete einer der Soldaten so emotionslos, als spräche er von einem Hund.

»Und wir nennen sie Barbaren!« entfuhr es Valerian voller Entsetzen. Er war noch nicht lange in diesem Land stationiert, aber er lernte schnell. Er fragte sich, ob Nero in Rom wirklich wußte, was hier passierte. Sicher war das nicht der richtige Weg, um Frieden zu stiften, aber er erinnerte sich auch an die überlieferten Grausamkeiten, die den Juden und Christen zugefügt worden waren. »Weiß Nero eigentlich, was hier geschieht?«

Erneut betrachtete ihn der Soldat mit unverhohlenem Mißtrauen. Dieser Zenturio war ein merkwürdiger Mensch. Was dachte er, worum es im Krieg eigentlich ging – um angenehme Gespräche und tagelange Märsche? Aber woher sollte er, der einer wohlhabenden und mächtigen Familie entstammte, auch wissen, wie es im richtigen Leben zuging? Sein Vater hat ihm zweifelsohne seine gegenwärtige Position erkauft. Der dunkelhaarige Zenturio hat vermutlich noch nie an einem Kampf teilgenommen. Angewidert spuckte er auf den Boden.

»Severus weiß, was für uns das Beste ist«, sagte er kalt und mit einem gefährlichen Glitzern in den Augen. Er wollte diesen jungen Emporkömmling in seine Schranken verweisen. »*Er* ist der Herrscher dieses Landes und nicht Nero. Der General selbst hat dem Tribun die Verantwortung überlassen, während er in den Norden vorstößt. Severus braucht niemandem Rede und Antwort zu stehen!«

Die Realität dieser Worte versetzte Valerian einen herben Schlag. Warum hatte er nicht schon früher erkannt, wie machthungrig der Tribun war? Wütend starrte er den Soldaten an, aber sein wahrer Zorn galt Severus und letztlich sich selbst. Wie konnte er nur so blind gewesen sein? Wie konnte er den Mann nur so unterschätzt haben? Severus war grausam und zweifellos gefährlich. Valerian fragte sich, was ihm selbst zustieße, wenn er dem Tribun in die Quere käme.

Er würde nicht zögern, mich aus dem Weg zu schaffen, Vater hin oder her, überlegte er.

Mehr als je zuvor sehnte sich Valerian nach Wynne und der gemeinsam verbrachten Zeit. In ihrer Gegenwart war er glücklich und zufrieden gewesen.

13

Wie es Severus angekündigt hatte, fand an jenem Abend ein Fest zu Ehren von Valerians Rückkehr statt. Zur Feier des Tages gab es Wildschweinbraten, dampfend heiße, nach wohlriechenden Kräutern duftende Suppe, Fasan und sogar Austern. Wohlschmeckender Wein floß in Strömen. Severus hatte angeordnet, daß ein spezielles Zelt für die Feierlichkeiten hergerichtet wurde, und Valerian erkannte, welchem Müßiggang sich seine Legion in der Zwischenzeit hingegeben hatte. Severus ruhte auf dicken Kissen wie ein Fürst, klatschte in die Hände, damit die Sklaven ihn bedienten, und starrte lüstern auf die tanzenden Mädchen. Wie Meghan waren diese vielfach fast noch Kinder, die ihren Familien entrissen worden waren, um die Soldaten zu animieren, während sie ihre sinnlichen Körper zum Klang von Harfe und Flöte im Tanz wiegten. Valerian war die Ehre zuteil geworden, neben dem Gastgeber zu sitzen, und er konnte nicht anders, als sich zu fragen, ob das alles wirklich wegen seiner Rückkehr stattfand oder weil sich Severus damit brüsten wollte, daß auch er den Stellenwert von Valerians Vater, einem mächtigen römischen Senator, besaß. Es galt als offenes Geheimnis, daß Severus sehr ehrgeizig war.

»Also hat dir das junge Mädchen gefallen, das ich in dein Zelt befohlen hatte?« fragte er und packte eine der Tänzerinnen, ein dunkelhaariges Mädchen mit blauen Augen, am Arm. Er zog sie dicht zu sich heran und küßte sie und widmete dann seine Aufmerksamkeit erneut Valerian. »Für einen entsprechenden Preis bin ich bereit, sie dir zu überlassen.«

»Für welchen Preis?« fragte Valerian vorsichtig.

»Für den schwarzen Hengst. Ich würde das als fairen Handel betrachten. Was hältst du davon?« Severus kaute gierig an einem Spieß.

Valerian schüttelte den Kopf. »Nenn einen anderen Preis, aber nicht das. Das Pferd gehört mir nicht.«

»Das ist mein Angebot«, beharrte Severus. »Hier, trink noch ein Glas.«

Valerian runzelte die Stirn. Das hier schien schwieriger zu werden, als er zunächst angenommen hatte. Aber Severus war schon fast betrunken, was vielleicht einen Vorteil für Valerian bedeuten konnte. Er mußte vorsichtig sein und nicht zuviel trinken, aber trotzdem vorgeben, genauso beschwipst zu sein wie sein Gegenüber.

»Noch mehr Wein«, forderte Severus und holte mit seinem Arm aus, was den armen schwarzen Jungen dazu veranlaßte, die ganze Karaffe über dem Tribun zu verschütten. Voller Zorn schlug dieser dem Jungen brutal ins Gesicht, so daß er zu Boden fiel. »Führt diesen schwarzen Hund nach draußen und peitscht ihn aus, bis er um sein Leben wimmert!« schrie Severus außer sich vor Zorn. Der Junge wurde rücklings von zwei Soldaten gepackt und zu Valerians Bestürzung aus dem Zelt geschleppt. Er fragte sich, wie er nur so blind hatte sein können, daß ihm solche Zwischenfälle nicht schon früher aufgefallen waren. Er wußte, daß das kein ungewöhnlicher Vorfall war.

»Tribun, bist du sicher, daß du ein solch hübsches Exemplar mit Narben verunstalten willst?« fragte er und versuchte inständig, den kleinen Kerl zu retten. »Wenn du das tust, wird der Junge doch sehr viel wertloser für dich.«

Severus musterte ihn durch seine halbgeschlossenen Lider. »Wert? Ach ja, ich glaube, du hast recht. Trotzdem muß dieser Hund bestraft werden.« Er befahl die Männer zu sich zurück. »Händigt den Sklaven zur Züchtigung hier dem Zenturio aus.« Wieder wandte er sich Valerian zu. »Ich glaube, du hast dich irgendwie geändert. Ich hoffe, daß du nicht verweichlichst, Junge. Nun ja, wir werden sehen … Es wird mich erheitern, wenn ich sehe, mit welchen Mitteln du Ibu zur Räson bringst.«

Valerian spürte die Gefahr in seinen Worten. Er wurde getestet. Es würde schwierig werden, dem Jungen gegenüber gnädig zu sein und trotzdem als Gebieter aufzutreten, aber das mußte ihm gelingen.

»Mein Vater hat mir stets beigebracht, daß harte Arbeit und Verantwortung die Schlüssel für Disziplin darstellen. Gib ihn mir, damit er ein paar Monate als mein Stallknecht dienen kann, und ich verspreche dir, daß sich sein Hochmut in wertvollen Gehorsam verwandeln wird.«

»Einverstanden, aber zuvor bezieht er zehn Hiebe.«

Valerian war enttäuscht, aber er wollte die Sache nicht erneut aufgreifen. »Und nun … kommen wir zu dem Mädchen Meghan. Gibt es nichts, womit ich dir beweisen kann, daß ich sie unbedingt haben möchte?«

Severus lachte. »Sie ist wohl eine Leidenschaftliche im Bett. Ich werde ihre Künste zunächst einmal selbst in Augenschein nehmen.«

Valerian hätte beinahe seinen Wein verschüttet und mußte sich auf die Zunge beißen, um den Tribun nicht zu schlagen. Jetzt bedurfte es seines ganzen Geschicks, das Mädchen den Fängen des alten Hurenbocks zu entreißen. Innerlich schalt er sich einen hirnrissigen Idioten. Als er einige Soldaten beim Würfelspiel bemerkte, kam ihm eine Idee.

»Würdest du mir die Möglichkeit geben, um das Mädchen zu spielen?« fragte er mit einem listigen Grinsen.

Als Antwort kicherte Severus. »Nur wenn dein Spieleinsatz der schwarze Hengst ist.«

Wynne, vergib mir, dachte Valerian und antwortete: »Einverstanden.« Dann sandte er ein Stoßgebet zu Venus. Meghans Schicksal lag jetzt in seinen Händen.

Gemeinsam mit dem Tribun schlenderte er zu den anderen Soldaten, die in ihr Spiel vertieft waren. Severus ging, vom Alkohol benebelt, mit unsicheren Schritten, und Valerian versuchte, es ihm gleichzutun. Er hielt den Atem an, als der Tribun nach den Würfeln aus Elfenbein griff. Es hing so viel von seinem Sieg ab. Mit einem selbstbewußten Grinsen würfelte Severus und beschwor insgeheim sein Schicksal. Dann nahm Valerian mit zitternden Händen die Würfel in

Empfang und schloß die Augen, als hätte er Angst vor dem Ergebnis.

»Verflucht sei dein Barbarenherz, Zenturio. Du hast gewonnen!« hörte er Severus' Schrei an seinem Ohr. Erst da öffnete er seine Augen wieder, um den Wahrheitsgehalt dieser Worte zu überprüfen. »Ich werde sie heute nacht zu deinem Zelt schicken.«

Je weiter der Abend fortschritt, um so betrunkener und streitlustiger wurden die Soldaten. Aber so war es immer, wenn sie zu tief ins Glas schauten. Valerians Magen revoltierte von all dem guten Essen und dem Wein. Als er um sich blickte und die bewußtlosen Soldaten um sich herum wahrnahm, kam ihm kurz der Gedanke, daß sie bei einem Überraschungsangriff jetzt so hilflos wie Kinder wären. Die nackten Körper von Liebenden, Männern wie Frauen, lagen am Boden, und er konnte nicht anders, als sich vor seinen eigenen Landsleuten zu ekeln. Severus, der stumm neben ihm saß, war zweifellos immer noch aufgebracht über sein verlorenes Spiel. Schließlich sprach der Tribun.

»Du bist ein tapferer und guter Soldat, Valerian. Das hast du bereits in vielen Situationen bewiesen. Ich frage mich, ob du vielleicht auch ehrgeizig bist.« Betrunken wie er war, sprach er lallend und undeutlich.

»Ich halte mich nicht für ehrgeizig«, antwortete Valerian vorsichtig und fragte sich, was in Severus' verschlagenem Hirn wohl vor sich ging. »Warum?«

Severus lachte. »Komm schon, Valerian, jeder Mann ist ehrgeizig. Wir alle wollen Macht. Sie ist das einzige, was wirklich zählt auf dieser Welt.«

Valerian widersprach ihm nicht, aber er konnte nicht anders, als diesen Mann, den er einst für einen Freund gehalten hatte, zu verabscheuen. Severus sah ihn an und winkte ihn näher zu sich heran, als wollte er ihm etwas mitteilen, das nur für Valerians Ohren bestimmt war.

»Ich werde dir ein kleines Geheimnis verraten. Ich weiß die Antwort, wie Rom erfolgreich mit dieser Barbarenplage hier in Britannien umgehen kann. Es ist wirklich ganz einfach. Jetzt, wo du mit eigenen Augen die Kelten im Norden erlebt hast, wirst du mich vielleicht verstehen. Sie sind beileibe nicht so wie die gefügigen Völker im Süden, die unsere Lebensweise übernehmen.«

»Vielleicht können sie von uns lernen«, meinte Valerian.

»Nein, nein, nein! Wir haben ihnen jede Möglichkeit eingeräumt, Römer zu werden. Sie sind zu brutal und heidnisch. Selbst unsere feinen Freunde im Süden haben sich uns noch nicht völlig unterjocht. O ja, sie übernehmen unsere Kleidung, Sprache, unsere Gottheiten. Wenn wir ihre keltischen Stammeshäuptlinge zulassen, dann werden sie trotz ihrer römischen Tempel immer noch ihre keltischen Gottheiten und Feste beibehalten.«

»Das ist kein Verbrechen«, sagte Valerian, der sich fragte, worauf Severus eigentlich hinauswollte. »Das römische Reich hat philosophische Einstellungen oder Religionen niemals verboten. Wir haben die lokalen Gottheiten und die Naturkräfte großzügig toleriert. Warum auch nicht, die keltischen Stämme beginnen ja bereits, ihre Gottheiten mit denen der Römer in Einklang zu bringen.«

Severus schlug mit seiner Faust verärgert auf eines der Sitzkissen. »Du verstehst gar nichts! Es ist nicht das gemeine Volk, das wir fürchten müssen. Es sind die Druiden. Sie stellen die Autorität der Regierung in Frage. Sie beeinflussen ihre Stämme, daß diese die römische Gesetzgebung und den Frieden nicht akzeptieren. Wenn wir sie ausmerzen können, wird der permanente Krieg ein Ende haben, und wir können in das sonnige Klima Roms zurückkehren. Sehr viel reicher und mächtiger!«

Als Valerian erkannte, was Severus vorhatte, strömte ihm kalter Schweiß den Rücken hinab. »Aber die Druiden sind keine Krieger, sie sind Priester. Religiöse Männer. Wir können keinen Krieg mit ihnen riskieren!«

Severus wandte sich ihm mit listigem Lächeln zu. »So, können wir das nicht? Ich beabsichtige einen unerbittlichen Feldzug gegen diese blutrünstige Bande. Wir werden sie abschlachten und ihre geheiligten Haine niederbrennen. Dann werden wir sehen, was von ihrer Magie übrigbleibt.«

Valerian fiel ein, daß auch Wynnes Vater ein Druide war.

Auch wenn er beinahe sein Leben an einen Opferkult verloren hätte, wußte er, daß dies nur eine heimliche Sekte gewesen war, denn die keltischen Volksstämme waren friedliebend. Nachdem er Wynne kennengelernt hatte, respektierte er ihr Volk noch um so mehr.

»Morgen dringen wir in den Norden vor, wo sie unseren Worten kein Gehör schenken und ihre ursprünglichen Sitten und ihr kriegerisches Verhalten nicht ablegen wollen. Valerian, mein Junge, ich werde dich so reich mit Land und Macht beschenken, wie du es nicht zu träumen wagst. Du wirst meine rechte Hand.« Mit diesen Worten ließ sich Severus zurück in seine Sitzkissen fallen und schlief vom Wein benebelt ein.

Tief in Valerians Magengegend rebellierte es. Sie stießen also in die Richtung vor, aus der er gerade zurückgekehrt war. Severus plante seinen Feldzug nicht weit von dort, wo Wynne und ihr Volk lebten.

Wynne, wenn ich dich doch nur warnen und auf die herannahende Gefahr vorbereiten könnte! Aber er wußte, daß er das nur unter Einsatz seines Lebens hätte wagen können, denn die Bestrafungen von Aufständischen, die sich ihren Tribunen oder Generälen widersetzten, waren hart und grausam. Die Unglückseligen wurden bis zum Tode ausgepeitscht; Generäle waren ermächtigt, Soldaten oder Offiziere für jedwede Befehlsverweigerung zu köpfen, egal, welche Konsequenz sich daraus ergab. Und Severus hatte eindeutig die Rolle eines Generals angenommen.

Ich bin vollkommen hilflos, dachte Valerian frustriert. Was war sein Leben denn noch wert, wenn Wynne etwas zustieß? Sie hatte ihm das Leben wiedergegeben. Auch er war verpflichtet, ihr Leben und das ihres Volkes zu beschützen.

Ich werde mit Severus marschieren, dachte Valerian, bis ich einen Weg sehe, ihn zu überlisten. Er warf seine Hände vors Gesicht. »Wynne, Wynne!« schrie er von Schmerz übermannt. »Ich wollte dich wiedersehen, aber nicht auf diese Weise. Alles, nur nicht das!« Seit dieser Nacht war Valerians Welt von trostloser Finsternis überschattet.

14

Tosend fuhr der Wind durch die Bäume, welche die Hütte umgaben, in der Wynne sich schlaflos hin und her wälzte. Es war, als riefe ihr eine Stimme von weit her zu, daß sie sich in Gefahr befand. Ihr Vater hatte ihr oft erzählt, daß sie hellseherische Fähigkeiten besaß, und sie fragte sich immer wieder, ob das stimmte.

Es ist nur meine Einbildung, weiter nichts, sagte sie sich unentwegt. Irgendwie schien sie den Glauben an diese Dinge zu verlieren. Sie war sich so sicher gewesen, ein Kind von Valerian zu empfangen, aber ihre monatliche Regel war eingetreten und hatte diesen Traum zunichte gemacht. Wie sie an diesem Tag geweint hatte.

Die Kraft des Windes rüttelte an der kleinen Hütte, in die sie verbannt worden war, aber Wynne hatte keine Furcht. Die Göttin des Windes konnte und wollte ihr nichts anhaben. Sie drehte sich auf den Rücken und lag dort wie gelähmt, als wäre jeder Lebensfunke in ihrem Körper ausgelöscht worden. Wie viele Tage war sie bereits hier? Zwanzig, fünfundzwanzig? Sie hatte aufgehört zu zählen. Jeder Tag hier in dieser kleinen, zellenartigen Behausung war wie der andere. Sie fühlte sich wie eine Gefangene und sehnte sich nach ihrer Freiheit zurück.

Bei dem plötzlichen Geräusch zerberstenden Holzes setzte sich Wynne ruckartig auf. Ihre Instinkte warnten sie, daß sie nicht allein war, aber sie achtete nicht darauf.

»Ich werde verrückt!« schrie sie und fuhr sich mit den Händen an die Schläfen. »Bilde mir Dinge ein.« Sie glitt von ihrem Nachtlager hinunter und pirschte sich langsam zum Eingang der kleinen Hütte vor. Es war eine seltsame Nacht; neben dem pfeifenden Wind umgab ein undurchdringlicher Nebel das Dorf, verbarg die Sterne und den Mond und machte es unmöglich, eine Handbreit vor Augen zu sehen. Trotzdem kannte Wynne jeden Fleck des Dorfes mit seinen Hütten, Getreidespeichern, Arbeitsbereichen und auch die Palisade mit dem Zaun aus gespitzten Pfählen, die es umgab. Sie sehnte sich danach, in die Nacht hinaus zu schlendern, aber das durfte sie nicht. Auch wenn sie nicht bewacht wurde, war das eine Frage der Ehre. Sie hatte ihr Wort gegeben, und sie wollte es nicht brechen, egal, wie gern sie ihrem Verlies entkommen wäre.

»Valerian«, murmelte sie. Sie fragte sich, wo er jetzt wohl war. Hatte er seine Einheit gefunden? Lebte er, war er in Sicherheit? Würde er, wie er es versprochen hatte, zu ihr zurückkehren?

Sie trat auf die Schwelle und ließ sich wie zur Erfrischung die kühle, feuchte Luft ins Gesicht wehen. Es war kalt in dieser Nacht, zu kalt für einen Sommerabend. Eine Gänsehaut überlief sie, und sie überlegte, ob sie auf die Kälte oder auf das merkwürdige Gefühl zurückzuführen war, das sie plötzlich befiel.

»Ich bin ein Dummkopf«, schalt sie sich. »Alles wird gut werden.«

Ihre Augen wandten sich wieder ins Innere der Hütte, und sie beobachtete die ihr mittlerweile vertrauten Pfosten und Stützpfeiler mit ihren geschnitzten Figuren. Wieder hörte sie ein Geräusch. Bewegungslos blieb sie stehen.

Etwas berührte ihre ausgestreckte Hand. Sie wollte schreien, aber bevor ihr auch nur ein Laut entfuhr, legte sich eine riesige Hand auf ihren Mund und unterdrückte ihren Aufschrei.

Verzweifelt kämpfte Wynne, um sich zu befreien, aber ihre Arme wurden auf ihrem Rücken von einem eisernen Griff umklammert.

»So, nun habe ich dich in meiner Gewalt«, erkannte sie eine spöttische Stimme wieder. »Ohne dein Schwert oder deinen schwarzen Hengst bist du sicherlich nicht so ein mutiger Gegner, oder?«

Sie brauchte ihrem Widersacher nicht ins Gesicht zu sehen, um zu erkennen, wer sie festhielt. Es war derselbe Mann, gegen den sie im Wald gekämpft hatte und den sie während des Lug-Festes gesehen hatte.

»Die Götter werden dich dafür strafen, daß du hier eingedrungen bist!« schalt sie ihn und kämpfte mit jeder Faser ihres Körpers gegen seine Hand auf ihrem Mund an.

»Deine Götter sind nicht die meinen!« antwortete er und riß brutal an ihren Haaren, um sie zum Schweigen zu bringen.

»Dafür kann ich nur dankbar sein!« fauchte sie ihn an. »Meine Götter verlangen keine Menschenopfer, um ihren Appetit zu stillen. Sie sind uns wohlgesonnen und nicht grausam. Sie sind großzügig und zerstören nicht alles, was sie anrühren.«

Statt einer Antwort grunzte er nur abschätzig. Wynne spürte, wie ein Holzbecher an ihre Lippen geführt wurde, und schrie auf, erinnerte sie sich doch an den Trank, der Valerian eingeflößt worden war. Ihre Schreie verunsicherten ihren Gegner, und es gelang ihr, sich ihm zu entwinden, wobei er die Flüssigkeit am Boden vergoß. Jetzt dankte sie den Göttern, daß es so dunkel war, denn die Dunkelheit war ihr Verbündeter. Vorsichtig blickte sie zur Tür, aber dort versperrte ihr die ungeschlachte Gestalt des Hünen den Weg. Verzweifelt versuchte sie sich hinter einem kleinen Holztisch zu verstecken und beäugte dabei ängstlich den Mann, der geradewegs in ihre Richtung kam. Nur die Glut des schwachen Feuers erhellte den Raum. Sie betete, daß es ihm nicht gelang, sie zu finden. Sie hielt den Atem an und erwartete ihr Schicksal.

»Wynne, Wynne«, vernahm sie eine männliche Stimme. Niemals zuvor hatte deren Klang ihren Ohren mehr geschmeichelt.

»Edan!« schrie sie. Ein lautes, fluchendes Geräusch wies ihr die Spur ihres Widersachers. Schritte und das Krachen von Holz gaben ihr zu erkennen, daß der Hüne fliehen wollte. Das konnte sie nicht zulassen. Sie sprang auf ihre Füße, verfolgte ihn wie von Sinnen, aber es war zwecklos. Der riesige Mann warf sich gegen die Tür und verschwand im Nebel.

»Ist alles in Ordnung, Wynne?« fragte Edan, aus dem Dunkel tretend. Sie rannte zu ihm und suchte Trost in seinen vertrauten Armen. »Ich habe deine Schreie gehört.«

Vollkommen außer Atem erzählte sie ihm alles über ihre Begegnung mit dem Hünen, daß sie mit ihm gekämpft hatte, um Valerian vor dem sicheren Opfertod zu bewahren, und daß sie ihn während der Zeremonie der Sonnenwende wiedererkannt hatte. Sie äußerte ihre Ängste hinsichtlich dieser Menschen.

»Wir müssen ihnen Einhalt gebieten!« rief sie und versuchte ihre zitternden Hände ruhig zu halten. Plötzlich wurde ihr bewußt, daß er bei ihr war. »Du darfst nicht hier sein. Wenn es bekannt wird, daß du das Gesetz mißachtet hast, wirst auch du bestraft«, schalt sie ihn.

Er umfaßte ihre Schultern mit seinen großen, starken Händen. »Das macht mir nichts aus. Ich mußte dich sehen. Ich bin heute nacht hierhergekommen, weil ich dir mitteilen wollte, daß die Weisen ihre Einwilligung für unsere Eheschließung gegeben haben. Noch fünf Tage, und dann ist wieder Vollmond. An dem Tag, an dem du wieder in die Gemeinschaft des Stammes aufgenommen wirst, werden wir beide zu Mann und Frau erklärt!«

»Nein!« Das Wort war nur ein Schluchzen, das ihrer Kehle entwich. Jetzt war die Bewunderung aus Edans Augen verschwunden, und er blickte verärgert. Er war ein Mann, ein wichtiger Mann für sein Volk, und auch wenn er sich zu Geduld verpflichtet hatte, weil er Wynnes Gefühle zu verstehen versuchte, konnte sie ihn nicht vor dem gesamten Stamm zum Dummkopf abstempeln. Frauen waren in der Gemeinschaft hoch geschätzt und genossen viele Freiheiten, aber Ungehorsam wurde nicht toleriert. Wenn Wynne ihn nach der Eheschließung als unbefriedigend empfand, konnte sie sich nach Stammessitte einen Liebhaber nehmen, aber erst nachdem sie ihm einen Sohn geboren hatte.

»Du kannst nicht ungeschehen machen, was bereits geschehen ist«, sagte er mit Bestimmtheit. Im Raum war es still, man hörte nur ihrer beider Atem. Edan kämpfte mit seinen Gefühlen, seiner Eifersucht. Wynne gehörte zu ihm; er würde sie für keinen Fremden freigeben.

»Es *muß* ungeschehen gemacht werden«, murmelte Wynne schließlich. »Ich liebe einen anderen.«

»Diesen … diesen *Römer*.« Er spie das Wort förmlich wie eine Beleidigung aus. Auch für Edan waren die Römer ein verhaßtes Volk.

»Ja«, antwortete sie und sah ihn fest an. Ihre kriegerische Kühnheit überraschte ihn.

»Ich liebe mein Volk, meinen Vater, mein Leben, mein Herz jedoch hat sich anders entschieden. Ich habe einem anderen ein Versprechen gegeben und werde es nicht brechen. So wie du dein Wort halten mußt, muß auch ich es tun.«

Er lachte verächtlich. »Ich nehme an, du glaubst wirklich, daß dieser Römer wegen dir zurückkehrt. O ja, es wird geflüstert, daß er dich verlassen hat, damit du deine Schande allein erträgst. Diese gottlosen Heiden aus dem Süden halten uns für Barbaren. Man wird dir niemals gestatten, einen Mann aus dem Süden zu heiraten, und auch er wird sich nicht deinetwegen den Zorn seines Volkes zuziehen wollen.«

»Er liebt mich, und ich liebe ihn auch.«

»Mag sein. Er mag dich verführen, aber dich heiraten ... das wird er nicht tun. Du wirst nichts weiter als seine Hure sein, seine Mätresse!« Edan wandte sich ab um zu gehen, doch Wynne beeilte sich, ihm den Weg abzuschneiden. Sie griff nach dem Ärmel seiner Tunika, und er drehte sich zu ihr um. Sein Blick war schmerzerfüllt.

»Ich verstehe deine Worte, aber mein Herz will sie nicht hören. Meine Liebe zu diesem Mann ist stark. Ich würde mit ihm zusammen bei seinem oder meinem Volk leben, und es wäre mir egal, was man über mich sagte, aber ich kann nicht ohne ihn leben!«

Es kostete Edans gesamte Selbstbeherrschung, um nicht seine Würde zu verlieren. »So, du würdest lieber mit ihm zusammen leben und seine Hure sein, statt meine ehrenwerte und rechtmäßig angetraute Ehefrau. Habe ich dich richtig verstanden?«

Wynnes Gesichtszüge entspannten sich, als sie versuchte, um sein Verständnis zu bitten. Sie hatte ihn niemals so verletzen wollen. »Eines Tages wirst auch du bei einem Menschen das gleiche fühlen wie ich jetzt, und dann verstehst du mich vielleicht«, sagte sie sanft. »Ich liebe dich wie einen Bruder, Edan. Ich schätze dich, und es war niemals meine Absicht, dir weh zu tun. Bitte laß uns Freunde bleiben, denn ich brauche deine Liebe und dein Vertrauen.«

Edan blickte in das Gesicht der Frau, die er seit seiner Kindheit kannte. Da gab es keine Hinterhältigkeit, sondern nur die Wahrheit. Sie war eine ehrbare Frau, die man respektieren wie lieben mußte. In einer Geste brüderlicher Verbundenheit streckte er ihr langsam seine Hand entgegen. »So sei es«, sagte er und drückte ihre Hand mit festem Griff. Für einen Moment standen sie da und sahen sich an; dann wandte sich Edan zum Gehen.

Die Erinnerung an ihren nächtlichen Besucher übermannte Wynne erneut, und sie legte eine Hand auf seinen Arm, um ihn aufzuhalten. »Mein Vater muß erfahren, in welcher Gefahr ich mich hier befinde«, flüsterte sie, »in welcher Gefahr wir alle aufgrund der Mächte der Dunkelheit sind.«

Edan nickte. »Ich gehe jetzt und werde deinem Vater berichten, was sich heute nacht ereignet hat. Du kannst hier nicht allein bleiben, wenn man versucht, dir etwas anzuhaben. Vielleicht kann er dafür sorgen, daß du befreit wirst.«

Wynne schüttelte ihren Kopf. Sie kannte die Vorgehensweisen der Druiden. Sie würden sie nicht gehen lassen, bis es Vollmond war, genau wie sie es anbefohlen hatten. »Nein, Edan. Ich muß hierbleiben.«

»Dann werde ich dafür sorgen, daß du Tag und Nacht bewacht wirst«, sagte Edan. Zum ersten Mal lächelte er in dieser Nacht. »Du bist tapfer, Wynne. Was für eine Ehefrau du wärest. Ich hoffe nur, daß der Römer genug Verstand hat, um zu erkennen, welchen Schatz er besitzt.« Mit diesen Worten ließ er Wynne allein, die verträumt in die Nacht hinaus blickte und dabei an den geliebten Mann dachte. Ihr Volk behauptete, daß man die Kraft besäße, einen geliebten Menschen zurückzuholen, wenn man nur intensiv genug an diesen Geliebten in der Ferne dachte. Von ganzem Herzen wünschte sie, es wäre so.

»Valerian«, hauchte sie, dann verriegelte sie sorgfältig die Tür zur Hütte.

15

Wynne erwachte warm und geborgen in ihren eigenen Fellen, und ein Glücksgefühl übermächtigte sie. Sie war zu Hause, ihre Verbannung war zu Ende, und sie hatte sich in der von den Druiden ihres Stammes durchgeführten Zeremonie des Wassers und des Feuers gereinigt. Sie würde weder die Hitze der brennenden Fackeln vergessen, die sie bei sich trugen, als sie sie umkreisten und ihre melodischen, poetischen Lieder sangen, noch die eiseskalte Nacht, als man sie an den Rand des Sees getragen und solange eingetaucht hatte, bis sie glaubte, ihre Lungen würden vor Atemnot bersten. Als sie dem Wasser entstieg, war sie als Wiedergeborene begrüßt worden, alles war vergeben, und ihr Vater hatte ihre Hand ergriffen und zu ihr gesagt: »Komm, laß uns nach Hause gehen.«

Nachdem sie ihr Bett verlassen hatte, zog sich Wynne rasch an und ging auf die Suche nach ihrem Vater. Es gab vieles, was zwischen ihnen noch geklärt werden mußte. Sie fand ihn draußen, wo er, tief in Gedanken versunken, seine Speere schärfte.

»Vater.«

Er legte seinen Speer beiseite und bat sie, neben ihm auf der Erde Platz zu nehmen. Das erinnerte sie an die vielen Male, als sie neben ihm gesessen und ihm bei der Arbeit zugeschaut hatte.

»Du hast mir gefehlt, meine Tochter.«

Ihre ganze Bitterkeit, die sie in all den Tagen verspürt hatte, verschwand mit diesen Worten. »Und du mir«, sagte sie.

Dann wurde es still zwischen ihnen, da jeder versuchte, die richtigen Worte zu finden.

Schließlich brach Adair das Schweigen. »Edan erzählte mir von der Gefahr, in der du dich während deiner Verbannung befunden hast«, meinte er. »Ich glaube, nachdem ich das gehört habe, habe ich während der letzten fünf Tage keine Sekunde mehr geschlafen. Wenn dir auch nur ein Haar gekrümmt würde, würde ich denjenigen mit meinen bloßen Händen erwürgen, das schwöre ich dir!« Aufgebracht rang er die Hände.

»Ich weiß, wer versucht hat, mich zu verletzen, Vater. Es war einer der Priester des Kultes der Finsternis. Derselbe Mann, der den Tod des Römers beabsichtigte.«

»Du würdest ihn wiedererkennen?«

Wynne nickte.

»Dann ist vielleicht noch nicht alles verloren.«

»Jetzt bin ich in Sicherheit«, antwortete Wynne und legte ihre Hand beruhigend auf seinen Arm.

»Ja, du bist in Sicherheit, aber ich wage nicht darüber nachzudenken, was dir hätte passieren können, wenn Edan nicht rechtzeitig aufgetaucht wäre.«

Bei der Erwähnung von Edans Namen war es, als hätte sich plötzlich eine Kluft zwischen ihnen aufgetan. Wynne stand vom Boden auf und ging ein paar Schritte von ihrem Vater weg. Sie mußte ihm noch ihre Entscheidung klarmachen, daß sie Edan nicht heiraten wollte, und befürchtete, daß der neu entstandene Frieden zwischen ihnen durch ihre Worte wieder zerstört würde.

»Edan hat mir erzählt, daß es Pläne für unsere gemeinsame Verbindung gibt«, begann sie und wandte ihrem Vater den Rücken zu. »Ich möchte dir sagen, was ich auch zu ihm gesagt habe: Ich kann ihn nicht heiraten.« Sie wartete auf seinen Zornesausbruch, aber nichts geschah. Statt dessen kam er auf sie zu und umfaßte ihre Schultern, so daß sie ihm in die Augen schauen mußte. Sie war ihm so ähnlich, ein Spiegelbild seiner Seele.

»Ich habe im vergangenen Monat eine Menge gelernt. Ich habe viele Fehler gemacht, die ich wiedergutmachen möchte. Ich werde dir niemals wieder zürnen, Wynne. Dafür bist du mir einfach zu wertvoll.«

»Dann bist du also nicht zornig und wirst mich nicht zu dieser Eheschließung zwingen?«

Er schüttelte seinen Kopf und wirkte plötzlich sehr alt und müde. Hatte er während des Monats ihrer Verbannung ebenso wie sie gelitten?

»Ich glaube, daß du ein Recht auf dein eigenes Leben haben solltest. Wärest du ein Junge, hättest du die Wahl, welchen Weg du einschlagen wolltest, ob Druide oder Krieger.

Du könntest auch das Los eines Ehemannes wählen. Ich wollte dich nur beschützen und nicht gegen deinen Willen an jemanden binden. Ich lasse dir die Wahl, Edan zu heiraten oder dem Ehegelübde abzuschwören. Ich werde dir jedoch nicht die Erlaubnis geben, einen Römer zu heiraten. Solange ich lebe, mußt du mir, was das anbelangt, gehorchen.«

Sie mußte Edan nicht heiraten. Seine Worte erfüllten sie mit bittersüßer Freude, denn sie durfte ja auch Valerian nicht heiraten. Und wenn sie seine Geliebte würde, hieß das, daß sie die Gesetze ihres Stammes übertrat, in den sie gerade wieder aufgenommen worden war.

»Ich verstehe dich, Vater, und ich werde dir gehorchen. Ich werde nicht heiraten.« Sie würde Valerian niemals heiraten können, aber sie konnte ihn auch nicht aufgeben.

Wynne verließ ihren Vater und machte sich an die Hausarbeit, als sie von einem plötzlichen Geräusch hinter sich aufgeschreckt wurde. Es war Brenna, die wie ein dunkler Geist aus dem Nichts aufgetaucht war. Sie betrachtete Wynne mit einem Blick voller Niedertracht. Heimlich hatte sie aus ihrem Versteck Vater und Tochter beobachtet.

»Ich habe deine Worte mitanhören müssen. Also weigerst du dich, deinem Vater zu gehorchen und einen prächtigen Mann zu heiraten. Wir werden mit deiner Anwesenheit gestraft sein, bis du alt und nutzlos geworden bist«, jammerte Brenna.

Wynne bemühte sich, ihre Beherrschung nicht zu verlieren. Manchmal konnte sie Brennas Scharfzüngigkeit kaum noch ertragen.

»Ich will keine Belastung für euch sein. Ich werde einen Weg finden, wie ich mich nützlich machen kann«, antwortete Wynne.

»Was willst du tun? Du *bist* nutzlos.« Brenna trat einen Schritt auf Wynne zu, als wolle sie sie schlagen, aber noch bevor sie ausholen konnte, näherte sich Adair murrend. In seiner Gegenwart war Brenna honigsüß, aber Adair begann bereits zu spüren, daß die beiden Frauen Dissonanzen hatten.

»Halt den Mund, Frau. Ich entscheide hier, wer unter meinem Dach wohnt und wer nicht. Mein Haus ist auch Wynnes Haus, solange ich lebe. Sie ist meine Tochter, und ich lasse nicht zu, daß du sie so behandelst.«

Brenna funkelte ihn aus wütenden Augen an, und einen Augenblick lang dachte Wynne, sie wolle sich Adair widersetzen. Sie hoffte fast, dem wäre so, denn sie hatte sich schon seit langem gewünscht, daß ihr Vater endlich erkannte, was für eine Frau er da geheiratet hatte. Brenna schwieg jedoch und senkte gehorsam ihren Blick. »Vergib mir, Adair«, murmelte sie. »Ich habe dabei nur an dich gedacht.« Dann kehrte sie zur Hütte zurück, schloß die Außentür hinter sich und ließ Vater und Tochter im Freien allein.

»Brenna wird dich niemals verstehen können, meine Tochter. Aber du darfst ihr nicht böse sein, sie meint es nur gut. Aber genug geredet. Komm, ich möchte dir etwas zeigen.«

Wynne lächelte und war einverstanden, wußte sie doch, daß ihr Vater beinahe verhext von Brennas Schönheit und Anmut war. Und auch wenn ihre Stiefmutter unverhältnismäßig grausam zu ihr war, so wollte sie diese Seite des Wesens seiner Ehefrau doch nicht vor ihrem Vater enthüllen und ihn damit unnötig belasten.

Adair nahm ihren Arm, und gemeinsam schlenderten sie von der Hütte in Richtung der Ausläufer des Dorfes.

16

Als der Morgen dämmerte und die ersten Sonnenstrahlen die Erde berührten, erwachte Valerian voller Verwirrung. Wo war er? Hatte er das, was passiert war, nur geträumt? Nein. Seine von dem langen Ritt schmerzenden Gelenke bewiesen das Gegenteil. Die Ereignisse der vergangenen Tage kamen ihm wieder ins Gedächtnis zurück. Würde er das jemals vergessen können?

Als er sich mit steifen Gliedern erhob, spürte er Severus'

Blick auf sich lasten, der ihn beobachtete. Konnte der Mann seine Gedanken lesen?

»Dieser Mann ist gefährlich«, dachte er insgeheim und wußte nur zu gut, daß diese Annahme stimmte. Die römische Armee hatte unter Severus Cicero das Land der Kelten besetzt und auf ihrem Weg soviel Zerstörung hinterlassen, wie es nie zuvor ein Krieger oder Druide für möglich gehalten hätte. Man hatte den Befehl gegeben, die geheiligten Eichenhaine zu fällen oder zu verbrennen, und die Druiden sowie ihre Anhänger waren getötet oder in die Sklaverei verkauft worden.

»Beeil dich, Zenturio!« neckte ihn ein Soldat scherzhaft und riß Valerian aus seinen Gedanken. Es war der junge, dunkelhaarige Soldat namens Burrus, der den Tribun Severus imitierte und jetzt bereits zu Pferd für die Weiterreise gerüstet war. Zwischen dem glattrasierten Burrus und Valerian hatte sich eine Art Freundschaft entwickelt. Tief in seinem Inneren wußte Valerian, daß dieser junge Soldat das Töten genauso verabscheute wie er.

Valerian beeilte sich, seine Rüstung anzulegen, sprang auf sein Pferd und ritt neben den Soldaten. Vor ihnen sahen sie den Tribun, der in der Ferne nach irgendwelchen verräterischen Zeichen der Kelten suchte.

»Sieht so aus, als müßten wir wieder den ganzen Tag reiten«, meinte der junge Mann nachdenklich.

»Unserem Tribun scheint das unbequeme Leben zu gefallen«, antwortete Valerian sarkastisch. »Was mich anbelangt, so habe ich es nicht eilig, wieder mit keltischen Kriegern zusammenzutreffen. In der Schlacht sind sie furchterregend. Ich habe niemals ihresgleichen erlebt.«

Seine Worte wurden von Burrus bestätigt. »Ich kann mir nicht helfen, aber ich muß ihren Mut bewundern.«

»Selbst unser furchtloser Tribun scheint zumindest etwas beeindruckt von ihnen zu sein«, antwortete Valerian. »Sie sind in der Lage, selbst erfahrene Soldaten in Angst und Schrecken zu versetzen, wenn sie mit ihrem langen, wallenden Haar in die Schlacht reiten. Allein ihr Gesang!«

Seine Worte entsprachen der Wahrheit. Die Kelten schien

eine übernatürliche Aura zu umgeben, wenn sie mit ihren weißen Gesichtern wie Geister durch das Sonnenlicht ritten. Sie saßen stolz und aufrecht zu Pferde, sangen mit ihren rauhen Stimmen oder bliesen unharmonische Töne auf ihren Hörnern und schlugen mit ihren Schwertern gegen ihre Schilde. Vor einer Schlacht beschworen sie mit ritualisierten Bewegungen ihren Kampfgeist herauf, tanzten und sprangen herum und gerieten häufig in eine solche Ekstase, daß sie ihre Kettenhemden und Helme abwarfen und völlig entblößt, furchtlos und kampfeslustig weiterzogen.

Severus wandte sich zu seinen Männern um. »Wir reiten, bis wir die Spitze jenes Hügels erreichen«, befahl er. »Bis zu der alten Festung auf dem Berg, dann rasten wir.«

Heftige Winde zerrten an ihnen, als die Soldaten weiterritten. Um sich vor der Kälte zu schützen, zog Valerian seinen Umhang fester um seinen Körper und verfluchte Severus im stillen.

»Verflucht! Können wir Römer nicht endlich in Frieden leben? Verdammt seien Severus und sein unersättlicher Gebietsanspruch. Man könnte meinen, er wäre der leibhaftige Nero.« Die Furcht nagte an ihm, daß Wynne eines der unschuldigen Opfer dieser sinnlosen Gewalt werden könnte. Er mußte einen Weg finden, um sie zu retten, anderenfalls hatte sein Leben keinen Sinn mehr.

Valerian betrachtete das dichte Grün und die braune Erde, während er auf den Berg zuritt. Die sanft abfallenden Hügel waren mit sattem Gras bedeckt, hier und da standen knorrige Bäume.

Als er das Berglager erreicht hatte, schlenderte Valerian herum und streckte seine Gliedmaßen. Von der Festung aus hatte man einen guten Blick in die Ferne. Er würde niemals seinen ersten Kampf vergessen, die wilde, furchteinflößende Formation der Reiter, die geschickt manövrierten, von Pferden gezogene Streitwagen. Kein Wunder, daß Wynne eine hervorragende Reiterin war – das war Teil ihres Erbes. Die Streitwagen der Kelten waren mit jeweils zwei Kriegern besetzt, einer lenkte die Pferde, während der andere mit Pfeilen auf den Feind zielte. Wenn alle Speere abgeworfen waren, verließ der Speerwerfer den Wagen und stürzte sich zu Fuß in die Auseinandersetzung, während der Wagenlenker Pferd und Wagen aus dem Kriegsgeschehen manövrierte. Ihre Pferde wurden ebenfalls von zwei Männern geritten, einer lenkte das Pferd, der andere kämpfte.

Unsere Kampftechnik ist eine vollkommen andere, sinnierte er. Die Frontreihen der römischen Infanterie richteten eine Salve von Speeren auf den Feind, während Bogenschützen und Werfer diese mit Pfeilen und Steinen attackierten. Dann griff die Kavallerie mit Pike und Schwert an.

»Ah, Valerian«, vernahm er eine Stimme. Severus stand hinter ihm und starrte wie ein Geier auf das Land unter ihnen. »Wir müssen so rasch wie irgend möglich essen und trinken. Wir haben heute noch viel zu tun.«

Viel Blutvergießen hinter uns bringen, dachte Valerian, schwieg jedoch. Er wollte diesem Abschlachten ein Ende bereiten und mit diesen Völkern Frieden schließen. »Ich denke, wir sollten heute nacht hierbleiben«, sagte er statt dessen. »Diese Festung ist sehr massiv gebaut.« Das imposante Bauwerk aus festen Steinmauern thronte unmittelbar am Berghang und war an allen vier Seiten von einem Schutzwall umgeben, der von einem aufragenden Zaun aus Holzpfählen durchzogen wurde.

»Hierbleiben?« meinte Severus vernichtend. »Zweifelsohne hat diese Bauweise früher einmal Schutz vor Angriffen geboten. Diese Barbaren sind sehr geschickte Baumeister, aber wenn wir hier oben mit den Kelten konfrontiert würden, wären wir ihnen wie Ameisen ausgeliefert. Diese Festung kann mit Leichtigkeit eingenommen werden. Nein, nein. Erst müssen wir kämpfen.«

Valerian sah ein, daß Argumentieren keinen Sinn hatte. »Warum können wir nicht einfach Frieden mit diesen Völkern schließen?« knurrte er leise.

Aber Severus hatte seine Worte gehört und warf ihm einen schiefen Seitenblick zu. »Eine interessante Vorstellung. Frieden. Frieden, in der Tat.« Er setzte seinen Helm auf und deutete Valerian, ihm zu folgen.

Im gleißenden Sonnenlicht verließen die Römer die Festung. Gegen Ende des Tages hatten sie die weiten Täler und die sanften Hügel hinter sich gelassen. Jetzt wurde ihr Weg beschwerlicher, denn er führte durch felsige Kluften und vorbei an rauschenden Gebirgsbächen.

Als sie sich mühsam durch das Geröll vorpirschten, drehte Valerian sich um. Er war so sehr damit beschäftigt, eine Verletzung Sloans zu vermeiden, daß er die herannahende Gefahr erst bemerkte, als er Burrus' Schreie hörte.

»Die Kelten!« schrie dieser. »Sie sind uns auf den Fersen!« Als Valerian sich umwandte, blickte er in die gezückten, im Sonnenlicht glänzenden Speere.

»So viel zum Thema *Frieden*, mein Freund«, hörte er Severus' sarkastische Worte und dann den Befehl: »Attacke! Wir werden diesen heidnischen Bastarden die Macht Roms beweisen!«

Die Pferde galoppierten über den felsigen Boden auf die gegnerischen Reiter zu. Das Geräusch der klappernden Pferdehufe drang in Valerians Ohr, kam näher und näher. Er war schweißnaß von dem anstrengenden Ritt, und sein Herz hämmerte gegen seinen Rippenbogen. Plötzlich durchfuhr es seine Schulter wie ein stechendes Feuer.

»Wynne!« schrie er in dem Bewußtsein, daß er nicht sterben konnte, solange er sie nicht wiedergesehen hatte. Als er vom Pferd stürzte, erhob er mit letzter Kraft sein Schwert, um sich zu verteidigen.

17

Während er sich von seiner Schulterwunde erholte, verlor Valerian jedes Zeitgefühl. Burrus hatte ihn vom Schlachtfeld getragen und ihm das Leben gerettet. Aus der Ferne hatten die beiden Männer das Blutbad und die Zerstörung vor ihnen beobachtet. Die Sinnlosigkeit des Krieges durchfuhr sie wie eine eisige Welle. Wozu dienten all diese Toten und die ganze Zerstörung? Dem Ruhm einiger Männer, einem Weltreich?

Zunächst hatte es so ausgesehen, als wäre die Übermacht der keltischen Stämme mit ihren brillanten Einzelkämpfern siegreich, aber die Strategie der Römer hatte letztlich doch gesiegt. Denn die Kelten besaßen nichts als ihren Todesmut zur Verteidigung, um sich den unaufhaltsam vordringenden Legionen zu widersetzen. Es schien nur eine Frage der Zeit, bis die keltischen Lebensformen der Macht Roms wichen und ihre Kulturen ausstarben.

Valerian hörte in der Nähe das Heulen eines Wolfes und spähte um sich, ob er irgendwelche Zeichen des Tieres wahrnahm. Es wäre angenehm, ein warmes Wolfsfell als Nachtlager zu haben. Er fragte sich, ob die Kelten ebenfalls den Schrei des Wolfes in ihren Lagern hörten. Vermutlich schon. Auch wenn er von ihnen verwundet worden war, konnte er kein Haßgefühl für sie empfinden. Er legte sich zurück auf sein hartes Lager aus Erde und Zweigen und träumte, auf die Morgendämmerung wartend, von Bildern einer wunderschönen, goldhaarigen Frau.

Als die ersten Sonnenstrahlen die Erde erwärmten, bestieg die Legion wieder ihre Pferde. Valerian griff die Zügel seines Pferdes und spürte immer noch seine schmerzende Wunde. Er blickte über die Felder, betrachtete die wilde Schönheit des Landes, das sich vor ihnen ausdehnte, das grüne Blätterwerk der Bäume, die Vögel. In seinem Tagtraum überlegte er, was hätte sein können. Jetzt allerdings würde das Land nur allzubald in Schutt und Asche versenkt werden.

»Heil, Zenturio«, vernahm Valerian eine Stimme. Als er Burrus erkannte, ritt er zu dem jungen Kavalleristen.

»Wie geht's, Burrus?«

»Gut. Severus ist sehr erfreut über unseren Sieg. Ohne Zweifel sind dabei mehrere Druiden ans Messer geliefert worden.« In seinem Blick und dem Valerians spiegelte sich kalte Verachtung wider. Krieg sollte zwischen Kriegern ausgetragen werden.

Valerian wußte, daß Severus falsche Gerüchte über den Feind – wie beispielsweise die Darbringung von Menschenopfern durch die Druiden – verbreitete und Rom die Nachricht von der Brutalität der keltischen Krieger übermittelt hatte, um damit seine Militäraktionen zu rechtfertigen. Als beginge Rom selbst keine dieser Ungeheuerlichkeiten!

»Morgen ziehen wir nach Norden in das Gebiet der Parisier«, erklärte Burrus fluchend.

»Morgen marschieren wir bereits?« fragte Valerian und versuchte vor dem jungen Mann seine Fassung zu bewahren. Es war also bereits zuviel Zeit verstrichen. Es näherte sich der Tag, an dem Wynne und ihr Volk in Gefahr sein würden. Zum Teufel mit Severus!

»Manchmal wünsche ich mir, ich wäre niemals Soldat geworden«, gab der junge Burrus offen zu.

»Genauso denke auch ich. Diese Militärkampagne gefällt mir überhaupt nicht«, antwortete Valerian und versuchte, den jungen Mann mit seinen Worten zu beruhigen.

»In der Nacht ... sehe ... sehe ich die Leichen. Ich träume von den entsetzlichen Geschehnissen. Aber was wir tun, muß seine Berechtigung haben. Es muß einen Grund für dieses Gemetzel geben. Wenn ich mir vorstelle, daß das alles sinnlos ist, werde ich verrückt! Aber der Tribun sagt, daß wir das Weltreich durch Einigkeit und Stärke manifestieren.« Burrus' Augen nahmen einen gequälten Ausdruck an. Valerian hatte nicht den Mut, ihm seine eigenen Befürchtungen mitzuteilen.

»Ja, wir erschaffen ein Weltreich, obgleich ich mich frage, was in der Zukunft von unseren Taten überliefert wird«, meinte er ironisch.

Er löste sich von dem jungen Soldaten und führte Sloan einen Hügel hinunter, um Severus zu suchen. Es war an der Zeit, seinen Zweifeln ein Ende zu setzen. Er konnte nicht länger in blindem Gehorsam die ehrgeizigen Befehle eines anderen befolgen. Und schon gar nicht, wenn dieser Ehrgeiz zum Tod der von ihm geliebten Frau führte.

»Severus muß mich tun lassen, worum ich ihn bitte«, rief er, als er den Hügel hinuntergaloppierte.

18

Severus blickte den stattlichen jungen Zenturio verächtlich an. »Was willst du tun?« fragte er.

»Ich bitte dich um die Erlaubnis, meine Soldaten von deinen Legionen abzuziehen«, forderte Valerian. »Gib mir zwei Tage Vorsprung ...« Er spürte, wie ihn die kalten Augen des Tribuns abschätzig musterten.

»Und was veranlaßt dich zu dieser Bitte, Zenturio?« fragte er gefährlich ruhig. »Beabsichtigst du vielleicht, allen Ruhm für dich zu beanspruchen?«

»Nein, aber ich war bereits einmal in diesem Gebiet und kenne es recht gut.«

»Und, wenn ich mich recht entsinne, wärest du dort beinahe getötet worden, als du von deiner Zenturie getrennt wurdest. Keine besonders beeindruckende Leistung, Zenturio!«

Valerian errötete vor Zorn. »Ich befolgte deine Anordnungen, Tribun.«

Die Stille zwischen ihnen war unheilvoll. Severus wandte ihm einen Augenblick lang den Rücken zu und blickte ihn dann scharf und durchdringend an, als wollte er seine Gedanken lesen. Valerians Herz setzte für Sekundenbruchteile aus. Er hatte gehofft, den Tribun davon überzeugen zu können, daß er ihn und seine Soldaten als Vorhut ziehen ließe, damit er Wynne und ihr Volk warnen konnte. Jetzt befürchtete er, daß Severus ihn durchschaut hatte.

Severus grinste breit und zeigte dabei seine vorstehenden Schneidezähne, was Valerian immer an ein Eichhörnchen erinnerte.

»Natürlich, jetzt weiß ich, warum du diese Bitte äußerst.« Er lachte, daß es Valerian durch Mark und Bein ging. »Du suchst Vergeltung für deinen beinahe erlittenen Tod. Du willst derjenige sein, der das Blut dieser Barbaren vergießen will, die dich um ein Haar ihren Göttern geopfert hätten.«

Valerian war entsetzt bei dem Gedanken, daß Severus ihn für so etwas fähig hielt. Aber egal, was Severus dachte, wenn er ihm die Erlaubnis für sein Vorgehen erteilte, dann würde sich schließlich alles noch zum Guten wenden.

Severus klopfte ihm auf den Rücken. »Ich wußte, daß du ein Mann nach meinem Geschmack bist. Du verstehst es, vor diesen Barbaren Exempel zu statuieren.« Er senkte seine Stimme. »Vielleicht wäre es das beste, sie allesamt zu kreuzigen!« Er führte seinen Becher Wein zum Mund und trank ihn in einem Zug leer. Für den Augenblick ließ sein Interesse an Valerian stark nach, denn eines der Sklavenmädchen hatte das Zelt betreten. Er grabschte nach einer ihrer Brüste und drückte ihr einen feuchten Kuß auf die Lippen.

»Heute nacht in meinem Zelt«, flüsterte er, als sie wieder hinauseilte. Erneut wandte er sich Valerian zu. Laß mich über deine Bitte nachdenken.« Er lächelte wieder. »Ach, und wenn du gehst, Valerian, dann laß doch wenigstens ein paar von diesen brutalen Kerlen für uns zum Abschlachten übrig, hm?«

Du blutrünstiges Schwein, dachte Valerian. Du nennst sie brutale Kerle, bist es aber selbst nicht wert, daß der reizenden Wynne nur ein einziges Haar gekrümmt wird. »Ich glaube nicht, daß sie brutale Kerle sind«, sagte er, als er seine Gefühle wieder unter Kontrolle hatte. »Kämpfen ist das Herzblut der Kelten, das ist wahr. Aber bei all ihrer Brutalität als Krieger sind sie ehrenwerte Menschen voller Anstand und Ehrlichkeit. Das habe ich mit eigenen Augen gesehen.«

Severus betrachtete Valerian mißtrauisch und fragte sich insgeheim, warum der Zenturio so positiv über ein Volk sprach, das nicht sein eigenes war, aber er äußerte sich nicht, sondern hörte ihm nur zu.

»Sie schätzen ihre Freiheit. Können wir ihnen das übelnehmen? Sollen wir ihr Blut vergießen, nur weil sie sich dem römischen Adler nicht unterordnen und ihre angestammten Sitten und Gebräuche nicht ablegen wollen, um unsere Schachfiguren zu werden? Ich glaube nicht. Wir sind in der Lage, andere zu unterjochen, aber ich denke, daß wir niemals unsere keltischen Widersacher unterwerfen können«, fuhr Valerian fort. Wenn Severus nun vorhatte, ihn für seine Äußerungen zu bestrafen, dann mußte er das tun.

Severus beobachtete Valerian und versuchte zu begreifen, was geschehen war, um diesen Mann so zu entflammen. Er glaubte nicht, daß es wirklich der Frieden war, auf den es dem Zenturio ankam. Nein, da steckte etwas anderes dahinter. Valerian wartete, dachte, daß er zu weit gegangen war, aber der Tribun lächelte nur.

»Vielleicht sollten wir so vorgehen wie in Londinium, wo die Kelten nicht als Sklaven, sondern unter ihren Stammesführern leben, sozusagen als Vasallen von Rom ...«, sinnierte er.

»Ja, diese Stämme haben unsere Vorgehensweise akzeptiert!« entfuhr es Valerian und hoffte inständig, daß er Severus von der Zweckmäßigkeit überzeugen konnte.

Der Tribun lachte. »Ich zweifle aber nicht daran, daß sie zu ihren alten Göttern und Gebräuchen zurückkehren, sobald wir ihnen den Rücken kehren«, warf er ein und zerstreute damit Valerians Hoffnungen. »Geh jetzt. Ich muß darüber nachdenken.« Mit knappen Worten entließ er den Zenturio.

Ich werde nicht zulassen, daß dieser blutrünstige Mörder Wynne und ihr Volk abschlachtet. Niemals! schwor er bei sich. Selbst wenn ich mich ohne Severus' Einwilligung aus dem Lager stehlen muß, werde ich das tun.

Valerian war sich der Gefahr bewußt, in die er sich damit begab. Für jede Befehlsverweigerung konnte er zum Tode verurteilt werden, aber das war ihm die Sache wert. Er würde jetzt handeln und sich später über die Konsequenzen Gedanken machen. Schließlich war sein Vater ein einflußreicher Senator. Vielleicht konnte er ihn bitten, Severus abzuberufen. Wenn erst einmal bekannt wurde, was der Tribun tat, um seine eigene Macht auszubauen ... Er entschloß sich, direkt einen Brief nach Rom zu schicken. Severus hatte die Rolle eines Generals angenommen. Sicherlich würde der Kaiser selbst dieses machthungrige Schwein degradieren.

»O Wynne, Wynne«, murmelte er. »Ich gebe dir dein Leben zurück.« Sein Herz raste bei dem Gedanken, sie wiederzusehen. Erstmalig seit Beginn des Feldzuges gegen das keltische Volk lächelte er, als er sich ihr Gesicht vorstellte. Plötzlich spürte er, daß sich alles zum Guten wenden würde. Die Götter standen sicherlich auf seiner Seite.

Einige Tage später wurde Valerian zu Severus befohlen. Der Tribun wirkte erfreut, ihn zu sehen.

»Sag mir, Zenturio«, fragte er ihn, »hast du immer noch vor, mit diesen Völkern Frieden zu schließen?«

»Selbstverständlich«, entgegnete Valerian. »Ja, ich glaube, daß zwischen unseren Völkern Frieden herrschen kann und kein weiteres Blutvergießen erforderlich ist.« Er fragte sich nur, warum er sich wie ein Kaninchen vor der Schlange fühlte.

Severus hob seine Augenbrauen. »Verstehe.« Er dachte einen Augenblick nach. »Und wie würdest du es anstellen, deinen sogenannten Frieden hier in diesem Land herzustellen und dabei nicht alle Kelten umzubringen?« fragte er sarkastisch grinsend.

Valerian konnte den Scherz in seinen Worten nicht erkennen und fragte sich, worauf der Tribun hinauswollte. »Indem ich mit ihnen rede und unsere guten Absichten unter Beweis stelle. Die Revolte der Iceni und unsere brutalen Vergeltungsmaßnahmen daraufhin waren für uns nicht vorteilhaft.« Er ließ unerwähnt, daß auch Severus' brutale Kriegsführung die keltischen Völker befremdet hatte.

»Und diese … diese Vorhut, die du da mitnehmen willst. Gilt das auch dem Zweck, Frieden zu stiften?« Severus rieb sich mit seinen knochigen Fingern das Kinn.

»Ich würde gern versuchen, Frieden zwischen unseren beiden Völkern zu schließen, Tribun«, erwiderte Valerian.

Severus schien erneut tief in Gedanken versunken und schlenderte in dem kleinen Zelt auf und ab. Schließlich grinste er. »Wenn du in diesem Land Frieden schließen und uns ermöglichen kannst, nach Rom zurückzukehren, dann werde ich dich mit weiteren Machtbefugnissen ausstatten, mein Junge. Du hast keine Vorstellung davon, wie ich dieses Land und das dauernde Blutvergießen satt habe.«

Valerian blickte sein Gegenüber an. Hatte er ihn doch falsch eingeschätzt? Er gehörte zu den Freunden seines Vaters; vielleicht war er doch an Frieden interessiert. Warum sollte er auch lügen?

»Dann läßt du mich also gehen?«

»Du hast meine Erlaubnis, das zu tun, worum du mich gebeten hast. Ich werde zwei Tage warten, bis wir marschieren, aber nicht länger, ich warne dich. Hoffentlich habe ich keinen Anlaß, meine Entscheidung zu bereuen. Es würde mir große Qualen bereiten, deinen Vater von deinem Tod durch Barbarenhand zu informieren.

»Du wirst es nicht bereuen, Tribun. Ich werde alles in meiner Macht Stehende tun, um Frieden zu stiften. Das schwöre ich bei den Göttern.«

»So sei es«, sagte Severus und klopfte Valerian aufmunternd auf die Schulter. »Ich fürchte, du hast mich in diesen letzten Wochen von ganzem Herzen verflucht. Aber Tribun zu sein ist keine leichte Aufgabe. Eines Tages wirst du das verstehen. Ich will nur das Beste für dich, Valerian. Dein Vater ist für mich wie ein Bruder, und ich bewundere ihn zutiefst. Ich weiß, daß dich eine großartige Zukunft erwartet.« Er wandte sich ab. »So, und jetzt verschwinde, bevor ich sentimental werde. Los, verschwinde!«

Valerian rannte beflügelt wie Pegasus aus dem Zelt. Die Götter waren ihm sicherlich wohlgesonnen, genau, wie er es sich gewünscht hatte.

»Wir werden sehen, was du vorhast, Zenturio, wir werden sehen«, sagte Severus leise und beobachtete, wie Valerian das Zelt verließ. »Denn ich bezweifle, daß es wirklich Frieden ist, was du suchst.« Er würde Valerian die Freiheit lassen, gemäß ihrer Absprache zu handeln, aber er wollte ihm mit seiner gesamten Legion dicht auf den Fersen bleiben.

Er würde diese Barbaren mit einem Angriff überraschen, wie sie ihn nie zuvor erlebt hatten. Zweifelsohne trachtete Valerian nach eigenem Ruhm und wollte die Aufmerksamkeit Neros und ganz Roms auf sich ziehen, aber er, Severus, würde ihn ausbooten. Er fühlte sich trunken vor Macht. Bald, bald schon war er General Severus. Ihm fehlte nur noch dieser Titel.

»Ha! Du bist ein Dummkopf, wenn du glaubst, daß ich zwei Tage warten werde, bevor ich dir folge, Valerian. Ich werde dir unmittelbar auf den Fersen sein, und wenn ich dich erreiche, wird sich herausstellen, daß du der Verräter bist, für den ich dich halte!«

19

Mit der Zeit lief das tägliche Leben für Wynne wieder in seinen ganz normalen Bahnen ab. Wie gewöhnlich war Brenna freundlich, solange Adair in der Hütte war, war er jedoch abwesend, hörte sie nicht auf, Wynnes Bemühungen zu belächeln und an allem, was sie tat, Fehler zu entdecken, um ihr Leben zu erschweren. Wynne ließ sich durch die Äußerungen der Frau jedoch nicht beirren. Sie wußte, daß ihr Vater sie liebte, und das allein zählte für sie.

In Momenten, wenn alle Arbeit getan war und Wynne Zeit dazu fand, sich hinzusetzen und ihren Gedanken freien Lauf zu lassen, dachte sie immer an Valerian und hoffte, ihn eines Tages wiederzusehen. Sie dachte auch gerade an den Römer, als Brenna sie eines Abends vor dem Abendessen ansprach.

»Nun, wie ich sehe, bist du wieder einmal in deiner Traumwelt versunken«, meinte sie hämisch. Wynne überging ihre spitze Bemerkung. Sie würde es nicht zulassen, daß die Frau ihres Vaters sie weiterhin beleidigte.

Brenna schäumte vor Wut, weil sie ignoriert wurde, und packte deshalb Wynnes Arm so heftig, daß diese vor Schmerz aufschrie. »Sieh mich an, wenn ich mit dir spreche!« sagte Brenna verärgert.

»Ich warne dich, Brenna«, entgegnete Wynne, »wenn du mich noch einmal wie vorhin anrührst …« Wynne kämpfte gegen ihren Zorn an. »Was willst du, Brenna?« fragte sie schließlich, als sich ihr Zorn gelegt hatte.

»Ich brauche einige von diesen wilden Beeren, die am Rande des Waldes wachsen. Da du nichts zu tun hast und ich voll und ganz mit der Vorbereitung des Abendessens beschäftigt bin, wollte ich, daß du sie pflückst.«

»Aber hier wachsen auch jede Menge Beeren. Warum bis zum Wald dafür laufen?« Die Vorstellung, daß die Anhänger des Kultes der Finsternis in den Wäldern umherstreiften, ließ Wynne erschauern, wenn sie an jene Nacht in der Hütte dachte.

»Das sind nicht die Beeren, die ich will. Ich kann die süßen roten Beeren mit den vielen Kernen nicht gebrauchen. Ich brauche die ganz dunkelroten.« Brenna ging auf die Wand zu, an der ihr Umhang hing, und ballte wütend ihre Hände zu Fäusten. »Wenn du Angst hast zu gehen, wenn du ein solcher Feigling bist, dann gehe ich statt dessen.«

Wynne schüttelte den Kopf und war beschämt über die Worte ihrer Stiefmutter. »Ich werde gehen«, antwortete sie mit stolz gerecktem Kinn und warf Brenna einen bohrenden Blick zu.

Sie nahm einen Korb und machte sich auf den Weg. Eigentlich machte es ihr gar nichts aus, zum Wald zu gehen; es war ein angenehmer Spaziergang. Als sie an den Pferdeunterständen vorüberging, dachte sie an Sloan. Wie sie den großartigen schwarzen Hengst vermißte. Auf ihm war sie so oft durch den Wald geritten. Ihr Vater hatte ihr ein neues Pferd geschenkt, aber es würde Sloans Platz in ihrem Herzen niemals einnehmen können. Trotzdem freute sie sich darauf, das weiße Pferd zuzureiten. Ihre Instinkte sagten ihr, daß es ein gutes Reitpferd werden würde.

Es war kalt, die Luft war erfüllt vom süßen Duft der Blumen und dem würzigen Geruch von Fichte, Eichenlaub und frischer Erde. Wynne blickte zu der grauen Wolkendecke am Himmel, die vermutlich einen herannahenden Sturm ankündigte. Sie verspürte den Drang, nicht weiter nach Beeren zu suchen, sondern zur Hütte zurückzukehren, aber das ließ ihr Stolz nicht zu. Brenna würde ihre Beeren bekommen. Schnellen Schrittes und entschlossen, ihre Aufgabe zu erfüllen und dann rasch umzukehren, marschierte sie über die steile Anhöhe auf die Bäume zu.

An einer kühlen Quelle erfrischte sie sich und ließ das glasklare Wasser durch ihre trockene Kehle rinnen. Es war merkwürdig, daß die Tiere des Waldes sich an diesem Tag im verborgenen hielten. Normalerweise kamen sie hervor, und Wynne erfreute sich an ihrem Anblick. Erneut beschlich sie das Gefühl, besser zum Dorf zurückzukehren, aber sie hatte den Wald schon fast erreicht, und deshalb setzte sie ihren Weg fort.

Mit einem Seufzer der Erleichterung sah sie die Lichtung am Rande des dichten Waldes und rannte das restliche Stück.

Wynne füllte ihren Korb randvoll und aß zwischendurch selbst einige der süßen und frischen Beeren. Als sie nach dem Korb griff, um ihn hochzuheben, hielt sie plötzlich inne, denn sie hatte hinter sich ein Geräusch gehört. Sie sah sich um. Hatte sie da nicht einen Schatten hinter dem Baum wahrgenommen? Ja, sie war sich ganz sicher. Sie sprang auf und war entschlossen, so schnell wegzurennen, wie sie konnte. Vergessen waren die gesammelten Beeren, die über den Erdboden kullerten wie die Glaskugeln ihres Vaters auf dem Spielbrett. Ein Arm griff aus der Dunkelheit des Waldes nach ihr, umschlang sie wie eine Schlange und verhinderte ihre Flucht. Wynne versuchte, sich zu befreien, aber eine weitere Hand legte sich mit brutaler Kraft auf ihren Mund, und insgeheim wußte sie, daß es die Hand ihres hünenhaften Widersachers war. Wie viele von ihnen waren jetzt in ihrer Nähe? Eine Hand auf dem Mund, eine, die ihre Arme festhielt, und sie meinte, in der Ferne auch noch eine Frauenstimme zu hören … Also drei?

Lautlos und verzweifelt kämpfte sie gegen ihre Häscher, aber sie war so hilflos wie ein Kaninchen in der Falle, auch wenn sie trat und sich wand, es war erfolglos. Man schob ihr ein Stück Stoff in den Mund. Die schlanken, von ihrem Angreifer hastig gefesselten Handgelenke schmerzten. Dann wurde ihr zu ihrem Entsetzen auch noch ein Sack über den Kopf gestülpt und über ihren Körper gezogen, so daß sie von totaler Finsternis umgeben war. Der Sack wurde um ihre Fußgelenke zusammengebunden, und dann warf einer ihrer Widersacher sie wie ein Sack Getreide auf seinen Rücken. Als sie versuchte, ihn aus dem Gleichgewicht zu bringen, wurde ihr Kopf von einem harten Gegenstand getroffen, aber sie kämpfte trotzdem weiter wie eine Löwin. Ihre Tapferkeit war allerdings sinnlos, denn je mehr sie trat und sich wand, um so enger schlangen sich die Arme um sie.

»O Vater!« schrie sie und erkannte, daß Brenna ihre einzige Hoffnung war. Wenn sie nicht zurückkehrte, würde Brenna ihrem Vater sicherlich erzählen, was geschehen war, und sie würden nach ihr suchen. Das war ihr einziger Hoffnungsschimmer. Wiederholt schalt sie sich für ihre Dummheit und Unachtsamkeit, diesen einsamen Ort ohne ihren Dolch aufgesucht zu haben.

Wynne hörte Stimmengemurmel und dann Gelächter.

Wohin bringen sie mich? O Göttin des Waldes, hilf mir. Ich will nicht, daß sie mich töten. Ich will diese Welt noch nicht verlassen, es gibt noch so vieles, das ich in diesem Leben noch erleben möchte.

Sie hörte das Wiehern eines Pferdes und spürte, wie sie auf den Rücken dieses Pferdes geworfen wurde. Ihr Kopf surrte, und der enge Sack blockierte ihr Atmen. Plötzlich versank sie in einem schwarzen Nebel.

Als sie ihr Bewußtsein wiedererlangte, überlegte Wynne, wie lange sie wohl bewußtlos gewesen sein mochte. In ihrem dunklen Gefängnis hatte sie jegliches Zeitgefühl verloren. Sie spürte, daß ihr Haar strähnig und verfilzt von ihrem Kopf herunterhing. Ihr gesamter Körper schmerzte, ihre Beine waren wie taub. Noch niemals hatte sie sich so elend gefühlt. Wo befand sie sich? Sie wußte nur, daß sie eine Gefangene war. Sie kämpfte wieder gegen ihre Fesseln an, aber die Anstrengung erschöpfte sie nur.

Als man sie schließlich aus dem Sack befreite, war sie mit ihrem Feind konfrontiert. Sie hatte sein Leben einmal verschont; würde er das gleiche jetzt für sie tun?

Das Licht schmerzte ihren Augen und blendete sie, dann erkannte sie, daß sie von Fackeln umgeben war, dreizehn flackernden Fackeln. Wie lange war sie schon hier? fragte sie sich. Als sie ins schwache Licht des Mondes hinaufsah, wußte sie die Antwort. Zweifellos vermißte sie ihr Vater bereits und war sicherlich auf der Suche nach ihr.

Das hämisch grinsende Gesicht des Hünen blickte auf sie

herab. Sein schütteres Haar ließ erkennen, daß er bereits älter war, und sein Gesicht war blaß und aufgedunsen mit Augen, die Wynne an die einer Schlange erinnerten – kalt und grausam.

»Wenn du mich töten willst, dann tu es gleich, denn ich werde mich bis zum letzten Atemzug zur Wehr setzen«, fauchte sie ihn an. Sie hatte Valerians Leben gerettet; sollte sie nun statt dessen als Opfergabe auf dem Scheiterhaufen landen?

Das Grinsen verschwand, und er runzelte die Stirn. »Wir werden dich nicht töten und auch nicht opfern«, sagte er. »Für dich haben wir uns etwas Besseres überlegt.«

Nachdem sich Wynnes Augen jetzt an das Licht gewöhnt hatten, bemerkte sie, daß sie nicht allein mit ihrem Häscher war. An seiner Seite waren zwei andere Gestalten – weitere Anhänger der dunklen Mächte. Wie der Hüne waren auch sie in Schwarz gehüllt. Sie konnte ihre Gesichter nur schemenhaft erkennen. Einer war groß und muskulös, der andere klein und schwächlich. War das die Frau, deren Stimme sie gehört hatte?

Die kleine, dunkel gekleidete Frau schwebte wie ein Geist auf Wynne zu, ihre bloßen Unterarme waren mit silbernen Armbändern in Form von Schlangen bedeckt.

Wynne bemühte sich, ihre Furcht abzuschütteln, und fragte mit schriller und abgehackter Stimme: »Wer seid ihr? Warum habt ihr mich hierhergebracht?« Ihre Stimme schien von weit her zu kommen und war ihr vollkommen fremd.

Die Frau antwortete ihr nicht. Wynne strengte ihre Augen an, um einen Blick auf ihr Gesicht zu erhaschen, aber es war gespenstisch blau angemalt, weiße Zeichnungen bedeckten Wangen und Stirn und entstellten ihre Gesichtszüge. Nur ihre Augen waren deutlich erkennbar, und diese sprühten vor unverhohlenem Haß.

Warum haßt mich diese Gestalt nur so? überlegte Wynne. Lag es daran, daß sie ihnen Valerian entrissen hatte? Sie hatte keine Erklärung dafür. Sie wußte nur, daß sie diesen blutrünstigen Bestien entkommen mußte. Egal wie.

Die drei Gestalten begannen zu singen, und die kleinste

von ihnen wandte sich von Wynne ab, legte ihre Kleidungsstücke ab, bis sie völlig nackt war, und wiegte sich zum Klang ihres Gesangs. Wynne hatte recht gehabt – es war eine Frau, ihr Körper war üppig und schimmerte im Licht. Genau wie ihr Gesicht war auch ihr ganzer Körper bemalt. Sie warf ihren Kopf zurück, schloß die Augen und hob die Arme. Schneller und immer schneller wirbelte sie herum, drehte sich im Kreise, bis sie beinahe in der Luft schwebte. Der riesige Mann warf seine Kleidung ab und tanzte ebenfalls. Seine nackten, muskelbepackten Arme waren mit Narben übersät. Für einen so großen Menschen bewegte er sich voller Anmut und tanzte, bis der Schweiß seinen Körper hinabrann wie Regen aus den Schleusen des Himmels. Wynne betrachtete ihn so fasziniert wie in Trance. Die Nacht schien in einen pechschwarzen Umhang gehüllt, und sie erkannte voller Panik, daß sie, wenn es ihr denn gelänge, sich zu befreien, Schwierigkeiten haben würde, in dieser Finsternis ihren Weg nach Hause zurück zu finden.

Von weitem konnte Wynne bereits den Gesang weiterer dunkel gekleideter Gestalten wahrnehmen, die sich ihnen näherten. Jetzt verstand sie den Grund, warum die beiden Tänzer sich in eine solche Ekstase hineingesteigert hatten. In dieser Nacht sollte eine Zeremonie stattfinden. Voller Angst erinnerte sie sich daran, was der Hüne zu ihr gesagt hatte. Sie hatten etwas mit ihr vor, aber was? Verzweifelt zerrte Wynne an ihren Fesseln. Es war sinnlos, sie war festgezurrt wie ein junges Fohlen vor seinem ersten Ausritt. Sie kam sich erniedrigt und hilflos vor. Traurigkeit und Zorn erschwerten es ihr, klar zu denken; aber dennoch wußte sie, daß sie etwas unternehmen mußte, bevor es zu spät war.

Wie eine sich windende Schlange kam der Tänzer immer näher an Wynne heran und hielt ihr eine hölzerne Schale mit einer Flüssigkeit an die Lippen.

»Nein!« schrie Wynne und drehte ruckartig den Kopf zur Seite, um dem Gebräu zu entgehen, von dem sie annahm, daß es der gleiche Zaubertrank war, der auch Valerian verabreicht worden war. Sie mußte einen klaren Kopf behalten, wenn sie wirklich fliehen wollte.

Fluchend schlug sie der Mann so fest ins Gesicht, daß sie befürchtete, erneut das Bewußtsein zu verlieren. Die Flüssigkeit rann auf den Boden und versickerte in der Erde.

»Du wirst dich noch nach dem Zaubertrank sehnen, wenn es soweit ist!« schnaubte er. Sein wildes Lachen paßte zu den Klängen des Gesangs.

»Was habt ihr mit mir vor?« fragte Wynne, und ihre Stimme war kaum mehr als ein Flüstern.

»Dich bei lebendigem Leibe in diesem Loch zu beerdigen«, sagte er und zeigte auf die Überreste eines alten Erdwalls. »Es wird lange dauern, bis du endlich tot bist, und deine Todesschreie werden wie Musik in den Ohren der mächtigen Domnu klingen!«

Wynne hatte davon gehört, daß solche Dinge passierten, und sie wußte, daß sie jede andere Todesart bevorzugen würde. In diesen Abgrund gestoßen und damit den Schlangen zum Fraß vorgeworfen zu werden, war eine fast unvorstellbar grausame Tat.

»Ihr seid gemeiner und hinterhältiger als die Schlangen, die ihr verehrt!« fauchte sie ihn haßerfüllt an. Ihre Worte ignorierend, drehte sich der Mann um und gesellte sich wieder zu der Frau. Gemeinsam begrüßten sie in ihrer ganzen Nacktheit die anderen Kultanhänger, und Wynne wurde allein mit dem hünenhaften Mann zurückgelassen. Wenn sie ihn doch nur davon überzeugen könnte, daß er sie losband, dann hatte sie eine Chance zur Flucht. Sie war schon einmal aus einer Auseinandersetzung mit ihm als Siegerin hervorgegangen.

»Meine Hände!« schrie sie auf. »Kannst du nicht meine Hände losbinden?« Der Mann lachte nur und blickte den sich entfernenden Silhouetten der Tänzer nach. Er würde kein Mitleid mit ihr haben. Mit jeder Faser ihres Herzens sehnte Wynne ihren Dolch herbei. Wie konnte sie nur so dumm gewesen sein, ihn zu vergessen? Wenn sie ihre Fesseln aufschneiden könnte, könnte sie ihrem Leben wenigstens selbst ein Ende setzen. Gegen die dunklen Wogen ihrer Verzweiflung ankämpfend, tastete Wynne langsam den Boden ab, bis sie felsigen Grund ertastete. Zunächst spürte sie nichts, nur die weiche Erde unter ihren suchenden Händen, aber dann fand sie, wonach sie gesucht hatte, die hervorstehende Ecke eines Felsbrockens. In dem Bemühen, sich zu befreien, rieb Wynne ihre Fesseln daran, bis ihre Handgelenke schmerzten und bluteten. Während sie fieberhaft an ihrer Flucht arbeitete, rief sie sämtliche Gottheiten um Hilfe an. Das hier war ihre einzige Möglichkeit, um sich zu befreien, denn wenn die anderen zurückkehrten, war es zu spät.

Der Hüne hatte ihr den Rücken zugewandt, und seine Statur bot einen furchterregenden Anblick. Aber solange er vor ihr stehenblieb, war er wie ein Schild, der sie vor den Augen der anderen abschirmte.

Als sie schließlich ihre Handfesseln gelöst hatte, bewegte Wynne ihre Hände, bis sie wieder Leben darin spürte. Langsam und um ihren Widersacher nicht auf sich aufmerksam zu machen, kroch sie immer weiter von ihm weg, um sich im Unterholz zu verstecken. Da auch ihre Füße gefesselt waren, kam sie nicht weit; sie mußte auch ihre Fußgelenke befreien.

Als könnte der Mann ihre Gedanken lesen, drehte er sich um und stürzte sich mit dem Heulen eines wilden Tieres auf sie, aber ein Geräusch im Gebüsch ließ ihn innehalten. Ein riesiger wilder Eber stand plötzlich vor ihm und schnaubte vor Wut, als sich der Riese bewegte. Wynne zerrte an ihren Fußfesseln. Ihre Fußgelenke waren aufgescheuert und bluteten, aber schließlich gelang es ihr, sich zu befreien. Mit zornigen Gebrüll stürzte der Hüne hinter ihr her, aber seine Bewegungen weckten das Interesse des Wildschweins, das zum Angriff überging. Wynne beobachtete, wie die beiden Kreaturen am Boden kämpften. Die Götter hatten es an diesem Tag doch noch gut mit ihr gemeint! Sie hatten ihr zur Flucht verholfen und ihr den Eber zu Hilfe gesandt.

Sie rannte um ihr Leben, hielt nur noch einmal kurz inne, um das Blutbad zu betrachten. Als sie losrannte, flatterte ihr Haar wild über ihre Schultern, flog ihr in die Augen und versperrte ihr die Sicht. Sie wußte, daß man ihr mittlerweile zweifellos folgte, daß die Tänzer und die Kultanhänger dicht auf ihren Fersen waren.

Sie rannte immer weiter und wagte nicht, sich umzublikken. Plötzlich stolperte sie auf ihrem Weg über einen vorstehenden Baumstumpf, fiel kopfüber auf den harten Boden und verrenkte sich ihren Knöchel. Der verletzte Fuß schmerzte entsetzlich, trotzdem gelang es ihr, wieder aufzustehen und hinkend weiterzulaufen. Sie konnte es nicht riskieren, zu rasten oder langsamer zu werden, egal, wie stark der Schmerz auch war.

Wynne hörte einen Schrei hinter sich und ahnte, daß der Mensch das Tier besiegt hatte. Er verfolgte sie jetzt und kam ihr immer näher. Ihre Angst verlieh ihr übernatürliche Kräfte, denn sie wußte, was sie erwartete, falls sie dieses Rennen verlor. Zwischen Bäumen hin und her laufend und dabei die Dunkelheit als willkommenes Versteck nutzend, schleppte sich Wynne vorwärts, bis ihre Schmerzen unerträglich wurden. Ihre Lungen drohten zu platzen, als sie anhielt und Atem holte. Als sie schließlich aufblickte, erkannte sie die Feuerstellen ihrer Stammesangehörigen. Ganz sicher wachten die Götter über ihr: Wynne fiel auf ihre Hände und Knie und krabbelte mit letzter Kraft über den harten Boden in den Schutz ihres Dorfes und in die Arme ihres völlig verzweifelten Vaters.

20

Wynne stand vor dem Feuer des Lebens und rieb ihre Hände, bis sie wieder ein Gefühl in ihnen spürte. Ihr Knöchel tat immer noch weh, und sie mußte sicherlich eine Weile am Stock gehen. Aber wenigstens lebte sie noch und hatte im großen und ganzen keinen Schaden genommen. Dafür war sie sehr dankbar. Sie blickte sich nach Brenna um, konnte ihr Gesicht unter den anderen Stammesfrauen aber nicht erkennen. Seltsam. Wohin konnte sie gegangen sein? Nun, wenigstens würde sie ihre messerscharfe Zunge nicht unter Beweis stellen.

»Wynne!« rief Isolde und lief mit ausgestreckten Armen auf sie zu. Sie umarmte ihre Cousine und spürte, mit welcher

Zuneigung sie diese umfing. »Ich hatte schon Angst, dir wäre ernsthaft etwas zugestoßen und ich würde dich vielleicht niemals wiedersehen.«

»Und ich dich nicht«, erwiderte Wynne und löste sich aus der Umarmung Isoldes. Sie berührte den Griff ihres Dolchs. »Nie wieder werde ich ohne diese Waffe das Dorf verlassen. Das war eine grausame Lektion, die ich da gelernt habe.« Ihr Vater hatte ihr den Dolch in die Hände gelegt, und sie mußte ihm versprechen, nie wieder unbewaffnet die Hütte zu verlassen. Er war außer sich gewesen, als sie nicht ins Dorf zurückgekehrt war, und hatte geglaubt, daß er sie niemals wiedersehen würde.

»Fast alle unsere Männer sind auf die Suche nach dir gegangen, selbst die alten, die kein Schwert mehr tragen können. Kannst du dir überhaupt vorstellen, wie beliebt du bei unserem Volk bist?« meinte Isolde stolz.

Wynnes Augen wurden feucht. »Vielleicht weiß ich es jetzt«, sagte sie. Sie legte noch mehr Holz aufs Feuer. Die zukkenden Flammen loderten gen Himmel. Gerade war ihr Vater mit Cedric und Edan noch einmal in den Wald geritten, um die Suche nach dem Hünen fortzusetzen. Zunächst hatte man von Krieg gesprochen, weil sich viele sicher waren, daß Wynne von einem der benachbarten Stämme gefangengenommen worden war, aber ihr Vater hatte den Aufruhr zerstreut.

»Wir leben jetzt schon seit sehr langer Zeit mit unseren Nachbarn in Frieden. Das können wir nicht riskieren«, hatte er argumentiert. »Wir müssen zusammenhalten, jetzt mehr denn je, sonst fallen die Römer ein und unterwerfen uns. Wir können nicht in den eigenen Reihen kämpfen, wie Schakale um einen Hasen. Außerdem haben wir keinen Beweis dafür, daß diese Anhänger des Kultes der Finsternis wirklich dem Stamm der Monroe angehören. Wir wissen doch gar nicht, ob nicht auch in unseren Reihen diejenigen weilen, die sich den Mächten der Domnu beugen.«

Er war so weise, ihr Vater. Er hatte jedes Gerede unterbunden, das darauf abzielte, daß Auge um Auge, Zahn um Zahn als einzige Vergeltungsmaßnahme in Frage käme. Nach etwa einer Stunde war der Frieden im Dorf wieder hergestellt. Seit beinahe einer Generation hatte der Stamm der Parisier kein Blut mehr vergossen, und keiner der Krieger war erpicht darauf, diesen Frieden zu zerstören.

Isolde verließ Wynne und kehrte mit einer Schale dampfenden Essens zu ihr zurück, das Wynne hungrig verschlang. Es war schon die dritte Schale, die sie aß. War ihr Heißhunger denn gar nicht mehr zu stillen?

»Es ist gut, daß ich nicht jeden Tag gefangengenommen werde«, scherzte sie, denn dann würde ich soviel essen, daß ich nicht mehr in meine Kleider paßte.«

»Das wäre schade«, erwiderte Isolde. »Wie wäre dein Römer bei seiner Rückkehr dann überrascht, wenn er eine doppelt so dicke Frau vorfände.«

Wynne lächelte traurig. Sie hatte nichts mehr von Valerian gehört, wußte nicht einmal, ob er noch lebte. »Solange er nur zurückkehrt, macht mir das alles nichts aus. Wenn er zurückkehrt.«

»Er wird zu dir zurückkehren«, antwortete Isolde leise.

»Mutter, Mutter, sieh doch nur!« ertönte die fröhliche Stimme von Farrell. Er kam auf Isolde zugelaufen und riß dabei das Glaskugelspiel zweier alter Männer, die neben dem Feuer hockten, von einem Schemel herunter. Wütend beschimpften sie den Jungen, der Schutz hinter der Tunika seiner Mutter suchte.

»Farrell, was hast du wieder angestellt?« schimpfte sie. Wynne kniete sich, um den beiden Männern beim Aufheben ihrer Kugeln zu helfen, und schrie vor Schmerzen auf, als sie ihren Knöchel bewegte.

»Vater ist zu Hause«, sagte der Junge unbeirrt von dem Chaos, das er angerichtet hatte. Ihn interessierte nur, daß sein Vater, Cedric, Edan, Adair und die anderen auf sie zugeritten kamen.

Bei seinen Worten blickte Wynne auf. Mit einem Aufschrei sah sie die zurückkehrende Gruppe, die ein ihr wohlbekanntes Gesicht in ihrer Mitte hatte. Es war der Hüne. Sie hatten ihn gefangengenommen.

Adair sprang von seinem Pferd und zerrte an der Kette,

die man dem Gefangenen um seinen Hals gelegt hatte und die ihm wenig Bewegungsfreiheit ließ. »Ist das der Mann, der dir so übel mitgespielt hat, Tochter?« fragte er und kannte ihre Antwort bereits.

»Ja, das ist er.« Wynnes Augen waren auf das Gesicht des Gefangenen fixiert. Er grinste sie an, als wollte er damit zum Ausdruck bringen, daß er keine Angst vor seiner Bestrafung hatte.

»Du mußt sein Strafmaß festsetzen, Adair«, sagte Edan.

Das wußte Adair. Als Patriarch der Familie war es an ihm, von dem Mann Vergeltung für die Qualen zu fordern, die er seiner Tochter zugefügt hatte. Aber das würde er nicht tun.

»Ich überlasse die Entscheidung meiner Tochter«, sagte er. »Sie war es, die durch ihn leiden mußte.« Er wandte sich Wynne zu. »Nicht wahr, meine Tochter? Willst du seinen Tod?«

Wynnes Blick traf auf den des Hünen. Einmal hatte er ihren Tod gewollt, und sie hatte sein Leben verschont. Dann hatte er versucht, ihr in der einsamen Hütte etwas anzutun, und erneut im Wald, als er sie gefangengenommen hatte. Er war für alle eine Gefahr, das stand fest; trotzdem wußte Wynne, daß er die Aufträge eines anderen ausführte. Wenn er jetzt getötet wurde, war damit jede Chance für ihr Volk vertan, den wirklichen Anführer des Kultes der Finsternis jemals zu finden.

»Ich will nicht, daß er getötet wird. Das Leben ist ein viel zu wertvolles Geschenk der Götter, als daß es von Menschenhand zerstört werden dürfte. Wenn ich sein Blut vergieße, bin ich nicht besser als sein Gebieter. Laßt ihn leben!«

Überrascht von dieser Entscheidung waren aller Augen auf sie gerichtet. Der Mann hatte versucht, ihr Schaden zuzufügen. Erkannte sie nicht, wie gefährlich es war, ihn zu verschonen?

Adair kannte seine Tochter recht gut und war von ihrer Entscheidung nicht überrascht. Als könnte er ihre Gedanken lesen, sagte er: »Wynne ist weise. Wir werden ihn ausfragen. Zweifellos wird er uns vieles sagen können.« Bei seinen Worten sprühten die Augen des Gefangenen vor Haß. »Wir werden ihn am Leben lassen, aber er wird unser Sklave. Wir werden ihn dem Stamm der Briganten überlassen, wo er mit einem Joch um den Hals arbeiten kann, bis der Tod ihn in ein anderes Leben abberuft«, wetterte Adair. Bei diesen Worten keuchte der Hüne vor Zorn und zerrte wie eine wilde Bestie an seinen Ketten.

Wynne wußte nicht, ob es daran lag, daß sie ihn zusammen mit ihrem Vater sah oder an seinem Wutgeheul, aber in diesem Augenblick erkannte sie ihn wieder. Es war einer von Brennas Angehörigen. Sie hatte ihn auf der Hochzeitsfeier gesehen, als er mit einem der anderen Gäste diskutierte. Wynne war sich sicher, daß es der gleiche Mann war. Zum ersten Mal hatte sie Mitleid mit ihrer Stiefmutter. Einen ihrer Angehörigen in die Sklaverei verdammt zu sehen und zu wissen, daß er solchen Frevel begangen hatte, würde sicherlich sehr schmerzhaft für sie sein. Sie beobachtete, wie ihr Vater und Cedric den Mann, den sie als Hünen bezeichnete, abführten, und sie beschloß, ihrem Vater seine Identität nicht preiszugeben.

»So, nun ist es vorbei!« meinte Edan leise, als er neben sie trat und ihre Hand ergriff.

»Ist es das wirklich?« fragte sie. Seine Worte sollten sie trösten, aber Wynne war sich nicht sicher, ob die Sache ein für allemal abgeschlossen war. Es gab noch weitere, die so dachten wie der Hüne. Sie würde die Frau und den Mann niemals vergessen, die im Wald in fieberhafter Ekstase getanzt hatten und sie auf grausamste Weise töten wollten. Solange sie in Freiheit lebten, war ihr gesamter Stamm immer noch in Gefahr.

21

Valerian trieb seine Männer zum wilden Galopp an, als sie sich auf ihre Reise in Richtung Westen aufmachten. Er verspürte einen inneren Zwang, sein Ziel so schnell wie möglich – und noch ehe Severus seine Meinung änderte – zu erreichen. Die Soldaten legten lediglich dann eine kurze Rast ein, wenn die Pferde Ruhe brauchten und sie aßen. Bis weit in die Abenddämmerung ritten sie ins Gebirge, bis die Pferde schließlich so erschöpft waren, daß sie lahmten; dann errichteten sie ihr Nachtlager.

Valerian legte sich auf seine harte Bettstatt und war so erschöpft, daß er nicht mehr die Kraft fand, das ihm von Burrus angebotene Brot und Trockenfleisch zu essen. Sein Schlaf wurde von qualvollen Träumen der Zerstörung heimgesucht, als wollten sie immer wieder jene Tage des Blutbads und des Gemetzels heraufbeschwören.

Am nächsten Morgen weckte ihn der Regen, der gegen sein Zelt klopfte. »Wir können nicht hierbleiben«, erklärte er Burrus ernst. »Sag den Männern, daß sie sich auf die Weiterreise vorbereiten.«

»Weiterreise? Das kann nicht dein Ernst sein«, entgegnete der junge Soldat überrascht. Er hatte den Eindruck, daß sie bei einem solchen Gewitter nicht weiterziehen konnten, bei dem es schien, als zürnte ihnen Jupiter und wollte mit seinem Donnern und Blitzen die Welt bestrafen.

Valerian legte dem jungen Mann eine Hand auf die Schulter. »Ich spüre, daß ich dir vertrauen kann, Burrus«, sagte er. Burrus nickte. »Ich habe darum gebeten, daß unsere Soldaten als Vorhut der Legion reisen dürfen, damit ich versuchen kann, Frieden zwischen uns und dem Stammeshäuptling der Parisier zu stiften. Ich habe dieses Blutvergießen satt.« Rasch erzählte er Burrus alles, was zwischen ihm und Severus abgesprochen worden war.

Der junge Soldat blickte ihn zweifelnd an. »Meinst du, daß du Severus vertrauen kannst?« Es war kein Geheimnis, daß Severus machthungrig war. Obwohl man den Mann sehr fürchtete, wurden sogar innerhalb der Legion Gerüchte von dieser Tatsache verbreitet.

»Nein, ich glaube nicht. Bislang galt sein einziger Gedanke dem Töten und wie er die Aufmerksamkeit Neros auf sich ziehen kann. Vielleicht hat Nero selbst befohlen, daß das Blutvergießen beendet werden soll«, antwortete Valerian gedankenversunken.

»Das ist möglich. Das würde seinen plötzlichen Sinneswandel erklären«, erwiderte Burrus.

»Kann ja auch sein, daß Nero diesem Kriegsgeschehen ein Ende setzen will, weil er befürchtet, daß Severus zu mächtig wird und seinen Thron bedroht.« Valerian nahm eine Kanne Regenwasser, goß es in eine Schale und spritzte es sich zur Erfrischung ins Gesicht. Burrus reichte ihm ein Wolltuch zum Trocknen seiner Augen. »Wenn Nero Frieden befohlen hat, dann habe ich keinen Zweifel daran, daß Severus den Ruhm für sich beanspruchen wird, falls ich erfolgreich bin. Aber das ist mir egal. Ich bin ausschließlich an Frieden interessiert.«

»Frieden«, wiederholte Burrus, als wäre ihm das Wort heilig. »Aber wird Severus selbst diesen Frieden einhalten? Werden die Stammesführer die römische Lebensweise akzeptieren?«

»Ich muß es versuchen. Ich muß es einfach versuchen.« Valerian griff nach einem riesigen wollenen Umhang und warf ihn sich über den Kopf. Er würde ihm vor dem Sturm etwas Schutz bieten.

Burrus grinste. »Nun, wenn wir den von dir angestrebten Frieden erreichen wollen, können wir nicht tatenlos diskutierend hier herumstehen. Laß uns aufbrechen.«

Valerian trotzte dem Sturm erneut, indem er seinen Männern signalisierte, daß sie das Lager abbrechen und weiterziehen würden. Er bemerkte die wütenden Blicke der Soldaten und hörte ihr leises Fluchen, doch er wußte, daß es niemand wagte, sich ihm zu widersetzen.

Ihre Reise wurde immer gefährlicher, denn sie waren dazu gezwungen, bis zu den Knien im tiefen Morast zu waten. Valerian ging neben Sloan und führte das Pferd durch die undurchdringliche Regenwand. Während er marschierte, zog er sich den Umhang immer fester um seinen Körper, um nicht bis auf die Haut durchnäßt zu werden. Als sie in nördliche Richtung wanderten und hohe Geröllhalden passieren mußten, die der Regen quasi in einen Wasserfall verwandelt hatte, hörte Valerian, wie einige Männer murrten: »Laßt uns umkehren.«

Er blieb hartnäckig und sagte: »Warum umkehren, wenn wir vorwärtskommen und damit immer näher ans Ziel?«

Während er weitermarschierte, dachte er an Wynne und fragte sich, was sie in diesem Augenblick wohl gerade tat.

Wynne saß neben der Feuerstelle in Tyrones Hütte und wiegte Llewellyn auf ihren Knien. Sie genoß diese Besuche bei ihrem Cousin. Das Baby erfreute sie stets, und Isolde war eine gute Freundin. Als sie die plötzliche Feuchtigkeit wahrnahm und einen Wetterumschwung vermutete, fragte sie Isolde: »Wie ist eigentlich das Wetter draußen?«

»Es regnet«, kam zur Antwort. »Wie ich diese Feuchtigkeit hasse. Sie kriecht einem richtig in die Knochen.«

Wynne lachte über Isoldes Bemerkung. Sie übertrieb immer so. »Ach ja, ich habe ganz vergessen, wie alt du schon bist. Zwei ganze Jahre älter als ich. Und du hast schon das Zipperlein in den Knochen?«

Statt einer Antwort schnaubte Isolde nur und fuhr sich mit der Hand durch ihr Haar, das ihr Gesicht jetzt in wilden Löckchen umspielte. »Ich ziehe einfach die Wärme der Sonne vor, das ist alles.«

In diesem Augenblick kamen die beiden anderen Kinder Isoldes, Selma und Farrell, auf Wynne zugelaufen. Immer wenn es regnete, trug sie ihnen Lieder und Geschichten vor. Isolde nahm das Baby aus Wynnes Armen, um es zu füttern, und setzte sich hin, als Wynne zu erzählen begann.

»Wie wäre es mit der Geschichte vom Bullen und den Kranichen?« fragte sie. Die Kinder kauerten sich neben sie und saßen zu ihren Füßen, als sie mit der Geschichte anfing, die von der symbolischen Bedeutung des Bullen als Macht des Geistes handelte. »Und wofür stehen die drei Kraniche?« fragte sie dann.

»Für die Intelligenz«, antwortete Farrell mit leuchtenden Augen.

»Das ist richtig«, sagte Wynne. »Der erste Kranich stand auf dem Kopf des Tarvos Trigaranos. ›Ich bin die Weisheit‹, sagte der Kranich, ›die göttliche Weisheit.‹« Während sie die Fabel erzählte, veränderte sie ihre Stimmlage für alle drei

Kraniche, was die Kinder begeisterte. »Der dritte Kranich sagte: ›Und ich bin das menschliche Wissen.‹ Der zweite Kranich sprach ebenfalls zu dem Bullen und sagte: ›Ich bin der Überbringer von Wissen und Weisheit. Ich ermögliche den Göttern, den Menschen zu verstehen, und den Menschen, mit den Göttern zu kommunizieren. Ohne Wissen kann es keine Weisheit geben, und ohne Weisheit ist unser ganzes Wissen sinnlos.‹« Wynne kniete nieder und glättete den lehmigen Boden mit ihrer Hand, dann nahm sie ein Stöckchen und zeichnete für die Kinder ein Bild, das einen Bullen darstellte, der neben einem Baum stand und auf ihm die drei Kraniche – zwei auf seinem Rücken und einer auf seinem Kopf.

»Was bedeutet denn eigentlich der Baum?« fragte sie.

»Das ist der Baum des Lebens«, erwiderte Selma und warf ihrem Bruder einen Blick zu, als wollte sie sagen, daß er nicht der einzige Intelligente in der Familie war.

»Ja, das stimmt. Der Baum des Lebens verlieh Tarvos Trigaranos Unsterblichkeit. Er war sehr mächtig und zeugte viele Nachkommen, dieser Bulle. Aber er war so beschäftigt mit seiner eigenen Wichtigkeit, daß er vergaß, dem Baum dafür zu danken, daß er ihm Leben eingehaucht hatte, und ohne das Leben selbst ist keine Macht der Erde von Bedeutung.«

Isolde hatte das Baby gefüttert, legte es schlafend in sein Bett und trat zu Wynne, damit sie der Fabel besser lauschen konnte.

»Für diese Ungehörigkeit befahlen die Götter den drei Kranichen, bis in alle Ewigkeit auf dem Bullen zu verweilen und uns, seine Kinder, an das Wunder des Lebens zu erinnern, das uns geschenkt worden ist. Und um sicherzustellen, daß wir der Natur und diesen Gottheiten gehorchen. Die Kraniche symbolisieren unsere Beziehung zu diesen Heiligen, unsere Verbindung mit den Göttern.«

Wynne beendete ihre Geschichte und lächelte die Kinder an. »Jetzt wird es Zeit für euch, schlafen zu gehen«, sagte sie und begleitete sie zu ihrem Nachtlager. Als sie zurückkehrte, legte ihr Isolde eine Hand auf die Schulter.

»Du bist eine begnadete Geschichtenerzählerin«, meinte sie. »Auch du hättest Druide werden sollen.«

»Ich habe oft von dieser Berufung geträumt, aber unser Stamm erlaubt Frauen ebensowenig, dem Priesterstand beizutreten, wie die anderen Völker. Außerdem hängt mein Herz jetzt an etwas anderem.« Ihr Blick wirkte abwesend.

»Du denkst immer noch an deinen Römer«, meinte Isolde mitfühlend.

»Ja«, gab Wynne zu.

Isolde lächelte. »In meinem Herzen spüre ich, daß du ihn wiedersehen wirst. Die Götter sind dir wohlgesonnen.« Sie setzte sich wieder an ihre Webarbeit, und Wynne schlenderte zur Türschwelle, um in den Regen hinauszustarren. Warum überfiel sie plötzlich ein solches Angstgefühl, als würde etwas Schreckliches geschehen? Lag es am Regen?

Normalerweise beruhigt mich der Regen doch, dachte sie. Das gleichförmige Prasseln der Regentropfen auf dem Strohdach empfinde ich als angenehm. Aber heute möchte ich am liebsten den Regen verfluchen und die Göttin der Winde darum bitten, ihn in alle vier Ecken der Erde zu zerstreuen. Verwirrt schüttelte sie ihren Kopf, trat dann ins Freie, um den kühlen Regen zu spüren, und wäre fast mit Tyrone zusammengestoßen, der mit zornig gerunzelter Stirn in die Hütte hereinplatzte. Wynne erkannte, daß irgend etwas nicht stimmte.

»Was ist passiert?« fragte sie und schloß die Tür, nachdem Tyrone eingetreten war.

»Es geht um unseren Gefangenen – den Mann, den du immer den Hünen nennst. Er ist tot!«

»Tot?« Wynne hob den Kopf, so daß sie ihm in die Augen blicken konnte. »Wer ...? Warum ...? Woran ist er gestorben?« fragte sie. Sicherlich war er nicht durch die Hand eines ihrer Stammesangehörigen getötet worden, denn das Urteil hatte ihn ja verschont.

»Wir fanden ihn heute morgen mit einem Messer im Rükken. Ich mochte den Mann nicht, ich verabscheue seinesgleichen, aber trotzdem, auf solche Weise zu sterben ..., nur ein hinterhältiger Mörder würde einem Leben in dieser Form ein Ende setzen.«

Aufgeregt lief Wynne durch den Raum, ihre Hände zitterten. »Also ist es doch noch nicht vorbei!« schrie sie gequält. »Vielleicht erfahren wir jetzt niemals, welche Macht hinter den Kräften der Finsternis steht und uns alle bedroht.«

22

Wynne stand draußen im Sonnenlicht und begrüßte die Wärme des Tages. Es hatte drei ganze Tage und Nächte geregnet. Ihr Vater sagte, das wäre ein Omen, aber jetzt hatte der Regen aufgehört und hinterließ nur den sanften Windhauch der Göttin der Lüfte. Wynne sog die frische Luft ein und wandte sich dann wieder dem jungen Pferd zu, das sie gerade trainierte.

»Tara, ich bin sehr stolz auf dich. Du lernst recht schnell«, sagte sie anerkennend und gab dem Tier zur Belohnung ein Stück Apfel. Das Pferd nahm ihr das Stück Obst ganz vorsichtig aus den Händen. Seit sie Tara ausbildete, war Wynne von diesem Tier immer begeisterter. Der Schimmel war anmutig und sanft, wohingegen Sloan kraftvoll und stark gewesen war; aber Wynne mochte sie beide. Tara schien für den Stamm ein Objekt des Neides zu werden, genau wie es Sloan gewesen war, denn ihre Geschicklichkeit und ihre Schnelligkeit machten es unmöglich, die Stute zu übertreffen, und Wynne hatte das Gefühl, als raste sie mit dem Wind.

Sanft streichelte sie Taras Mähne und flüsterte ihr ins Ohr: »Sollen wir noch einmal zusammen reiten, du und ich?« und saß auf. Sie galoppierten immer im Kreis herum, und Wynne empfand wieder das Gefühl von Freiheit, das sie so lange vermißt hatte.

Schließlich hielt sie die Schimmelstute an und glitt anmutig von ihrem Rücken.

»Gute Arbeit, meine Tochter«, hörte sie die anerkennenden Worte ihres Vaters. »Du hast das Füllen gut trainiert.«

Als sie sich zu ihm umdrehte, bemerkte sie den Stolz in seinen Augen und lächelte ihn an. »Ich fürchte, Tara hat die Arbeit vollbracht. Ich habe sie nur angeleitet.« Sie ließ das

Pferd stehen, ging auf ihren Vater zu und umfaßte seine Hand mit ihren schlanken Fingern. Er drückte sie fest, wie es für gewöhnlich sein Ausdruck von Zuneigung war.

»Du bist ein Segen, Wynne«, meinte er sanft. »Du hast mir so viel Glück gebracht. Wenn ... wenn mir irgend etwas zustößt ...«

Wynne betrachtete ihn mit vor Entsetzen geweiteten Augen. »Sprich nicht von solchen Dingen. Das kann ich nicht ertragen.«

»Doch, das muß ich. Ich werde bald ein alter Mann sein. Wenn der nächste Vollmond scheint, bin ich einundvierzig. Deshalb muß ich von diesen Dingen sprechen.« Gemeinsam schlenderten sie zu einem riesigen Felsblock, der aus dem Boden lugte, und setzten sich darauf. »Der Tod ist nur eine Unterbrechung im Kreislauf des Lebens, aber trotzdem würde es mich schmerzen, dich zu verlassen, Wynne.«

Wynne führte seine große, starke Hand an ihr Gesicht und legte sie auf ihre Wange. »Ich liebe dich so sehr, Vater. Ich könnte ein Leben ohne dich nicht ertragen.«

»Doch, das könntest du. Du bist eine starke Frau. Ich könnte dich nicht mehr lieben, selbst wenn du ein Sohn geworden wärest. Vielleicht hätte ich dann weniger Grund zur Besorgnis, weil du dann deine eigene Feuerstelle hättest. Denk nicht, ich hätte nicht bemerkt, wie es um dich und Brenna bestellt ist.«

Wynne versuchte zu sprechen, aber er gebot ihr zu schweigen.

»Und ich weiß auch, wessen Fehler das ist. Brenna ist mir eine gute Ehefrau gewesen, aber sie hat nicht das Herz einer Mutter. Sie hat niemals aufgehört, eifersüchtig auf dich zu sein. Aber ihre scharfe Zunge ist auch mir nicht verborgen geblieben. Wenn ich nicht häufiger dazwischenfahre, so liegt das daran, daß ich weiß, du kannst für dich selber kämpfen. Wie ich schon sagte, du bist stark. Wenn mir allerdings etwas zustieße, würde Brenna zwar zum Oberhaupt des Haushalts, aber nicht der Feuerstelle, und ich befürchte, sie würde dir viel Kummer bereiten.« Er strich mit einer Geste über Wynnes seidiges Haar, die sie nur allzugut an ihre Kindheit erinnerte. »Hättest du Edan geheiratet … Ach, aber ich will nicht mehr davon sprechen.«

Rasch erhob er sich und bot ihr eine Wette an. »Wollen wir testen, wie gut du dein weißes Pferdchen trainiert hast? Hast du Lust, mit mir um die Wette zu reiten? Zu dem Baum dort und wieder zurück?«

Lachend sprang Wynne auf Taras Rücken und äußerte ihre eigene Wette, als sie zu ihm zurücksah. »Zu der Lichtung am Rande des Waldes und wieder zurück«, rief sie.

»Auf zur Lichtung!« schrie er, lockerte die Zügel seines Pferdes und holte mit Leichtigkeit auf. Er war stolz darauf, daß Wynne und ihr Pferd wie eine Einheit wirkten. Erneut war er von der Kraft und dem Geschick seiner Tochter fasziniert. Mann oder Frau, es gab niemanden, der ihr gleichkam.

Wynne fühlte sich unbezwingbar auf Taras Rücken, als sie wie der Wind lospreschte, dabei lachte und über ihre Schulter blickend feststellte, wie weit sie ihren Vater hinter sich gelassen hatte. Sie lenkte Tara über umgestürzte Baumstämme und abgerissene Äste und paßte sorgfältig darauf auf, daß sie sich und das Pferd nicht in Gefahr brachte. Sie galoppierte immer weiter und wurde immer schneller.

Adair folgte seiner blonden Tochter auf den Fersen und spornte sein Pferd zu mehr Schnelligkeit an. Er konnte nicht kampflos verlieren.

»Was für ein Krieger wäre aus ihr geworden!« sagte er laut und voller Stolz darüber, daß er diese reizende Frau großgezogen hatte.

Er war so darin versunken, Wynne zu beobachten, daß er nicht die hervorstehenden Wurzeln auf seinem Weg bemerkte. Sein Pferd stolperte, und Adair spürte, wie er auf dem Erdboden auftraf. Wie ein vom Himmel gefallener Komet stürzte er mit einem Schmerzensschrei zur Erde. Willig ließ er sich von der Dunkelheit fortreißen, die ihn umgab, und dankte den Göttern, daß sie ihm weitere Schmerzen ersparten.

Wynne wandte sich um, glaubte, ihren Vater mit ihrem Sieg zu übertrumpfen, aber zu ihrem Leidwesen konnte sie ihn nirgends erspähen. Hatte er so kampflos aufgegeben? Das war gar nicht seine Art. In Panik galoppierte sie über das

Gewirr von Pfaden zurück und suchte ihn verzweifelt. Als sie ihn schließlich wie einen Toten auf der Erde liegend vorfand, setzte ihr Herz sekundenlang aus.

»Vater!« schrie sie fassungslos, sprang von ihrem Pferd und kniete sich an seine Seite. Sie vergrub ihren Kopf in seiner Tunika, lauschte auf seinen Herzschlag und dachte an seine erst Augenblicke zurückliegenden Worte über den Tod. Hatte er etwa eine Wahrnehmung gehabt, was sein eigenes Ende anbelangte?

Fieberhaft suchte sie nach seinem Herzschlag. Er war so blaß, so totenstill. Sie zwang sich, ruhig zu bleiben, und hörte auf einmal sein schwaches Herzklopfen und dankte den Göttern dafür, daß er lebte. Er war nicht tot! Nicht tot! Vorsichtig untersuchte sie ihn und bemerkte die Blutspur an seiner Schläfe. Sie riß ein Stück Stoff von ihrem Ärmel und verband damit vorsichtig die Wunde.

»Vater! Wach auf!« bat sie ihn inständig. »Bitte, öffne deine Augen!« Sie schalt sich dafür, daß sie diesen Unfall verursacht hatte. Wäre sie nicht so eitel gewesen, so erpicht darauf, ihm ihre Reitkünste vorzuführen, dann würde ihr Vater jetzt nicht so hier liegen – verletzt, schmerzverzerrt und blutend.

»O Vater. Es tut mir so schrecklich leid«, schluchzte sie und ließ ihren Tränen freien Lauf. Sie drückte ihr Gesicht an seine Wange und benetzte sie mit ihren Tränen. Waren es diese Tränen, warum er schließlich das Bewußtsein wiedererlangte? Unter Schwierigkeiten gelang es ihm, seine Augen zu öffnen und sie anzuschauen.

»Wynne«, hauchte er so schwach, daß sie es kaum wahrnahm.

»Vater«, murmelte sie und streichelte sein Gesicht. Er bedeutete ihr so unendlich viel.

»Die Schmerzen ...«, stöhnte er und schloß gequält seine Augen. »Mein Rücken.«

Wynne wußte, daß sie ihn zur Hütte zurückbringen mußte, denn sie hatte keine Heilkräuter bei sich, aber sie hatte Angst, ihn auf ihr Pferd zu hieven und weitere Verletzungen zu riskieren. Aber sie konnte ihn auch nicht hier draußen am Waldrand in der Gesellschaft wilder Tiere allein lassen und, was noch schlimmer war, wo die Anhänger des Kultes der Finsternis lauerten.

Sie versuchte sich zu konzentrieren. Dann fiel es ihr ein – als Cedric während der Schlacht mit den benachbarten Briganten verwundet worden war, hatte man ihn auf einer aus Holz und Leder geflochtenen Trage nach Hause zurück transportiert. Sie mußte jetzt das gleiche für ihren Vater tun, denn sein Leben lag in ihrer Hand.

Sie holte sein Schwert aus der Scheide hervor und hackte fieberhaft an zwei starken Baumästen, die ihr für ihr Vorhaben genau richtig erschienen; dann legte sie ihren leinenen Unterrock ab, der von einem Band gehalten wurde, und streifte diesen über die Astgabeln, um eine Art Trage herzustellen.

Während sie ihren Vater mit sanften Worten beruhigte, bemühte sie sich, ihn vorsichtig auf diese Vorrichtung zu heben und ihm dabei nicht noch mehr Schmerzen zuzufügen.

»Meine Beine ... Wynne. Ich habe kein Gefühl mehr in meinen Beinen«, stöhnte er.

»Du wirst wieder gesund werden, Vater. Das verspreche ich dir«, antwortete sie und versuchte, ihre Tränen zu verbergen. Sie konnte es nicht ertragen, ihren starken und tatkräftigen Vater so hilflos zu erleben.

Ihr Blick fiel auf das vor Schmerz wiehernde Pferd ihres Vaters, weil es sich ein Bein gebrochen hatte. Sie war so beschäftigt mit ihrem Vater gewesen, daß sie das leidende Tier gar nicht wahrgenommen hatte, aber jetzt schlitzte sie ihm rasch die Kehle auf, um seinen Leiden ein Ende zu machen, und das Blut strömte zu Boden wie bei einem Opfertier.

Als sie die Trage an Taras Halfter befestigt hatte, machte sich Wynne auf den Weg zurück zum Dorf und hielt unterwegs nur einmal an, um für ihren Vater ein paar Kräuter zu sammeln, die seine Schmerzen linderten.

Es war ein langsamer, quälender Marsch zurück zur Hütte. Sie sah, daß ihr Vater unendlich litt, aber er gab keinen Schmerzenslaut von sich.

Als sie schließlich bei den Feuern ihrer Stammesangehörigen angelangt waren, eilte Wynne zu den Druiden mit ihren heilenden Händen, damit sie die Schmerzen ihres Vaters endlich linderten.

23

Während ihr Vater mit dem Leben kämpfte, wich Wynne Tag und Nacht nicht von seiner Seite. Sie linderte seine Schmerzen mit Umschlägen und mitfühlenden Worten des Trostes, sammelte Kräuter für ihn – Rosmarin gegen die Schmerzen in seinem Kopf und Schafgarbe gegen das Fieber, das ihn seit dem Unfall befallen hatte –, aber es gab wenig, was sie gegen seine Angst tun konnte, denn Adair spürte von den Hüften abwärts kein Gefühl mehr in seinem Körper. Die Druiden hatten ihn in seiner Hütte mit ihren Medizinen und Gebeten zu kurieren versucht, aber es schien so, als wäre Adair für den Rest seines Lebens ans Bett gefesselt.

Wynne gab sich die Schuld am Zustand ihres Vaters und quälte sich unentwegt mit dem Wunsch, das Gewesene ungeschehen machen zu können.

Ich werde ihn niemals verlassen, schwor sie sich. Selbst wenn Valerian zu ihr zurückkehrte, so wußte sie doch jetzt, daß sie ihren Vater niemals allein zurückließe, auch wenn sie den Römer liebte und ihm ihren Körper schenken wollte. Sie würde den Rest ihres Lebens an Adairs Seite zubringen, um ihre sinnlose Torheit zu sühnen.

Zunächst war Brenna sehr in Sorge um ihren Mann gewesen, hatte als pflichtbewußte Ehefrau alles für ihn getan, aber als es augenscheinlich wurde, daß Adair nie wieder würde gehen können, war sie kaum noch in der Hütte anzutreffen, und Wynne hatte den Verdacht, daß sie einen Geliebten hatte.

Soll sie doch für immer wegbleiben. Daran kann ich kaum etwas ändern, dachte sie. Aber als sie den gequälten Blick ihres Vaters wahrnahm und erkannte, daß auch er den gleichen Verdacht hatte, tat er ihr unendlich leid. Aber es gab nichts, um Brenna zu maßregeln, denn wenn ein Ehemann seine Frau nicht befriedigen konnte, hatte sie das Recht, ihn zu verlassen. Trotzdem konnte Wynne ihren Zorn nicht unterdrücken, als Brenna eines Tages wieder zurückkehrte.

»Du bist gemein und hinterhältig! Während mein Vater ans Bett gefesselt ist, vertreibt sich seine liebende Frau als Hure die Zeit«, meinte Wynne vernichtend.

Brennas Augen loderten bei den Worten ihrer Stieftochter haßerfüllt auf. »Und was soll ich deiner Meinung nach tun? Allein in meinem Bett schlafen? Das werde ich niemals tun. Es ist nicht mein Verdienst, daß ich jetzt an einen hilflosen Krüppel gebunden bin!«

Wynne legte der verhaßten Frau aus Furcht, daß ihr Vater ihren Streit mit anhörte, rasch ihre Hand auf den Mund. Sie würde alles tun, um ihn vor den grausamen Äußerungen dieser Frau zu schützen. Wirklich alles. »Schweig. Oder ich weiß nicht mehr, was ich tun werde. Das schwöre ich bei den Göttern!« warnte sie sie.

Aber Brenna ließ sich nicht den Mund verbieten, sondern erging sich in ihrem Ärger und ihrem Selbstmitleid. »Wer soll denn jetzt für uns jagen? Wir sind von nun an vom Wohlwollen der anderen Stammesmitglieder abhängig«, jammerte sie.

»Ich werde zur Jagd gehen. Ich bin genauso geschickt wie mein Vater und kann Reh und Wildschwein erlegen«, versprach Wynne.

Brenna lachte rauh. »Du? Du? Dann geht also dein Wunsch in Erfüllung, und du wirst endlich zum Sohn deines Vaters!« Sie stemmte ihre Hände in ihre ausladenden Hüften und schnaubte: »Nun, was meine Nahrung anbelangt, so will ich nicht von dir abhängig sein. Ich werde euch verlassen. In eine andere Hütte ziehen.«

»Das kannst du nicht tun!« flüsterte Wynne erschrocken, denn sie wußte, daß eine solche Reaktion den Stolz ihres Vaters kränken würde. Er würde jeglichen Lebenswillen verlieren, wenn das geschah. Brenna war seine Ehefrau, und auch wenn Wynne keineswegs mit ihr zusammenleben wollte, so erlaubte sie es doch niemals, daß ihr Vater in dieser Form beleidigt wurde.

»Ach, kann ich das nicht?« fragte Brenna kalt lächelnd.

»Wenn du uns verlassen willst, wirst du mir erst meine Fragen beantworten«, sagte Wynne zornig. Doch dann füllten sich ihre Augen mit Tränen. »Empfindest du denn gar kein Mitleid, gar keine Liebe für meinen Vater?«

Brenna lachte hämisch. »Es wäre besser für mich gewesen, wenn er bei diesem Sturz ums Leben gekommen wäre. Dann wäre ich jetzt wenigstens Witwe, könnte wieder heiraten und wäre nicht an diesen hilflosen Krüppel gebunden.«

Bei diesen Worten verlor Wynne ihre Beherrschung, holte aus und schlug ihrer Stiefmutter mitten ins Gesicht, so daß sie zu Boden ging.

»So etwas wirst du nie wieder über meinen Vater sagen. Habe ich mich klar genug ausgedrückt?« sagte sie drohend. »Mir gegenüber kannst du sagen, was du willst. Tun, was du willst. Aber was meinen Vater betrifft, zeigst du zumindest etwas Mitgefühl und Liebenswürdigkeit, oder es wird dir noch leidtun!« Damit drehte sich Wynne auf ihrem Absatz um, ging auf den Eingang der Hütte zu und spürte, wie die kalte Nachtluft ihr Gesicht streifte.

»Dafür wirst du mir büßen. Das wirst du bereuen«, stieß Brenna zwischen ihren Zähnen hervor, während sie ihrer Stieftochter nachblickte. »Ich werde meine Rache auskosten. Das schwöre ich.«

24

Valerian und seine Männer hatten den dichten, undurchdringlichen Wald erreicht. Es war eine lange, schwierige Reise gewesen, die sie durch Morast, über Gebirgszüge und durch Flußbetten geführt hatte, aber Mars hatte sie angeführt, und Minerva hatte ihre Schritte bewacht. Jetzt beschlich Valerian das merkwürdige Gefühl, daß er zu Hause war, hierher gehörte er – zu Wynne. Wenn sie doch nur zusammensein und den Rest der Welt ausschließen könnten.

Einen Teil des Morgens hatte er damit zugebracht, sich im

Fluß den Schmutz der Reise abzuwaschen. Das war nicht mit den Badehäusern Roms zu vergleichen, aber für ihn war es augenblicklich der reine Genuß. Er erinnerte sich an jenen Tag, an dem er zum ersten Mal Wynnes anmutigen Körper am See beobachtet hatte. Bald, so dachte er glücklich, war er wieder mit ihr zusammen. Allein der Gedanke an die Vereinigung ihrer beider Körper erweckte in ihm wohliges Verlangen.

»Zenturio, machen wir eine Rast und bauen unser Lager auf, oder marschieren wir weiter?« hörte er Burrus fragen. Er setzte seinen geschmückten Bronzehelm auf und drehte sich um, um seinen jungen Freund und Vertrauten zu begrüßen.

»Wir werden hier unser Nachtlager aufschlagen. Ich ... ich muß hier mit jemandem reden, bevor wir weiterziehen.«

»Soll ich dich begleiten?« Burrus' Stimme war eifrig, das jugendliche Verlangen nach Abenteuern klang in seinen Worten nach.

»Nein. Diesen Schritt muß ich alleine tun. Ich bitte dich nur, auf mein Signal zu lauschen – wenn es Probleme gibt, solltest du mir zu Hilfe kommen. Ich glaube jedoch nicht, daß das notwendig wird.« Er versetzte Burrus einen kameradschaftlichen Schlag auf den Rücken. »Du bist mir immer eine große Unterstützung gewesen. Ich werde das nicht vergessen.«

»Aber du kannst nicht allein gehen. Denk doch an das vorige Mal. Was wäre, wenn du in Feindeshand gerietest?«

Valerian hielt dem Blick des anderen Mannes stand. »Das hier muß ich tun. Ich muß die Gelegenheit nutzen. Demjenigen, den ich treffen werde, würde ich mein Leben anvertrauen. Tatsächlich rettete sie mich einst aus meiner grauenvollen Situation und sorgte dafür, daß ich nicht einem weiteren Feuer zum Opfer fiel. Ich werde allein gehen.«

Überrascht blickte Burrus den von ihm so bewunderten Mann an. Er hatte eindeutig ›sie‹ gesagt. Eine Frau? Kein Wunder, daß er ihn nicht begleiten sollte. Also war der Zenturio, der tapfere und starke Valerian, den Mächten der Venus nicht abhold.

Eine Hand an sein Schwert gelegt, machte sich Valerian

auf den Weg durch den Wald, und sein roter Umhang umwehte ihn wie ein Krönungsmantel. Burrus konnte nicht anders als zu denken, welch eine imposante Erscheinung sein Freund dort neben dem prächtigen Rappen abgab.

Während er marschierte, überfielen Valerian schließlich Zweifel. Wie konnte er Wynne finden? Wie konnte er mit ihr sprechen, ohne sich den Kriegern ihres Stammes auszuliefern? Durfte er hoffen, sie in der Höhle zu finden, dem geheimen Versteck, in dem er zum ersten Mal ihren anmutigen, marmorweißen Körper besessen hatte?

»Sloan, wir müssen darauf hoffen, daß deine Herrin meine Gedanken lesen kann und dort auf uns wartet«, sagte er leise zu dem Pferd. Als hätte das Tier ihn verstanden, wieherte es und schüttelte verneinend den Kopf.

»Und jetzt kennen wir deine Antwort, Sloan.« Er lachte. »Nun, ich wage es, mir vorzustellen, daß du im Unrecht bist und daß meine liebenswerte, goldhaarige Wynne doch dort ist.«

Wynne beschattete ihre Augen vor der Mittagssonne mit einer Hand, während sie mit der anderen ihren Speer fest umfaßte und sich, auf der Suche nach Beute, ihren Weg durch das Unterholz bahnte. Sie hatte das Töten von Rehwild, diesen anmutigen und sanften Tieren, immer verabscheut, aber jetzt war es zu ihrer Pflicht geworden. Sie hatte Brenna geschworen, daß sie dafür sorgen würde, daß immer genügend Vorräte in der Hütte waren.

Ein Rascheln hinter ihr im Unterholz brachte sie fast aus der Fassung. Als sie herumwirbelte, sah sie, daß es nur ein kleiner Vielfraß war, der ebenfalls auf Beutezug war.

Wynne mußte lachen. »Ein toller Jäger bin ich, zu Tode erschrocken von einem solch harmlosen Tier.«

Erneut suchten ihre Blicke das Gebüsch nach Beute ab. Ihr Puls ging schneller, als sie schließlich einen kleinen Rehbock bemerkte, der sich vor ihr im Dickicht versteckte. Sie griff nach ihrem Speer, hob ihn hoch und verfolgte das Tier; sie war ihrem Vater dankbar, der ihr geraten hatte, Beinkleider statt eines Unterrocks unter ihrer Tunika zu tragen. Ein langer Rock wäre ihr ständig im Weg gewesen, und sie hätte sicherlich keine Chance gehabt, das Tier zu erlegen. So aber lieferte ihr das Tier immerhin eine faire Verfolgungsjagd durch den Wald. Als sie jedoch kurz innehielt, um Atem zu holen, verlor sie den Bock aus den Augen. Enttäuscht und auch erleichtert setzte sie sich auf den harten Waldboden und überlegte.

Sie griff sich an den Kopf, um ihre Kappe geradezurükken, die ihre fließenden, goldenen Locken verborgen hielt. Auch das war ein Vorschlag ihres Vaters gewesen, weil es einmal die Jagd für sie einfacher machte und zum anderen ihre Weiblichkeit verbarg. Adair hatte ohnehin versucht, ihr den Entschluß, zur Jagd zu gehen, auszureden, aber sie war hartnäckig geblieben und hatte darauf bestanden, weil sie die Herausforderung liebte. Schließlich hatte er unter der Bedingung eingewilligt, daß sie sich wie ein Mann anzog.

So gekleidet werde ich die armen Kreaturen zweifellos zu Tode erschrecken und brauche meinen Speer erst gar nicht zu erheben, dachte sie mit einem Lachen. Als sie um sich blickte, bemerkte sie, daß sie sich nicht weit entfernt von ihrem Kindheitsversteck befand. Es war schon lange her, seit sie die Höhle das letzte Mal besucht hatte. Die Erinnerung an Valerian überkam sie. Das alles schien schon so lange zurückzuliegen. Das Leben hatte sich seitdem verändert. Sie bedeckte ihr Gesicht mit ihren Händen und weinte aus Mitgefühl für ihren Vater. Sie hatte in seiner Gegenwart versucht, stark zu bleiben, aber jetzt, da sie allein war, hatte sie ihre Tränen nicht mehr unter Kontrolle. Als sie schließlich ihre Gefühle wieder in der Gewalt hatte, stand sie auf und war entschlossen, weiter auf Beutesuche zu gehen.

»Ich werde nie wieder Tränen vergießen«, schwor sie sich. »Ich werde mich nicht von dieser weiblichen Schwäche hinreißen lassen. Ich werde stark sein, für meinen Vater und auch für mich.« Ihre eigenen Worte waren wie ein Trost für sie, obwohl sie wußte, daß es schwierig sein würde, dieses Gelübde einzuhalten.

Wynne begab sich erneut auf die Fährte des Rehbocks und hielt von Zeit zu Zeit inne, um zu beobachten und zu lauschen. Einmal glaubte sie, in der Ferne das Getrappel von Pferdehufen zu hören, aber ihr Volk ritt selten so weit zu Pferde aus.

»Ich bilde mir schon Dinge ein!« schalt sie sich und pirschte sich weiter durch das Gehölz.

Ein Geräusch vor ihr im Unterholz machte sie darauf aufmerksam, daß ihre Beute ganz in der Nähe war. Tatsächlich sah sie die Geweihenden des Bocks und hörte ihn atmen. Sie zielte sorgfältig, warf den Speer durch die Luft und raste zu der Stelle, an der das Tier liegen mußte. Sie verspürte Stolz über ihr erstes erlegtes Wild, aber auch Trauer um das Lebewesen. Aber es würde weiterleben. Das Leben war fortdauernd.

Wynne pirschte sich durch das Gebüsch und spähte nach dem verwundeten Bock. Sie würde ihn rasch von seinen Schmerzen erlösen, so daß er nicht leiden mußte. So besagten es ihre Stammesgesetze. Aber sie fand keine Spur des Tieres und schlich sich verwirrt zurück.

Plötzlich packte sie von hinten eine Hand, warf sich ein Körper auf sie und drückte sie zu Boden. Wynne kämpfte wie eine Löwin, biß, kratzte und schlug auf ihren Angreifer ein. Schließlich sah sie auf und erwartete, den hünenhaften Mann zu erblicken, der sie schon einmal verfolgt hatte, aber er war es nicht.

Wynne kreischte auf, als ihre Augen den Widersacher musterten. Seine Rüstung und sein Schwert, das er gnadenlos auf sie gerichtet hatte, glänzten im Sonnenlicht. Der Kopf dieser Kreatur wirkte mit seiner Roßhaarspitze und den schimmernden Wangenklappen wie der eines riesigen Vogels. Sie konnte sein Gesicht nicht erkennen, aber sie konnte sich vorstellen, daß es grausam und hinterhältig war. Er war einer der verhaßten Römer.

Vollkommen außer sich schrie Wynne vor Entsetzen und versuchte zu entkommen.

»So, du junger Halunke. Du versuchst, mich umzubringen, genau wie beim letzten Mal«, vernahm sie eine Stimme. Mit ungläubig aufgerissenen Augen starrte sie ihren Angreifer an.

»Valerian?« flüsterte sie und glaubte, ihren Sinnen nicht zu trauen. Ihre Blicke trafen sich, und sie sahen sich tief in die Augen.

Er beugte sich zu ihr hinunter und half ihr vorsichtig auf. »Beim Jupiter. Wynne. Ich hätte dich beinahe getötet!« rief er und zitterte vor Schreck am ganzen Körper, als er sie vor seiner Schwertspitze sah. »Ich hätte mich selbst umgebracht, wenn ich das getan hätte.«

Wynne erhob sich und entledigte sich ihrer Kopfbedekkung, so daß ihr Haar wie eine goldene Kaskade über ihre Schultern fiel. »Jagd ...«, sagte sie mit einem schwachen Lächeln. »Wynne zieht sich an wie Mann.« Sie gab ihm zu verstehen, daß sie auf der Fährte eines Rehbocks gewesen war und ihn für ihre Beute gehalten hatte.

Valerian ging zu der Stelle, wo der Speer in die Erde eingedrungen war, und schüttelte sich, als er ihn herauszog und zu ihr zurückbrachte.

»Warum gehst du zur Jagd?« fragte er, denn die Frauen in seiner Welt würden so etwas niemals tun, und er kannte diese Sitte auch nicht bei den Kelten.

Wynnes Gesicht war so von Trauer überschattet, daß er ihr seine Arme entgegenstreckte, aber auch in seiner schützenden Umarmung konnte sie sich nicht wohl fühlen. Seine römische Kleidung, die Uniform eines Soldaten, vermittelten ihr ein unangenehmes Gefühl. Zum erstenmal erkannte sie die Kluft, die sie beide voneinander trennte, wie das Meer, das zwischen ihren Staaten lag. Es war ihr, als würde sie diesen Soldaten, der da vor ihr stand, nicht kennen, und doch war es ihr Valerian.

Als könnte er ihre Gedanken lesen, faßte sich Valerian an seinen Kopf und setzte den imposanten Helm ab, legte seine Waffen ab und zog sie in seine Arme. Während er ihr Haar, ihre Lippen und ihren zart geschwungenen Hals mit Küssen bedeckte, murmelte er immer wieder ihren Namen. Wynne klammerte sich an ihn wie eine Ertrinkende, denn ihre Gefühle tosten in ihr wie die stürmische See. Er war ein Römer, ein Soldat, aber er war auch Valerian, und sie liebte ihn mehr als alles andere auf der Welt. Sie gehörte zu ihm.

Völlig außer Atem erzählte sie ihm von ihrem Vater, ihrer Gefangennahme durch den Kult der Finsternis, ihrer Bestrafung und Verbannung, Brennas Zornesausbruch und ihrem Versprechen, für die Nahrungsvorräte an der väterlichen Feuerstelle zu sorgen.

Valerian hörte ihr aufmerksam zu, strich ihr das Haar aus ihrem wunderschönen Gesicht, murmelte tröstende und mitfühlende Worte und versuchte, das Verlangen zu bezwingen, das ihn umfing. Es war ihm, als hätte die ganze Welt um sie herum aufgehört zu existieren, als gäbe es nur noch sie beide und keinen Krieg zwischen ihren Völkern, sondern nur das sie verzehrende Feuer ihrer Leidenschaft.

Als Wynne geendet hatte, berichtete ihr Valerian vom Grund seiner Rückkehr, daß er sie warnen wollte.

»Ihr müßt das Land entweder verlassen und fliehen, bis die Römer wieder abgezogen sind«, erklärte er, »oder eure Waffen strecken und Frieden machen.«

Voller Zorn blickte sie ihn an. »Dieses Land ist unsere Heimat. Wir werden nicht fliehen. Die Römer müssen Frieden schließen.«

»Aber du mußt das verstehen. Mein Oberst hat mich aus diesem Grund hierhergeschickt. Wenn ihr nicht bereit seid, wird er euch töten lassen!« Einen Moment lang vergaß er alle Zärtlichkeit und rüttelte sie heftig an den Schultern, um ihr damit zur Einsicht zu verhelfen. In Wynnes Augen wurde er erneut zu ihrem Feind, einem verhaßten Römer. Wütend wandte sie ihm den Rücken zu und ging fort.

»Wynne! Wynne! Kannst du denn nicht verstehen, daß ich nicht möchte, daß dir irgendein Leid geschieht? Ich liebe dich«, rief er. Er kam sich so hilflos vor, weil er nicht wußte, wie er sich verhalten oder wie er es ihr erklären sollte.

»Du und dein Volk – Feinde!« schrie sie voller Bitterkeit. Sie drehte sich erneut zu ihm um, und als sie tief in seine bernsteinfarbenen Augen blickte, erkannte sie seine Traurigkeit. *Er* war nicht ihr Feind. Das hier war Valerian, der sie die Freuden der Liebe gelehrt hatte.

Schluchzend warf sie sich ihm in die Arme und spürte die Leidenschaft, die sie umfing, als ihr Widerstand nachließ.

Ihre Lippen fanden die seinen, ihr Körper sehnte sich nach ihm. Mit einem gequälten Schrei umschlang er sie, küßte sie unbändig und leidenschaftlich. Süße Venus, er liebte sie. All die Wochen des Grübelns, der Qualen und Alpträume waren vorbei. Vergessen waren Severus, die Legion – alles, nur nicht das Verlangen, sie zu lieben.

Auf seinen Armen trug Valerian sie in Richtung der Höhle und war sich der Augen nicht bewußt, die ihn aus der Ferne beobachteten – der hinterhältigen Augen des Severus Cicero.

»Ein wenig Bettgymnastik, was, Valerian?« flüsterte Severus leise kichernd. »Nun, genieß es, solange du noch kannst. Wenn ich mit dir fertig bin, wird dir der Sinn nicht mehr nach einer Frau stehen.« Er gab seinem Pferd die Sporen und ritt über die Berganhöhe zurück zu seinem Lager, um die kommende Schlacht zu planen.

25

Der Boden unter Wynne und Valerian war hart, aber das spürten sie nicht, sie waren mit sich selbst beschäftigt. Er preßte seinen Mund auf den ihren, öffnete ihre Lippen, suchte und spürte ihre Sanftheit. Seine Küsse erregten sie und entfachten in ihr ein wildes Feuer.

Valerian entkleidete sie genießerisch langsam. »Ich möchte dich anschauen«, flüsterte er. »Du bist ja noch schöner als in meiner Erinnerung.« Sein Blick war so zärtlich. Sie konnte an nichts anderes mehr denken, als daß sie in Valerians Armen lag und er sie festhielt. Er war endlich wieder zurückgekehrt und gehörte zu ihr.

Er küßte ihren Nacken, ihre Schultern, ihren Brustansatz, und dann streichelte er die süße Nacktheit ihres Körpers.

»Ich liebe es, wenn du mich berührst!« flüsterte sie.

»Ich liebe dich. Ich liebe den Duft deiner Haut und die Nähe deines Körpers.«

Wynne beobachtete, wie er seinen Brustpanzer, Stiefel, Toga und Lendenschurz ablegte. Sie hatte die Schönheit seines schlanken, muskulösen Körpers schon beinahe vergessen. Er war so attraktiv, ihr Valerian, so stark und doch so zärtlich.

Sie streckte ihre Hand aus und streichelte ihn, spürte seinen Rücken, die Muskeln seiner Schenkel, sein Gesäß. Ihre Augen glitten über seine Männlichkeit, die steif und stolz in ihrer Leidenschaft nach ihr erigiert war. Dieser Anblick verschaffte ihr einen süßen Schmerz in ihren Lenden.

»Berühre mich«, stöhnte er und führte ihre Hand. Beim zarten Streicheln ihrer Finger zuckte er zusammen. Er legte sich auf sie, und sein Gewicht zerquetschte sie fast.

»O Wynne, Wynne«, stöhnte er. Erneut küßte er sie, und ihr Mund öffnete sich seiner tastenden Zunge, seinen weichen, vollen Lippen. Es war, als wären sie füreinander geschaffen, so gut paßten sie zusammen. Valerian bedeckte ihr Dekolleté und ihre Brüste mit leidenschaftlichen Küssen, seine Hand glitt zärtlich erkundend über ihren Körper und entflammte ihr Begehren. Ihr Arm zog seinen Kopf hinunter zu ihren Brüsten, und sein Mund liebkoste die aufgerichteten Spitzen.

Zärtlich öffnete Valerian ihre Schenkel und drang tief in sie ein. Wynne schnappte atemlos vor Wollust nach Luft. Ihre Körper bewegten sich in wildem und verzehrendem Gleichklang wie ein Sommersturm. Er streichelte ihr Haar, murmelte Liebesschwüre und jagte damit süße Schauer der Erregung durch ihren Körper.

Wynne blickte in seine Augen und hatte das Gefühl, als wären ihre Körper und ihre Seelen verbunden. Sie liebte diesen Römer, liebte ihren Feind.

Schließlich lagen sie eng umschlungen und schliefen, vom Tau ihrer Liebe durchnäßt, bald tief ein.

Sehr viel später öffnete Wynne ihre Augen wieder und lächelte, als sie ihren Geliebten ansah, die wohlgeformte Muskulatur seiner Brust und seiner Arme. Sie bemerkte eine Narbe an seiner Schulter und berührte sie sanft mit ihrem Finger.

»In der Schlacht, aus der ich diese Wunde davontrug, habe ich getötet«, sagte Valerian traurig. »Keltisches Blut ist an meinen Händen. Wie ich das verabscheue. Es ist, als könnte man seine Hände danach niemals wieder vom Blut befreien.«

»Ein Krieger muß töten«, antwortete sie leise.

»Vielleicht, aber Töten ist oft sinnlos. Blut verlangt nach neuem Blut, so lange, bis wir in einem roten Meer unserer eigenen Missetaten ertrinken.«

Sie wollte etwas sagen, aber er unterbrach sie. »Sprich jetzt nicht. Ich möchte dich lieben. Ich brauche dich so sehr. Ich habe mich so lange nach dir gesehnt. Ich habe sogar von dir geträumt.«

»Und ich von dir.«

Er umfaßte ihr Gesicht mit seinen Händen. »Du hast so vieles auf dich genommen für unsere Liebe.« Er küßte sie sanft, aber entschlossen.

Wynne schlang ihre Arme um seinen Körper, schmiegte sich an ihn und zog ihn zurück auf ihren Körper; überwältigt wirbelten ihre Gedanken im Kreis, als er ihre anmutige Gestalt erneut mit dem Gewicht seines starken, muskulösen Körpers bedeckte.

»Liebe mich noch einmal«, flüsterte sie atemlos.

Mit einem Stöhnen drang er in sie ein. Sie seufzte und krallte ihre Finger in seine Haut, als sie beide von den Wogen ihrer Ekstase fortgetragen wurden. Sie waren eins, verbunden und aneinandergeschmiedet wie Eisen. Ihre Wollust war so groß, daß sie meinte, sterben zu müssen, die Grenzen ihrer Welt überschritten zu haben und in das Reich der Götter abberufen zu werden. Als Valerian sie eng umschlungen hielt und ihre Leidenschaft teilte, flüsterte sie immer und immer wieder seinen Namen.

Eng umschlungen lagen Wynne und Valerian da, spendeten sich Wärme mit dem Feuer ihrer Körper und genossen die Süße ihres Liebesglücks. Valerian seufzte und drehte sich zu ihr um, um sie zu liebkosen. Plötzlich riß er die Augen auf und war hellwach.

»Severus, den hatte ich ganz vergessen. Er wird in zwei Tagen mit seiner Legion hier sein.« Er setzte sich aufrecht hin, und sein Herz raste. Er war so versunken in ihre Liebesspiele gewesen, daß alles um ihn herum zweitrangig geworden war. Und Wynne, das erkannte er jetzt, mußte zu ihrem Stamm zurückkehren, bevor man sich Sorgen um sie machte.

Sie verstand seine Besorgnis. »Ich muß gehen«, flüsterte sie voller Bedauern. Jetzt, da sie sich wieder gefunden hatten, wollte sie nicht von ihm getrennt sein, aber sie mußte noch ein Reh erlegen, und bald brach auch schon die Dämmerung an.

»Wynne. Wynne. Du mußt deinem Volk verständlich machen, daß sie den Römern Frieden anbieten, denn wenn sie das nicht tun, werden sie brutal getötet. Die Römer sind gegen eure Krieger bei weitem in der Überzahl, und obwohl ich nicht daran zweifle, daß die Kelten gute Kämpfer sind, können sie gegen die Macht Roms nicht siegen.«

»Nein«, meinte sie unnachgiebig. Sie erhob sich und stand vor ihm, und ihr Körper schimmerte im Licht wie eine Marmorstatue.

Rasch stand er auf, stellte sich hinter sie und legte seine Arme um ihre schlanke Taille. Das schien schwieriger zu werden, als er erwartet hatte, aber sie mußte ihn einfach verstehen. »Viele eurer Stämme haben Frieden mit den Römern geschlossen und ihre Stammesführer behalten. Der einzige Unterschied ist der, daß diese römische Beamten werden.«

Ihre Augen funkelten so zornig, daß er schwieg. »Ich pfeif' auf sie. Sie sind keine Kelten. Sie kleiden sich wie Römer, sprechen wie Römer, beten römische Götter an. Nein, keine Kelten.«

Valerian mußte ihr zustimmen, doch auch wenn ihm klar war, daß ihr Volk unter römischer Herrschaft stark gewandelt würde, war es seine Pflicht, sie vor dem Blutbad zu bewahren, das mit Sicherheit eintreffen würde. Besser Römer als tot. Er erinnerte sich an das, was ihm Severus über die Völker im Nordwesten erzählt hatte, die sich dem Geheiß des Römischen Imperiums widersetzt oder ihre Kriegsgewohnheiten und angestammten Sitten nicht aufgegeben hatten. Trotzdem bewunderte er solchen Mut.

»Vertrau mir, Wynne«, sagte er und blickte ihr tief in die Augen. »Die Römer werden dieses Land bald wieder verlassen, und dann könnt ihr tun, was euch gefällt. Es gibt viele Stämme, die sich so verhalten haben.« Er spürte Schuldbewußtsein, denn er wußte genau, was passierte. Sie würden romanisiert werden, und ein Teil ihrer Freiheit ging damit verloren. Es war nur eine Frage der Zeit, bis der hitzige Kelte in einen ordentlichen römischen Bürger verwandelt wurde.

Wynnes Augen spiegelten ihr Vertrauen wider. Valerian wollte ihrem Volk nichts anhaben; also sagte er die Wahrheit. Vielleicht war es wirklich besser, mit den Römern in Freundschaft zu leben, wenn sie tatsächlich so brutal waren. Ihr Stamm lebte nun schon seit vielen Jahren im Frieden und war deshalb sicherlich nicht auf die kriegerische Auseinandersetzung vorbereitet, die ihm drohte.

»Vielleicht machen wir Frieden, aber müssen alte Götter behalten, können Götter nicht zornig machen.« Sie hatte ihr Kinn trotzig vorgeschoben.

»Ja«, stimmte er ihr zu und hoffte, daß er Severus davon überzeugen konnte, daß sie die Druiden-Priester behalten durften. Er wußte, daß die in den fruchtbaren Ebenen des Südostens lebenden, latinisierten Britannier viele ihrer Götter schließlich mit den römischen vermischt hatten und auf diese Weise viele Assoziationen eines römischen Gottes mit einer keltischen Göttin entstanden waren – quasi eheliche Verbindungen zwischen den Glaubensrichtungen.

Wynne lächelte ihn an und zeigte dabei ihre weißen, ebenmäßigen Zähne. Er zog sie in seine Arme und küßte sie. »Ich gehe jetzt«, flüsterte sie.

»Ja, solange ich noch die Kraft habe, dich gehen zu lassen.« Er gab ihr einen spielerischen Klaps auf ihre Kehrseite, um sie zum Gehen zu bewegen, beobachtete sie, wie sie sich ankleidete, und liebkoste sie mit seinem Blick. »Du wirst mit deinen Leuten reden?«

»Ich werde mit meinem Vater sprechen, ihn überzeugen, daß er mich am Konzil teilnehmen läßt. Frauen können das tun. Das ist Sitte in unserem Stamm.« Valerian seufzte erleichtert auf, glücklich darüber, daß diese Besorgnis, die ihn Tag und Nacht geplagt hatte, endlich aus der Welt geschafft werden sollte. Er würde mit seinen Soldaten in Windeseile losreiten, Severus aufspüren und ihm die Nachricht überbringen. Es würde keinen Krieg geben.

»Ich treffe dich morgen hier, um die Antwort deines Stammes zu erfahren«, sagte er, »bei Sonnenuntergang.«

»Morgen, bei Anbruch der Dämmerung«, wiederholte sie, dann legte sie ihre Arme um seinen Hals und küßte ihn zum Abschied. Sie verließ die Höhle und warf ab und zu einen verstohlenen Blick zurück. Valerian beobachtete, wie sie verschwand, und wußte, daß er sie diesmal mitnähme, wenn er abreiste. Er konnte sie nicht wieder verlassen. Wenn es sein mußte, würde er auch ihren Vater mitnehmen. Er würde schon dafür sorgen, daß für den Barden gut gesorgt wurde.

»Die Welt ist wunderschön!« erklärte er voller Glückseligkeit und pfiff fröhlich vor sich hin, als er die Höhle verließ, um zu Burrus zurückzukehren. Wynne würde ihrem Volk die Notwendigkeit des Friedens klarmachen. Und er würde Severus von der gleichen Sache überzeugen. Alles würde sich zum Guten wenden. Und wenn er das Land verließ und nach Eboracum zurückkehrte, dann würde er die Frau an seiner Seite haben, die er liebte.

Sloan wartete nicht weit von der Höhle auf ihn, und Valerian saß auf, um zurück zu seiner Legion zu reiten.

26

In Adairs Hütte schritt Brenna nervös auf und ab. Wo war Duncan? Er hatte versprochen, das Mädchen ein für allemal unschädlich zu machen. Hatte er bei dieser Aufgabe ebenso kläglich versagt wie der Hüne? Sie dachte an ihren riesenhaften Verwandten. Zu schade, daß sie gezwungen gewesen war, ihn zu ermorden, aber sie durfte keine Risiken eingehen. Sie war Hohepriesterin der Anhänger der Domnu, der Domnu der Finsternis. Sie hatte Duncan erklärt, daß Wynne in den Wald auf Jagd gegangen war. War es möglich, daß er sie nicht gefunden hatte, mit ihrer auffallenden, im Sonnenlicht glänzenden, goldenen Mähne?

Duncan tut gut daran, wenn er mir nach seiner Rückkehr berichtet, daß sie die Tochter meines Ehemannes in sicheren Gewahrsam genommen haben, dachte sie grimmig. Wie sie Wynne haßte, sie von Anfang an gehaßt hatte. Und dann an jenem Abend während der Zeremonie, als sie so sehnsüchtig darauf gewartet hatte, daß man den attraktiven Römer opfern würde, und schließlich feststellen mußte, daß ihn dieses goldhaarige Gör befreit hatte. Brenna hatte befohlen, daß man dem dunkelhaarigen Römer für die Paarungszeremonie einen Trank aus weißer Zaunrübe und Belladonna – Nachtschattengewächsen – einflößen sollte. Er wäre ein wunderbarer Liebhaber gewesen, das wußte sie. Und nachher hätte sie ihn als Opfergabe der Göttin Domnu dargebracht, ein Flammenopfer zu Ehren des Festes der Fünf Feuer.

Brenna hörte das Schnarchen ihres Ehemannes, der auf seinem Nachtlager an der gegenüberliegenden Wand schlief. Wie sie es verabscheute, so an ihn gekettet zu sein. Natürlich war er vor seinem Unfall ein prachtvoller Liebhaber gewesen, aber das war vorbei.

Du hilfloser alter Mann. Warum bist du nicht gestorben? dachte sie wütend. Nun, sobald seine Tochter aus dem Weg geschafft war, würde sie sich vielleicht auch um seinen Tod kümmern. Sie würde sich nicht dazu zwingen lassen, für ihn zu sorgen.

Brenna war immer eifersüchtig auf die Macht gewesen, die Adair ausgeübt hatte. Vielleicht war sie deshalb Priesterin der Domnu geworden.

Männer. So albern mit ihrem aufgeblähten Stolz. Sie sind so leicht zu manipulieren. Ihr Verstand sitzt immer in ihrer Männlichkeit, dachte sie voller Zorn. Wer waren sie denn, daß sie glaubten, eine Frau könnte nicht die Priesterweihe ablegen? Das war doch nur eine weitere Art, mit der sie das Schicksal der Frauen vorbestimmten, sie zu Sklavinnen ihrer eigenen Begierden machten, zu Zuchtstuten, die ihren Samen austragen durften. Sie lachte bei dem Gedanken, wie sehnsüchtig Adair darauf gewartet hatte, daß sie ihm einen Sohn gebar, aber er hatte nicht geahnt, daß sie umsichtig ihre Kräuter einsetzte, um einen heftigen Monatsfluß zu erzeugen und nicht zu empfangen, denn die Dämonen der Nacht, die dunklen Mächte, befahlen, daß eine Priesterin unfruchtbar blieb.

Sie betrachtete den schlafenden Adair, die Verzweiflung in seinem Gesichtsausdruck, weil seine Beine lahm und nutzlos geworden waren. Sicher, er war einmal ein starker Mann und ein begnadeter Liebhaber gewesen. Sie würde ihre Hochzeitsnacht niemals vergessen. Aber diese Tage waren für immer vorbei. Duncan war ihr nun zu Willen, und auch wenn er nicht so attraktiv war, so reichte es doch für den Augenblick.

Der plötzliche Impuls, Adairs Druidengewand zu tragen, überkam sie. Sie hätte eine solch prachtvolle Druidenpriesterin abgegeben, denn sie war stark und listig. Sie mußte ihrem Verlangen nachgeben, betrachtete noch einmal Adair, der immer noch so ruhig schlummerte wie ein Toter. Dann schlenderte sie zu der silbernen Kleidertruhe, worin er seine geweihten Gewänder aufbewahrte, und öffnete sie vorsichtig. Wie anders mußte sich seine weiße Leinenrobe im Gegensatz zu ihrem rauhen schwarzen Priesterinnengewand anfühlen. War sein Umhang mit Magie erfüllt, wie es immer wieder gesagt wurde?

Sie warf das Gewand über ihre Schultern und war sich nicht bewußt, daß sie von der anderen Seite des Raumes aus erstaunten Augen beobachtet wurde. Adair war aufgewacht und hatte zunächst geglaubt, er träumte immer noch, als er seine Frau betrachtete. Natürlich mußte sie wissen, daß es verboten war, die geweihten Roben anzuziehen. Er war versucht, sie anzuschreien, aber ein sechster Sinn warnte ihn, und er blieb ruhig.

Brenna war enttäuscht, nachdem sie die mystischen Kleidungsstücke übergestreift hatte. Sie fühlten sich nicht anders an als ihre eigene Kleidung. Sie waren zwar leichter als ihre dunkle Robe, aber sie spürte keinerlei geheimnisvolle Kraft in ihnen. Eine plötzliche Angst verkrampfte ihr das Herz. Domnu wäre über ihre Aktion sicherlich erzürnt. Schnell riß sie sich das Gewand vom Körper und sang das Lied vom Ursprung des Chaos und der Unterwelt, den deformierten

Kreaturen, den Göttern der Finsternis, den Dämonen der Nacht; von der Dunkelheit, dem Tod, der Unfruchtbarkeit und der Grausamkeit. Dann zerriß sie in einem letzten Zerstörungsakt das Priestergewand entzwei und streckte es von sich, als wollte sie es der Göttin opfern.

Mögen die Götter uns beschützen, dachte Adair bestürzt, als er ihren grauenvollen Gesang vernahm und ihr Sakrileg bemerkte. Was für eine entsetzliche Grausamkeit war das? Wäre er noch ein ganzer Mann, würde er vom Bett aufgesprungen sein und sie für ihren Verrat bestraft haben, aber er war hilflos. Alles, was er noch tun konnte, war, Wynne vor Brenna zu warnen, wenn sie zur Hütte zurückkehrte. Sie handelte wie eine Besessene – sie konnte doch nicht eine Anhängerin des Kultes der Finsternis sein, nicht seine Ehefrau, mit der er sich vereinigt hatte und deren Leidenschaft er geteilt hatte. Das durfte nicht wahr sein. Während er so dachte, schloß er seine Augen und fiel wieder in tiefen Schlaf.

Als Wynne zur Hütte zurückkehrte, wurde sie von Brenna mit einem solch überraschten Gesichtsausdruck begrüßt, daß es das Mädchen alarmierte.

»Was ist los? Stimmt etwas nicht? Vater ist doch nicht etwa krank, oder?« fragte sie ängstlich.

Schließlich faßte sich Brenna wieder. »Nein ... dein Vater schläft. Es geht ihm gut. Aber du ... deine Kleider. Ich ... nun ... warst du erfolgreich?« Ihre Gedanken waren in Aufruhr. Also war Wynne erneut einer Gefangennahme entkommen. Angst kroch in ihr hoch, und sie verfluchte das Mädchen und seinen Vater für ihre Hinterlist. Hatten sie vielleicht sogar bereits Verdacht geschöpft? Hatte sich Wynne deshalb so seltsam verkleidet?

»Ich habe einen kräftigen jungen Bock erlegt«, antwortete Wynne stolz. Sie genoß das Gefühl ihrer Überlegenheit.

»Nun, es hat ja auch lange genug gedauert, bis dir das gelungen ist«, erwiderte Brenna scharfzüngig und beneidete die junge Frau um ihren Erfolg.

Wynne errötete, denn sie dachte an die Augenblicke der

Liebe, die sie mit Valerian in ihrem Versteck genossen hatte. Der Gedanke an Valerian erinnerte sie wieder an seine Worte bezüglich der Römer, und sie schob die dunkelhaarige Brenna beiseite, um mit ihrem Vater zu reden. Sie wollte ihm alles berichten, was Valerian ihr erzählt hatte, und ihn um seinen Rat fragen. Sie konnte nur hoffen, daß er nicht erzürnte, wenn er von der Rückkehr des Römers erfuhr. Brenna blieb ihr dicht auf den Fersen, als hätte sie Angst, das Mädchen aus den Augen zu lassen. Wynne fand ihren Vater schlafend vor.

»Das ist so ziemlich das einzige, was er jetzt macht«, meinte Brenna sarkastisch.

Wynne ignorierte ihre beleidigenden Worte. Sie beugte sich zu ihrem Vater hinunter und strich ihm zärtlich das blonde Haar aus seinem Gesicht, dem Gesicht, das sie so sehr liebte. Wenn es doch nur irgend etwas gäbe, das sie für ihn tun könnte, damit er seine Beine wieder bewegen konnte. Sie hatte zu allen Göttern gebetet, aber ihre Gebete waren nicht erhört worden. Als er ihre kühlen Handflächen spürte, öffnete Adair die Augen und lächelte sie an.

»Nun, du bist zurückgekehrt, meine Tochter«, flüsterte er. »Wie war die Jagd?«

»Ich habe einen kräftigen Rehbock mitgebracht, Vater«, antwortete sie voller Stolz. Sie wußte, auch ein Sohn hätte es nicht besser machen können.

»Ich war mir ganz sicher, daß dir das gelingen würde. Du bist eine ungewöhnliche junge Frau, Wynne. Ich bin stolz auf dich.« Er versuchte sich aufzusetzen, und sie half ihm vorsichtig dabei. »Wynne ...«, stammelte er, blickte daraufhin in die Richtung seiner Frau und erinnerte sich an alles, was er zuvor beobachtet hatte. Vielleicht konnte Wynne mit ihrem zweiten Gesicht ihm erklären, warum Brenna so merkwürdig reagiert hatte.

»Sei vorsichtig, Vater. Streng dich nicht zu sehr an. Du hast deine Kräfte noch nicht wieder ganz hergestellt«, schalt Wynne und warf Brenna einen vielsagenden Blick zu, daß sie mit ihrem Vater allein sein wollte. Hartnäckig weigerte sich Brenna allerdings, die beiden zu verlassen, bis sie aufgrund eines gestrengen Kopfnickens von Adair ihre Meinung änderte. Er war immer noch der Herr im Haus und einer der Stammesführer. Sie konnte ihm nicht absichtlich zuwiderhandeln, wenn er befahl, daß sie gehen sollte. Nachdem sie den Raum durchquert hatte, begann sie, Vorbereitungen für das Abendessen zu treffen, lauschte jedoch dabei, was sich Vater und Tochter zu sagen hatten.

»Ich muß dir etwas mitteilen ...«, begann Adair in die Richtung seiner Frau blickend und entschied, daß sie sie nicht hören konnte.

Wynne legte ihm eine Hand auf seine Lippen und gebot ihm zu schweigen. »Zuerst muß ich dir etwas erzählen. Es ist wichtig. Der Römer ist zurückgekehrt!«

Adairs Augenbrauen zogen sich zusammen, und er runzelte fragend die Stirn. »Er ist wieder hier?« Adair befiel die Furcht, daß der Fremde ihm Wynne wegnehmen könnte. »Was will er denn?« fragte er.

»Der Römer ist gekommen, um Friedensgespräche zu führen.« Wynne umschloß seine Hand und drückte sie so fest, als könnte sie ihm damit ihre Gefühle klarmachen.

»Frieden! Haha! Die Römer wollen keinen Frieden. Sie wollen die Kelten in diesem Land ausrotten, um ihr mächtiges Imperium auszudehnen. Dein Römer macht da keine Ausnahme.«

Wynne schüttelte den Kopf. »Doch, er ist anders als die anderen! Er *will* Frieden, Vater, und wir können uns dem nicht aus Haß verschließen. Sicher, es gibt Römer, die hinterhältig und grausam sind. Aber stimmt es nicht ebenfalls, daß es auch solche Kelten gibt? Sollen wir an den Taten des Kultes der Finsternis gemessen werden?«

»Nein!«

Rasch erzählte sie ihm alles, was Valerian gesagt hatte, und vermied es geschickt, auf ihr Liebesabenteuer zu sprechen zu kommen, um ihren Vater damit nicht wieder zu erzürnen.

Als sie geendet hatte, seufzte Adair. »Wie wissen wir denn, ob wir diesem Römer trauen können?« fragte er mißtrauisch. »Ich habe den Süden und die Verwüstungen, die die Römer dort angestellt haben, gesehen. Sie sind wie Fliegenschwärme, die über den Kadaver eines toten Tieres herfallen. Die Römer bringen uns wenig Zuneigung entgegen.«

Wynne vermied seinen Blick, um nicht das Verliebtsein zu Valerian in ihren Augen zu verraten, und antwortete: »Ich weiß, daß wir ihm vertrauen können, Vater. Er würde uns nicht belügen. Welchen Grund sollte er für ein falsches Spiel haben?«

»Ehrgeiz. Haß.«

»Valerian verabscheut das Blutvergießen. Er möchte ein Ende der Kämpfe zwischen unseren Völkern herbeiführen. Ich habe zunächst genauso empfunden wie du, aber jetzt vertraue ich auf die Weisheit in seinen Worten. Wir sind auf einen Kampf nicht vorbereitet. Die Römer werden uns wie hilflose Käfer unter ihren Stiefeln zerquetschen.«

»Aber kampflos aufzugeben? Das ist nicht unsere Art. Wir haben keine Angst vor dem Tod, Wynne. Wir sind nicht feige. Der Tod ist nur ein Augenaufschlag zwischen diesem Leben und dem nächsten.« Wieder versuchte er, sich geradezusetzen, und fluchte laut über seine Hilflosigkeit.

»Vielleicht sollten wir uns darauf vorbereiten, daß wir notfalls zu einem späteren Zeitpunkt den Kampf aufnehmen können, falls die Römer falschspielen oder versuchen, uns zu stark zu unterjochen. Wenn wir stark genug wären, könnten wir ihr verhaßtes Regime abschütteln. Worin besteht die Weisheit, einen Krieg zu führen, der von vornherein verloren ist?« Als ihr Vater schwieg, fuhr sie fort: »Ich versprach ihm, daß ich heute abend mit den Kriegern im Konzil sprechen würde. Das habe ich ihm geschworen, Vater. Ich muß mein Wort halten. Bitte, kannst du mich begleiten? Kannst du ein solches Konzil einberufen?« Mit zitternden Mundwinkeln und geschlossenen Augen senkte sie ihren Kopf, um sich seinem Willen zu beugen.

Adair konnte ihr nichts abschlagen, nicht einmal das. Sein Haß für die Römer saß tief, aber die Liebe zu seiner Tochter war stärker.

»Was könnte es schaden, darüber zu reden?« antwortete er. Mit seiner Hand hob er ihr Kinn an, um ihr in die Augen zu blicken. »Ich muß dich allerdings davor warnen, ob das

Konzil genauso denkt. Wenn sie einem Friedensschluß nicht zustimmen, gibt es nichts mehr, mit dem du oder ich sie überzeugen könnten. Und ich würde auch nicht wagen, das zu tun.«

»Ich verstehe.«

»Trotzdem komme ich mit dir.«

»Danke, Vater.« Sie wußte, wieviel Kraft es ihren Vater kosten würde, sein Versprechen zu halten, und liebte ihn in diesem Augenblick mehr als je zuvor. Vor lauter Aufregung umarmte sie ihn fest; dann verschwand sie, um die Vorbereitungen für das Konzil einzuberufen, noch bevor Adair sie vor Brenna hatte warnen können.

27

Während Wynne ängstlich auf den Beginn des Konzils wartete, breitete sich der Schleier der Nacht über dem Dorf aus. Sie versuchte, ihre zitternden Hände zu beruhigen, denn sie wußte, daß sie jetzt stark sein mußte und kein Anzeichen der Schwäche zeigen durfte. Den Druiden und den Kriegern zu einer solchen Zeit beizuwohnen, vor dem Konzil zu sprechen, das war eine große Ehre. Selbst Brennas neiderfüllter Blick und ihre scharfe Zunge konnten Wynnes Stolz nichts anhaben.

Wynne gab sich große Mühe bei der Wahl ihres Gewandes für diese Versammlung. Sie betrachtete sich kritisch in dem großen polierten Silberspiegel, den ihr Vater von einer seiner Reisen in den südlichen Landesteil mitgebracht hatte. Sie hatte sich für die Farben Scharlachrot und Weiß entschieden, die Krieg und Frieden symbolisierten; das Unterkleid war weiß, die Übertunika scharlachrot. Das Gewand hatte lange schmalgeschnittene Ärmel, und darüber trug sie ein ärmelloses Mieder aus Fell. Ihr prachtvoller Schmuck – große gehämmerte Ohrringe mit Goldverzierungen, die schweren Armreifen an beiden Armen und der Bronzegürtel, der eine Scheide für ihr Schwert trug und ein Geschenk ihres Vaters anläßlich dieses Abends war – schimmerte im Glanz des Feuers. Ihr Haar fiel in sanften Wellen über ihre Schultern und umrahmte ihr Gesicht wie ein goldener Kranz. In ihrer linken Hand trug Wynne einen Bronzeschild, der mit geschwungenen Ranken geschmückt war. Sie wirkte beeindruckend in ihrer ganzen Eleganz, genau wie sie es beabsichtigt hatte.

Auch Adair war eine imposante Erscheinung in purpurroter Tunika und schwarzen Beinkleidern. Er trug eine ärmellose Übertunika, hatte einen Fellumhang über seinen einstmals kräftigen Körper geworfen und wirkte wie der Führer, der er ja tatsächlich war.

Cedric, der Stammesführer, war mit seinem Sohn Edan zu ihnen gekommen, um Adair zum Konzil zu tragen. Edan schaute Wynne bewundernd an.

»Du bist wunderschön, Wynne«, sagte er ehrfürchtig. »So schön wie eine Göttin.«

Sie lächelte ihn dankbar an und ergriff als Geste ihrer Freundschaft seine Hand. Cedric und Edan trugen ihren Vater in einem Schaukelstuhl, und Wynne folgte ihnen zu dem geweihten Eichenhain.

Der Vollmond strahlte mit sanftem Glanz zur Erde hinab. Als sie sich dem Feuer näherte, bemerkte Wynne, daß alle anwesenden Krieger ihre runden Bronzehelme mit den Hörnern an beiden Seiten oder mit einem Bronzekamm in der Mitte trugen. Die Gesichter der Krieger waren ernst, was Wynne einen Schauer der Angst über den Rücken jagte.

Heute gab es ein Festmahl mit Wildbret. Wein und Met würden genau wie nach einer Schlacht im Überfluß gereicht. Zweifelsohne würden die Männer ihren Vater bitten, die Legenden der Vorfahren und die Lieder ihres Ruhms vorzutragen.

»Warum muß es Wein und Met geben?« fragte Wynne angewidert. Immer wenn getrunken wurde, kam es zu Streit. Sie wußte, daß kleinste Mißverständnisse in manchen Fällen einen Zweikampf hervorriefen, der häufig tödlich endete. Der Tod hatte kaum Bedeutung; er war nur die Vorstufe zur Wiedergeburt.

Adair lachte seit langem zum ersten Mal. »Ach, das ist

eine typisch weibliche Frage«, meinte er. »Männer müssen sich entspannen, wenn sie etwas Wichtiges entscheiden. Sie wollen spüren, wie das Blut in ihren Adern pulsiert.«

Wynne schnaubte vor Abscheu. »Nun, ich hoffe, sie bleiben so nüchtern, daß wir diese wichtige Angelegenheit diskutieren können.« Sie erinnerte sich noch an das letzte Mal, als sie an einer solchen Versammlung teilgenommen hatte. Es war schon bald in ein hoffnungsloses Debakel ausgeartet.

Es bestand allerdings wenig Grund zur Klage, das fand Wynne schnell heraus, als Cedric sogleich nach dem Essen seine Hand erhob und das Konzil einberief. Wynne wußte aus Erfahrung, daß jeder Krieger eine Stimme hatte. Sie mußte die Mehrheit von ihnen von der Notwendigkeit eines Friedens mit den Römern überzeugen, und das war keine leichte Aufgabe. Gegen Ende des Abends würde die Abstimmung stattfinden – Schwerter, deren Spitze auf den Boden gerichtet war, bedeuteten eine Stimme für den Krieg, wohingegen aufgerichtete Schwerter für Frieden plädierten.

Aufrecht stehend, die Hände eng vor ihrem Körper gefaltet, begann Wynne mit der Erklärung dessen, was der Römer ihr gesagt hatte.

»Die Römer haben die abwegige Vorstellung, daß unsere Volksstämme Menschenopfer darbringen«, sagte sie. »Sie fordern lediglich von uns, daß wir diese Praktiken verbieten, was wir tatsächlich bereits vor langer Zeit getan haben.« Wynne wußte, daß es weit im Norden noch einige wenige Stämme gab, die Menschenopfer darbrachten, die meisten lebten jedoch zivilisiert. Es war einfach zu schrecklich, daß die Römer alle Kelten als ein Volk ansahen und sich nicht bewußt waren, daß sie sich aus vielen Volksstämmen sowie unterschiedlichen Sitten und Gebräuchen zusammensetzten.

Ein wettergegerbter alter Krieger stand bedrohlich nah vor ihr. »Und was fordern die Römer noch von uns? Ich möchte wetten, noch einiges mehr als nur das Versprechen, unsere Riten und Sitten zu verändern.«

»Sie wollen, daß wir unsere Waffen vor ihnen strecken, ihnen unsere Schwerter und Schilde aushändigen.«

»Uns unserer Waffen entledigen, wie der Schäfer den

Schafen die Wolle abschert? Niemals!« rief Edan aus der Dunkelheit zu ihr herüber. Als er Wynne anstarrte, hatte er seine Fäuste vor Zorn geballt. Vergessen war sein bewundernder Blick.

Wynne blickte in die Dunkelheit und suchte sein Gesicht. »Die Römer wollen Frieden. Ihr Imperator in Rom will Frieden. Kann es denn schaden, wenn wir mit ihnen verhandeln?«

»Zweifellos haben auch unsere Brüder im Süden den falschen Versprechungen der Römer geglaubt. Sie wurden abgeschlachtet und ihre geweihten Stätten niedergebrannt. So viel zum Thema Friedensgespräche mit den Römern«, schrie Edan aufgebracht. Das Wissen, daß Wynnes Erklärungen aufgrund ihrer Liebe zu einem Römer geäußert wurden, ließ ihn bittere Galle spucken. Wie konnte sie nur so blind sein?

Wynne bemühte sich, ihre innere Ruhe zu bewahren. »Wir sind auf einen Kampf nicht vorbereitet. Wir haben zu lange in Frieden gelebt.«

»Wir verweichlichen!« ertönte die Stimme des alten Kriegers, den ihre Worte erzürnt hatten. »Eines Tages wird dieser Friede, an den wir uns so gewöhnt haben, unser aller Untergang.« Wutschnaubend marschierte er zum Außenkreis des Konzils und hatte eine hitzige Diskussion entfacht.

Wynne sah ihren Vater an, bat ihn stumm, für sie zu intervenieren, aber er nickte nur zustimmend mit dem Kopf, als wollte er ihr sagen, daß sie ihre Sache gut machte. Zwölf flakkernde Fackeln tanzten durch die Nacht, während Wynne starr stehenblieb und die Gespräche der Krieger beobachtete. Schließlich sprach einer der jüngeren Krieger.

»Ist es nicht wahr, daß die Römer uns regieren werden, wie sie es bereits in den südlichen Regionen des Landes tun?«

Alle Augen waren auf sie gerichtet, denn man wartete gespannt auf ihre Antwort. »Du hast recht, Maddock«, antwortete sie dem rothaarigen Krieger. »Unser Stammesoberhaupt Cedric wird Beamter des Römischen Imperiums und wird in Rom Bericht erstatten.«

Bei diesen Worten brach ein Tumult aus; Wutgeschrei,

daß kein Kelte jemals einer solchen Sache zustimmen würde; Drohungen, daß man allen Römern die Kehle durchschneiden und ihre Köpfe aufspießen würde, wie es ihre großartigen Vorfahren getan hatten. Wynne schalt sich eine Idiotin, daß sie ihre Worte nicht sorgfältiger gewählt hatte, wo doch von diesem Abend soviel abhing, aber es war noch nicht zu spät. Wenn die Wahl allerdings jetzt stattfand, das wußte sie nur allzu gut, würde sie zugunsten eines Krieges ausfallen.

Sie war überrascht, als Cedric selbst eine Hand erhob und Ruhe einforderte. Er erhob sich von seinem Platz neben dem Feuer, ein großer, starker Mann mit im Feuerschein rotgolden schimmernden Haaren.

»Ich verstehe deine Gefühle«, sagte er ernst und hielt seinen Kopf mit Würde erhoben, wie es einem Führer des Volkes zustand, »aber wir müssen sorgfältig überlegen, bevor wir eine Entscheidung hinsichtlich unserer Vorgehensweise treffen.« Mit kraftvollen Schritten marschierte er auf das Feuer zu, zog sein Schwert und zeichnete die grobe Skizze einer Landkarte auf den harten Boden. »Die Römer sind bereits die Herrscher eines riesigen Reiches. Selbst hier in Britannien haben sie fast ein Drittel des Landes unterworfen.« Er schnitt in die Landkarte wie in einen Apfel. »Hier«, meinte er und deutete auf das Gebiet nördlich von Humber und Trent, westlich von Severn und Exe, »liegt das Gebiet, in dem die römischen Soldaten ihre größte Stärke besitzen, hier bei Eboracum und bei Caernarvon. Und hier« – er zog verschiedene Linien durch die Landkarte – »liegen die Straßen, die sie wie ein Netz durch unser Land gebaut haben.«

Wynne sah, daß die Krieger unruhig geworden waren. Ein Raunen ging durch die Nacht.

Cedric fuhr fort. »Wynne hat recht. Wir können die Römer in einer Schlacht nicht besiegen. Wir sind nicht schlagkräftig genug. Deshalb rate ich euch, Frieden mit diesen Möchtegern-Beherrschern der Welt zu schließen. Es gibt vieles, das wir von ihnen lernen können. Und wenn sie so rücksichtslos sind, wie viele befürchten, können wir ihre eigenen Strategien gegen sie verwenden. In der Zwischenzeit können wir an Stärke gewinnen.«

Wieder erhob sich der rothaarige Maddock. »Nein. Wir müssen uns dem römischen Joch nicht beugen. Wir sind noch niemals Sklaven gewesen, und ich will auch jetzt keiner werden!«

Jeder einzelne Krieger ergriff das Wort, manche argumentierten gegen Wynne und Cedric, andere wiederum plädierten für Frieden. Bis tief in die Nacht hinein wurde debattiert. Als Wynne zu ihrem Vater hinübersah, bemerkte sie, daß er weise alle Äußerungen gegeneinander abwog, bevor er etwas sagte. Schließlich war es an der Zeit für seine Argumentation.

»Ich habe alle eure Äußerungen gehört«, sagte er. »Auch ich habe meinen Stolz. Ich möchte mich, genausowenig wie ihr anderen, als Vasall des Römischen Reiches sehen, aber ich spüre, daß eine Kriegserklärung dumm ..., ja geradezu selbstzerstörerisch wäre. Ich schlage euch deshalb vor, daß wir uns die Argumente des römischen Soldaten zunächst einmal anhören, bevor wir uns für eine Kursrichtung entscheiden. Es kann doch nichts schaden, sich das alles einmal anzuhören? Ich schlage vor, daß wir unser Vertrauen auf die Ehrlichkeit und die Ehre dieses Tribuns setzen, der zu uns geritten kam. Zeigen wir ihm, daß wir über Frieden mit ihm sprechen, wenn das sein Anliegen ist. Falls wir dann zu keiner Übereinkunft gelangen, werden wir zur Kriegsführung greifen, aber zuerst sollten wir ihn anhören.«

Wynne schöpfte neue Kraft aus den Worten ihres Vaters. Er war so weise. Als sie wieder sprechen mußte, schlug sie vor, daß sie als Symbol ihres guten Willens ihre Waffen niederlegen sollten, denn Soldaten würden niemals eine Schlacht gegen unbewaffnete Völker eröffnen.

»Ich werde dem Zenturio unsere Antwort morgen bei Anbruch der Dämmerung übermitteln«, sagte sie. Dann wurde es still, weil der Augenblick der Abstimmung näher rückte.

»Maddock, wie lautet deine Abstimmung?« Maddock hieb die Spitze seines Schwertes, wie Wynne es vermutet hatte, in die Erde. »Cedric.« Er gab seine Stimme für den Frieden ab. »Edan.« Krieg. »Adair.« Wieder Frieden. Die drei folgenden Krieger bohrten ihre Schwertspitzen in den Boden. Krieg.

Sechsunddreißig Krieger mußten an jenem Abend ihre

Stimme abgeben, drei Kreise von jeweils zwölf. Als die Zählung beendet war, hatten zwölf für einen Krieg gestimmt, vierundzwanzig für Frieden.

So sei es. Meine Antwort an Valerian lautet, daß das keltische Volk, mein Volk, bereit ist, über Frieden zu sprechen, dachte Wynne erleichtert. Das hätte sie zufrieden stimmen müssen. Das war die Antwort, die sie sich erhofft hatte, und doch wurde sie plötzlich von der Vision eines Blutbades überwältigt.

Für einen kurzen Augenblick war Wynne versucht, die durch diese blutrünstigen Bilder signalisierte Warnung auszusprechen und die Krieger zu Vorsicht zu ermahnen. Aber sie tat es nicht; die Logik vermittelte ihr, daß durch ein Friedensgesuch kein Schaden entstehen konnte, und so schüttelte sie den Kopf, um diese abschreckenden Bilder loszuwerden.

»Also, meine Tochter, dein Friedensgesuch ist dir gewährt worden«, meinte Adair voller Stolz. »Kein Krieger hätte es besser machen können.«

»Ja, Vater. Möge ich nicht erleben, es bedauern zu müssen«, antwortete sie, nahm seine Hand und schlenderte neben ihm, als Cedric und Edan seinen Sessel hochhoben und ihn zurück zur Hütte trugen.

28

Noch vor Tagesanbruch hatte sich Valerian erhoben und auf den Weg gemacht, voller Sorge um den Ausgang der keltischen Abstimmung. Er flehte zu all seinen Göttern, daß die von Wynne sehnsüchtig erwartete Antwort für den Frieden stimmte.

Der Erdboden war in Nebel gehüllt, was der Landschaft eine geheimnisvolle Ausstrahlung vermittelte, als befänden sie sich geradewegs im Land der Götter. Valerian hatte von den Soldaten im Lager, die sich schon seit vielen Jahren in diesem Landstrich aufhielten, erfahren, daß das in diesen zerklüfteten Gegenden nichts Ungewöhnliches war.

Seine Leute schienen sich alle bester Laune zu erfreuen, dankbar für eine Gelegenheit, sich nach ihrer langen, anstrengenden Reise einmal auszuruhen. Die Landschaft war fruchtbar und bot für alle seine Männer Nahrung im Überfluß.

»Salve, Zenturio. Wie ich sehe, bist du also zurückgekehrt«, lächelte Burrus und betrachtete Valerians Erscheinung, die dem jungen Soldaten nicht nur zu erkennen gab, daß die Mission ausgeführt worden war, sondern auch, daß der stattliche Zenturio die Stunden seiner Abwesenheit in den Armen einer leidenschaftlichen Frau verbracht hatte.

»Ja, und ich habe allen Grund zur Freude«, antwortete Valerian.

»Dann heißt das, wir werden Frieden schließen?« fragte Burrus, dem die Erleichterung auf seinem Gesicht abzulesen war. Er war das Blutvergießen satt.

»Heute abend bei Sonnenuntergang werde ich es genau wissen, aber ich spüre es bereits in meinem Herzen, daß die Antwort auf Friedensgespräche hinauslaufen wird.«

Gemeinsam machten Valerian und Burrus Pläne, um sicherzustellen, daß Severus sein Wort hielt. Sobald Valerian die Antwort der Kelten erfahren hatte, wollten sie nach ihm Ausschau halten.

»Wir werden in Richtung Südosten reiten, um auf seine Legion zu treffen«, entschied Valerian. »Bereite die Männer darauf vor, daß wir die Zelte morgen bei Sonnenaufgang abbrechen. Wir werden in Windeseile vor der Infantrie herreiten, so daß wir genügend Zeit haben, uns mit Severus zu beraten.«

Der Tag verstrich quälend langsam. Er sehnte sich danach, Wynne wiederzusehen, und das nicht nur, weil sie ihm die Entscheidung ihres Volkes mitteilte, sondern auch, weil er wieder das berauschende Gefühl ihrer verzehrenden Leidenschaft spüren wollte. Sie verkörperte alles, was er sich jemals von einer Frau erträumt hatte – Schönheit, Weisheit, Tapferkeit, Anmut und eine Leidenschaft, die sein eigenes Begehren beflügelte. Sie wäre sicherlich eine prachtvolle Ehefrau, und er *würde* sie heiraten, denn er wollte sein ganzes Leben mit diesem liebreizenden Wesen verbringen.

Valerians Gedanken wanderten wieder zu Severus. Wäre er enttäuscht, wenn er erfuhr, daß für einen Frieden abgestimmt worden war? Selbst Severus würde seinen Soldaten nicht befehlen, unbewaffnete Männer anzugreifen, und Valerian wollte sicherstellen, daß er Severus über die friedfertigen Absichten der keltischen Volksstämme im Beisein von mehreren anderen Zenturien informierte, damit keine Mißverständnisse hinsichtlich der Befehle vorkommen konnten.

Hätte Valerian in diesem Augenblick das Gesicht seines Tribuns sehen können, wäre er sicherlich nicht so optimistisch gewesen. Der Tribun und seine Soldaten hatten ihr Lager in wesentlich geringerer Entfernung aufgeschlagen, als es Valerian jemals vermutet hätte, nämlich auf dem Kamm eines Hügels. Von seinem Standpunkt aus konnte Severus in der Ferne die Soldaten aus Valerians Armee erkennen, und insgeheim verfluchte er den Zenturio.

»Er glaubt, er kann als erster angreifen und dann den Ruhm für sich beanspruchen. Zweifellos ist die goldhaarige Schlampe, mit der ich ihn beobachtet habe, seine Spionin, und sie hat ihm die Geheimnisse verraten, damit er siegreich aus der Schlacht hervorgeht.« Seine hinterlistigen Augen funkelten vor Haß auf den dunkelhaarigen Zenturio. Der hatte immer alles gehabt, was man sich nur wünschen konnte – einen mächtigen Senator zum Vater, Geld, eine attraktive Erscheinung. Er hatte es immer so leicht gehabt: Hatte Valerian nicht immer alles bekommen, was er gewollt hatte? Nun, jetzt nicht mehr. Severus würde es nicht zulassen, daß ihm dieser junge Emporkömmling das Wasser abgrub. Dafür hatte er, Severus Cicero, zu hart um seine Position kämpfen müssen, auf der er sich jetzt befand. Er hatte ständig vor den Reichen und Mächtigen katzbuckeln müssen, um schließlich Tribun zu werden.

Wie sah wohl Valerians Schlachtplan aus? Überraschungsangriff, kein Zweifel, denn seine kleine Zenturie würde von den keltischen Kriegern um ein Vielfaches übertroffen, dachte er, und sie waren erbitterte Kämpfer. Aber wenn man sie überraschend angriff, bevor sie überhaupt eine Möglichkeit hatten, sich mit anderen Volksstämmen zusammenzutun, dann waren auch sie verwundbar.

»Bei Sonnenaufgang. Valerian plant seinen Angriff in den frühen Morgenstunden«, sagte er triumphierend. »Aber bis dahin habe ich meinen Sieg schon längst in der Tasche.« Er lachte schallend. Es war alles so einfach. Gab es denn eine bessere Lösung, um einen Sieg zu gewährleisten, als einen Krieger in seinen Mußestunden niederzustrecken, wenn er sich gerade auf das Abendessen vorbereitete?

»In der Dämmerung. Wir werden bei Sonnenuntergang angreifen. Wir werden sie abschlachten, bevor sie noch eine Möglichkeit zur Bewaffnung finden. Dann werden wir die Eichenbäume in ihren geweihten Hainen niederbrennen, damit diese Bestien auf dieser Erde kein Versteck mehr finden können.«

Er öffnete die Lippen zu einem hämischen Grinsen, als er daran dachte, welches Vergnügen ihm Valerians Gesichtsausdruck bereiten würde, wenn dieser erfuhr, wie Severus Cicero ihm zuvorgekommen war.

»Und dann wird es mir extremes Vergnügen bereiten, ihm seinen hübschen Kopf von den Schultern zu trennen«, schrie er laut und fuchtelte wie ein kleiner Junge aufgeregt mit den Armen. »Ich werde ihn zum Tode verurteilen, weil er ein Verräter ist.«

In fiebernder Hast marschierte der Tribun den Berg hinunter und zurück zu seinem Zelt; sein Herz hämmerte in seiner Brust. Er mußte seine Männer auf ihr Abendgemetzel vorbereiten, seinen Sieg!

29

Die Schatten wurden bereits länger, als Wynne an diesem Nachmittag auf Tara in den Wald ritt. Als sie in den Himmel hinaufblickte, wurde sie von den aufgeregt durch die Lüfte flatternden Vogelschwärmen gewarnt, daß etwas ihren Frieden gestört hatte. Um gewisse Anzeichen von Gefahr zu entdecken, wich sie von ihrem Pfad ab und überlegte, ob die Kreaturen am Himmel vielleicht die Gegenwart der Mitglieder des Kultes der Finsternis spürten, aber sie fand keinen Hinweis auf menschliche Spuren in ihrer näheren Umgebung. Trotzdem wurde sie ein unangenehmes Gefühl der Bedrohung nicht los, als sie weiterritt, um Valerian zu treffen.

Als sie die Höhle erreicht hatte, war sie froh, Sloan stolz und edel vor dem Eingang stehen zu sehen. Es war schon so lange her, seit sie auf dem Rücken dieses Pferdes gesessen hatte. Er hatte ihr so gefehlt. Sie glitt von Taras Rücken, band die Stute vorsichtig an einem Baum fest, damit sie nicht herumstreunen konnte, und rannte zu dem großen schwarzen Hengst hinüber, der vor der Höhle graste.

»Sloan«, rief sie. Das Pferd hob seinen Kopf und nickte wie zur Begrüßung. Wynne tätschelte seinen Kopf und hielt dann nach Valerian Ausschau. Sie wollte ihn darum bitten, den Rappen noch einmal zu reiten, bevor sie ihn in dieser Nacht verließ.

»Er hat dich vermißt«, sagte eine Stimme hinter ihr. Valerian kam aus dem Wald auf sie zugelaufen. In seiner Hand hielt er einen Wildblumenstrauß. »Für dich«, sagte er und drückte ihn in ihre Hand.

Sie lächelte ihn dankbar an und atmete den Duft der Blüten ein. Seine Geste hatte sie tief berührt.

»Ich habe Veilchen für dich gefunden«, flüsterte er. »Du duftest immer nach Veilchen.« Er betrachtete sie voller Anbetung, und Wynne wurde seltsam schüchtern. Sie senkte ihre Lider.

»Ich liebe Veilchen«, antwortete sie.

»Sie werden mich stets an dich erinnern.« Er nahm ihre Hand und führte sie vorsichtig in die Höhle. Valerians Lippen berührten ihren Mund süß und sanft. Dann begann er, ihre Kleidung abzustreifen, aber Wynne wehrte sich dagegen. Das war weder der passende Zeitpunkt noch der richtige Ort. Zuerst mußte sie ihm von der Entscheidung ihres Volkes berichten.

»Ich spüre es tief in meiner Seele, daß deine Antwort Frieden zwischen unseren Völkern bedeutet. Ist es nicht so?«

»Doch«, hauchte sie, nahm seine Hand und erzählte ihm über das Kriegskonzil. Er spürte, wie seine Brust vor Stolz über ihren Mut anschwoll. Sie war tapfer und beredt, dieses anmutige Wesen, und sie gehörte zu ihm.

»Bei Aufgang der Sonne werden meine Männer und ich morgen ausreiten und Severus Cicero treffen. Selbst er kann keinen Krieg führen, wenn die Leute Frieden wollen.« Valerian breitete seinen Umhang über dem Boden aus und zog sie sanft an ihrer Hand hinunter. »Morgen bei Sonnenaufgang werde ich ausreiten und einige Tage unterwegs sein, aber ich werde zurückkommen und dich holen.«

Wynne wollte ihm sagen, daß sie ihren Vater jetzt nicht verlassen konnte, daß sie bei seiner Rückkehr nicht mit ihm käme, aber er brachte sie mit einem Kuß zum Schweigen. Er hatte recht: Sie hatten nur diese eine Nacht. Als er ein weiteres Mal versuchte, ihr Gewand auszuziehen, gab sie ihm nach und ließ es geschehen. Ihr wunderschöner Körper schimmerte im schwachen Licht so zart und filigran wie Elfenbein. Valerian liebkoste jeden Zentimeter ihres Körpers, und seine Lippen verzehrten sie fast.

»Wir sind füreinander bestimmt – weißt du das, meine schöne Wynne?« hauchte er rauh. »Ich wußte es in dem Moment, als du dich wie eine Göttin über mich beugtest. Mein Körper, mein Herz, meine Seele gehören dir allein. Ohne dich bin ich nichts …« Er streifte seine Kleidung ab und sehnte sich danach, eins mit ihr zu werden.

Wynne war wie von Sinnen, als sie ihn nackt vor sich stehen sah – wie ein junger Gott, der zur Erde gekommen war. Sein Brustkorb und seine Arme waren muskulös, seine Taille schlank, seine Haut weich und gebräunt. Wynne spürte, wie sie Flammen der Begierde durchzuckten. Als er sich vorbeugte, umschlang sie ihn.

Während er ihr Liebesschwüre ins Ohr hauchte, streichelte Valerian ihre Brüste. Seine Lippen brannten wie ein verzehrendes Feuer, als sie ihren Bauch und ihre Hüften berührten. Wynne streckte ihre Hand aus, um auch ihn zu liebkosen, und die Glut ihrer entfachten Sehnsucht umfing sie.

»Liebe mich, Valerian«, stöhnte sie. Seine Berührungen

machten sie rasend vor Sehnsucht nach ihm. Sie wollte ihn nur noch in ihrem Körper spüren.

Vor Erregung bebend, stieß Valerian tief in die süßen, weichen Tiefen ihres Körpers vor.

»Wir passen zusammen wie ein Schwert in seine Scheide«, flüsterte er. Es war, als hätte sie ein Scheit von Jupiters Feuer getroffen, so lodernd war die Flamme ihrer Liebe. Wynne hatte niemals zuvor eine solche Hingabe und Ekstase verspürt.

Als sie ihre Begierde gestillt hatten, rückte Valerian etwas von ihr weg, aber Wynne wollte nicht, daß er sie verließ. Eng umschlungen, befriedigt und glücklich schliefen sie ein.

Valerian blickte seine blonde Geliebte an und wunderte sich über die Wirkung, die ihre Ausstrahlung stets auf ihn hatte. »Ich kann niemals genug von dir bekommen, meine Göttin«, flüsterte er und beobachtete ihre im Schlaf leicht zuckenden Augenlider. Er streckte eine Hand aus und strich über ihr weiches, seidiges Haar.

»Du wirst meine Frau werden. Das schwöre ich«, sagte er und überlegte, wie die Hochzeitsrituale wohl bei den Kelten aussahen. Bei den Römern konnte eine Frau ohne die Zustimmung ihres Vaters oder eines anderen männlichen Verwandten nicht heiraten oder ihr Eigentum verwalten, und nach der Eheschließung wurde dann der Ehemann ihr Beschützer, denn es herrschte das Patriarchat, in dem der Vater und der Ehemann die absolute Macht besaßen. Brauchte auch Wynne die Einwilligung ihres Vaters, um ihn zu heiraten? Würde er ihren Vater jemals davon überzeugen können, daß er sie einem Mann zur Frau gab, der aus einem anderen Land stammte?

»Sicherlich sind die Götter nicht so grausam, daß sie mich erst die Freuden unserer Liebe und unseres gemeinsamen Glücks kosten lassen, um dich mir dann wieder fortzunehmen!« Nein, so würde es nicht sein; er würde Wynne zur Frau bekommen.

Als er auf die geliebte Frau hinunterblickte, war Valerian plötzlich bestürzt, denn sie war leichenblaß geworden, wälzte sich unruhig hin und her und stöhnte im Schlaf. War sie krank? Er wollte sie in seine Arme schließen, aber sie entwand sich ihm mit weit aufgerissenen Augen.

»Nein. Nein ... bitte ... es darf nicht sein«, schrie sie mit entsetztem Blick.

»Was ist denn los? Wynne, stimmt etwas nicht?« fragte er und streckte erneut seinen Arm nach ihr aus. Diesmal gab sie sich bereitwillig seiner Umarmung hin.

»Die Stimmen ... sie haben mir gesagt ... Gefahr. Feuer ... Tod ...« Sie erklärte ihm, wie sie sie ebenfalls vor der Gefahr gewarnt hatten, als sie sich in jener Nacht zum ersten Mal begegnet waren. »Ich muß zu meinem Volk zurück!« Rasch streifte sie ihre Kleidung über, während Valerian sie beobachtete und die plötzlich auch in ihm aufsteigende Angst spürte.

»Laß mich mit dir gehen«, forderte er, griff nach seinen eigenen Kleidungsstücken und kleidete sich mit fahrigen Händen an. Was war geschehen? Welche schrecklichen Bilder hatten sie im Traum heimgesucht?

»Nein. Ich muß allein gehen«, beschwor sie ihn. »Es besteht Gefahr.«

»Um so mehr Grund für mich, mit dir zu kommen«, antwortete Valerian ernst. Er folgte ihr aus der Höhle, entschlossen, sie zu begleiten, aber sie rannte zu ihrer weißen Stute und sprang auf deren Rücken.

Als er bemerkte, daß sie schon fast außer Sichtweite war, rief Valerian ihr nach: »Ich werde in einem Monat wieder zu dir zurückkehren, wenn der nächste Mondzyklus vorüber ist. Verstehst du mich, Wynne? Ich werde dich nicht freigeben!«

Für einen kurzen Augenblick wandte Wynne sich wieder zu ihm um und hatte das Gefühl, ein Dolch würde in ihr Herz gestoßen. Wie sollte sie ohne ihn leben können? Für Sekundenbruchteile schloß sie ihre Augen und spürte, wie Tränen über ihre Wangen liefen.

»Lebwohl, lebwohl, mein Valerian«, schluchzte sie.

Valerian bestieg Sloan und machte sich in die Richtung des Lagers auf, als er plötzlich in weiter Ferne den schrillen Ton von Fanfaren vernahm.

»Nein, das kann nicht sein«, schrie er fassungslos. Der Klang war ihm nur allzu vertraut, das Signal für einen Angriff. Mit einem Aufschrei des Entsetzens und voller Zorn lenkte er seinen gewaltigen Hengst in die Richtung von Wynnes Dorf, verirrte sich jedoch schon bald in den Wäldern, da er den Weg nicht genau kannte. Er mußte Wynne finden, noch bevor sie ihren Stamm erreicht hatte, denn auch ihm war jetzt klar, was geschehen würde.

»Großer Jupiter, laß es nicht wahr sein!« Wie hatte er Severus trauen können? Wie hatte er seinem Wort glauben schenken können? Der Mann war eine Schlange, eine hinterhältige, herzlose Bestie, und Valerian war sich jetzt sicher, daß es Severus gewesen war, vor dem Wynne gewarnt worden war.

»Ich werde ihn töten, ja, das werde ich«, schrie er und raste wie ein zürnender Zentaur im fliegenden Galopp durch den Wald. Er würde seinen Weg finden, auch durch diesen Dschungel, es mußte ihm einfach gelingen, denn sein Leben, sein Seelenheil hingen davon ab.

Als er in den Himmel emporblickte, nahmen seine Augen einen Schwarm Krähen wahr. Er hörte ihr Krächzen, als wollten sie sich über ihn lustig machen, und er erschauerte. Die Krähen waren ein schlechtes Omen. Ihre Gegenwart bedeutete Unglück.

»Mögen die Götter mir gewogen sein, daß ich nicht zu spät eintreffe«, rief er laut und preschte durch das Dickicht der Bäume.

30

Die herangaloppierenden Pferde klangen wie entferntes Donnergrollen in Adairs Ohren, und doch wußte er sogleich, daß es sich nicht um die Launen eines erzürnten Himmels, sondern um Männer im Kriegszustand handelte. Es drängte ihn aufzustehen, zur Tür der Hütte zu gehen und in die Nacht hinaus zu schauen, aber er wußte, daß er das nicht konnte. Wie er seine Hilflosigkeit haßte. Wenn Wynne nicht gewesen wäre, hätte er seinem unglückseligen Leben schon längst ein Ende bereitet. Wenn Wynne nicht wäre.

»Brenna!« schrie er. Aber er hörte nur das Echo seiner eigenen Stimme in dem leeren Raum. Ehrfürchtig berührte er das Amulett, das er um den Hals trug: Es war ein Bild der Erdgöttin mit ihren drei Gesichtern – einer Frontalansicht und den beiden Seitenprofilen, die den Kreislauf von Geburt, Leben und Tod darstellten.

Wynne. Ich muß sie warnen! dachte er entsetzt. Als besäße er übernatürliche Kräfte, schwang er sich mit der Kraft seiner mächtigen Arme von seinem Nachtlager. Er kroch vorwärts, robbte mit seinen Armen langsam über den harten Boden und gelangte schließlich bis zum Eingang der Hütte. Es war genau das, was er befürchtet hatte: *die Römer*.

Sie fielen ins Dorf ein, die Infanterie marschierte und wetzte ihre Schwerter. Es floß bereits Blut, und Hütten waren wie vom Erdboden weggefegt.

»Unbewaffnet! Wir sind unbewaffnet«, klagte er schmerzerfüllt. Wie hinterhältig mußte diese Bande von Männern sein, die von Frieden sprach und ihre Gegner dann bei Nacht überraschte? Jeden Augenblick mußte seine Tochter zurückkehren, die ihnen Frieden versprochen hatte.

Adair hörte die Verzweiflungsschreie, die um Gnade flehten, aber er wußte, in dieser Nacht würde es keine Barmherzigkeit geben. Und er hörte die Stimmen der Römer, die in ihrer fremden Sprache Kommandos austauschten.

Visionen von Wynne, von einem Schwert durchbohrt, quälten seine Seele. Warum, warum nur taten ihnen diese Römer das an?

Brenna – wo ist eigentlich meine Frau? Sie hatte ihn noch vor kurzem erzürnt, seine Männlichkeit verlacht, weil er nicht mehr laufen konnte, aber trotzdem liebte er die Frau seines Herzens. Und was war mit Isolde, Tyrone, ihren Kindern und Edan? Über Cedrics Schicksal brauchte er nicht nachzudenken. Ihren Anführer würde man rigoros abschlachten.

»Verflucht seien sie alle«, entfuhr es ihm.

Valerian ritt immer weiter, vorangetrieben von tosenden Winden. Schließlich ließ er Sloans Zügel locker, denn er wußte, daß das Pferd ihn zu Wynnes Dorf führen konnte. Wie ein erzürnter Gott auf seinem unsterblichen Hengst galoppierten sie voran. Als der Schutz des Waldes endlich hinter ihm lag, hatte er eine Landschaft vor sich, die sich wie die Wellen des Meeres in abfallenden Hügeln vor ihm erstreckte.

Im Dämmerlicht sah Valerian sie jetzt, die Reihen von plündernden und mordenden Soldaten. Die Kavallerie wühlte den Staub auf, daß es wie ein einziger Nebel wirkte.

»O Wynne. Wie wirst du mir jemals verzeihen können? Wirst du jemals verstehen, daß ich daran nicht beteiligt war? Daß ich genauso betrogen worden bin wie du?«

Selbst aus seiner Entfernung konnte er das Schreien und Flehen um Gnade hören, und überall sah er das helle Rot des frischen Blutes. Verwirrt, erschöpft und angewidert von seinen Landsleuten stürmte Valerian weiter.

»Ich muß Wynne finden!« schrie er und flehte zu allen Göttern, daß sie nicht bereits diesem Gemetzel anheimgefallen war. Wenn er sie doch nur in der Höhle festgehalten oder gemeinsam mit ihr in den Tod gegangen wäre! Er wollte Wynne retten, selbst wenn er dabei starb.

Sloan galoppierte mit halsbrecherischer Geschwindigkeit weiter.

Als Wynne ihr Dorf erreichte, packte sie bei dem, was sie dort sehen mußte, kaltes Grauen. Es war genau das, was ihr während des Konzils vor ihrem geistigen Auge erschienen war und wovor die Stimmen sie gewarnt hatten; es gab nur noch den Tod und die Zerstörung. Verzweifelt versuchte sie sich ihren Weg zur Hütte ihres Vaters zu bahnen, aber es war sinnlos. Die Römer formten einen unbezwingbaren Wall und waren undurchdringlich wie die Bäume des Waldes. Sie schwang sich vom Pferd und marschierte ziellos um sich blickend umher.

Vor lauter Hilflosigkeit, daß sie ihrem Volk nicht beistehen konnte, beobachtete Wynne, wie die Glut des Feuers allen Lebens verlosch. Vor ihr lagen tote Körper und zerbrochene Waffen. Der Tod war überall, die Kraft und der Stolz ihres Volkes waren Vergangenheit, versickert mit ihrem am Boden vergossenen Blut.

Wynne begann, vor Verzweiflung zu weinen. »Valerian, Valerian, wie konntest du mich nur so betrügen? Du sprachst von Frieden und daß wir unsere Waffen niederlegen sollten, und immer waren deine Worte Lügen, falsche Versprechen, währenddem ihr plantet, uns waffenlos zu überwältigen. Und ich habe dir vertraut!«

Als sie ihre Tränen getrocknet hatte, war Wynnes einziger Gedanke, wie sie ihren Vater beschützen konnte, der nicht die Kraft hatte, sich selbst zu helfen.

»Vater!« schrie sie und machte sich in Richtung der väterlichen Hütte auf. Sie sah Tyrones stattliche Gestalt, der sich gegen römische Soldaten zu wehren versuchte und dazu eines ihrer eigenen Schwerter benutzte, das er sich wohl während der Schlacht angeeignet hatte. Wynne schrie eine Warnung, aber es war bereits zu spät, denn sie sah, wie ihr geliebter Cousin kaltblütig von hinten erstochen wurde und sein Blut auf den Boden strömte.

»Möge er rasch in ein anderes Leben treten«, flehte sie und deutete mit ihrer Hand das Symbol des Lebenskreislaufs an. »Mögen alle seine weiteren Tode ohne Schmerzen verlaufen.«

Als sie sah, wie die gleiche Gruppe von Soldaten, die gerade heimtückisch Tyrone getötet hatte, auf die Hütte ihres Vaters zustrebte, blieb ihr beinahe das Herz stehen. Würden sie so grausam sein, einen hilflosen Mann in seinem Bett zu töten? Sie wußte, daß die Antwort darauf ja lautete; diese heimtückischen, ehrlosen Barbaren, die in einem Atemzug von Frieden sprachen und im nächsten Moment plündernd und meuchelnd in ein wehrloses Dorf einfielen, waren zu allem fähig.

Ohne auf ihre eigene Sicherheit zu achten, pirschte sich Wynne auf der Suche nach einer Waffe durch das Soldatenheer und war schließlich erfolgreich. Wie eine Kriegsgöttin bestieg sie erneut ihr Pferd und schwang ihr Schwert mit einer grauenvollen Entschlossenheit, die von Haß und Trauer genährt wurde, während sie durch die Reihen der Krieger vorpreschte. Sie kämpfte leidenschaftlich und entschlossen und bahnte sich ihren Weg zur Hütte wie ein siegreicher Krieger. Aber ebenso wie die tapfersten ihres Volkes wurde auch Wynne von einer Überzahl umzingelt.

Als sie die Rachegöttin zu Pferde sitzen sahen, die sich mutig durch die Schlacht kämpfte, ritt eine Horde von Kavalleristen aus dem Hinterhalt auf sie zu. Man schlug ihr das Schwert aus der Hand und riß sie von ihrer Stute.

»Ich hatte schon seit Monaten keine Frau mehr«, schrie einer der Männer.

»Bei den Göttern, diese hier ist eine richtige Schönheit«, meinte ein anderer.

Nacktes Entsetzen durchfuhr Wynne, doch sie widersetzte sich wie eine Furie gegen ihre Angreifer, biß und kratzte die, die sie festhielten. Es hatte jedoch den Anschein, als hätten sich hundert Männer ihrer bemächtigt, und deren Absicht spiegelte sich in ihren Augen wider. Sie würde die Trophäe dieser Schlacht sein – auf grausamste Weise besiegt.

»Sie ist eine Tigerin«, lachte einer der Männer, die sie festhielten. Als sie in sein Gesicht sah, erblickte Wynne das Grinsen einer wilden Bestie. Sie kämpfte noch heftiger, aber gegen so viele starke Männer waren ihre Bemühungen vergeblich. Sie hatte keine Chance zu entkommen.

Wynne spürte, wie man sie zu den Kornkammern trug, und schloß ihre Augen, um nicht in die verhaßten Gesichter rings um sie herum blicken zu müssen. Würde sie diesen Tag jemals aus ihrer Erinnerung auslöschen können, all das Blut, den Gestank und die entsetzlichen Geräusche? Würde alles Wasser und Feuer der Erde den Schmutz, den diese blutbesudelten Hände auf ihr hinterlassen hatten, je wieder reinigen?

Sie hörte, wie sich die Soldaten darum stritten, wer als erster ihren Körper besitzen durfte, und verfluchte den Tag, an dem sie sich dem römischen Geliebten hingab, der ihr Volk ins Verderben gestürzt hatte. Seine Sprache klang nun entsetzlich in ihren Ohren.

Aus einem Augenwinkel heraus sah sie Isolde am Boden

liegen, die sich mit jeder Faser ihres Körpers gegen ihre Peiniger wehrte und erniedrigt von Wut und Schmerz die schwitzenden, stinkenden, fluchenden Römer anbrüllte, die über sie herfielen – die ihren Ehemann getötet hatten.

»Isolde!« schluchzte Wynne und versuchte sich mit aller Macht zu befreien, um ihrer Cousine zu helfen, der das gleiche Schicksal drohte wie ihr.

Von den unerbittlichen Händen eines ihrer Widersacher wurde sie zum Schweigen gebracht, als ein anderer Römer sich an ihrer Tunika zu schaffen machte, ihr diese über den Kopf streifte und sie damit nackt und wehrlos den Augen ihrer Feinde auslieferte. Erschöpft vom Kampf schloß Wynne ihre Augen und spürte, daß man sie auch ihres Unterkleides entledigte. Nun erwartete sie nur noch die letzte Erniedrigung, das brutale Eindringen in ihren Körper, und sie flehte darum, daß sie vorher sterben möge.

Mitten in ihren Alptraum drang plötzlich ein Aufschrei des Zorns und des Entsetzens, und sie spürte, wie der Druck der fremden Hände auf ihren Brüsten schwächer wurde. Als sie ihre Augen öffnete, sah sie Edan und rief seinen Namen. Sein Haar loderte wie ein Flammenmeer, und seine Augen blitzten vor Wut, als er wie ein Bär darum kämpfte, sie zu erretten, und seine römischen Feinde mit heftigen Schlägen seines Schwertes bedrängte.

»Laßt sie in Ruhe, ihr Heidenschweine!« schrie er, als er zwei ihrer Peiniger zu Boden streckte.

Entschlossen, ihm zu helfen, nahm Wynne alle Kräfte zusammen und sprang auf wie eine Wildkatze.

»Wynne, zurück!« brüllte Edan aus Angst um sie. Aber Wynne wollte nicht auf ihn hören; ihr Haß auf die Römer machte sie blind. Sie kämpfte wie eine Besessene, schlug wie eine Wilde um sich, trat, setzte jeden ihrer Muskeln gegen ihre Feinde ein und bewegte sich dabei mit der Anmut eines Rehs. Sie sah den römischen Soldaten nicht, der plötzlich hinter ihr auftauchte.

Ein zuckender Schmerz durchfuhr ihren Kopf, und sie schrie vor Schmerz, griff mit ihrer Hand an ihre Schläfe, als sie zusammenbrach, und versuchte mit aller Macht, gegen die Dunkelheit vor ihren Augen anzugehen. Sie bemühte sich, nicht bewußtlos zu werden, sie wollte diese Welt noch nicht verlassen. Ihre Bemühungen waren vergeblich, denn sie wurde auf einmal von eisiger Dunkelheit umfangen und überließ sich schließlich der Gnade der Götter.

31

»Wynne, Wynne«, schluchzte Edan. Sein gequälter Schrei schallte durch die Nacht, während er sich über ihre reglose Gestalt beugte. Alles um ihn herum war vergessen, als er mit seinen Fingern durch die seidigen Strähnen ihres Haars fuhr und die Stelle an ihrer Schläfe berührte, wo das römische Schwert sie verletzt hatte. Sein anklagender Blick suchte denjenigen, der ihr den Schlag versetzt hatte. Der lag waffenlos auf dem Boden und sagte etwas in lateinischer Sprache.

»Du hast sie getötet!« sagte Edan und rächte sich an dem Soldaten, dann wandte er sich wieder Wynnes leblosem Körper zu. Die Wut, die er empfand, war wie eine schwärende Wunde in seinem Magen, die bis tief in seinem Herzen brannte. Er sah sie an. Ihre Augen waren geschlossen, ihr Gesicht blaß. Sie bewegte sich nicht und schien auch nicht zu atmen. Entsetzt suchte er nach ihrem Pulsschlag und fand ihn nicht. Sie in seine Arme schließend, weinte er wie ein Kind.

Ein leises Stöhnen riß Edan aus seiner Traurigkeit. Er wagte nicht, an ein Wunder zu glauben, blickte aber trotzdem in ihr Gesicht und spürte ihren Atemhauch an seiner Wange.

»Sie lebt!« schrie er und umarmte sie erneut. »Sie hat noch nicht die Welt des Geistes betreten.« Ihr Körper war so anmutig, so stark und doch so zart und zerbrechlich. Er zog seinen Umhang aus und wickelte sie darin ein, dann hob er sie mit seinen Armen hoch, um sie in Sicherheit zu bringen, hinaus aus der Schlacht, an den Rand des Dorfes.

»Hier bist du sicher, Wynne«, flüsterte er und wünschte,

er könnte bei ihr bleiben. Aber das konnte er nicht; es war seine Pflicht, gegen diese verfluchten Römer zu kämpfen, bis er keine Kraft mehr besaß, bis er entweder gefangengenommen oder getötet wurde.

Mit einem letzten sehnsüchtigen Blick auf das bewußtlose goldhaarige Mädchen machte sich Edan erneut auf den Weg in die Schlacht. Er hörte den Klang von Pferdehufen, als weitere Römer sich über seine Landsleute hermachten, hörte das Schreien und Keuchen seines Volkes, das tapfer kämpfte, und wußte in diesem Augenblick, daß er noch niemals so abgrundtief gehaßt hatte wie jetzt.

Wie der leibhaftige Kriegsgott Mars ritt Valerian auf das Schlachtfeld und suchte verzweifelt nach Wynne. Seine Augen waren verschleiert von Tränen über dieses sinnlose Blutvergießen. Sein Herz war voller Traurigkeit, daß seine eigenen Leute die Auslöser solcher Brutalität hatten sein können. Was war aus dem römischen Traum von einer Weltzivilisation geworden, in der alle miteinander in Frieden leben konnten? Die Wahrheit lag nur allzu deutlich vor ihm. Dem Römischen Reich schien kein Preis zu hoch für seinen eigenen Ruhm. Er haßte nicht nur sein Land, sondern auch sich selbst für all die Zeit, in der er sich für die Zwecke solch ehrgeiziger Männer wie Severus hatte mißbrauchen lassen.

Voller Angst suchte er unter den Toten und spürte Erleichterung, als er Wynne nicht dort finden konnte. Dann war sie also noch am Leben, aber wo war sie? Seine Instinkte sagten ihm, daß sie sicherlich zu ihrem Vater zurückgekehrt war. Aber wo war Adairs Hütte? Würde sie dort sein?

Gegen seine eigenen Männer und gegen die Kelten, deren Feind er war, ankämpfend, bahnte sich Valerian immer noch zu Pferde einen Weg durch fliegende Schwerter, Steinschleudern und Bogenschützen und erreichte schließlich eine Hütte, die auf Wynnes Beschreibung paßte.

Jede Gefahr außer acht lassend, weil er einzig und allein die Frau wiederfinden wollte, die er liebte, wurde Valerian unachtsam und sah nicht die haßerfüllten Augen, die ihn beobachteten. Edan, der den prachtvollen Hengst Sloan wiedererkannt hatte und deshalb wußte, wer sein Reiter war, konzentrierte seine ganze Wut auf den Mann, der seiner Meinung nach für diesen Tag des Verrats und des Blutvergießens verantwortlich war. Es war der Römer, der Mann, der Wynne besessen hatte und durch seine Lügen Zerstörung und Tod über sie gebracht hatte.

»Römisches Schwein!« schrie der große rothaarige Mann. Sein langes Haar flatterte ihm wild ins Gesicht, als er vorwärts stürmte, seinen wüsten Schlachtruf brüllte und Valerian von Sloan herunterriß. Kämpfend ineinander verkeilt, rollten die beiden Männer über den Boden.

Valerian befreite sich aus dem Griff des Kelten und stand wieder auf. »Ich will dich nicht verletzen«, schnaufte er. Aber der Kelte blickte ihn nur verwirrt an. Da er kein einziges Wort verstanden hatte, nahm er an, daß sich der Römer mit seinem Sieg gebrüstet hatte. Valerian drehte sich um und wandte sich zum Gehen.

Wutentbrannt griff Edan erneut an und riß mit haßerfüllten Augen sein Schwert hoch. Als er das Geräusch des durch die Luft surrenden keltischen Schwertes vernahm, duckte sich Valerian gerade noch rechtzeitig, so daß die Schneide nicht seinen Hals, sondern statt dessen einen Baumstamm traf. Dafür flüsterte er den Göttern seinen Dank zu, aber der Kelte gab nicht auf. Er brüllte seinen Schlachtruf und warf sich erneut auf Valerian. Wieder schwang er sein Schwert, und wieder verpaßte er Valerian, diesmal allerdings nur um Haaresbreite. Edan dachte nicht mehr strategisch, sondern handelte wie ein Wahnsinniger.

»Es ist heute genug Blut vergossen worden. Ich möchte nicht auch noch dich töten«, schrie Valerian. Seine Worte waren überflüssig, denn der Kelte beabsichtigte selbstverständlich, den Römer zu töten. Einer inneren Warnung folgend, schwang Valerian den Arm mit seinem Schwert nach vorn und wehrte damit den Schlag seines Gegners ab. Edans Schwert fiel zu Boden, trotzdem wollte er nicht aufgeben, sondern verpaßte Valerian einen heftigen Schlag in den Magen, so daß dieser sich wie ein Baby im Mutterleib krümmte.

Valerian kämpfte gegen den unbändigen Schmerz an, den ihm der Kelte zugefügt hatte. Er stöhnte, als er sich mit aller Kraft bemühte, dem rothaarigen Kelten einen gezielten Tritt vor den Kopf zu verpassen. Edan stolperte, fiel zu Boden und beobachtete durch einen roten Schleier, wie sein Feind in die Richtung von Adairs Hütte marschierte. Er bemühte sich aufzustehen, aber noch bevor ihm das gelang, hatten ihn römische Soldaten gefangengenommen und brachten ihn in ihr römisches Lager.

Weil Valerian so intensiv damit beschäftigt war, Wynne zu finden, bemerkte er die herannahenden Soldaten erst, als es bereits zu spät war.

»Nehmt diesen Mann gefangen!« hörte er Severus' haßerfüllte Stimme hinter sich. »Fesselt seine Arme und bringt ihn zu mir. Er ist ein Verräter.«

Valerian achtete gar nicht auf den Soldaten, der an ihn herangetreten war, sondern marschierte weiter vorwärts, bis ihm ein anderer Soldat den Weg abschnitt.

»Hier, nehmt mein Schwert«, schrie er und warf es dem Soldaten vor die Füße. »Ich brauche es nicht mehr. Ich will nicht Teil dieses Abschlachtens sein.« Angewidert riß er sich seinen Helm vom Kopf und warf ihn auf die Erde.

Valerians Blick traf auf den des jungen Soldaten, der ihn gefangennehmen sollte. In seinen Augen sah er eine solche Verunsicherung, soviel unerträglichen Abscheu, daß er es nicht mehr wagte, noch mehr zu sagen. Dieser junge Mann erlebte gerade die gleiche Desillusionierung wie er, erkannte die Grausamkeit des Krieges und fühlte sich schuldig, daß er unbewaffnete Menschen getötet hatte.

»Bevor du mich zu deinem Tribun bringst, muß ich noch jemanden finden. Ich bitte dich darum, ich muß wissen, ob sie unverletzt und in Sicherheit ist«, flehte Valerian und hoffte auf das Mitgefühl des jungen Mannes.

Er erkannte die Unsicherheit im Blick des Soldaten, der sicherlich nur unwesentlich älter als sein Freund Burrus war. Bevor der junge Mann allerdings eine Möglichkeit hatte, eine Entscheidung zu treffen, hörte Valerian erneut die kalte, grausame Stimme Severus' hinter sich.

»Bring sofort diesen Mann zu mir!« befahl er.

Valerian wurde von vier Männern gepackt und zu seiner Urteilsverkündung gezerrt. Vergessen waren sein abgelegtes Schwert und sein Helm, die jetzt wie Relikte der Vergangenheit im Staub verharrten.

In der Dunkelheit wand sich Brenna wie eine Schlange aus ihrem Versteck unter einem Felsvorsprung. Sie empfand kein Mitgefühl für das Schicksal ihres Volkes; im Gegenteil, sie plante schon seit langem eine Vernichtung der Stammesführer. Jetzt war es plötzlich ganz einfach geworden, die Teile dieses zerstörten Bandes zusammenzuflicken, ihre Priesterin zu werden mit Duncan als ihre rechte Hand, der Stammesführer sein würde.

Als sie die Hütte betrat, die sie mit ihrem Ehemann geteilt hatte, war Brenna überrascht, ihn auf der Türschwelle liegend vorzufinden. Also hatte man auch ihn getötet. Ungeduldig verpaßte sie dem vor ihr liegenden Körper einen Fußtritt, um ihn beiseite zu schieben, und schrak zusammen, als Adairs Lippen ein Stöhnen entfuhr.

»Was ist denn das? Lebt er etwa?« fragte sie sich. Wurde sie die Belastung durch diesen Krüppel denn nie los? Plötzlich alarmiert, erkannte sie, wie sich die Angehörigen des Stammes um Adair scharen würden, da sie die Führung des Druiden und seine Weisheit schätzten. In ihrem verderbten Herzen wußte sie, daß sie ihren Mann keine Sekunde länger leben lassen durfte.

Brenna fiel das Schwert ein, das nicht weit von der Hütte entfernt im Schmutz geschimmert hatte – das Schwert dieses Römers. Nach all den Toten, die diese bewaffneten Teufel an diesem Tag zurückgelassen hatten, war es doch einfach, ihnen noch einen weiteren Mord zur Last zu legen. Mit einem Auflachen eilte sie zurück in die Nacht, um die glänzende Waffe wiederzufinden und sich ihrer unerwünschten Last endlich zu entledigen. Ohne einen Funken Mitleid zu empfinden, stieß sie es in den Leib des Mannes, der ihr Ehemann war.

Adair spürte den schneidenden Schmerz in seiner Hüfte

und fühlte, wie er bis in seine Seele vordrang. Um Atem ringend, lag er am Boden und erblickte seinen Angreifer.

»Du«, stöhnte er ungläubig. Von der Hand getötet, die er über alles geliebt hatte, denn er wußte, daß die Wunde tödlich war. Als Druide hatte er keine Furcht vor dem Tod, aber davor, Wynne allein einem Schicksal überlassen zu müssen, das er nur allzugut kannte.

Ohne noch ein weiteres Wort zu verlieren, fiel Adair in seinen letzten Schlaf, den Schlaf des Todes.

Das letzte Tageslicht wich der Abenddämmerung, als die sieben weißgekleideten Gestalten in dem geweihten Eichenhain in der Nähe der Lichtung ihren Kreis bildeten und den Göttern für ihr Glück dankten. Da sie keine Ahnung von dem brutalen Abschlachten an ihrem eigenen Volk hatten, erfreuten sich diese Druiden an der Schönheit der Welt. Die Stille im Hain wurde nur durch den Singsang ihrer Stimmen unterbrochen, der die Götter und Göttinnen lobpreiste. Aber schon bald darauf übertönte ein anderes Geräusch ihre Gesänge, als ihr Schicksal sich ihnen im Eichenhain näherte.

Sie waren verloren, saßen in einer Falle und hatten keine Möglichkeit zu entfliehen. Voller Entsetzen blickten sie in die Augen ihrer Häscher. Verzweifelt beobachteten sie, wie die geheiligten Bäume vor ihren eigenen Augen gefällt und dann in Flammen gesetzt wurden.

»Verflucht möget ihr sein«, drohte der älteste Druide und wurde sogleich, nachdem er das gesagt hatte, von einem Schwert durchbohrt.

Genau wie es Severus angekündigt hatte, hatte er den starken Zusammenhalt des Druidentums zerstört, und der Begriff »Druide« würde schon bald aus den römischen Aufzeichnungen und Überlegungen ausgemerzt verschwinden. Aber dieser brutale Akt des Terrors würde niemals vergeben oder vergessen werden.

32

Wynne erwachte mit starken Kopfschmerzen und völlig verwirrt. Dem Licht nach zu urteilen war es früh am Morgen, aber wo war sie eigentlich? Warum war sie hier? Sie fuhr sich mit den Händen an den Kopf, versuchte zu überlegen, was geschehen war, und erschauerte, als die Erinnerung sich ihrer wieder bemächtigte. Sie war erleichtert, daß ihr Körper nicht von den Römern mißbraucht worden war. Edan hatte sie gerettet; hatte er auch sich selbst in Sicherheit bringen können? Und was war mit ihrem Vater?

Sie versuchte aufzustehen, aber ihr schmerzender und geschundener Körper war zu steif und verkrampft, um ihr zu gehorchen. Tränen der Wut stiegen ihr in die Augen, und sie verfluchte die Römer in ihrer eigenen Stimme, daß sie hier so hilflos liegen mußte. Sie sah die Feuer in ihren Lagern nicht weit von den Ruinen, die einmal ihr eigenes Dorf gewesen waren, und wurde vom Haß auf die Römer überwältigt. Wie hatte sie nur jemals so dumm sein können, einem von ihnen zu vertrauen?

»Weil ich Valerian liebte«, flüsterte sie leise und spürte erneut die Trauer über seinen Betrug. Auch als sie weinte, wollte sie tief in ihrem Innern immer noch glauben, daß er sie geliebt hatte, daß es eine Erklärung für das Vorgefallene gab und daß er sie nicht belogen hatte. Zu Beginn hatte ihr Entsetzen über das Geschehene ihren Verstand lahmgelegt, aber jetzt spürte sie, daß sie mit Valerian reden und ihm eine Chance geben mußte, ihr zu erklären, was schiefgelaufen war. Warum waren seine Soldaten mordend und zündelnd in ihr Dorf eingefallen? *Warum?* Sie mußte es wissen.

Während Wynne gegen den lähmenden Schmerz ankämpfte und es ihr schließlich gelang aufzustehen, sah sie sich um. Überall blickte sie in das Antlitz des Todes. Wie in Trance marschierte sie immer weiter auf den Mittelpunkt ihres Dorfes zu. Sie hatte Hunger und Durst, wußte aber im gleichen Augenblick, daß es noch eine Weile dauern würde, bis sie wieder etwas über ihre Lippen brächte.

Voller Angst näherte sie sich der Hütte ihres Vaters, ihrem

Zuhause. Lebte ihr Vater noch? Was war mit den anderen Angehörigen ihres Stammes, die ihr am Herzen lagen? Tyrone war tot, das wußte sie, denn er war vor ihren eigenen Augen zusammengebrochen. Und die arme Isolde? Sie würde die Schreie ihrer Cousine niemals vergessen können, als die Römer sie vergewaltigten.

»Isolde!« schluchzte sie und fragte sich, ob die Frau, die immer so liebenswürdig zu ihr gewesen war, noch lebte. Und was war mit Edan? Hatte er Wynne gerettet und sich damit selbst in Gefahr gebracht? Und Cedric – was war mit ihrem Stammesführer geschehen? Wie als Antwort auf ihre Frage erblickte sie voller Entsetzen direkt vor ihren Augen die Leiche Cedrics, die von einem römischen Schwert entzwei geteilt worden war. Schmerzerfüllt blickte Wynne beiseite. Sie schwor diesen verhaßten Mördern, die ein Volk so gefühllos und gedankenlos ausgerottet hatten wie einen Ameisenhaufen, erbitterte Rache. Mit tränenüberströmtem Gesicht und völlig außer sich vor Schmerz und Trauer schlenderte sie zu ihrer Hütte.

Als sie ihr Zuhause erreicht hatte, trat sie ein und flehte zu den Göttern, daß ihr Vater in Sicherheit sein möge. Sie trat auf die liegende Gestalt zu, sprach ihn an, aber er bewegte sich nicht und sagte auch nichts.

»Dein Vater ist tot«, sagte Brenna ohne eine Gefühlsregung.

Wynne starrte auf den leblosen Körper in seinem Bett. »Vater!« schrie sie ungläubig. Sie erhielt keine Antwort. Sie warf sich über den Körper ihres Vaters, weinte bitterlich, umklammerte ihn, flüsterte immer wieder seinen Namen und erzählte ihm, wie sehr sie ihn liebte, wie sehr er ihr fehlen würde und wünschte ihm eine baldige Rückkehr in ein neues Erdenleben. Ihre Augen suchten Mitgefühl bei der verhaßten Brenna, die jetzt ihr einziger Trost war. Nun waren sie Gefährtinnen in ihrer Trauer.

»Wer hat ihm das angetan?« fragte sie schließlich, nachdem ihre Tränen versiegt waren, und wandte sich zu Brenna um. »Er wird meiner Rache nicht entkommen. Was für eine Kreatur ist das, die einen hilflosen, unbewaffneten Mann umbringt?«

Triumphierend blickte Brenna ihre Stieftochter an, denn nun sah sie nach all den Jahren zum ersten Mal eine Chance, ihr eins auszuwischen. »Ich habe mit meinen eigenen Augen gesehen, wer deinen Vater abgeschlachtet hat«, antwortete sie.

Abrupt sprang Wynne auf und rüttelte Brenna aufgeregt an den Schultern, weil sie erfahren wollte, wer der Mörder ihres Vaters gewesen war. »Wie sah er aus? Sag's mir. Ich muß es wissen. Ich werde das gesamte römische Lager nach diesem Mann absuchen, und wenn ich ihn finde, werde ich ihn niederstrecken, damit mein Vater in seinem neuen Leben Frieden finden kann!«

Brenna entwand sich Wynnes Griff; dabei versuchte sie, ihrem Blick zu entgehen. »Es war ein großer, dunkelhaariger junger Römer«, sagte sie überzeugend und dachte an den jungen Römer, der ihren Fängen in jener so weit zurückliegenden Nacht entkommen war, weil ihn die Tochter ihres Mannes befreit hatte. Sie würde sein Gesicht niemals vergessen. »Seine Augen waren bernsteinfarben, er hatte hohe Wangenknochen und eine lange, gerade Nase. Er hatte auch ein Grübchen im Kinn, etwa so.« Sie preßte ihren Daumen fest auf das Kinn ihrer Stieftochter.

»Diese Beschreibung paßt auf viele Römer«, flüsterte Wynne und versuchte den bohrenden, ahnungsvollen Schmerz zu unterdrücken, den sie aufgrund dieser Beschreibung in ihrer Magengegend spürte.

»Er war einer der militärischen Führer seiner Leute. Ein Zenturio«, fuhr Brenna fort. Sie versuchte, ihre Stimme zu beruhigen, um es schließlich auf die Spitze zu treiben. »Ich hörte, wie die anderen Römer ihn Valerian nannten.« Wie viele Male hatte sie die Tochter ihres Mannes im Schlaf diesen Namen rufen hören.

»Nein!«

»Doch, Valerian. Dein Geliebter!« entfuhr es Brenna triumphierend.

»Du lügst, Brenna«, schrie Wynne. »Sag mir die Wahrheit oder ich schwöre ...«

»Ich sage die Wahrheit.« Kalt und kontrolliert begegnete

Brenna Wynnes Blick, um ihren Worten mehr Nachdruck zu verleihen. »Warum sollte ich dich anlügen?«

Wynne wußte, daß Brenna sie nicht mochte, aber das war kein Grund, sie anzulügen. Sicherlich hatte auch Brenna ein Interesse daran, Adairs Tod gerächt zu wissen.

Als sie die Verwirrung ihrer Stieftochter bemerkte, fuhr Brenna fort: »Ich sage dir die Wahrheit, ich hörte, wie der Römer seinen Namen – Valerian – selbst erwähnte. Ich hörte, wie er mit deinem Vater stritt und ihm sagte, daß er dich als Mätresse haben wollte und daß er für Adair sorgen würde, solange er dich begehrenswert fände. Er meinte, daß er deinen Vater mit ins Lager nehmen wollte, um damit sicherzustellen, daß du ihm freiwillig deine Liebesdienste anbieten würdest. Dein Vater schwor ihm, daß er dich zeit seines Lebens davor beschützen würde, in die Hände eines solchen Mannes wie dieses Römers zu fallen. In seinem Zorn stach der Römer deinen Vater nieder.«

»Nein, Valerian würde etwas Derartiges niemals tun!« schrie Wynne aufgebracht.

»Ach, nein? Dein über alles geschätzter Valerian ermordete meinen Ehemann, sprach listig wie eine Schlange von Frieden und trieb mit dir sein falsches Spiel, während er die ganze Zeit über plante, unsere Friedfertigkeit für seinen Ruhm zu mißbrauchen.«

»Nein! Niemals!« schrie Wynne und hielt sich die Ohren zu. »Ich kann und will dir das nicht glauben. Er würde niemals einen unbewaffneten Mann angreifen, und schon gar nicht meinen Vater!« Wynne war bestürzt. Wie konnte Brenna den Römer kennen, seine Augen, seine Gesichtszüge, das Grübchen am Kinn, wenn sie ihn nicht doch gesehen hatte? Und woher wußte sie seinen Namen?

Mit einem unergründlichen Lächeln auf ihren Lippen wandte sich Brenna ab, um das Schwert zu holen. Welch glücklicher Zufall für sie, daß sie die Gefangennahme des Römers durch seine eigenen Leute beobachtet und gesehen hatte, wohin er sein Schwert geworfen hatte. Wenn sie den Römer für Adairs Tod verantwortlich machte, schloß sie jegliche Möglichkeit, selbst entdeckt zu werden, aus. Niemand würde jemals erfahren, daß sie selbst den Druiden getötet hatte. Darüber hinaus war es für sie eine süße Rache, Wynne solchen Kummer zu bereiten.

»Hier ist das Schwert des Römers«, sagte sie und legte es in die Hände ihrer Stieftochter.

Wynne untersuchte es sorgfältig und erinnerte sich an sein Gefühl in ihren Händen, als sie es in jener Nacht selbst geschwungen hatte. Sie erinnerte sich an den Knauf, die ungewöhnlichen Zeichen, die sie noch niemals zuvor gesehen hatte, und an die kleine Kerbe, die das Schwert aufgrund ihres Kampfes mit dem Hünen bekommen hatte, der sie töten wollte. Es war Valerians Schwert, dessen war sie sich ganz sicher. Trotzdem konnte sie im Grund ihres Herzens immer noch nicht glauben, daß er für diese grauenvolle Tat, den Tod an ihrem geliebten Vater, verantwortlich sein sollte.

Brenna erkannte den Zweifel im Blick ihrer Stieftochter. »Glaubst du mir etwa nicht, weil er dir gesagt hat, daß er dich liebte? Hast du ihm vielleicht geglaubt, weil er deinen zarten weißen Körper dazu benutzte, sein Verlangen zu stillen? Hat er dir ewige Treue geschworen? Oh, Wynne. Du Närrin. Männer sind alle gleich. Sie flüstern glühende Liebesschwüre, wenn sie erregt sind, aber bei Tagesanbruch sind diese Worte nur Schall und Rauch.«

Wynne konnte es nicht mehr ertragen. Hysterisch schluchzend floh sie aus der Hütte, um unter den Bäumen des geweihten Eichenhains Trost zu finden. Sie rannte so schnell sie ihre Füße trugen und vergaß ihre Schmerzen und Verletzungen. Aber den geweihten Hain gab es nicht mehr; statt dessen fand sie abgeschlagene Baumstümpfe und die Leichen der abgeschlachteten Druiden. »Ihr konntet uns noch nicht einmal unsere heiligen Haine lassen!« Sie schüttete den Gottheiten ihr Herz aus und betete für die, die dort ihr Leben hatten lassen müssen.

»Mögen alle, die hier gefallen sind, wieder auferstehen und ohne Furcht und Schmerz durch alle ihre neuen Leben gehen«, bat sie inständig. »Tod und Geburt in ihrem unendlichen Kreislauf wechseln so rasch vor unseren Augen.« Mit ihrer rechten Hand deutete sie vor ihrem Gesicht einen imaginären Kreislauf an, das Zeichen für ewiges Leben.

Wynne fiel auf die Knie und fühlte sich selbst wie eine der Toten, denn die Frau, die sie einmal verkörpert hatte, gab es mit Sicherheit nicht mehr, sie war durch die Lügen und den Verrat des Römers getilgt worden.

»Hinterhältiger Römer!« schrie sie zornig. »Lügner.« Sie rieb sich mit ihrem Handrücken über den Mund, um das Gefühl seiner Küsse zu beseitigen.

Ein Geräusch hinter ihr erschreckte sie, aber es war nur Edan. »Ich trauere um deinen Vater und teile dein Leid«, sagte er traurig. »Er war ein großartiger Mann und wird uns sehr fehlen.«

Wynne stand auf und rannte erleichtert darüber, daß er noch lebte und nicht in römische Gefangenschaft genommen worden war, zu ihm hin. »O Edan, du lebst! Es sind so viele von uns getötet worden, daß ich auch große Angst um dich hatte.« Sie vergrub ihr Gesicht in seiner Armbeuge, wie sie es seit ihrer Kindheit immer getan hatte.

»Ja, ich lebe«, sagte er voller Bitterkeit. »Trotz deines Römers. Leider ist es mir nicht gelungen, ihn zu töten und unsere Toten zu rächen.« Das Sonnenlicht tauchte sein rotes Haar in ein glühendes Feuer.

»Warum haben die Römer das gemacht?« schluchzte sie. »Sie haben sogar unseren geheiligten Eichenhain entweiht.«

Sanft strich Edan eine Locke ihres Haares zurück. Sie bedeutete ihm unendlich viel, er hatte sie immer geliebt. »Weil sie wie die Tiere sind und sich trotzdem für uns überlegen halten. Wie ich sie hasse. Alle, besonders deinen Römer. Er hat sich auch noch in seiner komischen Sprache über mich lustig gemacht, während wir kämpften.«

»Du hast gegen ihn gekämpft?« Wynne löste sich aus seiner schützenden Umarmung und sah ihm ins Gesicht.

»Ja.« Er nahm ihre Hände, setzte sich neben sie und erzählte ihr von seinem Kampf. Wie er Sloan erkannt, den Römer vom Pferd gerissen und mit ihm gekämpft hatte. »Er war fest entschlossen, zur Hütte deines Vaters zu gehen. Ich versuchte, ihn davon abzuhalten, und das wäre mir auch gelungen, wenn ich nicht aus dem Hinterhalt von einer Gruppe seiner Soldaten umzingelt worden wäre. Aber ich konnte mich schon bald darauf wieder befreien.«

Seine Worte waren wie ein Dolchstoß für ihr Herz. »Dann ist es also wahr. Er hat meinen Vater getötet.«

»Er hat Adair ermordet?« schrie Edan, fassungslos über diese Nachricht. »Ich hatte ja gar keine Ahnung über das Ausmaß seines Verrats. Ach, meine arme Wynne ... so betrogen worden zu sein.«

Wynne konnte die Qualen nicht länger ertragen. Sie wollte mit ihrer Trauer allein sein. »Bitte laß mich allein«, flüsterte sie und blickte ihn mit schmerzerfüllten Augen an. Er verstand ihre Gefühle und folgte ihrer Bitte.

In ihrer Trauer trommelte sich Wynne auf ihre Brust, Tränen der Wut und des Schmerzes stiegen in ihren Augen auf. Sie hatte Valerian geliebt, ihn mehr geliebt als ihr Leben, und er hatte sie betrogen, ihre Liebe und ihr Vertrauen mit Mord vergolten. Sie hatte ihm das Leben gerettet, und er hatte ihrem Vater das Leben genommen.

»Ich werde meinen Vater rächen«, schwor sie. »Irgendwann, eines Tages wird ihm Gerechtigkeit widerfahren.« Als sie das gesagt hatte, fiel sie zu Boden und ließ ihren Tränen freien Lauf.

33

Als ihr Vater zu Grabe getragen wurde, hatte Wynne ihre Tränen getrocknet. Tagelang hatte sie geweint, bis sie keine Tränen mehr fand für ihre Trauer. Für ihr Volk war der Tod normalerweise eine Zeit des Feierns und nicht der Traurigkeit, eine Zeit, während der der Geist in ein neues Leben übergeht; aber an diesem Tag gab es keine Freude. Wie konnten die Seelen der Verstorbenen denn auch mitten in den Ruinen ihres einstmals friedlichen Dorfes in Frieden in ein neues Leben übergehen?

Die Zahl der Toten war bekannt: Dreißig waren getötet

worden, einschließlich aller zwölf Druiden. Unter den Toten befanden sich Cedric, Tyrone und Adair. Viele waren verwundet worden. Wenn ihnen die Götter gewogen waren, überlebten sie vielleicht.

In ihre rote Tunika gekleidet – der Farbe des Todes, des Lebens und des Blutes, die die Rückkehr des Geistes zum Feuer des Lebens symbolisierte –, sah Wynne zum letzten Mal zu ihrem Vater hinunter.

»Ich werde dich rächen, Vater«, schwor sie mit einer Hand an ihrem Dolch, »selbst wenn es eine Ewigkeit dauern wird. Du wirst gesühnt werden.«

Nach keltischer Sitte wurden die Körper der Toten in einem runden Hügelgrab verbrannt und ihre Asche dann in alle Himmelsrichtungen verstreut, um die Reise der Toten in ein neues Leben zu beschleunigen.

Wynne bemerkte, daß Brenna in ihrer Nähe stand und das Amulett ihres Vaters trug. Deshalb ging die junge Frau auf sie zu und riß ihrer Stiefmutter die Kette vom Hals.

»Laut Gesetz gehört sie mir«, sagte Wynne mit Bestimmtheit und drehte ihr den Rücken zu.

Brenna griff mit haßerfüllten Augen an ihr Dekolleté. »Für diese Frechheit wirst du mir bezahlen, Wynne. Das verspreche ich dir«, stieß sie zwischen ihren Zähnen hervor.

Frierend saß Wynne vor der Asche des Feuers allen Lebens und starrte auf den Platz, der einst die Seele ihres Volkes symbolisiert hatte. Niemals würde sie die Brutalität vergessen, die sie und ihr Volk erlitten hatten.

Als sie eine Hand auf ihrer Schulter spürte, zuckte sie zusammen, und ein Schrei blieb in ihrer Kehle stecken, während sie sich vorstellte, erneut von den grausamen Eroberern verfolgt zu werden.

»Ich bin's nur, Isolde«, hörte sie eine Stimme, die sie nur allzugut kannte.

»Ach Isolde«, seufzte sie und zog ihre Cousine beschützend in ihre Arme. Sie hatte seit dem schrecklichen Tag in den Kornkammern nicht mehr mit Isolde gesprochen. Sie hatten sich schon als Kinder immer gegenseitig getröstet, wenn einer von ihnen bestraft worden war oder in irgendeiner Weise Angst hatte.

Jetzt gab Isolde ihrer Traurigkeit nach, weinte Tränen der Trauer und Erniedrigung; dann lehnte sie sich zurück und betrachtete Wynnes Gesicht.

»Wir haben beide soviel durchlitten. Es ist, als wäre auch ich an diesem Tag gestorben ... meine Seele«, schrie Isolde.

»Wie ich die Römer hasse«, erwiderte Wynne und runzelte zornig die Stirn.

Isolde schüttelte ihren Kopf. »Haß ist zerstörerisch«, meinte sie leise. »Laß dich von diesem Gefühl nicht zerstören, Wynne. Was geschehen ist, ist geschehen.«

Wynne sah sie mit ungläubigem Blick an. »Wie kannst du diese Barbaren nicht hassen, wo sie doch deinen eigenen Ehemann umgebracht haben?«

Den Blick erfüllt von Traurigkeit, senkte Isolde ihren Kopf. »Ich liebte Tyrone, aber er würde nicht wollen, wenn mein Herz von Haß und dem Wunsch nach Vergeltung zerrissen würde. Ich werde ihn betrauern, aber ich werde meinen Haßgefühlen nicht nachgeben, und das solltest auch du nicht. Es gibt jetzt soviel zu tun, den Wiederaufbau des Dorfes und die Pflege unserer Verwundeten.«

Wynne wußte, daß ihre Cousine die Wahrheit sprach, aber es würde schwierig werden, die Vergangenheit hinter sich zu lassen. Sie sagte ihrer Cousine Lebwohl, verließ das Feuer allen Lebens und schlenderte zurück zur Hütte. Sie hörte, wie Brennas schrilles Gelächter die Stille der Nacht durchbrach. Als sie sich in die Richtung wandte, aus der das Geräusch gekommen war, sah sie die dralle Frau, die einstmals die Ehefrau ihres Vaters gewesen war, umringt von römischen Soldaten. Tatsächlich schien die dunkelhaarige Frau sich nicht daran zu erinnern, daß es ihre Schwerter gewesen waren, durch die ihr Volk so grausam niedergemetzelt worden war. Wütend ballte Wynne ihre Hände zu Fäusten, und dann sah sie Edan, der auf sie hinunterstarrte. Sie mußte lange und erbittert gegen die Woge des Zorns ankämpfen, die sie zu überwältigen drohte. Ihr Vater war noch nicht lange tot, und diese Frau verhielt sich bereits wie eine Verräterin.

»Diese Frau wird mit allen Tricks versuchen, unser Unglück in ihren Sieg zu verwandeln«, meinte Edan gedankenverloren und teilte Wynnes Haß auf Brenna.

»Sie versucht Macht und Anerkennung bei unseren neuen Herren zu gewinnen«, fügte Wynne wutentbrannt hinzu. »Aber wenn du erst unser Stammesführer bist ...«

»Wenn es ihr auf ihre Weise gelingt, befürchte ich, daß ich schließlich doch nicht Stammesführer werde.«

»Du nicht unser Stammesführer wirst? Aber es ist dein Recht als Sohn des getöteten Stammesführers. Selbst die Römer werden nicht wagen, dir diesen Rang streitig zu machen, auch wenn du dich zweifellos ihrem Joch beugen mußt.« Eine innere Stimme schien ihr zuzuflüstern, daß Edan recht hatte. Die Römer waren jetzt die Herren, und das Leben und Schicksal von ihnen allen lag in römischer Hand.

Edan legte seine Hände fest auf Wynnes Schultern. »Wie ich mir wünsche, Stammesführer zu werden und dich dabei an meiner Seite zu wissen.« Seine Stimme klang rauh und zärtlich.

Wynne entzog sich seinem Griff. »Nein, es darf nicht sein«, sagte sie mit vor Angst zitternder Stimme. Sie konnte ihr Herz niemals wieder einem anderen schenken.

»Lehnst du mich ab, weil du immer noch den Römer liebst?« fragte Edan besorgt.

Mit zornigem Blick starrte Wynne ihn an. »Ich liebe den Römer nicht. Er hat mich betrogen und meinen Vater ermordet. Stände er jetzt vor mir, würde ich ihn töten und Erleichterung dabei empfinden.« Rasch rannte sie zum Eingang der Hütte. Edan verdiente etwas Besseres als eine Frau, die von einem anderen Mann schamlos benutzt worden war. An der Tür hielt sie inne. »Eines Tages wirst du eine Frau finden, die du liebst, Edan, und die auch deine Gefühle erwidert. Dann wirst du mich vergessen.«

»Ich werde niemals eine andere Frau so lieben, wie ich dich liebe«, antwortete er.

Unfähig, seinen gequälten Gesichtsausdruck noch länger zu ertragen, begab sie sich in den Schutz der väterlichen Hütte und sank dort vor Kummer auf die Knie, denn sie wußte, daß auch sie niemals wieder lieben würde. Denn es stimmte, daß sie den Römer trotz ihrer Worte und trotz allem, was er ihr angetan hatte, immer noch liebte. Als sie sich in ihrem Schmerz sein geliebtes Gesicht und seine zärtlichen Berührungen ins Gedächtnis zurückrief, fiel ihr ein, wie seltsam es doch war, daß sie ihn während der vergangenen Tage niemals zusammen mit den anderen Römern in ihrem Dorf gesehen hatte. War er abgereist? Ja. Zweifelsohne war er bereits auf dem Weg zu seinem Imperator, zurück nach Rom und zu seinem Ruhm.

34

Gefesselt und in Ketten wie ein Sklave wurde Valerian zu Severus ins Zelt geführt. Der hinterhältige Blick des Tribuns musterte ihn amüsiert und voll des Triumphes.

Mit einem Zerren an den Ketten zog Severus Valerian nach unten, so daß er ihm zu Füßen lag. »So, der mächtige Valerian, unser tapferer Zenturio, ist also hier, auf daß ihm Gerechtigkeit widerfährt. Keine Macht auf Erden kann dich jetzt noch retten«, spottete er.

»Du Mörderschwein!« schrie Valerian mit zornesfunkelndem Blick und ohne die Gefahr zur Kenntnis zu nehmen. Er würde ohnehin hingerichtet werden, was konnte Severus ihm also noch anhaben?«

»Ich würde vorsichtig mit dem sein, was ich über meine Lippen kommen ließe, Zenturio, es sei denn, du bist genausowenig Herr über deine Zunge wie über deinen Kopf.«

»Du hast unbewaffnete Männer abschlachten lassen, Männer, die ausschließlich Frieden wollten. Sie wollten ihre Waffen niederlegen und mit dir verhandeln. Du hättest deinen Sieg bekommen können, ohne einen Tropfen Blut zu vergießen.« Valerian riß an seinen Ketten, weil er diesen grinsenden Gorilla in Stücke reißen wollte, aber er war sicher gefesselt. Es gelang ihm aufzustehen, aber Severus stieß ihn mit seinem Schwertknauf nieder und schlug ihn beinahe bewußtlos. Noch immer stand blanker Haß in den Augen des Zenturios geschrieben. Vor diesem Mörder würde er niemals zu Kreuze kriechen.

»Du glaubst wirklich, daß ich dem Wort der keltischen Barbaren trauen würde, einem Volk, das seinen heidnischen Gottheiten bei den Feuerzeremonien unzählige Menschenopfer darbringt? Sie sind Tiere, unzivilisierte Heiden.« Severus schnaubte und griff nach seinem Becher Wein, den er in einem Schluck hinunterstürzte. Als er sich den Mund mit seinem nackten Arm abgewischt hatte, grinste er seinen Gefangenen erneut höhnisch an.

»Und was ist mit uns? Du nennst mordende Männer zivilisiert? Was ist mit unseren Gladiatoren oder den Christen, deren Tod unseren Imperator begeistert, oder den Hinrichtungen, die jeden Tag stattfinden, oder dem Mord an hilflosen Sklaven?«

»Das ist etwas anderes. Das muß geschehen, damit der Frieden gewahrt wird! Die Priester dieser keltischen Völker verbrennen riesige Körbe voller Menschen. Sie beziehen ihre Prophezeiungen aus deren Todeskrämpfen. Rom ist vielleicht nicht immer gnädig, aber selbst unsere Götter wären über eine solche Brutalität entsetzt.«

»Du verstehst diese Menschen nicht. Aber ich. Nicht alle praktizieren Menschenopfer. Das Volk, das du gerade niedergemetzelt hast, gehört nicht dazu. Nicht alle Stämme haben die gleichen Riten.«

»Du wärest ihnen doch beinahe selbst zum Opfer gefallen«, antwortete Severus unbehaglich und fragte sich für einen Augenblick, ob er vielleicht einen Fehler gemacht hatte.

»Nicht dem Volk, das du abgeschlachtet hast! Daran zu denken, daß ich dir vertraute, während du die ganze Zeit über plantest, mich nur zu benutzen. Du wolltest gar keinen Frieden. Ich bin einfach blind gewesen, weil ich Frieden wollte!« Valerian mußte sich bemühen, seine Selbstbeherrschung zu bewahren.

»Du lügst! Du wolltest den Sieg für dich erringen. Nun bleibt dir als einziger Sieg nur noch dein Kopf – zumindest vorübergehend.« Er wandte Valerian den Rücken zu, weil er dessen gequälten Gesichtsausdruck nicht länger ertragen konnte. Dann winkte er die Bewacher zu sich. »Dieser Mann wird nach Eboracum zurückgebracht, um dort auf seine Hinrichtung zu warten. Ich möchte persönlich Zeuge sein, aber erst einmal muß ich meine Geschäfte hier erledigen.«

»Ich werde dafür sorgen, daß Kaiser Nero persönlich davon erfährt, was du getan hast!« drohte Valerian.

Severus hielt einen Augenblick inne. Er mußte an Valerians Vater denken und was er ihm im Hinblick auf seinen Sohn sagen sollte. Der Senator stand Nero sehr nahe und konnte aus Verärgerung für seine Degradierung sorgen.

Severus hieß die Bewacher, das Zelt zu verlassen, und war allein mit Valerian. »Deinem Vater werden wir berichten, daß du während einer Schlacht einem tragischen Unfall erlegen bist. Vielleicht erzähle ich ihm, daß ein keltischer Speer deinem Leben ein Ende gesetzt hat.«

»Dann bist du ein Lügner«, meinte Valerian, »und ein heimtückischer Verräter.«

»Ich bin ein Mann, der es nach besten Kräften gelernt hat zu überleben. In dieser Welt, Valerian, gibt es die Schwachen und die Starken. Ich gehöre zu den Starken, und es gibt nichts, was ich nicht tun würde, um mir meine Macht zu erhalten.«

»Und was wirst du meinen Männern berichten, warum du mich zum Gefangenen gemacht hast? Es war ein offenes Geheimnis, daß ich deine Befehle befolgt habe, als ich versuchte, Frieden zu stiften.«

Severus grinste ihn siegessicher an. »Man wird ihnen mitteilen, daß du gegen meine Befehle gehandelt hast, da ich niemals Frieden wollte. Ein guter Soldat lernt schnell, daß er das Wort seines Befehlshabers nicht in Frage stellt. Du bist nur ein Zenturio: Ich aber bin Tribun. Wem werden sie deiner Ansicht nach glauben? Bist du so dumm anzunehmen, daß sie ebenfalls bestraft werden wollen?« Daraufhin rief er erneut nach den Wachen.

»Was ist mit meinen Männern?« fragte Valerian, während sich zwei Wachen zu seiner Rechten und seiner Linken aufstellten. »Sie sollten nicht unter dem Haß leiden müssen, den du mir entgegenbringst.«

Severus zuckte die Schultern. »Deine Zenturie wird hier unter mein Kommando gestellt, bis ich entscheide, was zu tun ist. Ich brauche ihre Unterstützung. Ich werde nicht riskieren, ihr Vertrauen zu verlieren, indem ich sie dafür bestrafe, daß sie deine Anweisungen befolgt haben. Du wirst die alleinige Verantwortung übernehmen. So, und jetzt geh!«

Valerian war darüber erleichtert und fragte sich, was Burrus jetzt wohl dachte. Er sehnte sich danach, den jungen Soldaten, seinen einzigen Vertrauten, wiederzusehen. Wenn er doch nur jetzt mit ihm reden könnte, dann würde er ihn bitten, herauszufinden, was mit Wynne geschehen war. Er mußte wissen, ob sie noch lebte.

»Wenn Wynne noch lebt, dann werde ich Himmel und Erde in Bewegung setzen, von hier zu fliehen, doch wenn sie tot ist, dann wird mir mein eigener Tod leichtfallen«, flüsterte er zu sich selbst.

»Komm, Gefangener«, befahlen ihm die Wachen in barschem Ton. »Mach dich bereit für die Reise.« Die Wachen schoben Valerian grob zu den Ställen, wo er unsanft auf eine braune Stute gesetzt wurde.

»Bitte, laßt mich mein Pferd, den schwarzen Hengst, nehmen, denn eines Tages muß ich ihn seinem rechtmäßigen Eigentümer zurückgeben.«

Die Wache sah ihn mißtrauisch an. »Nun ... der Tribun hat sich nicht geäußert, was mit deinem Pferd geschehen soll. Ich ... ich ... kann mir nicht vorstellen, daß er daran etwas auszusetzen hätte.«

»Mein Vater wird dich für dein Verständnis belohnen«, versprach Valerian mit festem Blick.

»Schon gut.« Er zog Valerian von der Stute herunter und führte ihn zu Sloan, der mit den Hufen scharrte. Der Hengst spürte, daß irgend etwas nicht stimmte.

»Danke«, murmelte Valerian, saß auf dem schwarzen Hengst auf und beruhigte ihn mit sanften Worten.

»Ich heiße Marcus«, sagte der Wachsoldat voller Stolz. »Marcus Titanus. Vergiß meinen Namen nicht.« Plötzlich huschte ein Lächeln über sein Gesicht. Er mochte den Zenturio, egal, was er auch getan haben sollte. Das konnte er von dem Tribun nicht sagen.

»Ich werde mich daran erinnern, Marcus«, rief Valerian über seine Schulter zurück. Umgeben von Soldaten begann Valerian seine Reise, eine Reise, die ihn in den Tod führen konnte.

35

Es dauerte nicht lange, bis Brenna sich bei dem Eroberer ihres Volkes, dem Tribun, eingeschmeichelt hatte. Sie beschwor ihn und machte ihm Versprechungen, bis sie ihn schließlich davon überzeugt hatte, daß sie eine würdige Priesterin der neuen Gottheiten sein würde. Was machte es ihr schon aus, daß diese Götter nun kelto-romanisch waren? – Merkur, Apollo, Mars, Minerva, Vulkan, Jupiter, Herkules. Solange die Römer ihr Land besetzten, würde sie ihnen gehorchen, aber sobald die Eindringlinge verschwunden waren, würde sie erneut die alten Gottheiten anbeten, die Götter, die Opfer und Gehorsam forderten.

Sie war in der Lage, sich recht gut mit Severus zu unterhalten, denn er hatte ihre Sprache während seiner vielen Feldzüge in Gallien gelernt. In der Tat sprach auch sie Latein, versuchte das allerdings zu verbergen. Auf diese Weise konnte sie die Pläne des Tribuns ohne sein Wissen erfahren. Severus selbst glaubte, daß Brenna eine hervorragende Priesterin war, und vertraute ihr mit der Zeit immer mehr. Sie besaß List und Ehrgeiz, beides Züge, die er nachvollziehen konnte und schätzte. Er war sich sicher, daß sie im Laufe der Zeit immer wertvoller für ihn werden würde.

Obwohl das Volk sich dafür stark machte, Edan zum Stammesführer zu erklären, folgte Severus Brennas Rat und machte Duncan zum Anführer, auch wenn er nicht direkt dem Stamm angehörte. Jetzt waren Brenna und ihr Geliebter allmächtig, auch wenn Brenna sich langsam Sorgen machte, daß Wynne Duncan als einen der Priester des Domnu-Kultes wiedererkennen und entlarven könnte.

»Ich muß Wynne endlich loswerden. Ich kann Duncan nicht immer von ihr fernhalten«, sinnierte sie. Was wäre, wenn sie Severus davon überzeugte, daß Wynne eine Druiden-Priesterin war, eine Gefahr für seine Machtansprüche? Sie würde die Zeit für sich arbeiten lassen, bis der richtige Moment gekommen war, und dann würde sie die Vergeltung bekommen, die sie sich so sehnlich wünschte.

Vor dem Feuer sitzend, blickte Wynne durch den Raum zu Isolde, deren Hütte sie nun teilte. Es war unmöglich gewesen, mit Brenna unter einem Dach zu leben, vor allen Dingen, seit sie den Römern so zugetan war. Darüber hinaus barg die Hütte ihres Vaters für sie zu viele Erinnerungen. Jetzt, da Isolde Witwe war und drei kleine Kinder zu versorgen hatte, spürte sie, daß ihre Cousine sie brauchte.

Als unterworfenes Volk hatten sich die Lebensumstände ihres Stammes völlig geändert. Vor dem Einfall durch die Römer war das ganze Land als Allgemeineigentum bewirtschaftet worden; niemand konnte gesonderte Besitzansprüche an Grund und Boden vorbringen. Alle Besitztümer wurden geteilt. Jetzt hatten die Römer das Land jedoch wie einen Kuchen aufgeteilt und übertrugen denen ein Stück, die sie begünstigten und die ihre Freundschaft suchten. Die keltischen Frauen, die viele Privilegien der Stammesmänner geteilt hatten, besaßen jetzt so gut wie gar keine Rechte mehr: Sie waren – genau wie die römischen Frauen – die Leibeigenen ihrer Brüder, Ehemänner oder Väter. Die Römer verlangten, daß die Abstammungslinie durch den Vater schriftlich festgehalten wurde. Es war, als hätten Frauen überhaupt keine Bedeutung mehr.

»Werden diese Römer unser Land denn nie verlassen?« schrie Wynne erbost. »Sie wissen nichts über unsere Lebensformen. Warum bestehen sie darauf, uns ihre Gesetze und Verhaltensweisen aufzuzwingen?«

Isolde zuckte zusammen. »Was mir Sorgen bereitet, ist die Art, wie ihre Krieger uns mit lüsternem Blick betrachten, als wären wir nur dazu da, von ihnen genommen zu werden.«

Die arme Isolde, dachte Wynne; ihre Cousine zitterte immer noch vor Furcht, wenn sie die Anwesenheit ihrer Eroberer spürte. »Wenn ich noch einmal ihre schändlichen Berührungen ertragen müßte, würde ich mich umbringen!« schwor Wynne. »Es ist besser, aus diesem Leben zu scheiden und in ein neues einzutreten, als ihre schmutzigen Hände auf unserem Körper zu wissen.«

Bei der Erinnerung, wie Valerian sie betrogen hatte, stiegen Wynne Tränen in die Augen, und sie wischte sie rasch fort. Solange sie lebte, würde sie sich an den Römer und seine Lügen erinnern. Sie hatte versucht, großzügig zu denken, zu vergeben, eine Erklärung dafür zu finden, was geschehen war. Aber was Brenna ihr gegenüber enthüllt hatte, war überzeugend. Das vorhandene Schwert überführte ihn. Valerian hatte sie benutzt, ihre Liebe mißbraucht, sie angelogen, und was am schrecklichsten von allem war, er hatte ihr ihren Vater genommen. Sie sprang auf und lief von ihren Erinnerungen gequält unruhig im Raum umher.

Dann spürte sie den sanften Druck einer Hand auf ihrer Schulter. »Du liebst ihn immer noch, streite es nicht ab. Wynne, ich kann deine Gedanken lesen, als wären es meine eigenen«, flüsterte Isolde traurig.

Wynne wirbelte herum und sah ihre Cousine an. »Nein! Nein. Ich hasse ihn. Wie könnte ich ihn nach allem, was er uns angetan hat, noch lieben? Ich verfluche den Tag, an dem ich ihn kennenlernte.«

»Wynne«, sagte Isolde, »die Dinge sind nicht immer so, wie sie uns erscheinen.« Der Schmerz über ihren eigenen Verlust spiegelte sich in ihrem Blick wider. »Wir wissen beide, daß Brenna eigennützig und hinterhältig ist – warum also traust du ihren Worten, was den Tod deines Vaters anbelangt?«

»Weil ich das Schwert des Römers mit dem Blut meines Vaters selbst gesehen habe. Und Edan sah, wie der Römer zu unserer Hütte lief. Er hat meinen Vater getötet, und das kann ich ihm niemals verzeihen. Niemals.«

Plötzlich wurden die beiden Frauen durch die harschen Kommandos römischer Soldaten vor ihrer Hütte unterbrochen. Wynne spürte, wie Isolde zitterte, und versuchte sie zu trösten, aber Isolde entzog sich ihr und ging zur Tür.

»Was wollt ihr?« fragte Isolde und bemühte sich, ihre Furcht zu überspielen. Die Soldaten musterten ihre reife Schönheit und wandten sich dann Wynne zu, die neben Isolde getreten war.

»Welche von euch beiden ist Wynne, Tochter von Adair dem Druiden?« fragte ein Soldat. Er packte seinen Schwertknauf, als wollte er damit seine Autorität gegenüber den unbewaffneten Frauen demonstrieren.

Wynne trat stolz erhobenen Hauptes vor. »Das bin ich«, antwortete sie. Sogleich war sie von Römern umringt, als wäre sie ein gefährlicher Krieger.

Angesichts der Gefahr vergaß Isolde ihre Furcht und drängte sich an den Soldaten vorbei neben Wynne. »Dies ist meine Hütte. Ich habe ein Recht zu wissen, was ihr von meiner Cousine wollt«, forderte sie.

»Sie wird noch heute abend vor Severus Cicero, den Tribun, gebracht«, lautete die Antwort eines der Soldaten, einem grinsenden, glatzköpfigen Mann.

»Warum? Was will er von mir?« fragte Wynne und versuchte, ihre Bestürzung zu verbergen. Sie hatte nichts Unrechtes getan, hatte die römischen Gesetze befolgt und den Frieden eingehalten.

»Ich weiß es nicht. Mir wurde nur befohlen, dich zu ihm zu bringen«, antwortete der Mann barsch. Seine Augen streiften Isolde, und sein Gesichtsausdruck ließ keinen Zweifel an seinen Gedanken. Isolde schrak voller Angst zurück und traute sich nicht, noch irgend etwas zu sagen.

Holdselig wie eine Göttin lächelnd, trat Wynne nach vorn. »Laßt uns gehen«, sagte sie und schritt majestätisch auf sie zu. Sie würde diesen Römern nicht die Genugtuung bieten, sich unterkriegen zu lassen; sie würde ihnen keltischen Mut beweisen.

Umringt von den Römern, machte sich Wynne mit klopfendem Herzen zum Zelt von Severus auf. Sie hatte keine

Ahnung, daß Brenna nach Vergeltung strebte und sich genau diesen Tag für ihre schreckliche Hinterlist ausgesucht hatte.

36

Wynne wurde zu dem großen Zelt geführt, dem Zelt des römischen Tribuns, der von ihrem Volk wegen seiner vorstehenden Zähne und der kleinen farblosen Augen »nagender Dämon« genannt wurde. Wynne hatte ihn nur einmal von weitem gesehen, aber sie wußte, daß man ihm nicht trauen durfte. Jetzt stand er mit dem Rücken zu ihr im dämmrigen Kerzenlicht.

Abrupt drehte sich Severus um und war überrascht von der Schönheit der vor ihm stehenden jungen Frau. Die Priesterin Brenna hatte ihn davor gewarnt, daß diese Frau hier gefährlich war, eine Druiden-Priesterin, Tochter eines geheiligten Mannes der Druiden; aber sie hatte ihm gegenüber nicht erwähnt, wie anziehend das Mädchen war. Als bewunderte er eine prächtige Statue, schlenderte er um sie herum, betrachtete sie von oben bis unten und leckte sich die Lippen. Er ergriff eine Strähne ihres goldblonden Haars, spürte das schmeichelnde Gefühl der weichen, seidigen Locken in seinen Fingern. Wynne wich zurück, als hätte sie sich verbrannt.

»Rühr mich nicht an!« sagte sie aufgebracht. Die lebhafte Erinnerung an die Hände eines anderen Römers, der sie berührte, streichelte, neckte, überkam sie erneut.

Ihre Augen waren voller Haß, doch trotzdem wurde Severus von diesem Blick erregt, und er fragte sich, wie diese junge Schönheit wohl im Bett war. Würde sie kämpfen wie eine Tigerin oder sanft wie ein Reh sein?

»Ich habe das Recht, dich zu berühren«, sagte er spöttisch grinsend und griff nach ihrer Hand. Er streichelte ihre weichen, schlanken Finger, und Wynne mußte sich beherrschen, um ihm nicht ins Gesicht zu schlagen. In diesem Augenblick traf er eine Entscheidung. In der Regel lautete die Bestrafung für Anhänger der Druiden-Riten Tod durch das Schwert. Er hatte Brenna erzählt, daß auch diesem Mädchen das gleiche Schicksal zuteil werden würde, aber er konnte es nicht über sich bringen, eine solche Schönheit sinnlos zu vergeuden. Nein. Er hatte andere Pläne für dieses goldene Täubchen.

»Was heißt das, es ist dein Recht?« fragte sie ihn zu seiner großen Überraschung in seiner Sprache. Also konnte sie etwas Latein; das war von Vorteil. Ein Dolmetscher war immer nützlich.

Er streckte eine Hand aus, um eine ihrer vollen straffen Brüste zu berühren, und wieder schrak Wynne mit suchendem Blick zurück, ob sie denn kein Schwert, keinen Dolch oder eine andere hilfreiche Waffe fand. Severus erkannte ihre Absicht – ihn zu töten und dann sich selbst; das war so Sitte bei diesen Barbaren. Er mußte sicherstellen, daß sie immer unter Bewachung stand und daß alle Waffen außer Reichweite ihrer schlanken Finger gebracht wurden. Ihre Abwehrhaltung erregte ihn so sehr, daß er dachte, durch sie vielleicht seine Manneskraft wiederzufinden und noch einmal die Freuden eines weiblichen Körpers genießen zu können.

Er griff nach ihrem Amulett und hielt es ins Licht. Die drei Gesichter irritierten ihn. Was sollten sie bedeuten?

»Wunderschön«, sagte er schließlich doppeldeutig.

Ihre Augen starrten ihn argwöhnisch und furchtsam an. Jetzt erinnerte sie ihn an ein kleines Kaninchen in einer Falle, und er lächelte sie aufmunternd an.

»Welche Bedeutung hat das Amulett?« fragte er.

»Es gehörte meinem Vater«, antwortete sie. »Es ist ein Symbol für den Lebenskreislauf.« Sie hatte keine Angst, die Wahrheit zu sagen, denn es existierte kein Gesetz gegen das Tragen von Symbolen der alten Gottheiten, sondern nur gegen die ihnen zu Ehren stattfindenden Opferhandlungen.

Er ließ die Figur los und wandte sich wieder ihrem Haar zu, das so unglaublich weich war. Ihre Lippen waren üppig, und ihn überfiel der drängende Wunsch, sie hier und jetzt zu küssen, aber er kämpfte dagegen an. Irgend etwas an diesem

Mädchen kam ihm vertraut vor; er hatte sie bereits einmal gesehen, aber wo?

»War dein Vater denn Priester?«

»Er war Druide. Er war einer der heiligen Männer meines Volkes«, sagte sie stolz und immer noch mitgenommen von der Trauer über seinen Verlust.

»Und du? Gehörst du auch zu den Druiden?«

»Nein. In meinem Volk können Frauen nicht Priesterinnen werden«, erwiderte sie; als sie dann an Brenna dachte, fügte sie noch hinzu: »Wenigstens bis jetzt nicht.«

Ihn überkam plötzliche Neugier. Sie verstand Latein recht gut, auch wenn sie es nicht fließend sprechen konnte. Offensichtlich hatte sie seine Sprache lange vor seinem Eindringen gelernt.

»Wie kommt es, daß du Latein sprichst? Wer hat dich gelehrt, meine Sprache so gut zu beherrschen?« fragte er und bemerkte, wie sie bei seiner Frage errötete. Sie, die ihn so mutig angestarrt und eine solche Abwehrhaltung an den Tag gelegt hatte, senkte nun ihren Blick vor ihm.

»Ich ... ich habe es von jemandem von deinen Leuten gelernt«, antwortete sie. »Und mein Vater konnte ebenfalls Latein.«

»Einer von meinen ...« Er war wie vom Schlag getroffen: *Valerian*. Das war die Frau, die er mit seinem Zenturio beobachtet hatte. Er lachte schallend. Das war einfach zu schön, um wahr zu sein.

Das schrille Gelächter des Tribuns ängstigte Wynne. *Er ist verrückt,* dachte sie. Aus welchem anderen Grund sollte er in dieser Form reagieren? Um sich selbst zu schützen, folgte sie ihrem Instinkt und rannte zum Zeltausgang; sie mußte diesem Irren entfliehen. Er war jedoch schneller als sie, und nach zwei großen Schritten hatte er sie wieder am Handgelenk gepackt.

»Wenn ich es anordne, hast du zu bleiben«, befahl er. »Du gehörst mir. Du bist mein Eigentum!«

Sie sah ihn mit großen, fragenden Augen an. »Was heißt das, mein Eigentum?« fragte sie argwöhnisch.

Er zog sie an sich, und seine knochigen Hände umschlangen ihre Taille so fest, daß sie kaum atmen konnte. Ihr Busen war an seinen Brustkorb gequetscht, so daß sie seinen Herzschlag durch das rauhe Leinen seiner Toga spüren konnte.

»Du bist meine Sklavin. Mein Besitz. Von jetzt an kann ich mit dir machen, was ich will.«

»Nein!« schluchzte sie.

»O doch, meine reizende Schönheit. Ich schicke dich nach Eboracum, wo du mich erwarten wirst.« Er drückte seine nassen, heißen Lippen auf ihr Dekolleté und saugte an ihrer Haut, wie ein Baby an der Mutterbrust. Wynne fand ihn abstoßend. Sie versuchte, sich ihm zu entziehen, aber seine lüsternen Hände hielten sie umschlungen. Sie mußte sich beherrschen, daß sie nicht vor Entsetzen und Ekel laut aufschrie. Sie schloß ihre Augen, erwartete seine Tätlichkeiten, aber so rasch, wie er nach ihr gegrapscht hatte, so rasch ließ der Tribun sie auch wieder los.

»Du bist ein kaltes Frauenzimmer, aber ich werde dir schon beibringen, was mir gefällt«, sagte er.

»Niemals. Du kannst vielleicht meinen Körper besitzen, aber niemals mein Herz oder meine Seele«, erwiderte sie abweisend.

Severus rief nach seinen Wachen. »Du langweilst mich«, meinte er spöttisch. Er befahl seinen Wachen, sie in einem nahe gelegenen Zelt unterzubringen und sie fortwährend zu beobachten. »Du wirst meine Mätresse«, sagte er. »Bis es soweit ist, schlage ich dir vor, zu lernen, wie man einem Mann zu Willen ist, denn ich werde dich nur so lange am Leben lassen, wie du mich erfreust.«

In ihrem eigenen Zelt angelangt, zog Wynne ihre Knie ans Kinn und legte ihr müdes Haupt darauf. Sklaverei war schlimmer als der Tod; trotzdem hatte sie noch einen Grund, weiterzuleben: Sie wollte die heimtückische Bestie Severus für das büßen lassen, was er ihrem Volk angetan hatte, und sie wollte Valerian finden, wo auch immer er sich aufhielt, und an ihm ebenfalls den Tod ihres Vaters rächen. »Ich leide unendlich unter dem Tode meines Vaters«, jammerte sie leise. »Nur der Tod dieser beiden Römer kann mir Vergeltung bringen.« Bis zu diesem Zeitpunkt würde sie jede Qual ertragen können.

»Valerian muß sterben«, flüsterte sie. Und doch krampfte sich ihr Herz bei dem Gedanken an seinen Tod schmerzhaft zusammen. Diese bernsteinfarbenen Augen für immer geschlossen zu wissen, nie mehr seine Lippen auf den ihren spüren zu können – dieser Verlust bereitete ihr physische Schmerzen. Sie trauerte mit jeder Faser ihres Körpers.

»Vater!« rief sie nach ihm, als weilte er immer noch auf Erden. »Hilf mir! Hilf mir, stark zu sein und das zu vollbringen, was getan werden muß!« Auf dem Boden zusammenbrechend, schüttete sie der Erdgöttin schluchzend ihr Herz aus. Sie würde ihre geliebten Stammesangehörigen nie wiedersehen, im Frühling nie wieder über frisches Gras laufen und den Sonnenaufgang durch die Wipfel der Bäume beobachten können. Sie würde in einem fremden Land unter ihren Feinden leben müssen. Ihr Leben hier war vorbei, und ein neues Leben begann, ein Leben voller Haß und Traurigkeit.

II

DIE FINSTERNIS VOR DEM SONNENAUFGANG

Eboracum

Wandelt, dieweil ihr das Licht habt,
daß euch die Finsternis nicht überfalle.

Johannes, 12,35

37

Als der Herbst ins Land zog, wichen die nebligen Sommernächte empfindlich kühlen Abenden. Meghan, die nur in eine dünne Tunika gehüllt war, fror, während sie von ihrer winzigen Zeltöffnung hinaus in die Berge schaute, um die angekündigte Truppe von Männern zu erspähen. Sie hatte die heimlich verbreitete Nachricht gehört, daß Valerian zurückkehrte, nicht wie ein glorreicher Held, sondern in Ketten, als Severus' Gefangener.

»Oh, mein erlauchter Gebieter, mein großzügiger Herr. Was kann denn geschehen sein, daß du ein solch grausames Schicksal erleiden mußt?« jammerte sie. Valerian war so liebenswürdig zu ihr gewesen, hatte sie aus den Klauen dieser Bestie Severus gerettet. Nie hatte er sich ihr unzüchtig genähert und sie wie eine Sklavin behandelt, sondern wie eine Tochter oder eine Schwester.

Meghan vernahm in der Ferne den Klang von Fanfaren. Waren es die Soldaten mit Valerian? Vermutlich. Valerian war zurückgekehrt. Sie griff nach dem Umhang, ihrer Palla, in die sie sich fest einhüllte und auch ihren Kopf zum Schutz vor der Abendkälte damit bedeckte, und dann rannte sie aus ihrem Zelt, um die Ankunft der Soldaten zu beobachten. Rasch passierte sie eine kleine Gruppe von Männern, die sie unverhohlen begutachteten. Sie fing ein paar Wortfetzen von dem auf, was sie unter anzüglichem Gelächter erzählten, und da sie fließend Latein beherrschte, verstand sie, was gemeint war.

»Ein Prachtstück, das ist sie«, sagte einer von ihnen.

»Ja, und wenn Valerian, ihr Herr, in Kürze den Kopf abgeschlagen bekommt, dann ist sie auch wieder zu haben«, meinte ein anderer.

»Sei dir da mal nicht zu sicher. Der alte Severus wird sicherlich beschließen, sie in sein Bett zu holen. Was für eine Verschwendung. Ich habe gehört, daß er schon seit langem impotent sein soll. Nun, ich könnte so ein hübsches kleines Ding wie sie schon glücklich machen.«

Meghan erschauerte. Ich werde nicht zulassen, daß mich dieser ekelhafte alte Mann berührt! schwor sie sich im stillen, während sie zu dem Platz lief, wo die Soldaten ankamen und ihre Pferde absattelten. Sie schlich hinter ein Versorgungszelt und wartete geduldig, bis die Reiter aus der Staubwolke, die die Pferdehufe in der Ferne aufgewirbelt hatten, auftauchten.

Es waren fünfundzwanzig Soldaten, und in ihrer Mitte erkannte sie die ihr vertraute Gestalt Sloans mit Valerian auf seinem Rücken. Der Anblick des ausgezehrten Gesichts ihres Herrn rührte sie zu Tränen. Er sah aus, als hätte er bereits mehrere Leben gelebt und dabei den Hades kennengelernt. Trotzdem war er immer noch der attraktivste Mann, den sie jemals gesehen hatte. Sie mußte ihr Temperament zügeln, als sie sah, daß zwei Männer ihn zu Boden zerrten und über seinen Machtverlust spotteten. Valerian ließ sich nicht erniedrigen, selbst wenn am Ende dieser Reise der Tod auf ihn wartete, und schob herausfordernd sein Kinn vor.

»Was sollen wir denn mit seinem Besitz machen?« hörte Meghan einen der Soldaten fragen, der offensichtlich hoffte, daß das Eigentum des Zenturios unter ihnen aufgeteilt würde.

»Wir dürfen es nicht anrühren, bis Severus zurückkehrt, mehr weiß ich auch nicht. Er wird im Gefangenenzelt festgehalten, angekettet wie ein Tier und bis dahin Tag und Nacht bewacht.« Aus der Stimme des Soldaten klang Enttäuschung. Es würde noch eine ganze Weile dauern, bis der Tribun seine Geschäfte im Nordwesten Britanniens abgewickelt hatte und nach Eboracum zurückkehrte.

Meghan merkte sich die Lage des Gefangenenzeltes genau. Im Schutz der nächtlichen Dunkelheit wollte sie ihrem geliebten Herrn einen Besuch abstatten, so daß sie gemeinsam entscheiden konnten, wie seine Flucht vorbereitet werden sollte.

Ibu, dachte sie plötzlich, weil sie sich an den schwarzen Sklavenjungen erinnerte, den Valerian auch vor Severus beschützt hatte. Ibu wird mir helfen. Auch er verdankt unserem Gebieter das Leben.

Lächelnd ging sie zurück zu ihrem Zelt und war sich sicher, daß noch nicht alles verloren war.

Die Nacht war rabenschwarz und der Mond hinter einer Wolkendecke verborgen, als Meghan zu dem Zelt eilte, in dem Valerian als Gefangener gehalten wurde. Im Einklang mit der Dunkelheit trug sie einen schwarzen Umhang und hatte ihr rotgoldenes Haar unter der Kapuze versteckt. Als sie ein Geräusch hinter sich vernahm, kauerte sie sich rasch hinter ein Zelt, aber es war nur einer der großen, wilden Hunde, die im Lager nach Essensabfällen suchten. Sie griff in ihre Ledertasche und warf dem Köter ein Stück Lamm hin, das sie eigentlich für Valerian gestohlen hatte. Da sie wußte, wie die Gefangenen behandelt wurden, befürchtete sie, daß er nicht entsprechend zu essen bekam.

»Hier, nimm das und sei still«, flüsterte sie dem Hund freundlich zu, der den Happen gierig hinunterschlang und dann mehr haben wollte. Ängstlich warf Meghan das nächste Stück weiter weg, damit der Hund danach jagen mußte.

Keine zwei Meter von ihr entfernt hatte ein Soldat seinen Kopf aus einem Zelt gesteckt. »Also, es ist nur wieder dieser verfressene Hund«, sagte er lachend und zog sich erneut zurück.

Meghan wartete ein paar Minuten, bevor sie weiterging. Sie hatte keine Lust, sich ohne Begleitung von einem dieser Infanteristen schnappen zu lassen, die sie mit Sicherheit vergewaltigten. Das ganze Lager wußte doch inzwischen, daß sie ohne einen Beschützer war und daß es niemanden gab, der um sie kämpfen würde.

Als sie sich dem Gefängniszelt näherte, bemerkte sie, daß die Soldaten der Nachtwache wie üblich – und wie nicht anders zu erwarten – in der Nähe des Zelts tranken und spielten. Sie hatten Feuer entzündet, und das machte es für sie nahezu unmöglich, unweit des Lichtkegels noch irgend etwas zu erkennen. Meghan hob vorsichtig eine Zeltbahn hoch und schlüpfte, so schnell sie konnte, darunter durch. Im Inneren war es pechschwarz, und sie hielt inne, um ihre Augen an die Dunkelheit zu gewöhnen. Dann kroch sie langsam in Richtung der Stimme, die im Schlaf leise stöhnte. Sie kniete neben dem Mann nieder und rüttelte ihn sanft an der Schulter.

»Valerian, Valerian, ich bin's, Meghan«, flüsterte sie. »Ich komme, um dir zu helfen.«

Sie hätte vor Furcht beinahe laut aufgeschrien, als eine Hand ihr Armgelenk packte. Entsetzen befiel sie, daß dieser Mann vor ihr gar nicht Valerian war. Als sie versuchte, sich aufzurichten, war ihre Kehle wie zugeschnürt.

»Meghan, Meghan, bist du es wirklich?«

»Ja, mein Gebieter, so ist es. Ibu und ich werden dich befreien, sobald wir können.«

»Mich befreien? Ach, wenn ihr das könntet.« Seine Stimme klang tonlos, als hätte er jede Hoffnung aufgegeben. Er sprach nicht wie der Valerian, den sie kannte.

»Ibu weiß eine Möglichkeit, wie wir die Schlüssel zu den Ketten bekommen können, und ich werde die Vorbereitungen für deine Reise treffen – Nahrung, Waffen, Kleidung, und natürlich Sloan.«

Ihre Anwesenheit und ihre Worte schienen ihm Trost zu spenden. »Ja, ja, ich muß von hier fort. Ich muß wissen, was mit ihr geschehen ist«, fuhr er wie von Sinnen fort. »Ob tot oder lebendig, ich muß ihr klarmachen, daß ich nicht daran beteiligt war, ich nicht.«

Seine Worte bestürzten Meghan. Wovon sprach er? »Du mußt fliehen, nach Rom reisen und um die Hilfe eures mächtigen Königs bitten«, sagte sie ernst.

»Nero? Der wird auf Severus' Seite stehen. Ich fürchte, er wird mich nicht unterstützen.« Valerian fuhr sich mit einer Hand über sein unrasiertes Gesicht. Aber sein Vater – wenn Severus' Verrat dem Freund seines Vaters, General Cassius Quintus, zu Ohren kam, würde vielleicht etwas unternommen.

»Herr, du mußt es versuchen. Du kannst dich nicht von ihnen töten lassen! Ich werde niemals einem anderen Herrn dienen als dir. Du warst so gut zu mir.« Valerians Verhalten, seine Stimme zeugten von seinem Schmerz und seiner

Trauer. Was war während des Feldzuges geschehen, daß er so teilnahmslos war? »Wenn du es nicht für dich tun willst, dann versuche wenigstens, meinetwillen zu fliehen. Tue es für mich, denn sonst werde ich wieder Severus übergeben.«

Zärtlich nahm Valerian ihre Hand und hielt sie fest umschlossen. »Das wird niemals geschehen. Du wirst niemals an diese Bestie ausgeliefert. Ich bitte dich, mir morgen Feder, Tinte und Pergament zu bringen. Ich werde meinen Freund Burrus bitten, dich zu beschützen. Was mir auch immer zustößt, bei ihm bist du sicher und außer Reichweite des grausamen Tribuns.«

Meghan nahm seine Hände und legte sie auf ihre Wangen, wo er ihre Tränen spürte. »Danke, daß du an mich denkst, Herr, aber du mußt auch dich selbst retten.«

Ihre Treue rührte ihn. »Ich werde tun, was du sagst, kleine Meghan. Wenn es dir soviel bedeutet, werde ich nach Rom reisen, obwohl ich nach meinen Erlebnissen wenig Lust habe, in der Legion zu bleiben. Zuerst muß ich allerdings in den Norden zurückkehren.«

Sie schnappte hörbar nach Luft. »Aber dort sitzt doch Severus. Man wird dich erneut gefangennehmen. Warum mußt du etwas so Gefahrvolles tun?«

»Ich muß die Gelegenheit nutzen. Dort lebt eine Frau, die ich sehr liebe. Ich muß erfahren, ob sie noch lebt. Vor langer Zeit versprach ich, zu ihr zurückzukehren und sie zur Frau zu nehmen. Mögen die Götter mir helfen, daß es geschieht.« Seine Antwort war von soviel Leidenschaft geprägt, daß Meghan einen Moment lang Eifersucht verspürte. Ach fände sie doch nur solche Verehrung und Liebe.

Bis weit in die Nacht hinein diskutierten Meghan und Valerian über seinen Fluchtplan, den sie bis ins kleinste Detail ausarbeiteten. Falls Ibu und Meghan bei dem Versuch, einem Gefangenen zur Flucht zu verhelfen, entdeckt würden, würde man sie zu Tode auspeitschen, und das hätte er nicht ertragen können. Als ihr Plan schließlich stand, erhob sich Meghan, um ihn zu verlassen.

»Warte«, sagte er leise, nahm ihre Hand und bedeckte sie mit zärtlichen Küssen. Die Berührung seiner Lippen ließ sie erbeben. War das die Liebe? Wenn dem so war, dann bedauerte ein Teil ihres Herzens, daß sie nicht das Nachtlager ihres Herrn geteilt hatte. »Danke, Meghan«, hauchte er. Er ließ ihre Hand los und beobachtete in der Dunkelheit, wie sie verschwand. »Sei vorsichtig!« flüsterte er, als sie sich zum Gehen wandte.

»Das bin ich«, antwortete sie ruhig. »Möge die Göttin Rhiannon, die große Königin, dich bis zum nächsten Sonnenaufgang behüten.«

Valerian spürte, wie sein Herz wieder schneller schlug. Zum ersten Mal seit seiner Gefangennahme schöpfte er wieder neuen Mut. Er würde Wynne wiedersehen, dessen war er sich ganz sicher. »In zwei Tagen bin ich auf dem Weg zu ihr«, murmelte er leise.

38

Während er auf Nachricht von Meghan hoffte, schien sich die Zeit für Valerian endlos zu dehnen. Die Wachen beobachteten ihn mit Argusaugen, als hätten sie erraten, daß irgend etwas geschehen sollte. Wie ein gefangenes Tier strich er ruhelos durch sein Gefängnis. Man hatte ihn in Ketten gelegt, die etwa das Doppelte seiner Körpergröße ausmachten, so daß er in Gedanken versunken das Zelt durchschreiten konnte. Besucher erlaubten die Wachen nicht. Seine Mahlzeiten bestanden aus Hafergrütze, verwässertem Wein und Käse.

Am Nachmittag hielt Valerian die Spannung nicht mehr aus und rief nach einem seiner Bewacher, einem jungen Soldaten, der ihm zumindest etwas Verständnis entgegengebracht hatte.

»Wache, ich muß meine Sklavin Meghan unbedingt sehen.«

Der junge Wachsoldat war gewohnt, Befehle entgegenzunehmen, und der Unterton in Valerians Stimme machte ihn vorsichtig. »Ich habe meine Anordnungen, Zenturio, daß du niemanden sehen darfst.«

Valerian ballte erbost seine Hände zu Fäusten. »Und wie soll ich meine Schulden bezahlen, meine Besitzregelungen treffen und in Frieden sterben, wenn man mir nicht einmal die Möglichkeit gewährt, mit meinen Sklaven zu sprechen?« Wütend zerrte er an seinen Ketten, so daß der junge Soldat erschrocken zurückwich. Angekettet oder nicht, der Zenturio war immer noch eine beeindruckende Erscheinung.

»Es tut mir leid«, antwortete der Soldat und nahm wieder Haltung an. »Aber so lautet mein Befehl.«

Valerian lachte. »So läuft das also. Mein geschätzter Tribun Severus will vielleicht gar nicht, daß ich vor meinem Tode noch etwas regle. Aber ich bin immer noch römischer Bürger und fordere deshalb meine Rechte ein. Er besitzt nicht die Macht, sie mir zu nehmen.« Er trat so nah an den Soldaten heran, wie es seine Ketten zuließen, und reichte ihm bittend seine Hand. »Bei der Liebe der Götter, laß mich mit dem Befehlshaber von euch Wachen darüber sprechen.«

Augenblicklich verschwand der junge Wachsoldat, und nach wenigen Minuten erschien der Befehlshaber, ein kleiner, muskulöser grauhaariger Mann, von dem Valerian wußte, daß er halb römischer, halb griechischer Abstammung war und die gallischen Kriege überlebt hatte. Er betrachtete Valerian ernst, aber auch mitfühlend, und den Zenturio beschlich das Gefühl, daß der Mann keine großen Sympathien für den Tribun hegte.

»Du hast nach mir verlangt, Zenturio?« fragte er und überraschte Valerian damit, daß er ihn mit seinem Titel anredete, der ihm bald aberkannt würde.

»Ja, ich möchte Vorkehrungen für meine Sklavin Meghan treffen, aber bislang gestaltet sich das als unmöglich. Ich muß sie sehen. Ich möchte, daß sie mir Schreibutensilien bringt, damit ich sicherstellen kann, daß sie nach meinem Tod gut versorgt ist.«

»Ich habe den Befehl ...«

»Ich kenne eure Befehle! Ich möchte wissen, warum mir als Römer das Recht verwehrt wird, meine persönlichen Angelegenheiten zu klären. Ich bin sicher, wenn mein Vater von dieser Vorgehensweise erfährt, wird er Vergeltungsmaßnahmen einleiten.«

Der Befehlshaber der Wachen grinste, dabei stellte Valerian fest, daß seine vorderen Schneidezähne fehlten. »Ich habe von deinem Vater gehört. Er ist, soviel ich weiß, ein persönlicher Freund von General Cassius Quintus, nicht wahr?« Valerian nickte. »Vielleicht kann ich den wachhabenden Offizier dazu bringen, eine Pause einzulegen, damit du das Mädchen sehen kannst. Ein Mann, der zum Sterben verurteilt ist, sollte vor seinem Tod zumindest noch den Kuß einer Frau gespürt haben.«

»Danke«, antwortete Valerian und erwiderte das Grinsen seines Gegenübers.

»Und was das Mädchen anbelangt, ich würde sie nur ungern in den Händen des Tribuns wissen. Er ist ein grausamer Mann. Ich werde dir da helfen. Ich habe eine Tochter in ihrem Alter.« Mit diesen Worten verließ er das Zelt, und Valerian wußte, daß der Befehlshaber zu seinem Wort stehen würde.

Bald darauf erschien Meghan, die von dem jungen Wachsoldaten ins Zelt geführt wurde, wobei sein Blick sie sehnsüchtig betrachtete.

»Hier ist das, wonach du verlangt hast«, sagte sie, kniete zu seinen Füßen und händigte ihm die mitgebrachten Schreibutensilien aus.

Frustriert bemerkte Valerian, daß die Wache in der Nähe stehengeblieben war und Meghan wie gebannt anstarrte. »Wache, kann ich nicht mit meiner Sklavin allein sein?«

Der junge Wachsoldat betrachtete das Mädchen mißtrauisch und zuckte dann grinsend die Schultern. Sie erschien ihm weder stark genug, die Ketten des Zenturios zu durchbrechen, noch machte sie den Eindruck, etwas Heimtückisches geplant zu haben. Als er das Zelt verließ, fragte er sich, ob auch er jemals das Glück haben würde, ein so reizendes Mädchen wie diese Sklavin zu verführen.

Sobald er das Zelt verlassen hatte, umfaßte Valerian Meghans Hände. »Wie klappt es?«

»Ibu ist es noch nicht gelungen, an den Schlüssel heranzukommen. Er hat alles versucht, hat sogar den Wein der Wachen vergiftet und mit ihnen gespielt, aber leider ohne Erfolg. Wir beide glauben, daß die Wache mißtrauisch geworden ist, denn er verschüttete den Wein und tat so, als wäre es ein Versehen. Während sie spielten, behielt die Wache den Schlüssel in sicherem Gewahrsam an seinem Körper. Ibu meint, daß er vermutlich Gewalt anwenden muß, um den Schlüssel zu bekommen.«

»Nein!« Das klang wie ein Befehl. »Das würde nicht nur Ibu in Gefahr bringen, sondern auch dich, und wir dürfen nichts riskieren. Ich werde versuchen, selbst an die Schlüssel heranzukommen.« Hastig schrieb er auf das Pergament und zerriß es, nachdem er geendet hatte, in zwei Hälften. Die eine Hälfte übergab er Meghan.

»Was ist das, Herr?« fragte sie, während sie das Geschriebene überflog und sich sehnsüchtig wünschte, sie könnte lesen.

»Sobald Burrus hier ins Lager zurückgekehrt ist, wirst du ihm das aushändigen. Es muß per Kurier an meinen Vater in Rom geschickt werden. Das Dokument enthält alle Erklärungen, was hier passiert ist. Ich hoffe nur, daß er genau wie ich die Gefahr erkennt, die Severus für das Römische Reich darstellt. Und das«, fuhr er fort und zeigte ihr die andere Hälfte, »vertraut dich Burrus während meiner Abwesenheit oder nach meinem Tod an.«

Meghans Blick war tränenverschleiert. »Ich will keinen anderen Herrn als dich.«

Valerian nahm ihr Gesicht zärtlich in seine beiden Hände und blickte ihr tief in ihre jadegrünen Augen. »Du solltest überhaupt keinem Herrn dienen müssen, meine Kleine. Du solltest frei sein. Eines Tages, wenn ich das hier alles überlebe, werde ich dafür sorgen. In der Zwischenzeit kannst du keinen besseren Beschützer als meinen Freund Burrus finden.«

Sie lächelte ihn unter Tränen an. »Wenn du ihm vertraust, dann werde auch ich es tun.«

Der Wachsoldat, der in diesen zärtlichen Augenblick hereingeplatzt kam, hustete diskret, um seine Anwesenheit zu demonstrieren. »Es wird Zeit, daß das Mädchen wieder geht«, sagte er und bemühte sich um einen strengen Tonfall, aber seine zitternden Hände verrieten ihn. Das Sklavenmädchen erregte ihn irgendwie und machte ihn schwach vor Verlangen.

»Paß auf dich auf, Meghan«, flüsterte Valerian mit einem vielsagenden Blick, daß sie nur ja nichts für ihn riskierte, was ihr schaden konnte. Dem jungen Soldaten reichte er das Stück Pergament. »Das soll meinem guten Freund, dem Soldaten Burrus, ausgehändigt werden und niemandem anderen. Hast du Nachricht, wann er hier eintreffen wird?«

»Deine Zenturie wird gegen Ende der Woche ankommen«, antwortete die Wache. »Wir haben heute Nachricht erhalten. Er wird Severus' neue Mätresse hier nach Eboracum begleiten.«

»Neue Mätresse? Die arme Frau ist nicht zu beneiden«, antwortete Valerian zynisch. »Wer ist sie denn?«

»Eine Druiden-Priesterin und, wie ich hörte, von großer Schönheit. Das Gerücht geht um, daß Severus sie eigentlich töten wollte, aber ein Blick in ihr Gesicht lähmte seine Hand. Er läßt sie besser bewachen, damit sie ihn nicht verhext oder ihm den Teufel auf den Leib hetzt.«

»Ich bezweifle, daß sie so etwas tun könnte«, entgegnete Valerian. »Ihr müßt noch viel über die Völker Britanniens lernen. Ich würde ihr gegenüber eher Mitgefühl hegen. Mir tut jeder leid, der Gefangener des Severus Cicero Plautius ist.« Als der Wachsoldat zusammen mit Meghan aufbrechen wollte, fügte Valerian noch hinzu: »Du wirst dafür sorgen, daß Burrus meine Notiz bekommt?«

Der Soldat nickte, und Valerian spürte, daß der junge Mann Wort halten würde. Valerians Blick hing wie gebannt an dem von Meghan, als wollte er ihr die gleiche Frage stellen, und ihre Augen signalisierten ihm, daß der Brief seinen Vater erreichte.

39

Im Schutz ihres Zeltes stehend, lauschte Meghan auf die Geräusche der Nacht. Nervös umklammerte sie den kleinen Schlüssel, den Ibu der Wache gestohlen hatte. Ibu war es gelungen, die Vorliebe des Wachsoldaten für junge Männer auszunutzen; er hatte so getan, als wollte er ihn verführen, den Mann mit Komplimenten überschüttet, und als dieser schließlich betrunken eingenickt war – ohne sein Verlangen gestillt zu haben –, hatte Ibu den Schlüssel stibitzt. Hoffentlich war er auch in der Lage, ihn zurückzubringen, bevor er vermißt wurde.

Als sie die große schimmernde Mondscheibe betrachtete, wurde Meghan plötzlich ruhiger. Alles würde gut werden; die Götter und Göttinnen würden einen Mann wie Valerian beschützen. Das mußten sie einfach tun.

Ein solch friedlicher Abend, dachte sie verwundert und sah sich um. Dann schlenderte sie langsam los, als befände sie sich auf einem Spaziergang, und sah sich hin und wieder vorsichtig um, um sicherzugehen, daß sie auch nicht verfolgt wurde. Vergessen waren die Schwäche in ihren Gliedern und ihre zitternden Hände. Sie war vollkommen beherrscht, als hätte sie ihr Plan gestärkt und jegliche Furcht außer Kraft gesetzt; jetzt regierte nur noch die Zuversicht. Das Gefangenenzelt tauchte im Dunkel vor ihr auf und warf im Mondlicht seine Schatten. Es war jetzt zwei Tage her, seit sie Valerian getroffen hatte. Der Rappe, an dem er so sehr hing, war gut versorgt und hinter einer Ansammlung von Bäumen in der Nähe des Soldatenlagers versteckt.

Als sie hinter sich Gelächter hörte, verlangsamte Meghan ihre Schritte und kauerte sich ins Gebüsch. Zweifelsohne waren das einige betrunkene Soldaten. Sie kroch auf Händen und Knien weiter, und in ihrer Sorge um Valerian achtete sie kaum auf die Schrammen und Kratzer, die sie sich dabei zufügte. Als sie sich ganz sicher war, unbeobachtet zu sein, stand sie wieder auf und setzte ihren Weg fort.

Dieser Abend war günstig für Valerian, denn es war der einzige Tag, an dem die Wachen ihren eigenen Bedürfnissen nachgingen, was bedeutete, daß die Gefangenen schwächer bewacht wurden als sonst üblich. Heute würden diese Römer das Saisonende ihrer Militäraktionen feiern – ein Fest zu Ehren des Kriegsgottes Mars. Nach Jupiter war Mars der zweitwichtigste unter den römischen Gottheiten, ein Symbol für die militärische Macht des römischen Weltreiches. An diesem Abend würde viel Wein getrunken werden. Wenn alles nach Plan verlief, müßte es Ibu gelingen, den Wein der Wachen mit einem Schlafmittel zu versetzen, um jedes Risiko einer Entdeckung ihrer Flucht auszuschalten.

Meghan erreichte den ersten Wachtposten und lächelte, als sie sein Schnarchen hörte.

Also war Ibu erfolgreich gewesen, dachte sie, holte tief Luft und marschierte zum nächsten Posten. Hier lagen die beiden Wachen breitbeinig auf dem Boden, ihre Weinbecher lagen neben ihnen. Meghan schlüpfte rasch an ihnen vorbei, hielt entsetzt den Atem an, als sich einer der Wachsoldaten bewegte, im Schlaf murmelte und nach ihrem Rock grapschte. Als sie sich umblickte, erkannte sie, daß seine Bewegung nur ein Reflex gewesen war. Er schlief tief und fest weiter. Den Schlüssel fest umklammernd, schlüpfte Meghan ins Zelt.

Valerian wußte, daß es bereits spät war. Wie spät allerdings, das konnte er nicht bestimmen, denn die Stunden der Dunkelheit flossen zäh ineinander. Er hatte geschlafen und fiel auch jetzt hin und wieder in kurzen Schlummer.

Als Meghan erschien, machte Valerians Herz einen Satz in seiner Brust. »Also ist es dir tatsächlich gelungen. Gut. Hast du den Schlüssel?«

Statt einer Antwort ließ sie ihn in seine Hand gleiten. Rasch arbeitete Valerian an den Schlössern, die ihn gefangenhielten. Als er sich befreit hatte, fragte er Meghan, wie es ihr gelungen war, den Schlüssel zu entwenden, und seufzte angewidert, als sie es ihm erklärte.

»Der schlaue Ibu. Wenn es die Götter erlauben und ich meine Freiheit und meinen unbescholtenen Titel wieder erlange, dann werde ich ihn entlohnen. Er ist mehr als ein treuer Sklave, er ist mir wie ein Freund.«

Hektisch riß sie ihn am Arm. »Wir müssen uns beeilen, denn ich weiß nicht, wann die Soldaten wieder aus ihrer Benommenheit erwachen.«

»Dann laß uns gehen«, antwortete er und schlüpfte in den großen, dunklen Umhang, den sie ihm entgegenhielt. Als sie das Zelt verlassen hatten, atmete er die kalte, feuchte Nachtluft in tiefen Zügen ein, als wäre sie ein Elixier der Götter.

Dann blieb er Meghan dicht auf den Fersen, bis er Sloans begrüßendes Kopfnicken bemerkte, der seinen Herrn erkannt hatte. Meghan half ihm, die in der Nähe versteckten Vorräte zu verstauen. Dann bestieg Valerian das Pferd und spürte, wie ihn eine Woge des Abschiedsschmerzes überkam.

»Meghan, ich weiß nicht, wie ich dir danken soll.«

»Du brauchst mir nicht zu danken. Dich in Sicherheit zu wissen ist für mich und Ibu Belohnung genug.«

»Ich kann nur beten, daß man dich nicht wegen dieses Vorfalls verdächtigt. Wenn die Götter uns gewogen sind, werden wir uns wiedersehen!« Er beugte sich hinunter und strich ihr zum Abschied sanft und zärtlich über ihr rotgoldenes Haar. »Geh jetzt zurück zu deinem Zelt und denke daran, daß du nichts über die Ereignisse dieser Nacht weißt.«

Den Hengst mit fester Hand führend, ritt Valerian hinaus in die Nacht.

40

Wynne lag auf ihrem Umhang, den sie als provisorisches Nachtlager auf dem harten Boden ausgebreitet hatte. Ihr ganzer Körper schmerzte aufgrund der anstrengenden Reise nach Eboracum, zu der man sie gezwungen hatte. Sie war eine gute Reiterin, aber nicht daran gewöhnt, so lange und so weit zu reiten. Fünfzig Meilen hatten sie bereits zurückgelegt, vor ihnen lagen jedoch noch Hunderte von Meilen.

Ihre Bewacher waren überraschenderweise nett zu ihr gewesen, vor allem der junge Mann namens Burrus. Severus hatte ihnen befohlen, sie nicht aus den Augen zu lassen, und die permanente Bewachung zerrte an ihren Nerven. Nur der Schleier der Dunkelheit bot ihr Schutz vor den ständig beobachtenden Blicken der Soldaten.

Wynne durfte sich glücklich schätzen, denn Severus hatte sie seit dem Tag in seinem Zelt, wo er sie lediglich umarmt und seinen feuchten Mund linkisch auf ihr Dekolleté gedrückt hatte, nicht wieder angerührt. Seine Berührung hatte sie beinahe vor Ekel krank gemacht, und sie fragte sich, wie sie jemals seine Verführungskünste ertragen sollte, wenn sie nach ihrer Ankunft in Eboracum dazu gezwungen wurde. Sie überlegte, warum er es so eilig gehabt hatte, sie auf die Reise dorthin zu schicken; als hätte er sie vor jemandem verbergen wollen – aber vor wem? Und was war aus Brenna geworden? sinnierte sie. Wie sie sich davor gefürchtet hatte, in die haßerfüllten Augen ihrer Stiefmutter zu blicken und dort die Schande widergespiegelt zu sehen, doch merkwürdigerweise hatte sie die durchtriebene Frau seit ihrer Unterredung im Zelt des Tribuns nicht mehr gesehen.

Es gab so viele Fragen, die unbeantwortet blieben, dachte sie und ließ ihren Tränen im Schutz der Dunkelheit freien Lauf. In Gegenwart der Soldaten war es ihr gelungen, nicht zu weinen, sondern stolz aufgerichtet und ohne jede Gefühlsregung zu Pferde zu sitzen. Das hatte ihr bei den Soldaten den Spitznamen »Eisprinzessin« eingebracht, aber sie las aus ihren Blicken, daß sie ihre Haltung bewunderten. In der Einsamkeit der Nächte jedoch gab sie ihrer Traurigkeit und ihrem Kummer nach.

Sklavin! Sklavin! Allein schon das Wort war wie ein Alptraum und klang unerbittlich in ihren Ohren nach. Sie war Severus' Sklavin, seine Mätresse, eine Frau, die ihm gehörte. Nein, ich gehöre ihm nicht. Niemals werde ich einem anderen als mir selbst gehören, dachte sie hitzig. Auch wenn sie einmal zu jemandem hatte gehören wollen – zu Valerian. Sie wäre so gern seine Frau geworden. Ach, warum konnte sie diesen mordenden, verlogenen Römer nicht aus ihren Gedanken verbannen?

Als sie eine Hand auf ihrer Schulter spürte, seufzte sie erschrocken auf. »Alles in Ordnung?« fragte eine Stimme, die sie als die von Burrus identifizierte.

»Ja. Ja, mir geht es gut … nur … schlecht geträumt«, antwortete sie ihm in gebrochenem Latein. Für eines war sie Valerian wirklich dankbar: Er hatte ihr beigebracht, wie man mit diesen römischen Hunden kommunizieren konnte, und ihre Sprache wurde ihr von Tag zu Tag geläufiger.

»Es tut mir … es tut mir leid, daß du wie eine Gefangene behandelt werden mußt«, sagte Burrus.

Als sie sich umdrehte, konnte sie im Mondlicht sein Gesicht sehen. Er war ein attraktiver Mann, wenn auch nicht so anziehend wie Valerian. Bei dem Gedanken an ihn und seinen Verrat hätte sie am liebsten laut aufgeschrien vor Wut, aber sie hielt ihre Gefühle unter Kontrolle. Nach einer Weile betrachtete sie Burrus erneut, seine anziehenden, tiefliegenden Augen, das energische Kinn, die üppigen Lippen.

Er ist sogar noch jünger als ich, dachte sie überrascht. Es war das erste Mal, daß sie ihn so genau betrachtet hatte, und die Erkenntnis um seine Jugend war faszinierend. Es weckte seltsamerweise Beschützerinstinkte in ihr. Obwohl sie seine Gefangene, seine Feindin, war.

»Du bist recht jung«, sagte sie zu ihm.

»Ich sehe jünger aus, als ich bin«, erwiderte er. Es hatte fast den Anschein, daß sein Lächeln die Nacht erhellte, als er seine weißen, ebenmäßigen Zähne entblößte. Er fuhr sich mit den Fingern durch sein dunkelbraunes Haar, um die lockigen Strähnen zu bändigen, und berührte dann wieder ihren Arm.

»Warum bist du nett zu Wynne?« fragte sie plötzlich und blickte ihm in die Augen.

»Weil … weil … nun, ich bewundere deinen Mut«, stammelte er und sah weg.

»Ich bin nur eine Sklavin, nicht länger frei«, flüsterte sie traurig. »Werde ich sicher sein … auf der Reise?«

Sie spürte, wie seine Hand ihren Arm in einer Geste der Beruhigung fester umschloß, und war überrascht, daß sie sich zu diesem netten jungen Mann hingezogen fühlte. Er war nicht wie die anderen. Sie war sich sicher, daß er mit seiner augenblicklichen Lebensweise nicht glücklich war.

»Du bist hier sicher. Niemand wird dir etwas tun«, versprach er ihr. Und sie glaubte ihm, denn er war vorübergehend Führer der Zenturie, bis in Eboracum ein anderer dazu ernannt wurde.

»Danke«, antwortete sie und reichte ihm ihre Hand. Dann kam ihr der Gedanke, daß auch Valerian ein Führer dieser Römer gewesen war, ein Zenturio, wie der, von dem sie gehört hatte, daß man ihn weggeschickt hatte, weil er bei seinem Heer in Ungnade gefallen war. Ach, warum muß mich nur alles an ihn erinnern? schalt sie sich innerlich. Dann legte sie sich zurück auf ihr Nachtlager und versuchte vergeblich einzuschlafen. Die Geräusche der Nacht wurden lauter, der tosende Wind heulte in ihren Ohren. Zitternd kauerte sich Wynne auf ihrem harten Bett zusammen.

»Du frierst«, hörte sie Burrus' Stimme und spürte, wie ein dicker, wollener Umhang über ihren Körper gelegt wurde.

Irgendwie beruhigte sie der Gedanke, daß sie hier zumindest einen Freund hatte, und so fiel Wynne schließlich doch noch in einen tiefen, ruhigen Schlaf.

Noch vor Sonnenaufgang wurde Wynne geweckt, um sich erneut den Strapazen der rauhen Landschaft zu stellen. Man gab ihr ihre Brotration sowie Hafergrütze, und dann wurde ihr befohlen, erneut aufzusitzen. Wie sie sich danach sehnte, ihr Haar zu waschen, den Schmutz der Reise zu entfernen, aber man ließ ihr weder die Zeit, noch gab es irgendwo die Möglichkeit für ein Bad, und so stieg sie seufzend auf ihr Pferd. Da ein Sklave keinen Besitz beanspruchen durfte, war Wynnes Schimmel einem von Severus' Soldaten geschenkt worden, und sie ritt eine graue Stute.

Die frische, frühmorgendliche Luft war durchdringend. Wynnes Wangen waren vom kalten Luftzug gerötet, und sie genoß den Ritt an diesem Morgen, egal, wohin er sie auch führte.

»Wie ich sehe, fühlst du dich heute morgen besser«, hörte sie eine Stimme hinter sich. Als sie sich umsah, erblickte sie die vertraute Gestalt von Burrus. Sein dunkles Haar war vom Wind zerzaust, und seine braunen Augen betrachteten sie bewundernd.

»Ja, besser. Wenn ich reite, fühle ich mich frei, eins mit der Erde.« Dabei lächelte sie ihn an. Es war das erste Mal, daß er sie lächeln sah, und ihre Schönheit überwältigte ihn. Er haßte sich dafür, daß er derjenige war, der sie als Gefangene ins Lager von Eboracum bringen mußte. Sie verdiente etwas weitaus Besseres als Severus, doch er wagte es nicht, sie entkommen zu lassen, denn dann erwartete ihn das gleiche Schicksal wie Valerian. Bei dem Gedanken an seinen Freund krümmte er sich, als hätte man ihn geschlagen. Zweifellos würde der Tribun seine Drohung wahrmachen und den Zenturio köpfen lassen.

Als sie den traurigen Blick des jungen Mannes wahrnahm, neigte Wynne ihren Kopf, um ihn genauer betrachten zu können. »Was ist denn los?« fragte sie.

»Nichts. Ich … ich habe nur gerade an meinen Zenturio gedacht. Wir beide waren Freunde, und ich befürchte, daß man ihn unrechtmäßig zum Tode verurteilt hat. Weißt du, du bist nicht die einzige, die von Severus Cicero ungerecht behandelt wurde.«

»Euer Zenturio, was war er denn für ein Mensch?« fragte Wynne neugierig und lenkte ihr Pferd vorsichtig neben das von Burrus.

»Ein Ehrenmann, friedliebend, stark, tapfer. Er besitzt alle Eigenschaften, die ich gerne hätte. Er verabscheute den Krieg, die damit verbundene Gewalt und den Tod, und deshalb wurde er verurteilt.« Er sah sie aus traurigen braunen Augen an, die den Betrug an seinen Träumen und Hoffnungen widerspiegelten, und Wynne überkam plötzlich Mitgefühl. Die Welt war anders, als er sie sich vorgestellt hatte; sie war grausam, unerbittlich und einsam.

»Die Beschreibung eures Zenturios paßt gar nicht auf einen Römer«, antwortete sie. Ihr erschienen die meisten Römer wie heidnische Bestien, Tiere, die sich am Blutvergießen erfreuten.

Burrus grinste. »O doch, er ist Römer. Dafür kann ich bürgen.« Der junge Zenturio konzentrierte seinen Blick auf den Horizont. Alarmierend pulsierte das Blut durch seine Venen. »Halt!« befahl er, denn er sah in der Ferne die wie Ameisen wirkenden schwarzen Punkte einer herannahenden Armee. In dieser Gegend des Landes gab es kelto-iberische Volksstämme in ihren primitivsten Lebensformen, und er befürchtete einen Angriff.

Als sie seine wachsame Konzentration spürte, blickte Wynne ebenfalls in jene Richtung. »Briganten«, sagte sie.

»Briganten?« wiederholte Burrus und schämte sich für seine Furcht. »Sind sie friedfertig, oder sind sie Krieger?«

»Feinde von Wynnes Volk«, antwortete sie ihm. »Oft gegen sie gekämpft. Sie sind Barbaren – opfern Menschen. Wynnes Volk vergießt kein Menschenblut!«

»Sie bringen Menschenopfer dar?« fragte Burrus erschauernd.

»Sie beten den Gott Taranis an«, fuhr Wynne fort, »den Gott der Unwetter.«

»Jupiter!« rief Burrus überrascht. »Sie beten unseren Wettergott an, also unseren Göttervater. Sie können sicherlich keine Barbaren sein, wenn sie das tun.«

Wynne schüttelte ungeduldig den Kopf. »Sie nehmen Köpfe«, sagte sie. »Gefährlich. Muß man sich verstecken.«

Burrus hatte von der Sitte des Köpfens gehört und auch davon, daß die Krieger die Köpfe ihrer Opfer dann am Halfter ihrer Pferde baumeln ließen, um sie später in Zedernöl einzubalsamieren und in ihren Hütten als Trophäen auszustellen. Geschickt gebot er seinen Männern, in die von den Briganten entgegengesetzte Richtung zu reiten. Es war erst wenige Jahre her, daß unzählige Römer vom Stamm der Iceni im Südosten Britanniens getötet worden waren. Er wußte nur zu gut, wie ein Vorfall den anderen heraufbeschwörte, bis beide Seiten sich zutiefst in Unrecht verstrickt hatten. Er würde alles daransetzen zu vermeiden, daß etwas Derartiges am heutigen Tag passierte.

»Kehrt um«, befahl er und dirigierte seine Einheit nach rechts. Diese Heidelandschaft Britanniens war zwar das Hauptzentrum der militärischen Okkupation und war von ungefähr vierzigtausend Soldaten besetzt, die in Eboracum und Caerleon starke Festungen errichtet hatten, aber die nächste Legion war noch meilenweit entfernt. Er durfte kein Risiko eingehen.

In dem Bemühen, gleichauf mit der Kavallerie zu bleiben, ritt Wynne so schnell wie der Wind. Plötzlich überkam sie der Drang zu fliehen. Jetzt oder nie. Die Männer waren so mit sich selbst beschäftigt, daß sie ihr kaum Beachtung schenkten. Mit wild klopfendem Herzen stahl sie sich auf eine Anhöhe hinauf; die Armee verfolgte sie nicht, weit und breit war augenblicklich nichts als Gras und hügelige Landschaft. Da gab sie ihrem Pferd die Sporen und galoppierte in Richtung Freiheit.

41

Als sie den Berg hinunterpreschte, hörte Wynne hinter sich das Donnern von Pferdehufen. Doch der Geschmack der Freiheit war für sie wie süßester Wein. Niemand würde sie jetzt noch einholen.

»Halt! Halt!« schrie Burrus, der sie fieberhaft verfolgte. Er durfte sie nicht entkommen lassen, und jetzt, wo sie sich in Gefahr befanden, schon gar nicht. Es war nicht auszudenken, was ihr zustoßen konnte, wenn sie den Briganten in die Hände fiel. Es war immer noch besser für sie, sich bei seinen Leuten in Sicherheit zu wissen, als irgendeinem heidnischen Götzen geopfert zu werden. Außer der goldhaarigen Frau, die nun schon einen so großen Vorsprung erzielt hatte, vergaß er alles um sich herum.

Während Wynne immer weiterritt, schlug ihr der eisige Wind ins Gesicht. Aber sie hatte keinen anderen Gedanken als den an Flucht. Es machte ihr auch nichts aus, daß sie weder zu ihrem eigenen Volk zurückkehren konnte, denn dort mußte sie befürchten, daß Severus sie erneut gefangennahm, noch irgendeine andere Zuflucht wußte. Sie wußte nur, daß sie die Fesseln der Sklaverei nicht länger ertragen konnte.

Völlig kopflos galoppierte sie durch die zerklüftete Landschaft und blickte nur gelegentlich zurück, um sich zu vergewissern, ob sie der junge Soldat noch verfolgte. Sie war überrascht über seine Reitkünste, die er während der Verfolgungsjagd demonstrierte.

»Sieh nach vorn!« hörte sie plötzlich die aufgebrachte Warnung, aber Wynne war viel zu sehr mit ihrer Flucht beschäftigt, als daß sie diesen Worten Beachtung schenkte – bis es zu spät war.

Ihr Pferd bäumte sich plötzlich auf, und Wynne spürte, wie sie fiel. Bilder vom Unfall ihres Vaters jagten ihr durch den Kopf, und sie schrie vor Schmerz und Verzweiflung.

Als Burrus ihre Schreie hörte, ritt er wie ein Wahnsinniger auf sie zu.

»Laßt sie leben!« brüllte er und verspürte eine merkwürdige Zuneigung zu ihr. Sie war so stolz und so tapfer. Sie verdiente das Schicksal nicht, das man ihr zugedacht hatte.

Als er die graue Stute erblickte, atmete er erleichtert auf, denn das Pferd war unverletzt; vielleicht war dem keltischen Mädchen dann ebenfalls nichts Ernsthaftes zugestoßen. Er pfiff dem Pferd, doch das Tier galoppierte, immer noch verängstigt von seinem Sturz, außer Sichtweite. Fluchend sah Burrus ihm nach und ritt dann weiter entlang der Bäume, bis er Wynne still und bewegungslos auf dem Felsboden liegend erspäht hatte.

Zitternd und benommen bemühte sich Wynne verzweifelt, wieder aufzustehen, und war völlig aufgelöst, daß sie so hilflos wie ihr Vater nach seinem Sturz sein könnte. Zu ihrer Erleichterung bemerkte sie, daß sie zwar Schürfwunden, jedoch keine Knochenbrüche hatte. Ihr Knöchel schmerzte, aber sie war sich sicher, daß er nur verstaucht war. Als sie aufblickte, sah sie, wie sich ihr ein Pferd mit seinem Reiter näherte.

»Nein, ich kann nicht zurück, ich kann nicht«, murmelte sie wie zu sich selbst. Ungeachtet der Schmerzen humpelte sie weiter und versuchte, ihrem Feind zu entkommen, aber für Burrus war sie kein ebenbürtiger Gegner. Sie spürte, wie sie zwei starke Arme auf das Pferd hoben, und kreischte vor Wut.

»Laß mich gehen! Laß mich gehen!« schrie sie völlig außer

sich und setzte sich mit Händen und Füßen zur Wehr. Dabei war es ihr gleichgültig, daß es sich um den gutherzigen Zenturio handelte, der sie festhielt. In diesem Augenblick war er der Feind und das einzige Hindernis auf ihrem Weg in die Freiheit.

Burrus kämpfte mit dem keltischen Mädchen, bis er beinahe sein Gleichgewicht verlor und fast vom Pferd gestürzt wäre. Wie eine Ertrinkende war sie in Panik geraten, zornig warf sie ihr Haar nach hinten, so daß es ihm ins Gesicht schlug. Er sah nichts mehr, und sosehr er sich auch anstrengte, es gelang ihm nicht, sie zu bändigen.

»Vergib mir, Eisprinzessin«, flüsterte er, dann versetzte er ihr einen heftigen Kinnhaken, der sie bewußtlos schlug.

Wynne öffnete langsam ihre Augen und blickte sich um. Sie lag auf dem Boden im Lager der Römer. Die Stricke, mit denen man sie gefesselt hatte, gruben sich schmerzhaft in ihre Haut, als sie verzweifelt versuchte, sich zu befreien.

»Du brauchst dich nicht zu bemühen«, ertönte eine Stimme, und sie blickte in die Augen eines der älteren Römer.

Dort, wo ihr Kinn getroffen worden war, brannte es wie Feuer, aber sie würde sich nicht zu Tränen hinreißen lassen. Sie würde nicht aufgeben! Niemals! Sie würde wieder versuchen zu entkommen.

»Durch dich haben wir ein Pferd verloren«, sagte der Mann verärgert. »Es ist in die Wildnis entkommen. Von jetzt an wirst du entweder laufen oder zusammen mit einem Soldaten auf einem Pferd reiten müssen.«

»Und wenn ich das nicht kann?« fragte sie und deutete auf ihr verletztes Bein.

»Dann werde ich dich von deinen Schmerzen erlösen, wie ich das bei einem Pferd täte«, sagte er mit einem bitterbösen Grinsen. »Ich verachte dich und deinesgleichen. Solche wie dich haben mich in der Schlacht viele meiner Kameraden gekostet.«

Wynne schnappte nach Luft. »Aber ich bin kein Pferd, daß man mich wegen eines verletzten Beins töten könnte.«

»Leg dich nicht mit mir an, Keltin, denn ich bin nicht so

sanftmütig wie der Zenturio Burrus!« Er sah sie verärgert an, schlenderte dann fort und ließ sie sprachlos vor Entsetzen zurück. Diese Römer waren schlimmer als die Briganten. Zumindest brachten die Briganten keine Frauen um!

»Du römischer Hund«, flüsterte sie tonlos. »Ich werde von hier fliehen. Oh, wie ich euch hasse!« Selbst Burrus, den sie für einen Freund gehalten hatte, hatte ihr weh getan. Wütend blickte sie in eine andere Richtung, als sich der Zenturio näherte.

Burrus kniete vor ihr nieder und bot ihr Brot und Wein an, aber sie beachtete ihn gar nicht. Als er ihre Schulter leicht berührte, zuckte sie zusammen, als hätte sie sich verbrannt.

»Es tut mir leid, daß du böse auf mich bist, Eisprinzessin«, sagte Burrus leise. »Was ich tat, mußte ich tun. Auch wenn ich dich sehr mag und bewundere und dir die Freiheit über alles wünsche, so bist du doch meine Gefangene und dazu noch der Besitz meines Tribuns. Ich darf dich nicht gehen lassen. Und was wäre überhaupt aus dir geworden, wenn die Briganten dich geschnappt hätten? Bitte versuch doch, das zu begreifen.«

Bei diesen Worten blickte Wynne ihn mit wutverzerrtem Gesicht an. »Ich begreife, daß wir Feinde sind!«

Burrus schüttelte den Kopf. »Nein, wir sind keine Feinde. Ob du es wahrhaben willst oder nicht, ich bin dein Freund. Eines Tages wird es mir gelingen, dir zur Freiheit zu verhelfen, aber jetzt ist dafür nicht der richtige Zeitpunkt. Vertraue mir, Eisprinzessin.«

Wynnes Blick wurde sanfter; sie wünschte sich seine Freundschaft, denn sie brauchte einen Verbündeten unter diesen Römern, aber sie hatte schon einmal einem Römer vertraut und war betrogen worden. Deshalb schwieg sie jetzt.

Leicht berührte Burrus sie am Kinn. »Ich hoffe, ich habe dir nicht zu sehr weh getan. Du kannst es mir glauben, aber was ich tat, hat mich selbst erzürnt.« Auf ihrer hellen Haut sah er eine dunkle Schramme.

Wynne sah ihn verzweifelt an. »Bitte, laß mich gehen«, sagte sie leise. »Ich möchte lieber tot sein als Severus' Sklavin.«

Burrus ballte seine Hände zu Fäusten und schloß die Augen. »Die Götter können bezeugen, daß ich es täte, wenn ich nur könnte, aber ich darf es nicht tun.«

Sich an die Worte erinnernd, die der bärbeißige Wachtposten zu ihr gesagt hatte, deutete sie auf ihren Fuß. »Sie werden mich töten wie ein lahmendes Pferd.«

»Nein, nein, keiner wird dir auch nur ein Haar krümmen«, antwortete er und amüsierte sich, doch dann nahm er ihren furchtsamen Blick wahr.

»Er sagte, wenn Wynne nicht laufen kann, würde er sie töten wie ein Tier.« Ihr Blick wanderte in die Richtung des Soldaten, der ihr das erzählt hatte.

Burrus mußte sich beherrschen, um nicht seinen Zorn über diesen Mann zu erkennen zu geben. »Solange ich lebe, wird dir niemand etwas anhaben! Er hat das nur gesagt, um dir Angst einzujagen. Man wird dich nicht töten, Wynne, aber wenn er dir noch einmal zu nahe tritt, dann möchte ich, daß du es mir mitteilst, und ich werde ihn zur Rechenschaft ziehen. So, wenn du mir jetzt versprichst, daß du nicht mehr versuchst zu fliehen, werde ich deine Hand- und Fußfesseln lösen.«

Wynne schwieg einen Augenblick lang und überlegte, ob sie ihm wirklich ihr Ehrenwort geben konnte.

Schließlich glitt ein Lächeln über ihr Gesicht. »In Ordnung«, sagte sie. Burrus war ihr Freund; das hatte er an diesem Abend bewiesen. »Danke, mein Freund«, flüsterte sie, als sie ihre Augen schloß und in tiefen Schlummer sank. In dieser Nacht hatte sie zum erstenmal seit langem keine Alpträume.

42

Nach sechs anstrengenden und qualvollen Tagen erreichte Wynne ihr Ziel. Zeitweilig war sie dazu gezwungen gewesen, zu Fuß zu marschieren, doch die meiste Zeit ritt sie zusammen mit dem jungen Zenturio Burrus auf dessen Pferd. Er war sehr nett zu ihr gewesen, hatte sie sein Pferd auch allein reiten lassen, während er lief. Die Essensrationen wurden knapper, da die Soldaten keine Möglichkeit zur Jagd hatten, weshalb Wynne häufig nagenden Hunger verspürte, aber den anderen erging es ebenso.

Als Wynne zum Horizont blickte, sah sie nun endlich die Zelte des Lagers in Eboracum. Aus der Ferne wirkten sie wie die Blüten leuchtendbunter Blumen. Sie war vollkommen erschöpft und zerschunden, aber der schlimmste Teil der Reise war überstanden. Noch vor Anbruch der Nacht würden sie das Lager erreichen.

Wynne hatte sich an die Gespräche mit dem jungen römischen Soldaten gewöhnt und schätzte seine Freundschaft. Ihm schien es Spaß zu machen, ihr neue Wörter und Ausdrücke seiner Sprache zu vermitteln, und er lobte sie für ihre Fortschritte. Schon bald, versprach er ihr, würde sie seine Sprache so gut wie ihre Muttersprache beherrschen.

»Woran denkst du?« fragte Burrus plötzlich hinter ihr auftauchend, während sie marschierte. Er hielt an, so daß sie hinter ihm aufs Pferd steigen konnte. Ihr Gesichtsausdruck verriet ihren Stolz, als sie in die Ferne blickte.

»Wynne haßt es, im Lager schmutzig anzukommen und nach Pferd zu stinken«, sagte sie angewidert und fuhr sich mit einer Hand durch ihr verfilztes Haar. »Im Dorf meines Vaters badete ich oft im See.«

Burrus hatte Verständnis für ihre mißliche Situation. Seine Augen blickten suchend umher. »Da ist ein Bach. Du kannst dich darin waschen«, sagte er und führte das Pferd in diese Richtung.

Als Wynnes Blick auf die wartenden Männer zu Pferde fiel, errötete sie schüchtern.

»Ich passe auf, daß sie dich nicht beobachten«, versprach Burrus. »Du wirst ungestört sein.« Er führte sie zu einer Lichtung in der Nähe des Baches, wo einige Bäume, die aufgrund der Sommerregen immer noch in frischem Grün standen, Schutz boten.

»Wirst du mich beobachten?« fragte Wynne mißtrauisch.

»Nein. Nicht wenn du mir versprichst, daß du keinen weiteren Fluchtversuch unternimmst. Versprichst du mir das?«

Wynne nickte. Trotz allem, was geschehen war und was

die Römer ihr angetan hatten, mochte sie diesen jungen Mann. Sie konnte ihn nicht belügen. Außerdem sagte ihr ihre Vernunft, daß es tatsächlich auch keine Zuflucht für sie gab.

Sie legte Umhang und Tunika ab, hängte sie an den Ast eines Baumes und setzte ihre Fußbedeckungen aus Fell und Leder auf einem flachen Felsvorsprung ab. Dann suchte sie sich eine seichte Stelle am Ufer und watete in das eiskalte Wasser. Nur mit ihrem Unterkleid bedeckt, beugte sie sich vor, wusch sich Hände und Gesicht, dann ihre Arme, und zuletzt tauchte sie ihre goldene Mähne in die glasklare Strömung ein. Dann wrang sie das Wasser aus ihrem Haar und ließ es in der Nachmittagssonne trocknen. Für die Jahreszeit war es ein angenehm warmer Tag, und Wynne dankte der Göttin für diese Wohltat. Mit Hilfe eines Zweiges entwirrte sie die einzelnen Haarsträhnen und genoß das Gefühl der seidigen Pracht auf ihrem nackten Rücken, als sie ans Ufer zurückkehrte.

Nachdem sie den Bindegürtel ihres Unterrocks gelöst hatte, zog sie ihn über den Kopf und stand völlig nackt in der wärmenden Sonne. Sie legte ihr Unterkleid zum Trocknen aus und watete erneut ins Wasser, diesmal noch tiefer, dann bespritzte sie sich von Kopf bis Fuß mit dem kühlen Naß, bis sie vor Kälte zitterte. Nie mehr würde sie es zulassen, daß sie schmutzig herumlief.

Als sie sich schließlich wieder angekleidet hatte, schlenderte sie zurück zu Burrus. Wenn er sie vorher für anmutig gehalten hatte, so empfand er sie jetzt als wunderschön mit ihrem Haar, das wie Kaskaden gesponnenen Goldes über ihre Schultern fiel. Vorsichtig, Burrus, ermahnte er sich. Er mußte sich darüber im klaren sein, daß sie ihm nicht gehören durfte und konnte. Sie war Severus' Sklavin.

»Laß uns gehen«, sagte er kurz angebunden, um seine wahren Gefühle zu verbergen; zusammen marschierten sie zu den anderen Soldaten der Zenturie, die darauf warteten, erneut in Richtung Eboracum aufzubrechen.

Als sie die Ausläufer des Lagers erreichten, beschleunigte Burrus seine Schritte. Er mußte Wynne loswerden; es war eine Qual für ihn, ihre Brüste in seinem Rücken zu spüren, ihre Arme, die ihn umschlangen, und er durfte sie doch nicht zu der seinen machen.

Als sie ins Lager hineinritten, wurden sie von drei unfreundlich dreinblickenden Männern begrüßt.

»Wie geht's?« fragte Burrus und erhielt eine überraschende Antwort.

»Verheerend. Der Tribun will all unsere Köpfe rollen sehen«, stieß ein gedrungener Kavallerist durch seine Zahnlükken hervor. Auf Burrus' fragenden Blick erklärte er, daß der inhaftierte Zenturio vor einigen Tagen entkommen war und, obwohl sie die gesamte Gegend nach ihm abgesucht hatten, nicht wieder gefangengenommen werden konnte.

Es verlangte Burrus' ganze Selbstbeherrschung, über diese Nachricht nicht erfreut zu sein, denn er bewunderte Valerian über alles; statt dessen gelang ihm ein ärgerliches Stirnrunzeln. »Er muß gefunden werden«, sagte er.

»Wir haben alles nach ihm abgesucht, aber er ist wie vom Erdboden verschluckt«, erwiderte der Soldat und musterte die junge Frau, die hinter dem neuen Zenturio zu Pferde saß. Er besaß nicht den Mut zu fragen, wer sie war, aber instinktiv ahnte er, daß sie die neue Mätresse des Severus Cicero sein sollte. Der Tribun konnte sich über alle Maßen glücklich schätzen, eine solche Frau sein eigen zu nennen.

Burrus sprang vom Pferd und hob Wynne dann vorsichtig hinunter. »Wir sind da«, sagte er leise.

Mit verängstigtem Blick nahm Wynne das Lager und die vielen Soldaten wahr. Seit dem Angriff auf ihr Dorf an jenem schicksalhaften Tag hatte sie nicht wieder so viele bewaffnete Männer gesehen. Burrus, der ihre Angst spürte, erkundigte sich, wo sie untergebracht werden sollte, und begleitete sie dann zu dem großen, komfortabel ausgestatteten Zelt, in dem sie auf Severus' Rückkehr warten sollte. Das Zelt besaß alle Annehmlichkeiten einer römischen Villa: Seidenvorhänge, mit Kissen bedeckte Sofas, edle Teppiche, um die Kühle des Bodens zu mildern, und ein kleines tragbares Holzöfchen, das für wohlige Wärme sorgte.

Als sie sich umsah, erschauerte Wynne, von schlimmsten

Vorahnungen befallen. Sie konnte sich bereits vorstellen, wie Severus auf diesen Kissen thronte, und umklammerte Burrus' Hand plötzlich ganz fest.

»Hier gefällt es mir nicht«, sagte sie verstockt.

Er tröstete sie wie ein Kind, streichelte ihre Hände und murmelte beruhigende Worte.

»Entschuldigung, mein Herr«, unterbrach ihn eine junge Wache und überreichte Burrus eine kleine Pergamentrolle. »Ich sollte Euch das direkt bei Eurer Ankunft übergeben.«

Burrus wandte sich von Wynne ab und überflog die Nachricht, dabei weiteten sich seine Augen vor Überraschung.

»Also, ich werde ab jetzt eine Sklavin besitzen«, sagte er, nachdem er Valerians Zeilen gelesen hatte. »Zweifellos ist sie eine alte Schachtel, und er hat Angst, daß sie ohne einen Herrn verhungern muß. Nun, bring sie direkt in mein Zelt. Ich werde euch dort treffen«, meinte er, überlegte dann jedoch kurz und rief die Wache zurück. Vielleicht konnte sich diese Sklavin mit der keltischen Frau anfreunden, vielleicht wäre ihr eine mütterliche Freundin von Nutzen. »Ich habe es mir anders überlegt, bring sie hierher.«

Burrus bemühte sich nach Kräften, Wynne die neue Umgebung so angenehm wie möglich zu gestalten, redete ihr aufmunternd zu und erklärte ihr, daß sie eine Gefährtin aus ihrem eigenen Volk bekäme. Als er ein Rascheln hinter sich vernahm, drehte er sich um und war erstaunt, eine der anmutigsten jungen Frauen vor sich zu haben, die er jemals gesehen hatte – auf ihre Art eine ebenso reizvolle Erscheinung wie Wynne. Sein Blick glitt bewundernd über ihre rotgoldenen Locken, die ihr über die Schultern fielen, die großen jadegrünen Augen mit ihrem dichten Wimpernkranz, das runde Gesichtsoval und die kleine Stupsnase. Dann fiel sein Blick auf ihren schlanken, grazilen Körper mit seinen schmalen Hüften und den kleinen, wohlgerundeten Brüsten.

»Ich bin Meghan«, sagte sie mit einer leichten Verbeugung. »Deine Sklavin.«

Burrus lächelte. »Vielleicht, reizendste Meghan, wird mein Aufenthalt hier doch nicht so langweilig, wie ich gedacht hatte.«

Wynnes Blicke trafen auf die von Meghan, und beide Frauen spürten sofort, daß sie eine Freundin gefunden hatten. Die beiden lächelten sich voller Zuneigung an und waren sich gar nicht bewußt, daß sie nicht nur ein ähnliches Schicksal verband, sondern auch die gemeinsame Erinnerung an Valerian, den Römer mit den bernsteinfarbenen Augen.

43

Sloan am Halfter führend, marschierte Valerian entlang der Lichtung und wurde plötzlich von seinen Erinnerungen übermannt. Hier war die geheimnisvolle Höhle, wo er die goldhaarige Wynne das erste Mal geliebt hatte. Hier waren sie sicher vor spionierenden Blicken gewesen. Er wollte die Nacht in dieser Zufluchtsstätte verbringen und sich bei Sonnenaufgang erneut auf die Suche nach Wynne machen. Er mußte doppelt vorsichtig sein, denn er wußte genau, daß Severus und seine Legion noch in der Gegend weilten, und eine erneute Gefangennahme war sein sicherer Tod.

Ohne eine Matratze oder ein weiches Moosbett auf dem harten Boden liegend, versuchte Valerian einzuschlafen, aber es wollte ihm nicht gelingen. Sein Verstand wurde von dem einen Gedanken gequält, daß es vielleicht schon zu spät für eine Rettung Wynnes war. Doch seine Seele rief ihm unerbittlich zu, daß sein Herz sicherlich spüren würde, was der Wahrheit entsprach. Nein, Wynne mußte noch leben.

Die Nacht erschien ihm die bislang kälteste seiner anstrengenden Reise zu sein, deshalb wickelte er sich zitternd fester in seinen Umhang. Valerian verbrachte die Nacht dennoch recht angenehm, träumte von anderen Zeiten und einem warmen Körper, der sich an ihn schmiegte.

Als die ersten Sonnenstrahlen durch die Öffnung der Höhle einfielen, öffnete er seine Augen. Er blinzelte ins Sonnenlicht und versuchte sich an all das zu erinnern, was ihm Wynne über ihr Volk erzählt hatte. Wenn er sie richtig verstanden hatte, näherte man sich dem Samhain-Fest, wie sie es nannte, dem Beginn des Winters. Bald würden überall Feuer brennen, wenn die Glut der Sonne sie nicht mehr erwärmte. Wenn er mit seiner Zeitplanung richtig lag, war Severus vollauf damit beschäftigt, seine neuen Vasallen auf Kurs zu trimmen, ihnen diese Feuer und die Einflußnahme der Druiden auszureden, die selbst über den Tod hinaus in den Herzen der Kelten ihren Platz hatten.

Es ist weitaus einfacher, Vorbilder zu zerstören, als die innere Kraft des Geistes zu vernichten, sinnierte Valerian. Die geweihten Plätze der alten Kelten konnten zwar verwüstet, Altäre und Eichenhaine zerschlagen, Priester abgeschlachtet werden, aber tief in ihren Herzen suchten die Menschen trotzdem ihre Gottheiten und ihre Freiheit.

Valerian verließ die Höhle, um sich Frühstück zu beschaffen, und fand es schließlich in Form von zwei kleinen Gänseeiern, die er zusammen mit einer Handvoll Beeren hungrig verspeiste. An einer nahen Quelle schöpfte er das eiskalte Wasser und nahm ein schnelles Bad. Wenn er Wynne wirklich fand, wollte er ihr auch gefallen. So erfrischt und gesättigt setzte er seinen Weg fort.

Von einem Aussichtspunkt auf einem Hügel erspähte Valerian, daß die römischen Soldaten im Dorf umherschwirrten wie Bienen in ihrem Stock, und er fluchte. Wie sollte er ins Dorf gelangen, wenn überall soviel Infanterie stand? Seine Augen suchten Wynnes Hütte. Aus der Entfernung war es schwierig, die Hütten zu unterscheiden.

Voller Sorge darüber, daß ihn die Adleraugen der Kuriere erspähen könnten, blieb er den ganzen Tag auf seinem Posten. Es tat ihm in der Seele weh, wenn er an das Schicksal dachte, das diesem stolzen Volk widerfuhr, das nun zur Sklaverei verdammt wurde. Er sah Frauen und Kinder, die schwer arbeiten und sich vor ihren römischen Feinden verbeugen mußten. Er sah, wie sie beim Anblick der Kavallerie auseinanderstoben und vor Angst schrien, weil diese sich damit vergnügten, sie mit Drohungen und wüsten Beschimpfungen einzuschüchtern. Selbst die ältesten Bewohner des Dorfes wurden zur Arbeit gezwungen und brachen bei der Ausführung ihrer Aufgaben beinahe zusammen. An diesem Tag war Valerian keineswegs stolz darauf, Römer zu sein.

Vergebens versuchte Valerian, Severus zu erkennen, dabei fiel sein Blick wiederholt auf eine dunkelhaarige Frau, die geschmückt wie eine Königin umherlief und den Arbeitern laut Befehle erteilte.

Wer ist diese Frau? fragte er sich. Ihm fiel Wynnes Beschreibung von ihrer Stiefmutter ein, und er überlegte, ob sie es sein konnte. Durfte er zu hoffen wagen? Unaufhörlich musterten seine Augen die Umgebung, weil er hoffte, Wynne zu erblicken. War sie etwa bei den Arbeitern, oder arbeitete sie in einer der Hütten? Er konnte es nicht riskieren, hinunter ins Dorf zu gehen, jedenfalls noch nicht. Aber wenn er doch nur einmal mit der dunkelhaarigen Frau sprechen könnte, wüßte er vielleicht mehr über Wynnes Verbleib.

»Und wenn ich die ganze Nacht, morgen und übermorgen hier verbringen muß, so werde ich das tun«, schwor er sich.

An diesem Abend wurde Valerian für seine Geduld belohnt. In der dunklen Stille zog plötzlich Nebel auf und hüllte den Erdboden in einen geheimnisvollen Schleier. Valerian machte sich vorsichtig auf seinen Weg ins Dorf hinunter.

Auf Händen und Füßen krabbelnd, kaum Atem holend, weil er befürchtete, die Wachen zu alarmieren, kroch Valerian, der gegen eine ganze Legion nur mit seinem Schwert und seinem Schild bewaffnet war, seinem Ziel immer näher. Er bewegte sich auf die Hütte in der Mitte des Dorfes zu und hoffte, daß er Wynne dort friedlich schlafend vorfände. Er würde sie finden, heiraten und mit ihr nach Rom zurückkehren.

Nachdem er wie eine Schlange durch den Türspalt der winzigen Behausung geglitten war, schlich sich Valerian an den seltsamen fellbespannten Bänken vorbei, auf denen schlafende Kelten ruhten. Das Mondlicht kam ihm zu Hilfe, als er nach dem goldenen Haar der Frau Ausschau hielt, die er unbedingt finden wollte. Aber sie war nicht da. Befand er sich in der falschen Hütte? Enttäuscht wollte er sich in der Absicht zurückziehen, diese Hütte zu verlassen und es in einer anderen zu versuchen.

Ein Geräusch signalisierte ihm Gefahr. Als er sich umwandte, starrte er in das Gesicht der dunkelhaarigen Frau, die er schon mehrmals aus der Ferne beobachtet hatte. Mit einem Dolch bewaffnet, hatte sie sich von hinten an ihn herangeschlichen. Als er in ihre Augen sah, war er plötzlich überrascht, sie wiederzuerkennen, aber wie hätte er dieses Gesicht auch vergessen können!

»Du!« flüsterte er entsetzt, als sie sich auf ihn stürzte, um ihn zu töten.

44

Um den tödlichen Schlag abzuwehren, wich Valerian zurück; ein flammender Schmerz durchzuckte ihn, als sich die Klinge in seine Schulter bohrte. Brenna wandte sich um, um erneut zuzustoßen, denn ihr Zorn machte sie unvorsichtig. Der Zenturio griff nach der Faust, die die Waffe umschloß, drehte der Frau blitzschnell den Arm auf den Rücken und hielt sie wie eine Gefangene an sich gepreßt. Der Dolch fiel zu Boden, und nach einem raschen Fußtritt Valerians sauste er quer durch den Raum.

Sich heftig zur Wehr setzend, stemmte sich die Frau gegen ihn und hämmerte mit ihrer freien Faust auf die Schulterwunde des Römers ein, der von einer Woge des Schmerzes überrollt wurde. Aus Furcht, daß ihr Zweikampf die anderen wecken oder die Frau um Hilfe schreien könnte, versetzte Valerian ihr einen Schlag, so daß sie bewußtlos zu Boden fiel. Er warf sie sich über seine unverletzte Schulter und stahl sich mit seiner Last rasch hinaus in die nächtliche Dunkelheit.

Der Nebel hatte sich bereits gelichtet, und Valerian erkannte die Gefahr, in der er sich befand, aber seine einzige Hoffnung, Wynne zu finden, bestand darin, diese Frau nach ihr zu fragen. Er wußte, daß sie eine Hohepriesterin des Kultes der Finsternis war, der ihm beinahe das Leben geraubt hätte.

Während er seine Gefangene mit sich schleppte, begann seine Schulter höllisch zu brennen. Er verlor Blut, aber er dachte an nichts anderes, als den Schutz des Waldes zu erreichen.

Als er schließlich an den Rand des Dorfes gelangte, hatte sich der Nebel vollständig aufgelöst. Wenn er nicht ein Versteck oder ein Ablenkungsmanöver fand, würden ihn die römischen Wachen erkennen. Als wären seine Gebete erhört worden, erschien auf einmal aus dem Nichts ein gewaltiger Hirsch, der völlig verwirrt in die Gruppe der römischen Wachtposten hineinlief. Unter Gelächter und anfeuernden Rufen nahmen die Soldaten die Jagd auf, weil jeder die Trophäe für sich beanspruchen wollte. In diesem Moment nahm Valerian noch einmal alle Kräfte zusammen, um sich und die Frau außer Sichtweite der Legion zu bringen.

Er wickelte die Lederschnüre von seinen Stiefeln und band damit die Arme und Beine seiner immer noch bewußtlosen Gefangenen zusammen, dann nahm er sein Lederhalfter und fesselte sie damit an einen Baum, damit sie ihm nicht entkommen konnte. Erst dann konnte sich Valerian um seine Wunde kümmern. Wie ein Besessener zog er die Enden seiner Toga zusammen, bis er endlich den Blutfluß gestoppt hatte. Sein Kopf war wie benebelt, und es wurde ihm dunkel vor Augen; schließlich fiel er in tiefe Bewußtlosigkeit.

Als Valerian wieder erwachte, hingen die haßerfüllten Augen der dunkelhaarigen Frau wie gebannt an ihm. Er bemühte sich aufzustehen, um ihr nicht zu erkennen zu geben, wie schwach er sich fühlte.

»Scheint so, als wärest du meine Gefangene«, sagte er herausfordernd und legte seine Hand an sein Schwert.

Sie schnaubte ihn verächtlich an und zerrte an ihren Fesseln. »Verstehst du meine Sprache?« fragte er, sich über ihr Schweigen wundernd. »Wenn du meine Fragen beantwortest, lasse ich dich vielleicht wieder frei.« Mit forschendem Blick trat er näher an sie heran.

»Ich spreche eure Sprache«, antwortete sie schließlich.

»Wie heißt du?« fragte er und wußte die Antwort bereits, noch ehe sie über ihre Lippen kam.

»Brenna, Hohepriesterin der Kelten«, antwortete sie stolz.

»Ich stehe nur dem Tribun Severus Rede und Antwort. Ich verfüge über große Macht!«

So, dachte er, hat sie sich bereits mit Severus verbündet. Ich muß sie noch sorgfältiger im Auge behalten, als ich dachte. »Ich erinnere mich sehr gut an dich. Du hast mich einmal zu deinem Gefangenen gemacht, und wenn die Götter mir nicht gnädig gewesen wären, hättest du mich geopfert.«

»Die Götter hatten damit nichts zu tun – nur durch die Einmischung des Mädchens bist du mir entkommen.«

Sie sprach so haßerfüllt von dem »Mädchen«, daß es Valerian entsetzte.

»Dieses ›Mädchen‹ hat mir das Leben gerettet, und dafür werde ich ihr ewig dankbar sein«, antwortete er und versuchte, ruhig zu bleiben. »Bist du die Ehefrau des Barden Adair?«

Ein schrilles Lachen entwich ihrer Kehle. »Adair ist tot. Er ist nicht länger Barde und auch kein Druide.«

»Tot? Adair ist tot?« Er wurde vom Mitgefühl für Wynne übermannt. Er wußte, wie sehr sie ihren Vater geliebt hatte. »Wie … wann ist er denn gestorben?«

»Ihr Römer habt ihn getötet. Ja, ihr habt einen hilflosen Krüppel ermordet und viele meiner Stammesangehörigen abgeschlachtet.« Ein Lächeln überzog ihr Gesicht. »Aber ich habe von ihrer Brutalität profitiert, denn jetzt habe ich die Macht, die die Druiden einst besaßen.«

»Zweifellos mit der Hilfe des Tribuns. Nun, das überrascht mich nicht. Ihr seid sicherlich aus dem gleichen Holz geschnitzt.« Die Bedeutung dieser Worte entging ihr, denn sie lächelte erneut.

»Eines Tages werden sie abgezogen sein, und dann werde ich über mein Volk regieren«, betonte sie voller Stolz. »Frauen können besser regieren als Männer. Sie sind weiser und geschickter. Männer – ha! Sie denken nur an Krieg und Töten.«

Valerian erhob sich, setzte sich jedoch sogleich wieder, weil ihm schwindlig wurde. Es dauerte einige Augenblicke, bis er wieder sprechen konnte, denn der Schmerz in seiner Schulter wurde unerträglich. Als er aufblickte, sah er das Triumphgefühl in ihren braunen Augen.

»Wenn du mich nicht freiläßt, wirst du sterben. Ich kann dir helfen. Ich kenne Kräuter, die dich heilen können. Laß mich frei, und ich werde dir helfen«, versuchte sie ihn zu überreden.

Valerian schüttelte heftig den Kopf. »Ich traue dir nicht. Warum sollte ich auch? Du hättest mich schon einmal fast umgebracht.«

»Du hast gar keine andere Wahl«, antwortete sie und starrte ihn an, als wollte sie ihn hypnotisieren.

»Nein! Du bleibst da, wo du bist. Ich kann es nicht riskieren, von dir verraten zu werden.« Stöhnend sank Valerian zu Boden, um sich auszuruhen und neue Kräfte zu sammeln. Nach einer Weile setzte er sich erneut auf und fragte sie, was ihn schon so lange quälte. »Wo ist Wynne? Wo ist die Tochter deines verstorbenen Ehemannes?«

»Gegangen«, antwortete sie einsilbig.

»Gegangen?« wiederholte er mit wild klopfendem Herzen. »Wohin ist sie gegangen?« Sie antwortete ihm nicht, sondern funkelte ihn nur boshaft an. Er bemühte sich, näher an sie heranzukommen, um sie zu einer Antwort zu zwingen, wenn sie es ihm nicht freiwillig erzählte, aber er hatte nicht die Kraft dazu. »Sag mir, wo sie ist, du hinterhältige Schlange!«

Ein Lächeln umspielte ihre Lippen. »Sie ist tot.«

»Tot?«

»Ja, sie ist tot.«

Valerian bedeckte sein Gesicht mit seinen Händen und schwankte auf seinen Knien hin und her. Es konnte nicht wahr sein. Es durfte nicht ... Die Frau vor ihm log. Er kämpfte mit seinen Gefühlen. »Aber du sagtest, sie sei gegangen.«

»Ins Land der Toten gegangen, um auf ihre Wiedergeburt zu warten«, antwortete sie.

Valerians Kehle entfuhr ein so jammervolles Schluchzen, daß selbst die herzlose Brenna gerührt war. Voller Kummer ließ der Zenturio seinen Tränen freien Lauf. Wie sollte er ohne sie weiterleben?

»Wie ist sie gestorben?« fragte er schließlich.

»Sie wurde geköpft, wie alle, die nicht ihren alten Glauben aufgeben wollen, und mir tut sie nicht leid. Ich habe sie gehaßt.«

Er hätte die Frau auf der Stelle erwürgen können, aber das

machte Wynne auch nicht wieder lebendig. Brennas Haß auf die Frau, die er so geliebt hatte, erinnerte ihn jedoch erneut daran, daß sie sein Feind war, jetzt mehr als zuvor.

»Wer hat sie getötet?«

»Der Tribun Severus. Er ließ sie töten.«

»Wann … wann war das?«

»Wenige Tage, nachdem unser Volk von den Römern angegriffen worden war«, erwiderte sie.

Trotz seiner Verwundung sprang Valerian, halb wahnsinnig vor Trauer, auf. »Ich werde ihn töten. Ich töte ihn«, schrie er und brach bei dem Versuch, zurück ins Dorf zu marschieren, zusammen, denn sein geschwächter Körper hielt dieser Strapaze nicht mehr stand. Als Valerian stürzte, sank er erneut in tiefe Bewußtlosigkeit und nahm als letztes nur noch den Klang schrillen Gelächters in seinen Ohren wahr.

45

Als Valerian nach geraumer Zeit wieder zu sich kam, bemerkte er, daß jemand über ihn gebeugt stand. Es war Brenna, die versuchte, sein Schwert an sich zu nehmen. Irgendwie war es ihr gelungen, sich von ihren Fesseln zu befreien, und nun wollte sie ihn töten.

Soll sie es nur tun, dachte Valerian. Dann ist es wenigstens vorbei. Ohne Wynne ist das Leben für mich vollkommen sinnlos. Doch im Inneren seiner Seele sträubte er sich dagegen. In dem Augenblick, als Brenna schon das Schwert fest in ihrer Hand hielt, erwachte Valerians Lebenswille erneut. Mit einem Aufschrei des grenzenlosen Zorns über diese Frau und den Mann, der seine Geliebte umgebracht hatte, taumelte er zur Seite und trat dabei nach oben. Brenna griff sich in ihre Magengegend und ließ das Schwert zu Boden fallen. Unter Einsatz seiner ganzen Kräfte tastete Valerian nach der Waffe und packte sie schließlich so fest, als hätte er einen treuen alten Freund wiedergefunden. Mit vor Entsetzen weit aufgerissenen Augen wich Brenna zurück. Der Zenturio hatte einen solch entschlossenen, grimmigen Gesichtsausdruck, daß sie auf dem Absatz kehrtmachte und flüchtete.

Auch wenn er wußte, daß sie ihn jetzt verraten würde, besaß Valerian nicht die Kraft, sie zu verfolgen. Er fragte sich nur, wie innig ihr Verhältnis zu Severus wohl war. Würde Severus versuchen, ihn wieder gefangenzunehmen, wenn sie ihm alles berichtete? Wie auch immer die Antwort auf diese Frage lautete, Valerian wußte, daß er nicht die Kraft für einen Kampf besaß. Seine einzige Chance bestand darin, sich in der Höhle zu verstecken, bis seine Wunde wieder soweit verheilt war, daß er eine Weiterreise wagen konnte.

Stöhnend vor Schmerzen schlich Valerian durch den Wald. Er fühlte sich so ausgetrocknet, als hätte er aufgrund seines Blutverlustes sämtliche Körperflüssigkeit verloren. Seine Lippen waren aufgesprungen, seine Zunge angeschwollen. Zigmal stolperte er, fiel zu Boden und besaß nicht die Kraft weiterzugehen. Doch immer, wenn er sich fast verloren glaubte, fand er wieder neuen Mut und schleppte sich weiter.

Als er schließlich die Lichtung in der Nähe der Höhle erreicht hatte, fiel er vor der Quelle zu Boden. Kein Wein hatte ihm jemals so gut geschmeckt wie dieses Wasser, das er jetzt gierig trank. Als er seinen Durst gelöscht hatte, reinigte er seine Wunde und verband sie mit einem neuen Stück seiner zerrissenen Toga, dann wusch er sich das Gesicht. Während er sich weiter zur Höhle schleppte, pfiff er nach Sloan und ließ sich den Rest des Weges von seinem Pferd ziehen. Endlich in Sicherheit, fiel er schmerzverzerrt und müde auf den Boden der Höhle.

Nach einigen Tagen voller Kummer und Zorn kam Valerian schließlich wieder zu Kräften. Während seiner langen, heilsamen Schlummer hatte er in seinen Träumen immer wieder Wynnes Gesicht vor Augen, und er schrie ständig nach ihr. Aber Wynne hatte ihn für immer verlassen.

Valerian hatte Glück gehabt; seine Wunde hatte sich nicht entzündet. Er hatte schon viele Soldaten gesehen, die aufgrund einer eiternden Wunde sterben mußten. Ihm gelang es, sich mit Beeren und dem Wasser der kleinen Quelle nahe der Höhle am Leben zu erhalten. Mit jedem Tag spürte er, wie seine Gesundung Fortschritte machte und sich sein Blut zu erneuern schien.

Schließlich kam der Tag, an dem ihm bewußt wurde, daß er nicht länger in seinem Waldversteck bleiben konnte, sondern es ihm irgendwie gelingen mußte, nach Rom zurückzukehren. Er fragte sich immer wieder, wie sein Vater reagieren würde, wenn dieser von Severus' Vorgehensweise erfuhr. Würde er ihm helfen, den Tribun unschädlich zu machen und Valerians guten Ruf wiederherzustellen?

Um auf seiner Reise schneller voranzukommen, ließ Valerian Brustpanzer und Helm zurück und bestieg Sloan bei nächtlicher Dunkelheit.

Rasch ritt er durch den Wald in Richtung Südosten. Wie er gehofft hatte, war der Pfad menschenleer, nirgends ein Zeichen der Soldaten oder anderer Reisender. Vermutlich wollten die Kelten nicht riskieren, in der Dunkelheit auf feindliche Römer zu stoßen. Wenn er gelegentlich etwas hörte, versteckte er sich im Dickicht, bemerkte aber bald, daß es sich nur um die Geräusche von Vögeln oder die wilder Tiere handelte, welche in der Dunkelheit umherstreiften.

Erst am fünften Tag seiner Reise bemerkte Valerian, daß er verfolgt wurde. Von seinem Aussichtspunkt hoch oben auf einem Berg konnte er sie erkennen, ihre auffällig roten Umhänge flatterten im Wind, und ihre Helme mit den wehenden Roßhaarspitzen glänzten in der Sonne. Sie waren noch einige Meilen von ihm entfernt, aber sie holten ständig auf.

»Also weiß Severus, daß ich in seiner Nähe bin«, sagte er zu sich selbst. Es erheiterte ihn, daß er ihm so viele Männer – er schätzte umgefähr dreißig Soldaten – hinterhergeschickt hatte. »Zweifelsohne erwartet er, daß ich in Richtung Südosten nach Eboracum unterwegs bin, was ich ja auch vorhatte, aber ich werde ihn täuschen. Ich werde gen Westen nach Deva reiten.« Er wußte, daß das eine gefährliche Strecke war, denn unzivilisierte keltische Stämme, die Menschen köpften, bevölkerten diese Gegend, und auch die barbarischen Pikten lebten dort. Doch wenn er die Wahl hatte zwischen einem schnellen Tod durch Keltenhand und der erneuten Gefangennahme durch Severus, zog er das erstere vor.

»Mein Schicksal liegt in den Händen der Götter«, sagte er und blickte gen Himmel.

Und so begann eine lange, anstrengende Reise durch die Heidelandschaften in Richtung der Westküste, wo Valerian hoffte, irgendein Handels- oder Kriegsschiff zu finden, das ihn sicher nach Rom zurückbrachte.

46

Während Meghan sorgfältig Wynnes Locken frisierte, spiegelte sich das erste Sonnenlicht auf ihrem goldenen Haar.

»Halt still!« schalt sie und versuchte, das blonde Haar in einem kunstvollen Knoten auf Wynnes Hinterkopf zu drapieren.

»Es tut mir leid«, antwortete Wynne mit einem entschuldigenden Lächeln. »Aber ich kann einfach nicht stillsitzen. Es gibt soviel zu tun.« Sie sehnte sich so sehr nach einem Ausritt, wurde jedoch bis zur Rückkehr von Severus Tag und Nacht bewacht. Sie hatte ihre Zeit dennoch nicht tatenlos zugebracht, sondern Latein gelernt und sprach nun schon fast fließend.

»Ich weiß. Mir gelingt das auch kaum«, sagte Meghan. »Es ist schwierig, sich an die römische Lebensart zu gewöhnen. Sie sind so träge, essen ständig und vergnügen sich mit ihren Mätressen.«

Bei dem Wort ›Mätresse‹ schrak Wynne zusammen. »Ach, ich will nicht die Geliebte dieses gemeinen, alten Mannes werden. Wenn er mich berührt, bekomme ich eine Gänsehaut.« Sie stöhnte schmerzerfüllt auf, als Meghan eine verfilzte Haarsträhne entwirrte.

Dann wob Meghan vier falsche Haarsträhnen in Wynnes Frisur, so daß ihre Stirnpartie aus drei Reihen falscher Löckchen bestand. Als sie zurücktrat, betrachtete sie zufrieden ihr Werk. »Du siehst bezaubernd aus«, hauchte sie andächtig und wünschte, sie wäre so schön wie diese goldblonde Frau. Vielleicht würde Burrus sie dann mit mehr Verehrung betrachten.

Ich darf nicht eifersüchtig auf Wynne sein, schalt sie sich. Sie ist so nett, und schließlich ist sie meine Freundin. Trotzdem schmerzte es sie, daß sie für Burrus nur ein Kind war, ein hübsches, unantastbares Mädchen.

Als sie den Gesichtsausdruck des rothaarigen Mädchens wahrnahm, fragte Wynne: »Meghan, was ist los mit dir?«

»Ich bin eine Frau. Warum sieht das denn keiner!« antwortete sie aufgebracht.

»Ah, du denkst an den jungen Burrus«, meinte Wynne lächelnd. Sie mochte den jungen Zenturio. Er verhielt sich ihr gegenüber wie ein Bruder, ein wahrer Freund. Seit ihr die römischen Soldaten an jenem verhängnisvollen Tag so übel mitgespielt hatten, konnte Wynne die Berührung eines Mannes nicht mehr ertragen. Selbst wenn Burrus sie leicht anfaßte, schrak sie abwehrend zurück.

Meghan errötete bis zum Haaransatz. »Ist das so offensichtlich?« fragte sie und machte sich an ihrer eigenen Frisur zu schaffen.

»Nein. Aber auch ich habe einmal einen Mann geliebt und weiß, wie das ist. Ich brauche nur zu sehen, wie du ihn anhimmelst, und schon werde ich an meine eigenen Illusionen erinnert.«

Meghan kleidete sich in eine Stola und band sie mit einem feingewebten Band zusammen. Der Leinenstoff schmeichelte ihrer knospenden Figur und ließ sie alles andere als kindlich wirken. Sie strich mit ihren Händen über ihren Körper, als wollte sie sich ihrer Weiblichkeit versichern, und träumte, es wären die schmeichelnden Hände von Burrus. Sie wollte gut aussehen, wenn er später zu Besuch kam, deshalb band sie sich eine Perlenschnur ins Haar und streifte mehrere Ringe und Armbänder über. Erst Wynnes Gelächter brachte sie wieder in die Realität zurück.

»Nicht so viel Schmuck, sonst wirkst du wie eine reife Matrone«, schalt Wynne scherzhaft. Nur mit ihrem Unterkleid, dem Strophium, bekleidet, stand sie vor ihrem silbernen Spiegel. Diese römischen Gewänder waren ihr so fremd. Sie fühlte sich wesentlich wohler in ihrer eigenen Garderobe, aber ihre keltische Bekleidung war ihr verboten worden. Seufzend kleidete auch sie sich in eine lange, weich fließende, blaßblaue Stola.

Sanft zupfte Meghan an Wynnes Arm. »Ist das besser?« fragte sie, nachdem sie den meisten Schmuck wieder abgelegt hatte. Mit ihren großen, unschuldigen Augen sah sie in ihrem weißen Gewand so verletzlich aus, daß Wynne das Bedürfnis hatte, sie in ihre Arme zu schließen und sie vor Liebeskummer zu bewahren. Statt dessen sagte sie jedoch: »Ja, du siehst reizend aus. Burrus müßte blind oder nicht gescheit sein, wenn er sich nicht in dich verliebte.«

Meghan fiel die Traurigkeit im Blick ihrer Freundin auf, und sie schalt sich im stillen für ihren Egoismus, daß sie nur an ihre eigenen Hoffnungen und Träume gedacht hatte, während Wynne so vieles durchlitten hatte. »Liebst du den Römer noch immer?« fragte sie.

»Nein!« Wynne antwortete viel zu rasch, als daß ihre Antwort hätte überlegt sein können. »Er nutzte meine Liebe für seine Zwecke aus und tötete meinen Vater!« Als wollte sie das Bild von Valerians anziehendem Gesicht, das sie immer noch verfolgte, aus ihrer Erinnerung auslöschen, legte Wynne ihre Hände vors Gesicht.

Meghan legte ihr sanft eine Hand auf die Schulter und sah sie mitfühlend an. »Vielleicht findest du eine neue Liebe.«

»Nein. Ich werde mein Herz niemals wieder verschenken«, sagte Wynne zornig.

»Wie ist es denn, sich zu lieben?« fragte Meghan plötzlich mit sanfter Stimme und neugierig aufgerissenen Augen.

Wynne erschauerte. »Es kann der brutalste Akt sein, wenn eine Frau gefühllos genommen wird und der Mann nur seine Begierde befriedigen will.« Zum ersten Mal seit dem Zwischenfall mit den römischen Soldaten schüttete sie einer anderen ihr Herz aus und erzählte Meghan von dem entsetzlichen Tag, als sie die Römer aufgegriffen und beinahe vergewaltigt hatten. Und ihr war es, als hätte sie sich auf einmal eine gewaltige Last von der Seele geredet.

»O Wynne. Ich habe davon gehört, daß man dir übel mitgespielt hat, aber ich hatte ja keine Ahnung, wie schrecklich das alles für dich gewesen sein muß. Hattet ihr euch denn schon vorher geliebt, du und dein Römer?«

»Ja. Und es war das Wunderbarste, was ich jemals erlebte, als wären wir wie zwei Wogen … Wenn er mich nur nicht hintergangen hätte, dann wäre ich für den Rest meines Lebens mit der Erinnerung an unsere Liebe glücklich gewesen.« Ein schmerzhafter Stich durchfuhr ihr Herz, als sie erneut an Valerian denken mußte.

»Entschuldigung, meine Damen«, hörten sie Burrus, der mit einem schüchternen Grinsen auf seinem Gesicht das Zelt betrat. Sein Blick glitt über Meghan, doch dann schalt er sich für seine Gedanken. Sie war nur ein Kind, kaum sechzehn, und Valerian hatte sie ihm anvertraut. Dieses reizende Wesen zu verführen wäre fast ein Sakrileg. Er wandte seine Aufmerksamkeit Wynne zu, war sich insgeheim allerdings nicht sicher, wie er zu jeder der beiden Frauen stand. Auf eine Weise mochte er sie beide. Die stolze Wynne mit ihren funkelnden Augen und ihrem sprühenden Geist – jedesmal, wenn er in ihrer Nähe war, brachte sie seine Gefühle in Wallung. Was die Liebe anging, war sie bestimmt kein unbeschriebenes Blatt, dessen war er sich ganz sicher, aber sie tat so, als verabscheute sie alle Männer. Und Meghan – wie stand er zu ihr? Sie war so reizend und unschuldig; auch sie erweckte tiefe Gefühle in ihm und erregte ihn.

»Schön, dich zu sehen, Burrus«, sagte Wynne anmutig lächelnd und stolz auf ihre perfekte Aussprache. Er gratulierte ihr zu ihren Fortschritten. Für ihn war sie keine Sklavin, sondern die Eisprinzessin, und als solche begrüßte er sie wie eine Königin, indem er ihre ausgestreckte Hand küßte.

Meghan mußte sich beherrschen, um nicht in Tränen auszubrechen; sie glaubte, Burrus hätte sie nicht einmal wahrgenommen. Sie konnte ja nicht wissen, wieviel Selbstbeherrschung es ihn kostete, sie zu ignorieren, da er wußte, daß ihn diese jadegrünen Augen verzaubern würden, wenn er es wagte, auch nur einen Augenblick die Kontrolle über sich zu verlieren. Sich wie ein ungezogenes Kind fühlend, das soeben bestraft worden war, lief Meghan aus dem Zelt; dann ließ sie ihren Tränen freien Lauf.

»Severus wird gegen Ende der Woche zurückerwartet«, erzählte Burrus und beobachtete Wynnes Reaktion.

»O nein«, stöhnte Wynne. Während der letzten Wochen hatte sie sich beinahe glücklich im Beisein von Meghan und Burrus gefühlt. Im Gegensatz zu den anderen Sklaven wurde sie nicht dazu gezwungen, harte Arbeiten zu verrichten, sondern führte das verhätschelte Dasein einer Mätresse.

Ohne darüber nachzudenken, welche Wirkung ihre Reaktion auf ihn haben könnte, streckte Wynne ihre Hand nach Burrus aus, weil sie Trost suchte. Überrascht von dieser Geste, die er völlig mißverstand, glaubte er, daß er sie umarmen und lieben sollte.

Burrus nahm sie in seine Arme. Wynne wehrte sich nicht, sondern genoß die tröstende Umarmung. Er war ihr Freund. Er verstand, daß sie entsetzt darüber war, dem Tribun zu gehören – dachte sie zumindest.

Bevor sie noch seine Absichten begriff, preßten sich Burrus' Lippen voller Leidenschaftlichkeit auf die ihren. Sie stemmte sich gegen ihn, und die Erinnerung an andere, brutale Küsse schoß ihr durch den Kopf. Seine Hand war zu ihrer Brust gewandert, seine Zunge schob sich in ihren Mund. Er hielt sie so eng umschlungen, daß sie zu ersticken glaubte.

»Nein«, stöhnte sie und stemmte ihre Fäuste gegen seinen Brustkorb, um sich zu befreien.

Von Leidenschaft übermannt, ließ Burrus nicht von ihr ab, sondern streichelte ihre Brüste und schob den Saum ihres Kleides langsam nach oben, um ihre nackte Haut zu spüren.

»Bitte ... bitte laß mich gehen«, schluchzte Wynne, doch ihre Worte wurden von seinen Küssen erstickt. Würde er denn niemals aufhören? fragte sie sich und spürte, wie sie eiskaltes Entsetzen überfiel.

Burrus hob sie auf die Kissen und legte sich mit seinem ganzen Gewicht auf ihren Körper. In diesem Augenblick verlor Wynne vor Schmerz und Entsetzen beinahe den Verstand, und sie schrie in Todesangst.

Burrus ließ von ihr ab, als hätte man ihn mit Eiswasser begossen. Wynne wand sich weinend und wimmernd unter ihm hervor.

»Wynne, was ist denn los? Ich möchte dich doch nur lieben. Bitte, laß mich es tun«, flüsterte er.

»Ich ... ich ... kann nicht ... Ich kann es nicht ertragen, wenn man mich so berührt«, schrie sie unter heftigem Schluchzen. Während sie ununterbrochen weinte, erzählte sie ihm alles, was ihr und Isolde zugestoßen war. Burrus hörte ihr aufmerksam zu und war beschämt, daß er sich ihr in dieser Form genähert hatte, wo sie ihm doch so tief vertraut hatte.

»Das wußte ich nicht, Wynne. Aber ich schwöre, daß ich dich nie wieder anrühren werde. Nie wieder. Ich verspreche es dir.«

Burrus hatte tröstend seinen Arm um Wynnes Schultern gelegt, um das Gewesene wiedergutzumachen, als er Meghan sah, die zurück ins Zelt gekommen war. Wynne hatte ihren Kopf gesenkt und ihre Augen gedankenverloren geschlossen. Doch Meghan erkannte mit einem Blick, daß diese beiden all ihre jungen Träume zunichte machten. Es stimmte also, daß Burrus Wynne liebte und nicht sie. Meghan hatte das Gefühl, als bräche ihr das Herz, und rannte rasch wieder hinaus in die kalte Abendluft.

47

Nach diesem Vorfall versuchte Burrus, beide Frauen zu meiden. Er schämte sich für sein Verhalten Wynne gegenüber und fühlte sich schuldig an Meghans traurigem Blick. Trotzdem wußte er nicht, was er eigentlich getan hatte, um das junge Mädchen zu verletzen. Hatte er nicht immer Distanz gewahrt und sie respektvoll wie eine Schwester behandelt?

Zweifelsohne lehnt sie mich ebenso ab wie Wynne, und sie haben recht, dachte er selbstkritisch. Sein Ungemach wurde noch bestärkt, weil er ständig Visionen von einer Meghan hatte, die sich ihm wie eine Blume öffnete, in seinen Armen lag und ihn liebte.

»Verflucht seist du, Valerian, weil du mir eine solche Versuchung geschickt hast«, fluchte er. »Wie hattest du die Kraft, dieser niedlichen und liebreizenden jungen Frau zu widerstehen? War es wegen der keltischen Frau, die du, wie du mir erzähltest, so sehr geliebt hast?«

Vielleicht konnte ihm auch eine andere Frau seine Wünsche erfüllen. Eine hochgewachsene, junge Ägypterin, die seiner Einheit folgte, hatte vor kurzem ein Auge auf ihn geworfen. Sie würde er in sein Bett holen.

Auch Wynne bemerkte Meghans traurigen Blick, ahnte jedoch die wahre Ursache. Meghans fröhliches Lachen war im Lager verstummt. Nachdem Burrus hatte verlauten lassen, daß er sich eine Mätresse genommen hatte, wurde Meghans trauriger Gesichtsausdruck noch verbitterter.

Ich bin sicher, daß er sich genauso für Meghan interessiert, wie sie sich für ihn, dachte Wynne. Sie konnte die Männer einfach nicht begreifen.

Aber Wynne blieb nicht viel Zeit, um über männliche Inkonsequenz zu grübeln, denn sie hatte eigene Probleme. Ein Kundschafter aus dem Süden informierte sie, daß Severus auf dem Weg zum Lager war und am darauffolgenden Abend eintreffen würde.

Ich werde niemals zulassen, daß er mich in sein Bett holt, schwor sie sich. Soll er mich bestrafen, wie er will, mich meinetwegen auch töten, wenn ihm der Sinn danach steht. Besser die Geier reißen mir das Fleisch von den Knochen, als daß er mich erniedrigt.

Fieberhaft bemühte sie sich, ein Messer oder einen Dolch in ihren Besitz zu bringen, irgend etwas, das sie vor seinen grapschenden Händen schützen konnte, aber sie wurde viel zu sorgfältig bewacht, als daß sie ihr Vorhaben in die Tat hätte umsetzen können. Sie hatte nur ihre bloßen Hände, um sich gegen ihn zu wehren. Das und ihren Stolz.

Während sie voller Angst auf die Rückkehr des Tribuns wartete, schien die Sonne an jenem Tag am Firmament entlang zu fliegen. Sie versuchte, sich zu beschäftigen, aber es gab so wenig für sie zu tun. Sie konnte nur versuchen, ihr vor Panik wie rasend klopfendes Herz zu beruhigen.

Als die Legion schließlich gesichtet wurde, mußte Wynne dem Drang widerstehen, einfach kopflos in die Wildnis davonzulaufen. Sie würde sich diesem Severus schon entgegenstellen. Sie war kein Schwächling, kein Feigling, der einfach wegrannte. Sie war eine Keltin, und sie war stolz auf ihr Erbe. Sie würde ihm wie ein Krieger entgegentreten.

Als Meghan sie mit kreidebleichem Gesicht abholte, weil sie Angst um ihre goldhaarige Freundin hatte, hielt Wynne ihren Kopf stolz erhoben.

»Er ist da. Severus ist eingetroffen«, schrie Meghan. »Und er fragt nach dir. Du mußt ihn jetzt gleich in seinem Zelt treffen. Komm.«

Mit zitternden Knien und voller Furcht um ihr Schicksal folgte Wynne ihrer Freundin Meghan.

Es war ein sehr gealterter Severus, der sie am Eingang des Zeltes begrüßte, das sie von nun an teilen würden. Die Tage bei den Kelten, die Sorge über den geflohenen Gefangenen, all das hatte seinen Tribut gefordert. Aber Wynne empfand kein Mitgefühl für diesen Mann. Er war und blieb immer ihr Feind.

Er hatte das Zelt mit seinem persönlichen Besitz ausstaffiert. Es war nicht länger ihr sicherer Zufluchtsort, ihr Zuhause. Jetzt war es für sie ein Ort des Schreckens, wo sie die Berührungen dieses Geisteskranken erdulden mußte.

Um ihre Zuneigung zu gewinnen, zwang sich Severus zu einem Lächeln, das ihr jedoch wie ein höhnisches Grinsen vorkam. Er saß eingebettet in Kissen auf dem Sofa und gebot ihr nun, näher zu treten. Er konnte nicht ahnen, wie schwer ihr das fiel. Ihr Mund war so trocken, daß sie nicht sprechen konnte. Sie blickte ihn nur vernichtend an.

»Wie ich sehe, haben dich die hier verbrachten Wochen nicht besänftigt. Zweifellos willst du mich unnachgiebig bekämpfen. Nun, sei's drum. Ich bin ans Kämpfen gewöhnt.« Er gebot ihr, sich neben ihm niederzulassen. Zögernd folgte sie seiner Geste. Die erste Andeutung einer Annäherung von seiner Seite, und sie würde fluchtartig das Zelt verlassen.

»Ich habe in den letzten, endlos langen Wochen viel an

dich gedacht«, sagte er leise. »Du kannst dir gar nicht vorstellen, wie ich mich nach der Zärtlichkeit einer Frau – einer willigen Frau – gesehnt habe.«

Wynne schoß der Gedanke durch den Kopf, daß diese widerliche Kreatur zweifellos schon viele unglückselige Mädchen ihres Stammes zu Liebesdiensten gezwungen hatte, und sie funkelte ihn vernichtend an. Wenn er erwartete, daß sie ihm nachgab, sich ihm kampflos auslieferte, dann hatte er immer noch nicht viel über die Kelten gelernt.

»Ich werde niemals freiwillig dein Bett teilen«, erwiderte sie schließlich wütend.

Ein hinterlistiges Grinsen umspielte seine Lippen. »Ob freiwillig oder unfreiwillig, du wirst tun, was ich will. Du bist mein kostbarster Besitz.« Er griff nach ihrer Hand, doch sie schrak zurück.

»Ich bin nicht dein Besitz. Ich gehöre niemandem!« fauchte sie ihn an.

Daraufhin stand er auf und packte sie brutal. »Du gehörst mir«, sagte er und umklammerte ihre Handgelenke so fest, daß sie befürchtete, er würde sie zerquetschen. Seinen Griff plötzlich lockernd, versuchte er erneut, Milde walten zu lassen. »Es wird schon nicht so schlimm sein. Vielleicht gefällt es dir sogar. Trotz deiner Worte wirkst du wie eine leidenschaftliche Frau auf mich.«

»Ich verabscheue deine Berührungen. Du bist primitiv. Ich hasse dich und alle anderen Römer.«

»In der Tat?« Plötzlich schnellte seine Hand vor und griff ihr brutal ins Haar. »Es tut mir leid für dich, daß du so denkst, denn ich werde dich nehmen, wann immer ich Lust dazu habe. Dein ganzes Gejammer wird dir nichts nützen.«

Er zog sie zu sich hinunter und küßte sie heftig, obwohl sie sich wehrte. Trotz seiner knochigen Statur war er überaus stark. Er küßte sie, als wollte er ihr damit sein Besitzsiegel aufdrücken. Wynne konnte sich weder seinem Griff noch seinem Mund entziehen.

Dann zerrte er unbarmherzig an ihrem Gewand, riß es ihr vom Körper, so daß sie fast nackt vor ihm stand. Sie stürzte sich auf ihn, trat, biß, kratzte, aber schließlich gelang es ihm doch, sie eng an sich zu ziehen, ihre Arme fest an ihren Körper zu drücken und sie festzuhalten.

»Oh, du kleine Tigerin, wenn du wüßtest, daß deine Bemühungen mein Verlangen nur steigern!« Mit einem letzten Ruck riß er ihr auch noch ihr Unterkleid vom Körper, so daß sie vollkommen nackt war. Seine Hand glitt ungehindert über ihren Körper, streichelte ihre vollen Brüste und wanderte tiefer. Aufgrund seiner intimen Berührungen blieb Wynne fast die Luft weg. Ihr Haß auf ihn war größer als je zuvor. Sie versuchte sich vor ihm zu schützen, aber er hielt ihre Arme fest. Mit einer Hand entkleidete er sich, und sein knochiger Körper preßte sich gegen den ihren. Entsetzt sah Wynne an ihm herunter und war erstaunt, als sie seine kleine, schlaffe Männlichkeit erblickte.

Also gehört er zu den Männern, die eine Frau nicht befriedigen können, dachte sie erleichtert. Jetzt war der Tribun für sie eigentlich keine Bedrohung mehr.

Zornig und frustriert schien Severus ihre Gedanken erraten zu haben. »Faß mich an ... da ...«, befahl er ihr und hoffte, daß er diesmal seinen Mann stehen würde.

»Nein«, entgegnete sie ihm.

»Verflucht seist du für deinen Ungehorsam, Frau!« kreischte er und stieß sie brutal beiseite. Dann griff er nach seiner Tunika, kleidete sich an und rief nach den Wachen.

»Nehmt diese Frau mit und gebt ihr zwölf Hiebe. Aber seid vorsichtig und verletzt ihre Haut nicht. Schlagt sie bekleidet.«

Während Wynne von den starken Armen der Wachen in Empfang genommen und aus dem Zelt gezerrt wurde, hing ihr Blick unverwandt an Severus. Er war eine bedauernswürdige Kreatur, dieser Römer. Sollte er sie doch auspeitschen lassen. Sollte er sie doch töten. Tief in ihrem Herzen wußte sie, daß er sie niemals besiegen konnte. Der Sieg war auf ihrer Seite.

48

Ihren Kopf in die Kissen vergraben, weinte Wynne heftig und verfluchte Severus. Sie konnte es einfach nicht fassen, was er ihr während der letzten Tage angetan hatte. Sie war ausgepeitscht und geschlagen worden, man hatte sie hungern lassen und sie mit sämtlichen Erniedrigungen gequält, nur um ihren Willen zu brechen.

Die Striemen vom Auspeitschen brannten immer noch schmerzhaft auf ihren Schultern. Sie hatte nicht geschrien, um den Römern nicht die Genugtuung zu bieten, welche Qualen sie durchlitt. Adair wäre stolz auf ihre Tapferkeit gewesen.

»Vater!« schrie sie. »Wo auch immer du bist, höre mich an. Diese Römer werden dafür bezahlen, was sie dir und mir angetan haben.«

Wynnes Magen knurrte vor Hunger. Severus hatte ihr so lange jegliche Nahrung außer Wasser und Brot verweigert, bis sie ihm zu Willen war. Er erwartete von ihr, daß sie so tat, als wäre er ein großartiger Liebhaber, und sie sich in vorgetäuschter Leidenschaft unter ihm wand und stöhnte. Der Mann war geisteskrank, und was er von ihr verlangte, war erniedrigend.

»Ich danke den Göttern, daß er als Liebhaber einfach unfähig ist«, sagte sie tonlos. Sie wußte, daß ihm sein Stolz verbot, sie einem anderen Soldaten zu überlassen, denn er wollte den anderen vortäuschen, daß er ihren Körper besaß.

Mit jedem Tag haßte sie diese Römer mehr, außer Burrus, den netten, freundlichen Burrus. Er tröstete sie mit seinen mitfühlenden Blicken, mit sanften Worten und hatte ihr schon mehrmals heimlich etwas zum Essen gebracht.

»Eines Tages werde ich ihn für das, was er dir angetan hat, töten«, hatte Burrus mit solch haßerfülltem Blick gesagt, daß Wynne erschauerte.

Morgen würde sie erneut zu Severus gerufen. Zweifellos glaubte er, daß sie ihm jetzt gefügig war – ihn streichelte und ihm auf widernatürliche Weise zu Willen war – aber da irrte er sich gewaltig. Eher würde sie sich umbringen.

»Pssst … Gnädigste … wunderschöne Dame«, hörte sie

eine leise Stimme hinter sich. Sie versuchte, sich aufzurichten, um zu sehen, wessen Stimme es war, aber sie war so geschwächt vor Hunger und fiel deshalb zurück in ihre Kissen.

»Wer ist dort?« fragte sie mit angsterfüllter Stimme. Hatte sich Severus eine neue Folter für sie ausgedacht?

»Ich bin es, Ibu«, antwortete ihr die Stimme.

»Ibu?« Meghan hatte ihr von Ibu erzählt. Er war der schwarze Sklavenjunge, der sich mit Meghan angefreundet hatte. Sie hatte ihn allerdings noch nie im Lager gesehen.

Sie hörte schlurfende Fußschritte, die sich ihr näherten, und bemerkte den schwachen Schein einer Öllampe. Als sie ihren Kopf umwandte, sah sie ihn und hielt bei seinem Anblick den Atem an. Wenn er lächelte, schimmerten seine Zähne wie Perlen; seine Haut war so schwarz wie Sloans Fell. Wynne hatte noch niemals zuvor einen Schwarzen gesehen und war von seiner Schönheit fasziniert.

»Ich habe dir etwas mitgebracht, was deine Schmerzen lindert und deinen Rücken wieder heilt«, sagte er und brachte ein Fläschchen unter seiner Toga zum Vorschein. »Das ist eine Kräutersalbe, die mein Volk verwendet.«

Schüchtern trat er auf sie zu, kniete sich neben ihre Kissen und schob den Stoff ihres Gewandes beiseite. »Auch ich kenne den Hieb der Peitsche«, sagte er und strich die kühlende Salbe auf ihre Haut. Es war ihr, als badete sie in einem kühlen Gebirgsbach. Als seine geschickten Hände sie berührten und streichelten, verschwand der Schmerz.

Während Ibu sie behandelte, erzählte er ihr alles über sein Leben. Daß er einmal Prinz der Numidier gewesen war und daß seine Eltern ihn geliebt und vergöttert hatten. Wie sein Onkel schließlich eifersüchtig auf Ibus Vater geworden war und beschlossen hatte, ihn zu ermorden, und den Jungen dann an die Römer verkauft hatte. Wynne wiederum berichtete ihm, wie die Römer ihr Volk niedergemetzelt hatten und daß sie der Tribun Severus zu seiner Sklavin ernannt hatte. Sie erfuhr, daß Ibu zwölf Jahre alt war und daß er bereits seit mehr als vier Jahren das Joch der Sklaverei ertragen mußte.

»Ich hasse diese Römer!« stieß sie zwischen ihren Zähnen hervor. »Sie sind alle grausam.«

Ibu schüttelte den Kopf. »Nein, nicht alle. Mein Gebieter Burrus ist nett und höflich.«

»Ja«, stimmte sie ihm zu. »Das ist er, aber er ist auch der einzige.«

»O nein, das ist er nicht!« widersprach Ibu. »Mein Freund, der Zenturio, war auch ein sehr netter, freundlicher Mann. Er versuchte, mich vor dem Auspeitschen zu bewahren, und behielt mich später als Stallbursche, damit Severus mich nicht länger mißhandeln konnte. Wenn er doch weiter mein Gebieter hätte bleiben können, dann machte mir die Sklaverei gar nicht soviel aus.« Er hielt mit seinen Bewegungen auf Wynnes Rücken inne und starrte gedankenverloren in die Ferne. »Ich bete nur darum, daß er jetzt in Sicherheit ist, wo auch immer er sich befindet.«

»Ist er nicht hier?« fragte Wynne.

»Nein. Severus war über ihn erzürnt, sperrte ihn ein und wollte ihn köpfen lassen. Ich verhalf ihm zur Flucht, denn das schuldete ich ihm für seine Gutherzigkeit.« Er lächelte traurig.

»Also ist es ihm gelungen zu entkommen.« Wynne war beeindruckt. Vielleicht war es nicht unmöglich, sich Severus' Klauen doch noch zu entziehen.

»Meghan und ich haben ihm geholfen«, flüsterte er. »Wenn Severus das herausgefunden hätte, wären wir beide bestraft worden.« Sein Blick wurde plötzlich furchtsam.

»Ich werde es ihm niemals erzählen«, versprach Wynne. »Ich glaube, es war sehr mutig von euch, etwas Derartiges zu tun.«

»Wir haben unseren Gebieter Valerian beide sehr geliebt«, sagte Ibu grinsend.

Wynne starrte ihn an. »Was hast du da gesagt?«

»Ich sagte, daß Meghan und ich unseren Herrn Valerian beide sehr liebten«, wiederholte Ibu.

»Valerian. Euer Zenturio hieß Valerian?« stammelte sie.

»Ja. Valerian Quillon Tullius.«

Wynne sprang ohne Rücksicht auf ihre Schmerzen auf. Sie griff nach den Schultern des Jungen und schüttelte ihn sanft. »Wie sah er aus?«

Ibu löste sich ängstlich aus ihrem Griff und starrte sie an, als hätte sie plötzlich den Verstand verloren. »Dunkles Haar. Braune Augen«, antwortete er und trat einen Schritt zurück.

»Hat er gelocktes Haar?« Ibu nickte zustimmend. »Haben seine Augen die Farbe von Bernstein?« Wieder nickte er bejahend. Sie drückte einen Finger in ihr Kinn. »Und sein Kinn – sieht es so aus?«

»Ja. Ja, es ist genau so, wie du es beschreibst. Der Zenturio Valerian ist ein sehr attraktiver Mann. Woher kennst du ihn?«

»Er hat meinen Vater umgebracht!« schluchzte sie.

Ibu schüttelte ungläubig den Kopf. »Nein. Nein, so etwas würde er niemals tun, es sei denn, weil er sich selbst verteidigen müßte.«

»Mein Vater war gelähmt. Euer Zenturio hat ihn umgebracht.« Wynne konnte sich nicht mehr auf den Beinen halten, so sehr zitterte sie vor Schwäche und ihren aufgewühlten Gefühlen. Sie sank zurück in die Kissen und sah Ibu an.

»Ich weiß genau, daß du dich irrst«, widersprach ihr Ibu. »Unser Gebieter Valerian wäre niemals zu so etwas fähig.«

»Nein. Ich irre mich nicht. Ich habe sein Schwert gesehen, und daran klebte noch das Blut meines Vaters. Dafür wird er mir eines Tages büßen«, schluchzte sie.

Als er erkannte, daß sie nicht umzustimmen war, floh Ibu aus dem Zelt, da er ihre Anschuldigungen gegen seinen Freund nicht mehr länger ertragen konnte. Er mußte das keltische Mädchen argwöhnisch beobachten, wenn Valerian wirklich zurückkehrte, um sicher zu sein, daß sie ihm nichts antat. Sie hatte merkwürdig reagiert. Aus ihren Worten sprach der Haß, aber ihre Augen waren so voller Liebe, als wäre sie sich tief in ihrem Herzen unschlüssig.

Wieder allein in ihrem Zelt, versuchte Wynne, die Erinnerung an Valerian, an seine Lippen, sein Gesicht, seine Hände zu verdrängen. Er war hier in diesem Lager gewesen. Hatte er im gleichen Bett geschlafen? Was war aus ihm geworden? Zweifelsohne hatten sich er und Severus gestritten, wer der Herr über die Besiegten werden sollte. Sie hatte geglaubt, er wäre längst nach Rom zurückgekehrt und hätte bereits die Gunst seines Kaisers erlangt, statt dessen war er hier als Gefangener gehalten worden. Eine innere Stimme riet ihr,

Meghan danach zu fragen – er war auch ihr Gebieter gewesen. Aber Wynnes Eigensinn wehrte sich dagegen. Sie würde seinen Namen nie wieder über ihre Lippen bringen, solange er nicht für seinen Verrat bezahlt hatte.

Erst spät in dieser Nacht erreichte Wynne das Land der Träume, sah den attraktiven Römer durch ein Meer aus Nebel und streckte verlangend ihre Arme nach ihm aus. Er trat auf sie zu, küßte und liebkoste sie, streichelte ihr seidiges Haar. Sie hielten sich fest, umschlangen und liebten sich. Immer wieder rief sie seinen Namen, bis sie von einem erhebenden Lustgefühl davongetragen wurde.

Ruckartig öffnete Wynne ihre Augen. Es war nur ein Traum gewesen, und doch war ihr alles so real erschienen. Voller Scham bedeckte sie ihr Gesicht mit den Händen. Sie hatte geträumt, daß sie sich ihm hingab, sich gewünscht hatte, daß er sie liebte, und er hatte es in ihrem Traum tatsächlich getan. Und warum erschien ihr diese Vorstellung weniger ein Traum als eine Vorahnung? Was sollte sie tun?

»Werde ich denn niemals von dem Gedanken an dich befreit?« schrie sie.

49

Hin und her schwankend, kämpfte sich das Handelsschiff, das auf seiner Route nach Gallien unterwegs war und dann schließlich nach Rom segeln sollte, durch die wütenden Sturmwinde. An Bord des Schiffes befand sich der geflohene Zenturio Valerian Quillon Tullius. Er lag auf einer Pritsche in seiner Kabine und lauschte dem Regen, der heftig gegen das Schiffsdach prasselte.

Jetzt bin ich endlich auf dem Weg nach Rom, dachte er und erhob sich von seinem Nachtlager. Aufgrund des feuchten Klimas war es so stickig in der Kabine, daß man kaum atmen konnte.

Valerian begab sich an Deck. Dort hing eine einzige Laterne am Mast, deren schwaches Licht das Deck beleuchtete. Er ging weiter und lehnte sich über die Reling, um die tosenden Wassermassen am Kiel zu beobachten. Mittlerweile befand er sich schon drei Tage auf der *Vesta* und hatte sich bereits an das schwankende Deck unter seinen Füßen gewöhnt. Er dankte den Göttern, daß er nicht seekrank geworden war.

Der Wind peitschte ihm mit unbändiger Kraft ins Gesicht und zerrte an seiner Haut. Ein plötzlicher Blitzschlag durchzuckte den Himmel wie ein Feuer, zweifellos eine von Jupiters Lanzen.

Wie so oft in den letzten Tagen dachte Valerian an Wynne, und die Erinnerung an sie bereitete ihm körperliche Schmerzen, als bohrte sich ihm ein Messer mitten in sein Herz. Er fragte sich, ob er jemals wieder eine Frau lieben konnte, und er wußte, daß die Antwort nein lautete. Zweifellos würde ihn sein Vater mit irgendeinem Mädchen aus einer einflußreichen römischen Familie verheiraten, aber er wäre niemals in der Lage, für diese Frau soviel zu empfinden wie für das goldhaarige keltische Mädchen. Er blickte nach unten und betrachtete die Figur der Vesta am Schiffsbug. Das blonde Haar, die eisblauen Augen, deren Blick auf die stürmische See vor ihm gerichtet war, erinnerten ihn an Wynne.

»Ach, wie sehr ich dich liebte«, flüsterte er und fragte sich, ob Wynne jetzt in ein anderes Leben übergetreten war, wie sie das immer geglaubt hatte.

Während Valerian in die Ferne starrte, rief er sich noch einmal seine Reise nach Deva ins Gedächtnis zurück. Beinahe wäre es Severus' Armee gelungen, ihn doch noch zu schnappen. Es hatte nicht lange gedauert, bis sie erkannten, daß er seine Richtung geändert hatte und zum Meer unterwegs war. Sloan war großartig gewesen, er hatte ihn im schnellen Galopp davongetragen und die Römer weit abgeschlagen zurückgelassen. Während seiner ersten Tage auf See hatte Valerian den Horizont immer wieder nach Schiffen abgesucht, die vielleicht der *Vesta* folgten, aber bislang konnte er noch nichts Verdächtiges erkennen.

Auf seiner Reise hatte er sich mit einigen Kelten angefreundet. Manche hatten ihm ein Nachtlager, andere Nahrung gewährt. Auch wenn den Kelten das Kämpfen im Blut lag und sie oftmals brutale Krieger waren, gefiel ihm die Ehrlichkeit und Offenheit dieser Menschen. Sie schätzten ihre Frauen weitaus mehr als die Römer, die sie als Eigentum betrachteten. Sie waren Fremden gegenüber gastfreundlich, teilten Essen und Trinken mit ihnen und erzählten am Feuer ihre Legenden. Vielleicht lag es daran, daß sie nicht in großen Stadtstaaten lebten und deshalb nicht vom Luxus und der Dekadenz materieller Dinge beeinflußt wurden. Sie waren ein Naturvolk, das den Kreislauf der Natur schätzte und verstand.

Eine Berührung an seiner Schulter riß Valerian aus seinen Gedanken.

»Kannst nicht schlafen, was, Zenturio?« fragte ihn ein älterer Matrose freundlich.

»Nein. Das Schwanken des Schiffes hat mir den Schlaf geraubt.«

»Nun, der Sturm sollte in Kürze vorüber sein, und dann haben wir wieder ruhigen Seegang. Was mich beunruhigt, sind die Piraten. Man hat in diesem Gebiet welche gesichtet.«

»Piraten?« fragte Valerian erstaunt.

»Noch nicht von ihnen gehört? Frühere Gladiatoren sind das, Gesindel, das sich zum Überleben der See bemächtigt hat. Wir können von Glück sagen, wenn wir nicht vor ihnen fliehen oder, noch schlimmer, mit ihnen kämpfen müssen.«

»Kämpfen macht mir nichts aus«, antwortete Valerian. »An solche Gefahren bin ich gewöhnt. Aber unschuldige Opfer zu töten, das ist schrecklich.«

Der alte Seemann grinste. »Nun denn, mach dir da mal keine Sorgen, Junge. Das letzte, womit ich diese Seeräuber umschreiben würde, wäre ›unschuldig‹. Das sind wirklich blutrünstige Gesellen.«

Als sich der Wind drehte und das Hauptsegel abrupt von der Brise aus einer anderen Richtung aufgebläht wurde, wäre Valerian beinahe über Bord gegangen. Wie ein Spielzeugboot schaukelte das Schiff in den Wellen. Die Gischt sprühte in Valerians Augen und durchnäßte ihn bis auf die Knochen.

Als wäre der Sturm noch nicht Belastung genug, erkannte Valerian im Blick des alten Seemanns eine weitere Gefahr. Sein Blick folgte dem des alten Mannes.

»Da, sieh dorthin«, sagte der Alte und streckte seinen langen, knochigen Finger aus.

Die aufgeblähten Segel dreier Schiffe zeichneten sich vor dem Horizont ab.

»Mögen die Götter uns beschützen!« kreischte der alte Seemann. »Es sind Piraten!«

50

Valerians Herz setzte beinahe aus, denn mehr als die Seeräuber fürchtete er Severus. »Das sind römische Schiffe«, rief er. »Sie haben die roten Segel einer römischen Galeere gehißt.«

»Nein, es sind tatsächlich Piraten«, antwortete der Seemann. »Rot wurde zwar zunächst nur für Galeerenschiffe benutzt, aber mittlerweile deuten solche Segel häufiger noch auf Seeräuber hin. Ihre Ruder sind mit Silber beschlagen, so wurde mir gesagt, und die Schiffsmasten sind vergoldet.«

Jetzt brüllte der Kapitän seine Befehle; die Mannschaft an Deck bereitete sich auf den Kampf vor. Valerian umklammerte den Knauf seines Schwerts. Wenn er schon sterben mußte, dann wenigstens im Kampf.

Unter sich hörte Valerian das Knirschen von Holz, als die Ruder eingesetzt wurden. Wie viele waren es wohl? fragte er sich. Zehn, zwanzig oder sogar mehr? Der Wind blies aus südlicher Richtung. Den sie verfolgenden Schiffen zu entkommen bedeutete, jeden Mann einzusetzen.

»Sie werden uns töten«, schrie ein junger Matrose mit vor Entsetzen weit aufgerissenen Augen.

Valerian zweifelte nicht an dieser Aussage, denn die Piraten kaperten nicht nur Handelsschiffe und raubten sie aus, sondern sie töteten auch die Mannschaften und die Passagiere, sofern diese nicht wohlhabend waren. Würden die Seeräuber ihn vielleicht als Geisel behalten, wenn das Schiff in ihre Hände fiel?

»Werde ich denn niemals nach Rom gelangen?« rief er zornig.

Der Schiffskapitän hielt seinen Blick starr auf den Horizont gerichtet, und Valerian betrachtete fasziniert die Schiffe in der Ferne. »Sie sind in der Überzahl«, vertraute der Kapitän seinem Passagier an. »Wenn doch nur der Wind drehen würde. Er bläst in die falsche Richtung, hält uns hier fest, und wir haben viel zu wenig Ruderer im Gegensatz zu den Piratenschiffen mit ihren vielen bemannten Rudern.«

Vom Unterdeck hörte man den Trommelschlag des Ruderkommandanten, damit die Ruderer ihren Rhythmus einhielten. Es war ein nervtötendes Geräusch, und Valerian mußte dem Drang widerstehen, sich die Ohren zuzuhalten; zumindest bewegte sich das Schiff jetzt und fiel vom Kurs der Piratenschiffe ab.

»Wir brauchen mehr Ruderer«, rief der Kapitän. Sein Blick ruhte auf Valerian, als wollte er ihn fragen, wieviel ihm sein Leben bedeutete. Mehrere Passagiere traten vor, weil sie vielleicht glaubten, daß es bei einem Angriff der Piraten sicherer auf dem Unterdeck wäre, doch der Kapitän lehnte die Hilfe der aufgeschwemmten, juwelengeschmückten Kaufleute ab. Er brauchte starke Männer – Männer wie Valerian.

»Ich gehe nach unten«, meldete sich Valerian schließlich freiwillig, obwohl er lieber an Deck gekämpft hätte. Seinem Beispiel folgend, traten auch noch fünf weitere Matrosen vor.

Das Segelschiff eignete sich ganz und gar nicht dafür, die Piratenschiffe abzuhängen, die über mindestens hundert Ruder verfügten. Statt Ruderbänken hatten die Matrosen nur kleine Fußstützen, gegen die sie sich stemmen konnten, während sie die Last des Wassers bewegten. Statt Aufhängungen für die Ruder befanden sich schlicht und einfach nur Löcher in der Reling. Valerian legte Umhang und Toga ab, und machte sich nur mit einem Lendenschurz bekleidet an die Arbeit. Mit aller Kraft legte er sich in die Riemen und ruderte.

Um sich herum roch er den Angstschweiß der anderen Männer, die gegen die Wellen ankämpften.

»Rudert schneller, ihr Bastarde!« schrie der Ruderkommandant aufgebracht vor Entsetzen und schlug fester auf die Trommel.

»Ich hatte meiner Frau hoch und heilig versprochen, daß dies meine letzte Passage wäre«, meinte einer der Seeleute traurig. »Wie konnte ich denn ahnen, daß ich damit so recht hatte.«

»Hör auf zu reden und leg dich in die Riemen«, schrie ein anderer Ruderer, »sonst wird deine Vorahnung noch wahr.«

Sie ruderten selbst dann noch fanatisch, als sie schon den Klang eilender Schritte über ihren Köpfen vernahmen. Für Valerian war es qualvoll, nicht zu wissen, was passierte, wo die Piraten sich in diesem Augenblick befanden und ob sie gegen diese eine Chance hatten. Er blickte auf das Schwert zu seinen Füßen; er war auf das Schlimmste vorbereitet.

»Sie wollen uns rammen. Ich sehe den Rammbock bereits aus unserer Entfernung«, hörten sie eine kreischende Stimme über ihren Köpfen. »Mögen die Götter uns retten.«

Valerian wußte, daß es nun nicht mehr lange dauerte, bis die feindlichen Schiffe nahe genug an sie herangekommen waren, um einen Pfeilregen auf sie abzufeuern. Als wollte er sich eine Niederlage nicht eingestehen, biß er entschlossen die Zähne zusammen und legte sich noch stärker in die Riemen. Er wollte noch nicht sterben!

Mit einem Aufschrei des Entsetzens ließ der Mann neben Valerian sein Ruder los und sprang auf. »Wir haben keine Chance«, jammerte er. »Wir sitzen hier wie die Mäuse in der Falle. Ich will nicht in die Sklaverei verkauft werden.«

Sofort war Valerian über ihm, schlug ihn bewußtlos und gestikulierte zu dem Ruderkommandanten. »Du übernimmst seinen Platz.«

Mit weit aufgerissenen Augen verneinte der Ruderkommandant. Daraufhin griff Valerian zu seinem Schwert und bedrohte ihn, falls er nicht gehorchte. »Wir alle müssen hier unseren Mann stehen, oder wir werden mit Sicherheit sterben«, erklärte er.

Widerwillig griff der Mann zu den Rudern. Und es war kaum ein Trommelschlag vergangen, so rasch hatte Valerian reagiert. Daraufhin ließ er sein Schwert zu Boden sinken und gesellte sich wieder zu den Ruderern.

Plötzlich vernahmen sie laute Geräusche vom Oberdeck.

Ein solches Freudengeschrei, daß Valerian verwirrt war. Was war da oben im Gange?

»Gelobt seien die Götter. Gelobt seien die Götter!« schrie ein junger Seemann, während er nach unten gelaufen kam, um den anderen Bericht zu erstatten. »Der Wind hat sich gedreht. Legt die Ruder nieder. Er bläst aus nördlicher Richtung.«

Valerian sprang auf seine Füße und rannte an Deck. Die Segel waren aufgezogen worden. Das Schiff glitt beinahe über die Wasseroberfläche. Da die *Vesta* leichter war als die drei sie verfolgenden Schiffe, dauerte es nicht lange, bis sie außer Sichtweite der Piraten gelangte. Als er zurückblickte, bemerkte Valerian, wie die drei Schiffe am Horizont immer kleiner wurden.

»Heute haben wir gesiegt«, sagte er zu sich selbst. »Wir wollen hoffen, daß unsere gesamte Reise unter dem Schutz der Götter steht.«

Trotz seines schmerzenden Körpers überkam ihn ein Gefühl der Freude. Er würde nach Rom gelangen; dessen war er sich ganz sicher.

»Und dann wirst du bezahlen, Severus. Ich schwöre dir, daß du für das büßen mußt, was du Wynne angetan hast«, flüsterte er.

51

Severus räkelte sich auf dem Sofa in seinem Zelt, trank Wein und betrachtete die schlafende, blonde Keltin. Welchen Spitznamen hatten ihr seine Soldaten gegeben? Die Eisprinzessin. Das war sicherlich ein treffender Name für diese kalte Hexe. Was auch immer er anstellte, er konnte ihr nicht seinen Willen aufzwingen, trotzdem gebot ihm sein Stolz, sie bei sich zu behalten. Er wollte, daß seine Männer von ihrer Eifersucht verzehrt wurden, egal, was sie dachten. Niemand würde jemals die Wahrheit erfahren, daß Severus Cicero nicht in der Lage war, diese Frau zu befriedigen.

Nun, in Valerians Bett ist sie gern gestiegen, dachte er angesäuert und wurde wütend. Jede Handlung des Zenturios schien Severus' Unzulänglichkeiten noch zu verstärken, und jetzt war diese keltische Frau auch noch ein Wink des Schicksals, daß Valerian ein richtiger Mann und er keiner war.

Von seinem Zorn übermannt, trat Severus an die Liege heran, auf der Wynne schlief; er wollte ihr weh tun, weil sie ihn mit ihrer Unnachgiebigkeit in den Wahnsinn trieb. Sein Blick fiel auf seinen Dolch. Er hätte ihr einfach die Kehle aufschlitzen können, ohne dafür von jemandem zur Rechenschaft gezogen zu werden, aber nein, der Schmerz wäre zu rasch überstanden. Körperliche Schmerzen schienen ihr nichts anhaben zu können, denn sie hatte jede Bestrafung erduldet, die er sich für sie ausgedacht hatte, und ihn trotzdem noch mit belustigtem Blick angesehen.

Natürlich, dachte er, und ein Grinsen breitete sich auf seinem Gesicht aus, warum war ihm das nicht schon viel früher eingefallen? Das andere keltische Mädchen, Meghan – er konnte sie dazu benutzen, diese hier zur Vernunft zu bringen. Es war ganz offensichtlich, daß sie die kleine Rothaarige über alles liebte. Außerdem hatte Meghan ihm einmal gehört, und Valerian hatte ihn ausgetrickst. Dreh- und Angelpunkt jeder seiner Überlegungen schien dieser verdammte Zenturio zu sein!

Severus musterte Wynne, die in ihrem Schlummer wie eine jungfräuliche Vestalin wirkte. Er lachte. Langsam und voller Absicht leerte er seinen Becher Wein über ihrem Körper aus, so daß sie abrupt aufwachte. Wynne sprang auf, wischte ihr Gesicht mit einem Zipfel ihres kurzen Nachtgewands trocken und beobachtete ihn angewidert. Niemals zuvor hatte sie jemanden so verabscheut wie dieses Scheusal. Sie würde nicht vergessen, daß es seine Legionen waren, die ihr Volk abgeschlachtet hatten.

»Vergib mir mein Ungeschick«, sagte Severus in gespielter Höflichkeit. »Ich hoffe, daß ich dich nicht aus schönen Träumen aufgeschreckt habe.« Sein Mund verzog sich zu einem zähnefletschenden Grinsen, von dem Wynne aus Erfahrung wußte, daß er dann etwas Grausames im Schilde führte.

»Es sei dir vergeben«, erwiderte sie eisig und stand stolz aufgerichtet wie eine Königin vor ihm.

»Ich wollte dich informieren, daß ich beabsichtige, morgen abend ein kleines Fest für meine Offiziere zu geben. Es ist mein Wunsch, daß die kleine rothaarige Sklavin dann für uns tanzt.« Sein höhnisches Lachen und sein verschlagener Gesichtsausdruck ließen Wynnes Blut gefrieren.

»Du hast nicht das Recht, über sie zu befehlen. Sie ist jetzt Burrus' Sklavin und hat ihm zu gehorchen. Meghan ist nicht dein Besitz«, fügte sie hinzu.

»Sie ist eine Sklavin; Burrus steht unter meiner Befehlsgewalt. Er tut gut daran, sich in diese Angelegenheit nicht einzumischen«, fauchte er sie an. In diesem Augenblick traf ein Kundschafter ein, dessen Augen sich vor Schreck weiteten, als er Severus' Gesichtsausdruck bemerkte. Er wollte sich schon umdrehen und gehen, doch Severus befahl ihn zurück ins Zelt.

Der Kundschafter musterte den Tribun vorsichtig, denn er hatte Angst vor seiner Reaktion, wenn er die neuesten Informationen erfuhr. Nervös wand er seine Finger ineinander.

»Nun, was hast du mir zu berichten?« platzte Severus, irritiert über das Schweigen des anderen Mannes, heraus.

»Es geht um den Zenturio Valerian. Man hat ihn gesichtet«, entfuhr es ihm.

Wynnes Herzschlag schien für Sekundenbruchteile auszusetzen.

Severus goß sich ein neues Glas Wein ein, um diese Nachricht zu feiern. Bald, bald schon würde er den Zenturio erneut schnappen. »Sag mir, wo er ist, damit ich ihm eine Zenturie auf den Hals jagen kann«, schrie er. O ja, Valerian war so listenreich gewesen und hatte seine Richtung geändert, um ihn, Severus, in die Irre zu führen.

Der Kundschafter schluckte. »Er befindet sich auf einem Handelsschiff auf dem Weg nach Rom«, brachte er mühsam hervor.

Severus hätte beinahe seinen Wein vergossen. »Rom. Er ist auf dem Weg nach *Rom?* Woher weißt du das?«

»Einer unserer Regierungsspione befindet sich an Bord

des Schiffes und hat uns mit einer Brieftaube die Nachricht zukommen lassen, nachdem das Schiff eine halbe Tagesreise auf See war.«

In einem Anflug von Wut warf Severus seinen Becher zu Boden, so daß dieser in unzählige Scherben zerschellte. »Sende eine Botschaft an ihn zurück, daß er den Zenturio töten soll. Er soll ihn töten!«

Der Kundschafter schüttelte den Kopf. »Er ist ein Spion, kein Kopfjäger. Außerdem besteht keine Möglichkeit, ihm eine Nachricht mitzuteilen, denn das Schiff ist zu weit draußen auf offener See und hat jetzt vermutlich schon Gallien angelaufen.«

Severus' Augen hatten sich vor lauter Wut zu Schlitzen verengt. »Verschwinde von hier!« Valerian hatte ihn erneut ins Bockshorn gejagt.

Trotz allem, was er ihr angetan hatte, freute sich Wynne über die Nachricht, daß Valerian sich vor Severus' Zugriff in Sicherheit gebracht hatte. Ihr gefiel der Gedanke, daß er gegen den verhaßten Severus als Sieger hervorgegangen war. Erst als sie der Tribun grob am Arm zerrte, wurde ihr bewußt, daß er ihr Lächeln bemerkt hatte.

»Das freut dich für deinen Geliebten, was? O ja, ich weiß alles über dich und den Zenturio. Ich habe gesehen, wie du Hure für ihn die Beine breit gemacht hast, aber es hat dir nichts genützt!« Dabei schlug er ihr heftig ins Gesicht.

Wynnes Augen funkelten vor Zorn. Wenn sie in diesem Moment eine Waffe gehabt hätte, hätte sie ihn sicherlich niedergestreckt.

»Er hat dich betrogen«, sagte er lachend und bemerkte, wie sich ihr Gesichtsausdruck veränderte. »Dein Volk betrogen, um selbst ruhmreich zu sein. Aber ich war zu klug für ihn. Ich wußte, daß er dein Volk zu unterwerfen beabsichtigte und den Sieg für sich beanspruchen wollte. Ich folgte ihm und griff als erster an. Das kannst du mir nicht übelnehmen. Wäre ich es nicht gewesen, hätte er es getan.« Also wußte diese kleine Hexe gar nichts von Valerians edlen Bestrebungen, ihr Volk zu retten. Severus konnte diese Geschichte selbst kaum glauben. Wenn er sie dazu brachte, den Zenturio zu hassen, war sie vielleicht eine wertvolle Verbündete. Bedeuteten ihre Tränen, daß sie sich nach ihrem Geliebten sehnte, daß sie ihn immer noch liebte? Nun, er würde diesen Gefühlen ein Ende setzen.

»Wenn du nur wüßtest, wie er dich ausgelacht hat. Er hielt dich für eine dumme Barbarin, die man manipulieren konnte. Ja sicher, du hast seine schmeichelnden Worte, daß er dich liebte, zweifellos geglaubt, während seine römische Geliebte die ganze Zeit auf seine Rückkehr wartet.«

Severus' Argumentation hatte ihren wunden Punkt getroffen. Der Gedanke an Valerian in den Armen einer anderen Frau verursachte Wynne solche Qualen, wie es keiner körperlichen Bestrafung zuvor gelungen war. Und Severus' Worte bekräftigten nur, was Brenna bereits gesagt hatte. Sie konnte sich der Wahrheit nicht länger verschließen. Sie war nur Mittel zum Zweck gewesen, das er gegen ihr eigenes Blut eingesetzt hatte. Und jetzt befand er sich auf dem Weg zurück zu seiner römischen Geliebten. Es war dumm von ihr gewesen, ihm zu vertrauen. Ihr Gesicht spiegelte ihre Verzweiflung wider, und Severus räusperte sich, um mit seinen Verleumdungen fortzufahren.

»Während du ihm deinen Körper geschenkt hast, hat dein Liebhaber Pläne geschmiedet, wie er dein Volk erobern konnte. Auch wenn du mich offensichtlich zutiefst verabscheust, meine süße Eisprinzessin, ist Valerian derjenige, der deinen Haß eigentlich verdient.« Triumphierend erhob sich Severus und ließ Wynne schluchzend in den Kissen ihres seidenen Gefängnisses zurück.

52

Die Männer im Zelt waren bereits betrunken. Wynne hörte ihr Gelächter, während sie auf die Überraschung warteten, die Severus ihnen versprochen hatte – Meghan.

Severus hat kein Mitleid mit diesem unschuldigen Kind, dachte sie traurig. Nur weil er weiß, wieviel sie mir bedeutet, versucht er ihr weh zu tun. Sie hatte ihn angefleht, er möge das Mädchen nicht vor seinen Gästen tanzen lassen. Sie hatte ihm sogar versprochen, alles zu tun, was er wollte, aber Severus hatte ihr nur selbstsicher ins Gesicht gelacht, weil er ihr nun endlich eins auswischen konnte.

Meghan sah bezaubernd aus mit ihren rotgoldenen Locken, die ihr bis zur Taille hinab reichten. Severus hatte befohlen, daß das Mädchen nur in die zartesten durchsichtigen Stoffe des Ostens gehüllt werden sollte.

»Ich habe solche Angst«, flüsterte das anmutige Mädchen und musterte angewidert ihre durchsichtige Tunika. »Ich weiß nicht, ob ich das ertragen kann. Wenn ich dazu gezwungen werde, mich auch nur von einem dieser Männer anfassen zu lassen, glaube ich, daß ich vor Scham sterbe! Wäre Valerian doch nur hier.«

Bei der Erwähnung des Zenturios schrak Wynne zusammen. Die Anschuldigungen Severus' klangen ihr noch in den Ohren. Sie hätte Meghan ihre Gefühle gegenüber Valerian gern offenbart, doch jedesmal, wenn sie etwas sagen wollte, fiel ihr die Loyalität des Mädchens zu seinem früheren Herrn ein, und sie schwieg. Sie würde ihrem Schwur treu bleiben und seinen Namen erst dann wieder aussprechen, wenn sie sich an ihm gerächt hatte.

Als Burrus das Zelt betrat, tat auch er Wynne leid. Sie fragte sich immer noch, ob sie mit ihren Gefühlen richtig lag und er Meghan tatsächlich liebte. Es lag soviel Zorn im Blick des jungen Zenturio, daß Wynne sich über den Ausklang des abendlichen Festes Sorgen machte.

»Es war ihm wohl nicht genug, dich zu quälen, Wynne«, sagte er. »Jetzt hat er sein Interesse auf Meghan verlagert. Und ich ... ich bin ein zu großer Feigling, als daß ich mich mannhaft wehren könnte«, fügte er selbstkritisch hinzu.

»Du kannst gar nichts tun, Burrus«, flüsterte Wynne besänftigend. »Severus hat die Macht, zu tun und zu lassen, was er will. Das einzige, was er vielleicht nicht tun kann, ist, sie zu sich ins Bett zu holen. Das ist ihm zumindest per Gesetz verboten. Oder nicht?«

Traurig schüttelte er den Kopf. »Ich kann es dir nicht sagen, denn hier erläßt Severus seine eigenen Gesetze. Ich schwöre dir nur, daß ich ihn umbringe, wenn er Meghan mißbraucht!«

Bei seinen Worten lächelte Meghan. Vielleicht mochte Burrus sie ja doch ein wenig, dachte sie. Vielleicht war sie mehr für ihn als nur eine Sklavin. Durfte sie zu hoffen wagen und träumen?

Ihr Lächeln war so liebreizend, daß Burrus gegen die Versuchung ankämpfen mußte, sie in seine Arme zu schließen. Sie war während der vergangenen Monate wie eine Rosenknospe erblüht. Wenn sie doch nur eine freie Frau römischer Abstammung wäre, dann hielte er um ihre Hand an, aber man würde ihm nicht gestatten, eine Sklavin zu ehelichen.

»Das Sklavenmädchen wird nun darum gebeten, für uns zu tanzen«, kündigte ein hochgewachsener Soldat an. Seine Augen klebten an Meghan in ihrer dürftigen Bekleidung, und sie errötete und versuchte, sich mit den Händen zu bedecken, um sich gegen seine Blicke zu schützen. Instinktiv spürte sie Burrus' Kraft, umklammerte seine Hand und sehnte sich danach, sich in seine Arme zu werfen und ihn darum zu bitten, sie von diesem entsetzlichen Ort fortzubringen.

»Wenn ich dich schon nicht vor dieser Erniedrigung bewahren kann, so laß mich dich wenigstens auf deinem Schicksalsweg begleiten«, meinte er sarkastisch. Wynne schlenderte hinter ihnen her.

Im Festzelt zupfte Severus, bereits vom Wein benebelt, spielerisch an den Saiten einer Leier, die ihm eines der Sklavenmädchen hinhielt. Das Mädchen war nackt, genauso wie mehrere Offiziere der Legion, die ebenfalls im Zelt saßen. Wynne fragte sich, wie sie die Kälte ertragen konnten, denn es war fast Winter, und die Temperaturen lagen nahe dem Gefrierpunkt. Zweifelsohne wärmte sie ihr Alkoholkonsum und lähmte ihre Sinne.

Ein Jongleur stand vor den Soldaten und warf seine bunten Bälle in die Luft. Die Menge schrie vor Begeisterung, als er in einer obszönen Geste auf seinen Schritt deutete und nach Meghan griff, wie um sie zu vergewaltigen. Sie entzog sich dem Clown gerade noch rechtzeitig, bevor er nach ihren Brüsten grapschen konnte, und versteckte sich in einer Ecke, als könnte sie sich dort unsichtbar machen. Aber Severus hatte ihr Eintreten bemerkt und forderte sie auf, mit ihrem Tanz zu beginnen.

Mit zitternden Gliedmaßen wiegte sich Meghan zum Klang von Leier, Harfe und Trommel und vermied es, den Blick auf die lüsterne Menge zu richten.

»Die rothaarige Sklavin tanzt wie eine Novizin!« murrte eine tiefe, polternde Stimme.

»Zweifellos ist sie verängstigt. Ihr Zittern und ihr Entsetzen lassen einem ihren Tanz völlig dilettantisch erscheinen«, ertönte eine weitere Stimme. »Man sollte sie auspeitschen. Vielleicht bewegt sie sich dann schneller.« Gelächter erfüllte den Raum.

Severus verfluchte Meghan, als sie vor ihm tanzte. Ihre Schüchternheit machte ihn rasend. »Gebt dem Mädchen Wein«, befahl er. »Vielleicht bringt das ihr Blut in Wallung.«

Burrus beobachtete den Tribun voller Zorn, als dieser Meghan einen Becher Wein nach dem anderen einflößte, bis sie schließlich leicht betrunken war. Keineswegs sanft wurde sie wieder vor die Menge geschubst. Severus riß an ihrer durchsichtigen Tunika, als sie an ihm vorüberging, und dann stand sie fast nackt vor den Soldaten.

»Nun fang an«, befahl Severus.

Diesmal war Meghans Tanz herausfordernder, denn sie spürte, wie sie eine angenehme Leichtigkeit umfing. Ihr Blick traf auf den von Burrus, und es war ihr, als tanzte sie nur für ihn. Er streckte seine Hände nach ihr aus, zog sie jedoch zurück, als er Severus' verärgerten Gesichtsausdruck bemerkte.

»Komm schon, sei nicht eifersüchtig auf deine Sklavin, mein lieber Burrus. Du hast noch genug Zeit, um dich an ihren Reizen zu erfreuen«, meinte der Tribun und befahl Meghan, weiterzutanzen.

Ihre Schüchternheit war vollkommen verschwunden, als sie sich zum Rhythmus der Trommel bewegte. Während sie sich vorstellte, von Burrus geliebt zu werden, wand sich Meghan vor ihm. Schneller und immer schneller wirbelte sie herum, und unzählige Hände griffen nach ihr, um ihr auch die letzten Schleier vom Leibe zu reißen. Sie tanzte jetzt völlig nackt, ihre kleinen, festen Brüste, der geschmeidige Körper, die langen Beine zeugten von Vollkommenheit. Während sie tanzte, glänzten ihre rotgoldenen Locken im Licht der Fakkeln.

Es war augenscheinlich, daß alle im Raum anwesenden Männer dieses Mädchen begehrten. Burrus mußte sich zu seiner Schande eingestehen, daß auch er keine Ausnahme darstellte. Er kämpfte gegen seine erwachende Männlichkeit, aber das war zwecklos. Er sehnte sich danach, in Meghans süße Tiefen vorzudringen. Um das Feuer in seinen Lenden zu löschen, trank Burrus bis zur Besinnungslosigkeit und mußte dann aus dem Zelt getragen und zu Bett gebracht werden. Besorgt sah Wynne sich um. Es gab niemanden, der die junge Sklavin jetzt beschützen würde, denn es war den Soldatengesichtern abzulesen, daß Meghan bald der Lust dieser römischen Barbaren zum Opfer fallen würde. Das arme, unschuldige Mädchen war viel zu hilflos, um sich selbst verteidigen zu können.

Mit angehaltenem Atem beobachtete sie, wie einer der Soldaten Meghan hochhob, herumwirbelte und dabei seinen nackten Körper gegen den ihren preßte. Dann legte er sie auf den Boden, versuchte, sie zu vergewaltigen, doch Wynne stürzte sich wie eine Tigerin, die ihr Junges verteidigt, auf ihn. Dann zog sie das Schwert des Soldaten und hielt es schützend vor sie.

»Der erste, der es wagt, sie anzurühren, ist die längste Zeit ein Mann gewesen!« drohte sie, und ihr Blick ließ keinen Zweifel daran aufkommen. Da sie zu betrunken waren, um überhaupt noch gefährlich zu sein, hielten sich die Römer zurück. Nur Severus war nicht so nachgiebig.

»Dafür werde ich dich bestrafen!« schrie er. »Ich werde dich eigenhändig in Stücke reißen und dich den Löwen zum Fraß vorwerfen, wenn wir wieder in Rom sind.«

»Dann tu das. Es macht mir nichts aus«, erwiderte sie. Sämtliche Furcht war vergessen, nachdem sie nun Meghan zu beschützen versuchte. »Ich würde den Tod sogar vorziehen, statt mit einer Bestie wie dir noch länger zusammensein zu müssen. Dieses Mädchen ist nicht dein Eigentum. Laut

Gesetz gehört sie dem Zenturio Burrus. Du hast kein Recht auf sie!«

»Ich habe alle Rechte. Ich bin ein freier Bürger Roms. Ihr beide seid nichts weiter als niedere Sklaven«, brüllte er und trat einen Schritt vor.

Mit zornesfunkelnden, haßerfüllten Augen hob Wynne das Schwert. »Ich werde dich töten, wenn du noch einen Schritt näher kommst.« Ihr Blick verunsicherte Severus, und so blieb er mit einem zornigen Schnauben stehen. Wynne schnappte sich Meghan und manövrierte sie in Richtung der Zeltöffnung.

»Wenn du dieses Zelt verläßt, werde ich dich zur Rechenschaft ziehen!« kreischte Severus, der sämtliche Selbstbeherrschung verloren hatte. »Ich bin hier der Befehlshaber.« Bei diesen Worten blickten einige der Soldaten betroffen. Natürlich hatte sich Severus mehr Macht angeeignet, als ihm eigentlich zustand. Er war schließlich nur ein Tribun und kein General. Daß er sich die Schwäche seines Generals, der über dieses Gebiet bestimmte, zum eigenen Vorteil gemacht hatte, war eine Sache, aber daß er so handelte, als wäre er der leibhaftige Nero, das war eine gänzlich andere Geschichte. Eines Tages würde er aufgrund seiner Arroganz noch tief fallen.

Da sie kein weiteres Aufsehen erregen wollte, legte Wynne ihre Arme um Meghan und führte sie vom Zelt zu einer kleinen Lichtung, wo sie wenigstens eine Zeitlang in Sicherheit waren. Entsetzt bemerkte Wynne auf einmal, daß das Samhain-Fest vergangen war, ohne daß sie es gefeiert hatte. Das war die Zeremonie, während der ihr Volk ein neues Feuer entfachte und das neue Jahr willkommen hieß.

»Ich werde schon genau so eine Heidin wie diese Römer«, sagte sie leise und flehte die Götter an, ihr diese Nachlässigkeit zu verzeihen. Aber es war so viel geschehen, und es machte den Anschein, daß sich die alten Sitten überlebt hatten.

Meghan betrachtete Wynne aus schläfrigen Augen. Der Wein entfaltete jetzt seine volle Wirkung. Sie lehnte sich gegen einen Baum und schlief fest ein, denn sie fühlte sich in Sicherheit, weil Wynne sie bewachte.

Wie um den Göttern zu gefallen, schichtete Wynne ein

kleines Feuer auf – eine winzige Ausgabe des heiligen Feuers –, und dann saß sie dort schweigend ins Gebet versunken. Zweifelsohne würde sie für ihre Handlungen büßen müssen, aber sie konnte doch nicht zulassen, daß diese Soldaten das junge rothaarige Mädchen brutal vergewaltigten.

Als das Feuer verlosch, blickte sich Wynne um und wunderte sich, wie weit sie gegangen war. Die Steinwälle der Befestigungsmauern von Eboracum umgaben sie, das war eine weitere Veränderung, die die Römer in ihrem Land eingeführt hatten.

Die Römer haben dieses Land genauso gequält wie meine Seele, dachte sie traurig und erinnerte sich an Valerian. Sie fragte sich nur, wie die Bestrafung für ihr heutiges Eingreifen wohl aussähe. Noch nie hatte sie Severus so wütend erlebt. Darüber werde ich mir morgen früh Sorgen machen, dachte sie, lehnte sich ebenfalls zurück und schlief wohlig ein.

Bei Tagesanbruch öffnete Wynne ihre Augen und rechnete damit, vor Severus befohlen zu werden, doch die Götter meinten es an diesem Tag gut mit ihr. In der Ferne sah sie fieberhafte Aktivitäten – die Soldaten rissen die Zelte ab und lösten das Lager auf. Warum machten sie sich fertig zum Aufbruch? fragte sie sich.

Sie näherte sich einem jungen Soldaten und fragte ihn nach dem Grund für den plötzlichen Aufbruch.

»Wir bereiten uns auf unsere Reise in den Südosten vor«, erzählte ihr der sommersprossige Soldat. »In die Stadt Londinium.«

»Warum denn das?«

»Ich weiß es nicht. Ich hörte nur, daß Kaiser Nero selbst es befohlen hat. Bei dem gestrigen Fest erhielt der Tribun den Befehl, daß wir bei Tagesanbruch aufbrechen müssen.« Er lachte. »Es wird uns guttun, wieder in die Zivilisation zu kommen, wo man in anständigen Häusern wohnt und ein richtiges Bad nehmen kann.«

»Londinium«, wiederholte Wynne, und irgendwie gefiel ihr dieser Name. Vielleicht konnte sie dem widerlichen Severus dort entkommen und Meghan mitnehmen.

Und so verändert sich mein Leben erneut, dachte sie.

III

DER ERBLÜHENDE MORGEN

Südost-Britannien

Zwei Seelen, die als Einheit fühlen,
Zwei Herzen, die im Gleichklang schlagen.

- Von Munch-Bellinghausen
Ingomar der Barbar

53

Die Erde war mit Schnee bedeckt, der im Licht wie funkelnde Diamanten schimmerte. Der Winter hatte Einzug in Britannien gehalten und bittere Kälte über das Land gebracht.

Wynne stand im Atrium der römischen Villa, die sie mit Severus bewohnte, und bestaunte das Bodenmosaik, das den römischen Kriegsgott Mars darstellte. Wynne hatte den Eindruck, daß der Gott genauso furchterregend und unerbittlich wirkte wie die Römer, die ihn verehrten.

Die Villa entsprach in nichts den Hütten, in denen sie ihre Kindheit verbracht hatte und die mit ihren Böden aus festgeklopftem Lehm und den Strohdächern viel erdverbundener gewirkt hatten. Nur die winterliche Kälte hatte ihre Stammesangehörigen am Verlassen dieser Hütten gehindert, ansonsten zogen sie es vor, draußen inmitten der freien Natur zu leben. Die Römer jedoch schienen es über alle Maßen zu schätzen, in vollkommener Bequemlichkeit zu wohnen und sich hinter Ziegelmauern zu verschanzen, in denen sich Wynne noch stärker als Gefangene vorkam. Ein Giebeldach schützte vor Schnee und Regen, und die vielen Fenster ließen das Sonnenlicht einfallen, das sich durch die Wolkendecke stahl.

Die Innenböden der Villa bestanden alle aus Mosaiken. Wynne konnte nicht verstehen, warum diese Römer mit ihren Füßen nicht den Erdboden berühren wollten, der doch weich war und unter den Schritten nachgab. Das einzige, was Wynne an dieser Villa recht gut gefiel, war das zentrale Heizsystem. Ein großer schwarzer Fels wurde im Südosten des Landes abgehauen und diente dazu, diese Häuser zu beheizen. Wynne hatte erfahren, daß diese Kohle, wie man sie nannte, wie Holz in Öfen verbrannt wurde und durch miteinander verbundene Heißluftrohre in den Wänden und Böden für Wärme sorgte.

Auch die römischen Bäder beeindruckten sie. In einer

Zimmerecke war eine riesige Marmorwanne, so tief wie ein kleiner Teich, eingelassen. Sie war groß genug, um sechs erwachsenen Römern gleichzeitig Platz zu bieten.

Diese Römer strengen sich mächtig an, es den Göttern gleichzutun, dachte sie. Es kam ihr vor, als wollten sie die Göttin allen Wassers noch übertreffen, und deshalb legten sie in den Villen ihre eigenen Seen an. Sie waren maßlos in ihrem Wasserverbrauch, so wie sie auch alles andere im Übermaß vergeudeten. Wynnes Volk dagegen wußte, wie wertvoll das Geschenk der Göttin war, und verwendete es darum sparsam, nahm nur kurze Bäder, wenn es nicht möglich war, in die Tiefen eines Sees einzutauchen. Außerdem bestand immer die Gefahr einer Erkältung, da die Feuer des Himmels im Winter ruhten.

Zunächst hatte Wynne sich geweigert, in diesen römischen Bädern zu baden, doch als sie herausfand, daß sie sich nicht erkältete und das Wasser zudem warm und entspannend war, genoß sie sie bald immer häufiger.

Sie befand sich nun schon seit zwei Monaten in diesem Haus. Es waren endlos lange, langweilige Tage gewesen, denn alles, was Severus von ihr verlangte, war schön auszusehen und sein Heim zu pflegen.

Augenblicklich befand sich Severus mit seinen Truppen in einem entfernten Teil des Landes. Er würde voraussichtlich bald zurückkehren, aber Wynne fürchtete sich nicht mehr vor ihm. Seit er von Nero nach Londinium befohlen worden war, hatte er sich vollkommen verändert. Er hatte es sogar versäumt, Wynne für ihre Einmischung während des Festes zu bestrafen, als sie Meghan vor der sicheren Vergewaltigung bewahrt hatte. Warum? Was hatte ihn eingeschüchtert? fragte sie sich immer wieder, denn sie wußte, daß er nur von niedersten Instinkten – Angst, Habgier, Lust – beeinflußt wurde.

Meghan fehlte Wynne sehr, doch das Sklavenmädchen und Burrus waren in einem Haus untergebracht, das weit entfernt von Severus' Villa lag.

Seufzend ließ Wynne ihr Unterkleid zu Boden gleiten und steckte ihre goldene Haarpracht hoch. Das Badewasser war hervorragend temperiert und nicht zu kalt. Sie mochte diesen Raum mit seinen Reliefen aus Bäumen und Blumen. Wenn sie ihre Augen schloß, konnte sie sich vorstellen, daß sie wieder zu Hause war und in ihrem See badete. Sie lehnte sich in der Wanne zurück, ließ sich vom Wasser umspülen und fühlte sich entspannt und friedvoll.

Eine Stimme aus der Richtung der Türschwelle erschreckte sie. Sie sah auf und blickte in das Gesicht des Kundschafters, dem sie schon einmal in Eboracum begegnet war, als er die Nachricht von Valerian überbrachte.

Ein Sklavenmädchen rannte hinter ihm her. »Ich habe ihm gesagt, daß du allein sein willst und er nicht eintreten darf«, rief sie.

»Ist schon in Ordnung«, sagte Wynne und versuchte sich zu beruhigen. »Bring mir nur mein Gewand.«

Das Mädchen hielt ihr einen cremefarbenen Leinenumhang vor, und Wynne entstieg der Wanne und wickelte sich so in den weichen Stoff ein, daß ihr Körper völlig geschützt vor den Blicken des Kundschafters war.

»Nun, worum geht es?« fragte sie und wandte sich dem verwirrten jungen Mann zu.

»Ich möchte den Tribun Severus sprechen«, sagte er, und seine Augen musterten Wynne, weil er hoffte, einen Blick auf ihren anziehenden Körper zu erhaschen.

»Er ist nicht hier«, antwortete sie.

»Ich habe eine Nachricht für ihn. Ich muß ihn sehen«, stammelte der junge Mann.

»Er wird weder heute noch morgen abend hiersein«, sagte sie schroff, da sie das Verhalten des Mannes erzürnte. »Wie lautet die Nachricht, die du ihm überbringen sollst? Ich werde sie dem Tribun berichten.«

Der junge Soldat überlegte, wie vertrauenswürdig diese Mätresse wohl war. Sie mußte schon einen gewissen Stellenwert besitzen, da sie Sklaven zu ihrer Verfügung hatte. Ihm war befohlen worden, die Nachricht niemand anderem als Severus mitzuteilen, aber wie sollte er das tun, wenn der Tribun nicht da war? Er hatte auch keine Lust zu warten, bis der Tribun zurückkehrte. Allerdings wollte er Severus auch nicht verärgern, indem er der falschen Person etwas anvertraute. Verunsichert betrachtete er das Sklavenmädchen. Wynne gebot ihr, den Raum zu verlassen.

»Nun«, meinte sie ungeduldig, als das Mädchen verschwunden war, »wie lautet die Nachricht?«

»Es geht um den Zenturio Valerian Quillon. Er ist aus Rom zurückgekehrt. Sein Schiff befindet sich bereits im Hafen. Der Tribun wollte doch informiert sein, sobald der Mann auftaucht.«

Valerian. Wynne wandte sich gelangweilt ab, als wäre ihr diese Information vollkommen gleichgültig. In Wirklichkeit hatte sie jedoch Angst, daß ihr Gesicht ihre aufgebrachten Gefühle widerspiegelte. Als sie sich wieder in der Gewalt hatte, betrachtete sie den Kundschafter erneut. »Und wann wird er in Londinium eintreffen?«

»Morgen früh. Er reist zusammen mit General Cassius Quintus«, erklärte er.

Bei der Vorstellung, Valerian wiederzusehen, spielten ihre Sinne verrückt, aber die Erinnerung an seinen Verrat machte sie hart.

Wenn ich ihn dieses Mal sehe, bin ich auf seine Lügen vorbereitet, dachte sie erbittert, als der Kundschafter gegangen war. Nie mehr werde ich auf seine betörenden Worte hören. Ich weiß, daß er ein schlechter Mensch ist.

Sie hatte das Gesicht ihres Vaters vor Augen. Dieser hilflose Mann, der sich nicht gegen den Zenturio zur Wehr setzen konnte, und dann sah sie wieder das ihr vertraute, blutbesudelte Schwert.

»Valerian«, entfuhr es ihr, und ihre Stimme schwankte zwischen schmerzlicher Verwirrung, Zorn und unterdrückter Liebe. Sie mußte es tun. Sie mußte ihren Vater rächen, damit er in Frieden und Zuversicht in sein neues Leben eintreten konnte.

»Ich muß Valerian töten. Ja, ich muß ihn töten«, flüsterte sie und hatte das Gefühl, daß ein Teil ihrer selbst in diesem Augenblick zugrunde ging. In ihrem Herzen wußte sie, daß auch sie nach Valerians Tod keinen Lebenswillen mehr aufbringen würde.

Aber das spielte keine Rolle mehr. Sie mußte einen Dolch finden und den Mut aufbringen, das Unvermeidliche auszuführen.

54

An Deck des römischen Segelschiffes blickte Valerian über die Bucht von Londinium. Die Stadt war in letzter Zeit zu wirtschaftlicher und militärischer Bedeutung aufgestiegen, da die Themse über einen Hafen verfügte und unzählige lebhafte Straßen das Stadtbild kennzeichneten. Valerian hatte keine Zweifel daran, daß Londinium schon bald die römische Hauptstadt Britanniens werden und damit Camulodunum den Rang ablaufen würde.

Eine innere Erregung machte sich in ihm breit, als er die Stadt betrachtete. Bald, schon sehr bald würde Severus für die von ihm begangenen Grausamkeiten bezahlen.

Die Reise nach Rom war anstrengend gewesen, aber er war sicher dort eingetroffen und von seinem Vater, der bereits seine Nachricht erhalten hatte, herzlich empfangen worden. Meghan hatte alles gut organisiert.

Sein Vater hatte ihm alle Neuigkeiten von seiner Familie berichtet, und darüber war er froh gewesen. Eine Nachricht hatte ihn besonders interessiert, allerdings nicht sonderlich überrascht. Er war seiner Cousine Marcia, einem fünfzehnjährigen Mädchen, versprochen worden. Da Wynne tot war, hatte er keinen Grund, sich dieser Verlobung zu widersetzen, und so plante er, sie nach seiner erneuten Rückkehr nach Rom in wenigen Monaten zu heiraten. Sie war ein hübsches Mädchen, deren Familie sogar noch einflußreicher und mächtiger als die Valerians war. Mit ihr würde er eine Familie gründen und eine unterwürfige Frau an seiner Seite haben.

Nachdem die Familienangelegenheiten erledigt waren, hatte Valerian seinem Vater die Ereignisse der keltischen Eroberung durch Severus geschildert. Er hatte seinem Vater alles erzählt, einschließlich des Abschlachtens der unbewaffneten Stammesangehörigen und seiner Bemühungen, Frieden zu stiften. Es stellte sich heraus, daß Severus bereits von Rom aus beobachtet wurde, denn es war nicht zum ersten Mal, daß seine Grausamkeit und sein erschreckender Ehrgeiz aufgefallen waren. Dadurch, daß er Valerian zum Tode verurteilt hatte, hatte er seine Befugnisse allerdings tatsächlich überschritten. Nur ein General hätte über die entsprechende Autorität verfügt. Es war augenscheinlich, daß Severus sein eigenes kleines Weltreich in Britannien errichten und damit selbst Kaiser Nero die Stirn bieten wollte. Deshalb war Severus nach Londinium abberufen worden und wartete auf die Ankunft von Cassius Quintus, der ihm einen neuen Befehl überbrachte. Ein neuer Tribun – Valerian Quillon Tullius – würde Severus' Platz einnehmen, den man nach Rom zurückbeorderte.

»Nun, Valerian, wir haben Britannien fast erreicht«, sagte hinter ihm eine Stimme. Valerian wandte sich um und blickte in die Augen von Cassius Quintus, seinem General, einem stattlichen Mann mit dunklem, silberdurchwirktem Haar. »Sag mir, was hältst du von den Kelten?«

»Mir erschienen sie wie viele andere Völker auch«, antwortete Valerian lächelnd und dachte an die bezaubernde Wynne. So schöne Erinnerungen. »Der gleiche Kampfgeist und das Bedürfnis nach Freiheit. Die Kelten, die du allerdings jetzt in Londinium kennenlernen wirst, sind romanisiert. Einige sind sogar römische Bürger, die unsere Gottheiten verehren und wie wir in Häusern leben. Die Welt wird von Tag zu Tag kleiner.«

»O nein. Ich glaube, daß es immer wieder neue Gebiete geben wird, um Roms Ruhm zu besiegeln, Länder, die die vielen Ozeane säumen und die wir heute noch gar nicht kennen«, antwortete Cassius Quintus gedankenverloren aufs Meer starrend. Er wandte sich wieder Valerian zu. »Wenn wir in Londinium eintreffen, werden wir zu Severus' Villa aufbrechen. Das wird dein neues Heim sein.«

»Severus wird das zweifellos fuchsteufelswild machen«, lachte Valerian und stellte sich amüsiert das Gesicht des Tribuns vor, wenn der diese Nachricht erfuhr. »Kann er seine Sklaven nach Rom mitnehmen?«

Cassius Quintus überlegte kurz. »Normalerweise wäre er dazu berechtigt, seinen Besitz zu behalten. In diesem Fall wäre ich jedoch dafür, daß Severus' Eigentum – ausgenommen seine Kleidung und sein persönliches Hab und Gut – sowie seine Sklaven an dich übergingen. Ich habe mir sagen lassen, daß seine Mätresse von seltener Schönheit sein soll – eine keltische Priesterin heißt es gerüchteweise –, also kann dir mein Entschluß nur von Vorteil sein.«

»Ich habe kein besonderes Interesse an seiner Hure. Eine Frau ist so gut wie die andere, habe ich nicht recht?« Darüber mußten beide lachen, und Valerian durchzuckte ein schmerzhafter Stich bei der Erkenntnis, daß er das nach Wynnes Tod wirklich glaubte. Er fragte sich, welcher Typ Frau sich einem Mann wie Severus hingeben konnte. Eine solche Frau begehrte er nicht, und er vermutete, daß sie ihren Körper dazu nutzte, Einfluß und Vergünstigungen zu erzielen. Allerdings war es kalt in Britannien, und es war vielleicht angenehm, eine Gespielin zu haben, die das Bett anwärmte.

»Nun, du entscheidest selbst, ob du sie behalten willst oder nicht. Wenn sie dir nicht gefällt, lasse ich sie zusammen mit Severus nach Rom schicken und dir eine neue besorgen. Nennen wir es einfach ein Kompensationsgeschäft für all das Leid, das du aufgrund dieses Irren ertragen mußtest.«

»Ich werde nicht lange eine Mätresse brauchen. Bald bin ich ein verheirateter Mann. Mein Vater wollte nicht mehr länger warten«, kicherte Valerian. »Meine einzige Hoffnung ist nur, daß meine Frau nicht so entsetzt über das Wetter hier in Britannien ist. Sie ist eine wohlbehütete junge Frau, und, wie ich meine, ein bißchen verzogen.«

»Alles, was sie braucht, ist eine feste Hand. Laß sie handarbeiten und die Kinder aufziehen. Ihre Hauptfunktion ist ohnehin die Überwachung der Sklaven und des Haushalts. Im Gegenzug wirst du sie mit tiefer Liebe und Respekt belohnen. Ich bin seit fünfundzwanzig Jahren glücklich verheiratet und spreche aus Erfahrung.«

Valerian blickte Cassius an. Er war eine stattliche Erscheinung. Zweifellos ließ er bei seiner Ehefrau eine feste Hand walten, aber eigentlich wünschte sich Valerian eher eine selbstbewußte Frau, eine wie Wynne.

Das Metall des Brustpanzers, den der General trug und der ein Medusenhaupt darstellte, reflektierte das Sonnenlicht, denn die Sonne stand jetzt hoch am Himmel. Sie hatten ihr Ziel fast erreicht und würden laut Zeitplan eintreffen. Er fragte sich, ob Severus sie bei ihrer Ankunft begrüßen würde oder ob der Tribun wieder auf irgendeinem Feldzug unterwegs war, um weitere unbewaffnete Kelten niederzumetzeln. Für den heutigen Abend hatte er nur einen Wunsch – ein heißes Bad und einen erholsamen Schlummer in einem weichen Bett.

»Soll Severus' Hure ruhig warten. Ich habe heute nacht kein Bedürfnis nach ihren Reizen«, dachte er, während sein Blick wieder übers Wasser glitt.

55

Sanftes Mondlicht erleuchtete Londinium, als Valerian und Cassius von Bord gingen. Obwohl sich die Stadt nicht mit Roms Glanz messen konnte, hatte sie doch einen gewissen Charme.

»Ich sehe, daß viele Gebäude erneuert worden sind, seit ich zuletzt hier war«, stellte Cassius fest, während er seinen Blick umherschweifen ließ. »Die Stadt wurde von den Iceni in weiten Teilen bis auf die Grundmauern abgebrannt.«

Valerian fluchte. »Ein weiterer Fall von Ehrgeiz und Dummheit, den ein römischer Militärführer begangen hat. Nach dem, was ich gehört habe, wurde Boadicea sehr schlecht behandelt und ihre Töchter von Soldaten vergewaltigt. Von daher ist es kein Wunder, daß sie sich gegen die römischen Legionen auflehnte.«

»Eine bemerkenswerte Frau. Sie hätte es fast geschafft, uns aus diesem Land zu vertreiben. Zu schade, daß sie sich selbst vergiftet hat. Vielleicht lernen wir eines Tages, uns mit solchen Persönlichkeiten zu verbünden, statt gegen sie vorzugehen.«

»Solange wir Kommandeure wie Severus in unseren Reihen haben, liegt dieser Tag noch in ferner Zukunft«, antwortete Valerian grimmig. Während ihr Gepäck ausgeladen und auf einem Wagen verstaut wurde, schlenderten sie am Hafen entlang.

»Die Pferde werden hier bei den Docks in Ställen untergebracht, bis wir auf unsere Kampagne vorbereitet sind«, meinte Cassius, als er bemerkte, wie Valerians Augen an seinem schwarzen Hengst hingen. »Außer natürlich meine Kutschpferde. Ich hoffe, du bist damit einverstanden.«

Valerian nickte zustimmend. »Ich bin sicher, daß Sloan hier bestens versorgt wird«, erwiderte er, denn es drängte ihn in diese Villa, um sich dort zu baden und endlich zu entspannen.

Als hätte Cassius seine Gedanken erraten, nahm er seinen Arm und führte ihn zu seinem prächtigen Streitwagen. Er wurde von vier eleganten, braunen Wallachen gezogen und war der ganze Stolz von Cassius, der ihn in den Wagenrennen im Kolosseum von Rom lenkte.

»Ich glaube, ich wurde in einem solchen Wagen geboren«, lachte der General und nahm die Zügel in seine Hände. Geschickt manövrierte er das Gefährt an allen Schlaglöchern vorbei, während er die Pferde zu einer Geschwindigkeit anfeuerte, die dem heulenden Wind Konkurrenz machte. Valerian amüsierten die neugierigen Gesichter der Anwohner, die auf die Straße gelaufen kamen, um die rasanten Neuankömmlinge in Augenschein zu nehmen. Er durfte nicht vergessen, Cassius von den Streitwagen zu berichten, welche die Kelten in ihren Feldzügen lenkten. Zweifellos hätten sie Probleme, dagegen anzukommen.

Als sie schließlich an ihrem Bestimmungsort eintrafen, sprang Valerian aus dem Wagen, um nach dem Tribun Ausschau zu halten, dessen Platz er nun einnehmen sollte. Doch von ihm fehlte jede Spur.

»Und wo ist der Tribun Severus?« fragte Cassius, der bemerkt hatte, daß in dieser Gegend augenscheinlich Soldaten abgezogen worden waren.

»Vielleicht hat er davon erfahren, daß wir kommen, und hat deshalb sein Heil in der Flucht gesucht«, meinte Valerian ironisch. Als er die Haussklaven danach fragte, wurde ihm gesagt, daß sich Severus tatsächlich auf einem Feldzug befand.

»Heute abend gehört die Villa uns.« Cassius lachte, befreit darüber, daß sie einen ruhigen Abend verbringen konnten, ohne gleich in eine unangenehme Konfrontation zu geraten. Er blickte sich um. »Nicht schlecht. Kleiner als unsere römischen Häuser, aber trotzdem ansprechend.«

»Ich hoffe nur, daß Severus genug Essensvorräte hat«, lachte Valerian. »Nach der langen Zeit auf See könnte ich einen ganzen Ochsen verspeisen.« Als er die Küche gefunden hatte, stellte er fest, daß die Vorratskammern gut gefüllt mit Essen und Wein waren. Er nahm sich eine Flasche Wein, eine kalte Fasanenbrust und einen Apfel, dann suchte er sich eines der weichen Sofas aus, auf das er seinen müden Körper fallen ließ – ungeachtet der mißtrauischen Blicke der Haussklaven. Diese hatten die Nachricht bald im ganzen Haus verbreitet: Ein anderer Römer würde jetzt ihr neuer Herr und Gebieter.

So kam es, daß Wynne die Nachricht von diesem Mann, der ihre Träume so lange heimgesucht hatte, gleich erfuhr, als er sich schließlich in ihrer Reichweite befand.

56

Das Licht der Fackel flackerte an der Wand, während sich Valerian im Bad entspannte. Das warme Wasser lockerte seine schmerzende Muskulatur, und er lehnte sich dösend zurück, ohne sich dessen bewußt zu sein, daß ihn große blaue Augen aus der Dunkelheit beobachteten.

Wynne umklammerte ihren Dolch. Es war nicht schwierig gewesen, sich diesen von einem keltischen Bürger Roms zu besorgen, der mit den Sklaven sympathisierte. Er schien ihre Hand wie glühende Kohle zu versengen, diese Waffe, die bald das Leben des Mannes beenden sollte, den sie einmal geliebt hatte. Ihr Herz schmerzte, als sie seine hohen Wangenknochen und die lange, feingeformte Nase sah. Seine dikken dunklen Locken waren naß vom Bad, und sie wünschte sich, sie noch einmal zu berühren, bevor sie ihre schreckliche Tat vollbrachte.

Als spürte er ihre Präsenz, öffnete Valerian seine Augen und drehte sich in ihre Richtung um. Sie hätte so gern gerufen, ihn gebeten, zu ihr zu kommen, sie in seine Arme zu schließen und sie zu lieben wie einst in der Höhle im Wald. Sie hätte ihn so gern geküßt und ihm verziehen.

»Er hat deinen Vater getötet, einen hilflosen Krüppel!« klang eine Stimme in ihrem Ohr.

Sie hielt den Atem an, als sie den Dolch betrachtete. So viele Nächte hatte sie an diesen Augenblick gedacht, und jetzt war er gekommen. Leise trat sie einen Schritt vor. Er war allein, sie konnte ihm den Dolch in die Brust stoßen, und niemand würde je erfahren, daß er durch ihre Hand ermordet worden war.

Nach der Gesetzgebung meines Volkes habe ich das Recht, meinen Vater zu rächen. Als nächste Blutsverwandte darf ich diesen Mörder töten, dachte sie immer wieder, wie gelähmt von den unterschiedlichsten Gefühlen. Um ihr Schluchzen zu unterdrücken, bedeckte Wynne ihren Mund mit einer Hand. Aber wenn sie Valerian betrachtete, kam es ihr vor, als bohrte sich der Dolch in ihr eigenes Herz.

»Ich liebe ihn noch immer. Ich werde ihn immer lieben, egal, was er getan hat. Ach, wäre ich doch zusammen mit meinem Vater gestorben. Das wäre besser gewesen, als diese Qualen zu erleiden«, flüsterte sie. Ihre Hände zitterten entsetzlich. Mit einem Aufschluchzen ließ sie den Dolch zu Boden fallen und rannte, so schnell sie konnte, aus dem Zimmer.

»Wer ist da?« rief Valerian und erhob sich aus der Wanne. Einen Augenblick lang hatte er Severus' Verrat vermutet. Der Tribun war jedoch nicht in Londinium, also konnten es nicht seine Augen gewesen sein, die sich haßerfüllt in seinen Rücken gebohrt hatten. Severus' Diener, vielleicht auch seine Mätresse, wollten sicherlich wissen, wie ihr neuer Herr wohl aussah. Spöttisch lachend ließ er sich wieder im warmen Wasser nieder.

Es war merkwürdig, daß ihn Severus' Geliebte nicht begrüßt hatte. Das stand im Widerspruch zu den Geboten der Gastfreundschaft. Sie hätte ihn an der Tür empfangen, ihn bewirten und ihm beim Baden helfen müssen und ihm schließlich sein Schlafgemach zeigen müssen.

Ich werde mit ihr über ihre Umgangsformen reden müssen, dachte er zornig. Sie könnte eine Menge von Meghan lernen. Bei dem Gedanken an die junge Sklavin mit dem rotgoldenen Haar überlegte Valerian. Er fragte sich, wie das Mädchen Burrus gefallen hatte. Zweifellos war er mittlerweile schrecklich in sie verliebt – genau wie er in die wunderschöne, reizende Wynne.

Wenn ich sie doch gleich bei unserer ersten Begegnung mit mir genommen hätte. Wir hätten ein Leben lang zusammenbleiben können. Ich hätte meinen Vater sicherlich davon überzeugt, daß er sein Einverständnis für unsere Heirat gegeben hätte. Viele Römer haben romanisierte Kelten geheiratet. Bei den Göttern, ich hätte der Sprache meines Herzens folgen sollen.

Sich aus dem Bad erhebend, trocknete Valerian seinen Körper und hüllte sich in eine blütenweiße Toga. Barfuß schlenderte er über den kalten Steinboden, um sich ein Schlafgemach auszusuchen. Wie lange hatte er nicht mehr mit einer Frau geschlafen? Nicht mehr, seit Wynne und er sich geliebt hatten, fiel ihm ein. Er hatte so lange um sie getrauert, aber nun verlangte sein starker, männlicher Körper nach der Zärtlichkeit einer Frau in seinen Armen.

»Morgen werde ich als erstes Severus' atemberaubende Mätresse begutachten«, sagte er tonlos. Dann legte er sich auf eine der Schlafbänke in einem der kleineren Räume und vergrub sich in den weichen Kissen. Schon bald darauf war er fest eingeschlafen.

In dieser Nacht wälzte sich Wynne noch lange schlaflos in ihrem Bett. Rache war ein zweischneidiges Schwert, wurde gesagt. Sie hatte in den letzten Monaten an nichts anderes gedacht als daran, ihren Vater zu rächen, und als die Gelegenheit endlich gekommen war, hatte sie wie ein kleines Kind losgeheult und war aus dem Zimmer gerannt. Sie hatte noch nicht einmal den Mut, Valerian gegenüberzutreten, weil sie Angst vor ihrer eigenen Reaktion hatte. Würde sie wieder wie Wachs in seinen Händen sein, das er nach seinen Wünschen formen konnte?

»Ach, wären wir uns doch nie begegnet!« rief sie laut, setzte sich im Bett auf und warf wütend ein Kissen zu Boden. Wäre sie ihm nicht begegnet, hätte sie allerdings nicht erfahren, wie schön die Liebe sein konnte, selbst wenn diese Liebe nicht mit ganzem Herzen erwidert wurde.

»Ich wäre mittlerweile mit Edan verheiratet und hätte eine Kinderschar an meinen Rockzipfeln hängen, statt mir wegen dir das Herz auszuweinen«, flüsterte sie in die Dunkelheit hinein. Trotzdem bereute sie die Zeit, die sie in den Armen des Römers verbracht hatte, eigentlich nicht.

Eines wußte sie genau. Sie konnte ihm nicht gegenübertreten und wollte ihn nicht wiedersehen. Sie mußte sich verstekken, bis er wieder abgereist war. Er konnte ja nicht ewig in der Villa bleiben. Wenn er herausfand, daß Severus noch nicht so bald zurückerwartet wurde, würde er das Warten sicherlich aufgeben. Solange mußte sie im verborgenen bleiben, damit er sie nicht sah und den Verrat an ihrem Herzen bemerkte.

Morgen verlasse ich das Haus, schwor sie sich und überlegte, daß sie vielleicht bei Meghan und Burrus unterkommen konnte, bis diese Römer wieder abgereist waren. Valerian würde sie nie wieder zu Gesicht bekommen, sie nie wieder mit seinen listigen Worten in die Irre führen – in diesem Leben jedenfalls nicht mehr.

57

Bei Tagesanbruch war Wynne bereits fertig angezogen und hatte sich fest in einen dicken Umhang gehüllt, so daß ihr die kalte Morgenluft nichts anhaben konnte. Das wenige, was sie besaß, hatte sie rasch in einem kleinen Beutel verstaut. Zu ihrer Bestürzung mußte sie feststellen, daß draußen Schnee lag. Hätte sie doch nur ein warmes Paar Schuhe, wie die Kelten sie trugen. In den römischen Sandalen wären ihre Füße schon bald durchnäßt.

Gedankenversunken schlenderte sie zur Tür. Es gab so vieles, das ihr im Kopf herumschwirrte und sie innerlich zerriß. Vielleicht würde sie sich besser fühlen, wenn sie erst einmal weit weg von Valerian war. Sie öffnete die Tür, doch eine Hand griff von hinten nach ihrem Arm und hielt sie fest.

»Versuchst du zu entkommen, Sklavin? Fürchtest du dich so sehr bei dem Gedanken, dem Tribun Valerian zu gehören?« hörte sie eine unbekannte Stimme im Hintergrund. »Ich für meinen Teil denke, daß er für eine Frau wesentlich begehrenswerter ist als der alte Mann, mit dem du geschlafen hast.«

Als sie sich langsam umdrehte, blickte Wynne in die Augen eines Fremden. Er trug eine Uniform, die anders war als die, die Wynne bereits kannte, eine kurze rote Tunika, die von einem Brustpanzer mit einem eingravierten Frauenkopf bedeckt wurde, aus dem statt Haaren Schlangen wuchsen. Wynne erschauerte bei diesem Anblick.

»Hat es dir die Sprache verschlagen, Frau?« fragte der Mann und rüttelte Wynne an den Schultern. »Du kannst nicht einfach gehen. Du bist eine Sklavin und damit Eigentum des Tribuns.« Er griff nach dem Beutel, den sie fest an ihren Busen gedrückt hielt. »Hast du deinen Herrn auch noch bestohlen?«

Sie warf ihm einen angewiderten Blick zu. »Dieser Beutel gehört mir und enthält meinen Besitz. Ich würde keinen dieser römischen Hunde bestehlen!«

Der grauhaarige Mann lachte. Er bewunderte ihren Mut. Viele Sklaven hätten gejammert und wie Tiere gekuscht. Sie war vielleicht wirklich eine interessante Person. Irgendwie beneidete er Valerian um diese Frau, die zweifellos eine leidenschaftliche Geliebte war. Er fragte sich, wie es Severus gelungen war, sie zu befriedigen, denn ihm war klar, daß diese schöne Frau seine Mätresse sein mußte.

»In Ordnung, ich glaube dir, daß du nichts gestohlen hast, aber ich möchte wissen, wovor du davonläufst«, sagte er einlenkend.

Wynne wußte nicht, wie sie darauf reagieren sollte. Zweifellos kam Valerian alles zu Ohren, egal, was sie auch sagte. Und sie konnte nicht zulassen, daß er erfuhr, welche Furcht sie davor hatte, daß sie ihr eigener Körper verraten und sich in seine Arme stürzen würde.

»Ich möchte frei sein. Ich hasse die Sklaverei!« war alles, was ihr einfiel. Und das entsprach der Wahrheit.

Cassius Quintus kicherte. »Keinem Sklaven gefällt das, junge Frau, aber das ist der Lauf der Dinge. Die Starken bemächtigen sich der Schwachen. Das kommt dem Römischen Reich zugute.«

»Ich bin nicht schwach. Es war aufgrund von Verrat, weshalb ich versklavt wurde«, antwortete sie hitzig. Stolz aufgerichtet stand sie mit vorgeschobenem Kinn vor ihm. »Severus ist ein grausamer Mann!«

Trotz allem empfand Cassius Quintus Mitgefühl für diese junge Schönheit. Er hatte von der Brutalität des Tribuns gehört.

»Nun, das habe ich gehört, aber du brauchst dir wegen Severus keine Sorgen mehr zu machen. Klug und gutmütig wie ich bin, habe ich dich dem neuen Tribun geschenkt.«

»Dem neuen Tribun?« fragte sie mit vor Überraschung weit aufgerissenen Augen. Das konnte nicht wahr sein. Die Götter waren doch nicht so grausam, daß sie sie in die Hände ihres Feindes auslieferten …

»Valerian Quillon Tullius. Ein ansehnlicher, kräftiger junger Mann, nicht so ein alternder Narr wie dein früherer Geliebter. Das müßte dir doch eigentlich zusagen.« Lächelnd hob er ihr Kinn an, daß sie ihm in die Augen sehen mußte, dabei fragte er sich, warum er das starke Bedürfnis hatte, ihr zu gefallen, wo sie doch nur eine Sklavin war. Aber der Blick, den er erntete, bezeugte keineswegs Dankbarkeit.

»Nein, nein«, flüsterte Wynne, entsetzt über diese neue Folter.

Verwundert über ihr Verhalten, wandte Cassius Quintus

ihr den Rücken zu. War das Mädchen so verdorben? Es wäre schade um sie, denn sie war eine solche Schönheit.

»Es hängt von deinem neuen Herrn ab, wie er dich für deinen Fluchtversuch bestraft«, sagte der General. »Ich würde vorschlagen, du machst dich hübsch für ihn und hoffst darauf, daß du vor seinem Herzen Milde findest. Wenn er entscheidet, daß er dich nicht will, werde ich dich zusammen mit Severus in das ferne Land jenseits des Ozeans schicken, wo dir die Sonne deine Haut verbrennt und du viel zu rasch eine alte Frau sein wirst.« Des Redens müde, verließ er sie und begab sich auf die Suche nach einem Frühstück. Er mußte die keltische Frau bewachen lassen. Sie durfte keine Gelegenheit zur Flucht finden.

Während sie die Götter inständig anflehte, ihr die Kraft zu verleihen, das alles durchzustehen, ging Wynne zurück in ihr Zimmer. Sie fühlte sich so beschämt, die Sklaverei war wie ein schleichendes Gift. Mußte sie diese Erniedrigung nun auch noch ertragen? Es stimmte, daß sie Severus haßte und nicht mit ihm in dieses heiße Land reisen wollte, von dem der Fremde gesprochen hatte. Aber war es eine Alternative, ihre schmerzvollen Tage mit Valerian zu verbringen, bis der ihrer überdrüssig geworden war?

Rasch schlüpfte sie in ihr Bett und verbarg sich in den Kissen wie eine Raupe in ihrem Kokon. Sie wollte weinen, aber die erlösenden Tränen stellten sich nicht ein. »Ich werde nicht mit ihm schlafen. Ich werde mich nicht zu seiner Hure machen lassen!«

Selbst wenn er sie auspeitschte und sie hungern ließ, würde sie sich Valerian nicht freiwillig unterwerfen. Sie hatte ihm jetzt schon zweimal das Leben geschenkt. Sie schuldete ihm nichts mehr. Wenn er erkannte, daß sie ihn immer noch liebte, würde er sie in diesem Wissen zerstören. Bald würde er sie zu seiner Mätresse machen, die ihm jeden Wunsch erfüllte. Sie durfte nicht zulassen, daß er sie noch mehr erniedrigte.

»Egal, wie sehr ich ihn liebe, und das tue ich wirklich«, schluchzte sie, »er darf es niemals erfahren.«

Valerian wachte bestürzt auf, sein Herz pochte rasend. Er hatte von Wynne geträumt. Er hatte gedacht, daß er die Trauer über ihren Tod endlich überwunden hätte, doch wie einst seines Herzens, so bemächtigte sie sich immer noch seiner Träume.

In seinem Traum hatte sie in einem jungfräulichen weißen Gewand vor ihm gestanden, das lange blonde Haar fiel über ihre Schultern. Mit einem Blick voller Leidenschaft war sie auf ihn zugestürzt und hatte leise seinen Namen geflüstert. Aber als sie ihm ganz nahe war, hatte sie angefangen zu schreien, sich gegen ihn zur Wehr gesetzt und versucht zu fliehen, als wäre er der leibhaftige Teufel.

»So, sind wir endlich wach, hm?« fragte Cassius, der im Türrahmen stand. »Ich hatte schon gedacht, du würdest den ganzen Tag verschlafen. Dein Tagesrhythmus abseits vom Soldatenleben hat dich verweichlicht.«

»Du hättest mich wecken sollen.«

Cassius lachte. »Nein, schlaf, solange du noch kannst. In ein paar Tagen heißt es wieder früh ins Bett und früh heraus.« Er wollte den Raum verlassen, drehte sich jedoch noch einmal um. »Severus' Mätresse wollte fliehen. Ich habe sie heute früh an der Tür aufgelesen.«

»Fliehen?«

»Ich hatte ihr noch nicht gesagt, daß du ihr neuer Besitzer werden wirst, also sei nicht allzu gekränkt. Trotzdem glaube ich, daß sie Gründe für ihr Verschwinden hatte.« Verwirrt schüttelte Cassius den Kopf.

»Vielleicht hat sie Angst, daß ich sie nicht will.«

Cassius sah ihm tief in die Augen. »Wenn du sie nicht willst, bist du entweder blind oder ein Idiot. Sie ist die schönste Frau, die ich jemals gesehen habe, und ich bin jahrelang durch die Welt gereist und habe viele anziehende Frauen kennengelernt.«

Valerian spürte, wie ihn ein merkwürdiges Gefühl der Erregung durchfuhr. »Ist sie wirklich so schön?« hauchte er.

»Ja, so schön, daß ich am liebsten mein Wort bräche und sie selbst nähme. Was soll's, schön oder nicht, ich würde vorschlagen, daß du sie so schnell wie möglich zu dir befiehlst. Wenn so eine nicht direkt bestraft wird, hast du zweifellos bald eine Sklavenrevolte am Hals. Sie muß bestraft werden.«

Valerian fuhr sich durch sein zerzaustes Haar. »Es liegt mir nicht, Frauen zu bestrafen«, sagte er in einem Anflug von Mitgefühl. Sklave zu sein war sicherlich schon schrecklich genug, besonders für Frauen. Er würde nachsichtig mit ihr sein, egal, was sie getan hatte, aber er würde mit ihr schelten.

»Auch ich verabscheue es, mich an Frauen zu vergreifen, aber diese Kelten ... nun, diese Bastarde müssen lernen, was es bedeutet, ein besiegtes Volk zu sein, und da darf diese Frau keine Ausnahme darstellen.« Nach diesen Worten verließ er den Raum und ließ einen finster dreinblickenden Valerian zurück.

»Also bekomme ich schließlich doch noch eine schöne, mutige Frau. Nun, sie wird bald lernen, meinen Worten zu gehorchen.« Er stand auf und sah dem neuen Tag gespannt entgegen.

58

Während Wynne sich in dem silbernen Spiegel begutachtete, strömte morgendliches Sonnenlicht in den Hof. Was würde Valerian von ihr denken? Würde sie ihm verändert vorkommen? Begehrte er sie noch? War er wieder zärtlich zu ihr und gestand ihr seine Liebe, oder würde er ihr diesmal zu erkennen geben, daß er sie für seinen Sieg nicht mehr länger benötigte?

Wynne fuhr sorgfältig mit ihrer Morgentoilette fort, denn sie wußte, daß Valerian sie heute zu sich rufen ließe. Sie war dem Vorschlag des Fremden gefolgt und hatte ihr feinstes Gewand angelegt. Eine prächtige, goldfarbene Stola umschmeichelte ihren schlanken Körper, und ihr Haar war zu einer falschen Lockenpracht hochgesteckt worden. Um ihren Hals trug sie eine goldene Kette. Sie umrahmte ihre Augen mit Kohle und schminkte sich die Lippen. Wenn sie schon die

Rolle seiner Hure einnehmen mußte, dann wollte sie auch wie eine aussehen.

»Der Herr erwartet dich«, teilte ihr ein junger Sklave an der Türschwelle mit.

Wynne wandte sich von ihrem Spiegelbild ab, um ihm zu folgen, dabei schlug ihr das Herz bis zum Halse. Sie passierten das Atrium und eine schmale Treppe, bis sie zu einem Empfangsraum gelangten. Wynne mußte sich dazu zwingen, ihm mit zitternden Knien zu folgen. Vor der geöffneten Tür hielt sie mit klopfendem Herzen an. Valerian hatte ihr den Rücken zugewandt. Sie hatte ganz vergessen, wie breit seine Schultern und wie schlank seine Hüften waren.

»Warum hast du versucht, vor mir davonzulaufen?« fragte er, ohne sich umzudrehen. »Diesmal werde ich dich nicht bestrafen, aber wenn das noch mal passiert, werde ich mich gezwungen sehen, es zu tun.«

»Ich werde niemals freiwillig hierbleiben. Bei jeder sich bietenden Gelegenheit werde ich versuchen, vor dir zu fliehen – du, du Römer«, stieß sie unwirsch zwischen ihren Zähnen hervor.

»Also müssen wir unser Zusammenleben in Feindschaft beginnen«, sagte er und drehte sich zu ihr um.

Bei den Göttern, sie sah genauso aus wie Wynne! Sie war eine Vision, nur ein Traum. Das goldfarbene Gewand stand in reizendem Kontrast zu ihren großen blauen Augen und der zarten Gesichtshaut, ihr in prachtvolle Locken gelegtes, hochgestecktes Haar glänzte im Sonnenlicht. Es war einer anderen Frau gegenüber ungerecht, so auszusehen wie Wynne und ihm Dinge schmerzlich in Erinnerung zu rufen, die hätten sein können. Sprachlos stand er vor dieser goldenen Schönheit.

Wynnes Knie gaben nach. Sie befürchtete schon, daß sie vor ihm zusammenbrechen könnte, aber es gelang ihr, Haltung zu bewahren und ihn zur Begrüßung steif und förmlich anzulächeln.

»So treffen wir uns wieder«, hauchte sie.

»Wynne?« fragte er flüsternd, denn er wagte kaum zu hoffen, und doch war ihm im nächsten Moment klar, daß sie es sein mußte. »Wynne, du bist es ja tatsächlich!« Für Sekundenbruchteile trafen sich ihre Blicke.

Sie wollte auf ihn zustürzen, doch dann holte sie ihre Erinnerung wieder ein – sein Verrat, der Tod ihres Vaters – und errichtete einen Wall um ihr Herz. Zornig und mit eisigem Blick sah sie ihn an.

»Bei den Göttern! Du bist es wirklich.« Er rannte auf sie zu, nahm sie in seine Arme und drückte ihren widerstrebenden Körper fest an sich. Die Götter hatten sie zu ihm zurückgebracht – geradewegs in seine Arme. Es war eine Ewigkeit her, seit er sie das letzte Mal geküßt und umschlungen hatte.

»Du bist noch schöner als in meiner Erinnerung«, sagte er leise. »Du hast mir mehr gefehlt, als du dir das jemals vorstellen kannst.«

Er versuchte sie zu küssen, aber sie wand sich aus seiner Umarmung. »Ich habe dir gefehlt, Römer? Worte sind bedeutungslos. Es sind die Taten, die für sich sprechen.«

»Ich dachte, du wärest tot!« sagte er.

»Die Frau, die du einmal gekannt hast, *ist* tot«, erwiderte sie.

Plötzlich fiel ihm auf, daß sie perfekt Latein sprach. Sie unterhielten sich fließend in seiner Muttersprache. »Du hast meine Sprache hervorragend gelernt«, sagte er.

»Wir Sklaven werden gut unterrichtet«, sagte sie verbittert.

Sie dachte sicherlich, daß er ihr Volk betrogen und jenes Blutbad angerichtet hatte. Wie konnte er ihr jemals die Wahrheit beweisen? Aber nach allem, was zwischen ihnen geschehen war, mußte sie ihm glauben; ihre Liebe zueinander mußte ihr die Wahrheit vermitteln. Er hatte so viele Fragen an sie. Warum hatte ihm Brenna gesagt, daß sie getötet worden war? Warum war sie hier? Doch er war nicht in der Lage, die Worte hervorzubringen.

Ihr Anblick, ihr Duft und ihre Berührung waren einfach erregend. Seine Augen wurden von ihrer Schönheit magisch angezogen. »Mir hat es besser gefallen, als du dein Haar offen trugst«, flüsterte er und griff nach einer ihrer Haarnadeln. Sie ließ ihn gewähren, blieb jedoch stocksteif wie eine

Statue stehen. Augenblicklich hielt er ihre falschen Locken in den Händen. Ihr eigenes Haar fiel wie ein seidener Wasserfall über ihre Schultern und erinnerte ihn an das erste Mal, als er sie gesehen hatte – seine Göttin.

Wynne sah das Verlangen in seinen Augen. »Nein!« hauchte sie völlig entsetzt und entzog sich seiner Umarmung.

Alarmiert und verwirrt über ihren entsetzten Gesichtsausdruck, trat Valerian zurück. »Wynne, was ist los?« fragte er fassungslos.

»Ich kann deine Berührungen nicht ertragen«, antwortete sie.

Wie ein Dolchstoß trafen ihn diese Worte. »Was?« entfuhr es ihm, und er sah bereits alle seine Träume zerstört.

Sie wandte sich von ihm ab, weil sie seinen Anblick nicht mehr ertragen konnte, ohne ihm ihr Herz auszuschütten.

»Bitte, laß mich allein«, flüsterte sie mit Tränen in den Augen. Sie wollte sie rasch abwischen, damit er sie nicht sah.

»Ach, liebste Wynne. Glaubst du etwa, ich hätte euch betrogen?« Stockend erzählte er ihr, was wirklich passiert war, wie Severus ihn hintergangen hatte und daß er Frieden mit ihrem Volk schließen und jegliches Blutvergießen vermeiden wollte. Er erzählte ihr, daß er an jenem verhängnisvollen Tag nach ihr gesucht hatte, dann aber von Severus gefangengenommen und festgehalten worden war.

»Ich wollte nicht, daß dein Volk niedergemetzelt wurde. Das mußt du mir glauben, Wynne«, flehte er sie an. »Ich hatte nicht die geringste Vorstellung davon, daß Severus einen Angriff auf euer Dorf plante.«

Sie wünschte, daß sie ihm glauben könnte, doch er hatte sie bereits einmal belogen, und dafür hatte sie bitter bezahlen müssen.

»Du bist ein Lügner!« herrschte sie ihn an. »Wie alle Römer. Ich hasse dich und deinesgleichen!«

»O Wynne … Wynne«, flehte er. »Haßt du mich wirklich so sehr?« Sanft streichelte er über ihren Arm und versuchte schließlich, ihre zarte Brust zu liebkosen.

Gegen ihren Willen gab ihr Körper seiner Berührung

nach. Ein leichtes Prickeln durchfuhr sie, die ersten Anzeichen von Begehren. Trotz allem, was geschehen war, begehrte sie ihn immer noch. In ihrer Verzweiflung holte sie mit der Hand aus und schlug ihm ins Gesicht.

»Du bist nicht besser als Severus«, sagte sie erzürnt. »Du versuchst nur, einer Frau deinen Willen aufzuzwingen. Lust, und nicht Liebe, ist es, was dich bewegt!«

»Severus. Was hat er mit dir und mir zu tun?« fragte er verwirrt und ließ seine Hände hilflos sinken.

Plötzlich durchzuckte Valerian der Gedanke, warum sie eigentlich hier war. Das war kein Zufall, und es war auch keine Fügung der Götter, die ihn hier mit seiner Liebsten wieder verband. Wynne. Wynne, seine Geliebte, sein Leben, seine einzige Liebe, war die Mätresse des Tribuns. Mehr noch als ihre beleidigenden Worte traf ihn diese erschütternde Erkenntnis.

»Du ... du bist Severus' Mätresse?« fragte er in der schwachen Hoffnung, daß sie das verneinte.

»Ja«, antwortete sie und trat einen Schritt zurück, so daß sie mit ihrem Rücken die Wand berührte.

Vor Eifersucht verengten sich seine Augen zu Schlitzen, und ihm kam der Gedanke, auch ihr weh zu tun, sie zu schlagen, sie zu verletzen, wie sie es getan hatte.

»Ich verstehe. Dann werde ich niemals mehr versuchen, dir zu nahe zu treten, Wynne.« Er bemerkte, wie sie zusammenzuckte, und er hätte sie gern getröstet, sie in seine Arme genommen, doch ihr erzürnter Blick ärgerte ihn noch mehr.

»Dann kann ich also zurück in mein Zimmer gehen?« hauchte sie.

»Ja. Ich habe kein Interesse an Severus' Hinterlassenschaften. Du kannst wieder auf dein Zimmer gehen und von deinem alternden Liebhaber träumen!«

Sie wollte einlenken, ihm erzählen, daß Severus noch niemals ihren Körper besessen hatte, aber bevor sie noch etwas sagen konnte, ließ er eine weitere spitze Bemerkung fallen.

»Zweifellos haben dich viele Männer genommen, seitdem du dich mir hingegeben hast. Das sehe ich deinem Blick an.«

Seine Worte hatten sie zutiefst getroffen. Es war genau,

wie sie gedacht hatte: Er glaubte, daß sie von all diesen römischen Händen besudelt worden war. Sie versuchte, etwas zu entgegnen, aber ihrem Mund entfuhr nur ein Schluchzen.

»Wie viele Römer waren es denn, seit wir uns getrennt haben? Zehn oder gar zwanzig? Hast du dir deinen wertvollen Schmuck mit deinem Körper verdient?« Er betrachtete ihre goldene Kette, als hätte sie eine Schlange um ihren Hals gewunden.

»Man hat mich zur Sklavin gemacht. Wie kannst du da solche Dinge sagen?« Weinend bedeckte sie ihr Gesicht mit ihren Händen. Wußte er davon, daß sie beinahe vergewaltigt worden wäre? Hatte er an jenem Tag ihre Schande mitangesehen und noch nicht einmal versucht, ihr zu helfen? Wie konnte er jetzt so grausam sein und sie mit wüsten Beschimpfungen traktieren?

Vor lauter Eifersucht hörte Valerian gar nicht, was sie zu ihm sagte, sondern griff nur grob nach ihrem Arm.

Seine Berührung erweckte in Wynne erneut alle Ängste, die sie mühevoll verdrängt hatte. Als sie sich an den erlittenen Schmerz und die Grausamkeiten jenes Tages erinnerte, wurde Wynne leichenblaß. Jeder Gedanke an Vergeltung war vergessen, sie wollte nur noch dem Blick in seinen Augen entfliehen.

»So, nun bist du also Severus' Mätresse, was für eine Ehre«, meinte er voller Sarkasmus und Eifersucht, weil sie ihn abgewiesen hatte und mit einem anderen Mann das Bett teilte. »Du sprichst wie eine Römerin, und mit deinem angemalten Gesicht siehst du auch wie eine römische Hure aus. Du denkst ja sogar wie ein Römer – denn du beginnst zu hassen. Ach, wärst du doch noch das Mädchen aus meiner Erinnerung.«

Wynne konnte seine Verärgerung nicht länger ertragen. Sie drehte sich um und floh tränenüberströmt aus dem Raum. In seinem grenzenlosen Zorn versuchte Valerian nicht einmal, ihr zu folgen.

»Du hast recht«, meinte er wütend. »Die Frau, die ich einmal gekannt habe, gibt es nicht mehr.«

59

Am folgenden Morgen erwachte Valerian voller Reue über sein Verhalten gegenüber Wynne. Er hatte nur aus Eifersucht und Stolz so reagiert. »Nach allem, was ihr zugestoßen ist, seit ihr Volk vor ihren eigenen Augen niedergemetzelt wurde, ist es gar kein Wunder, daß sie die Römer haßt«, sagte er jetzt leise zu sich selbst. Trotzdem mußte er sich eingestehen, daß ihn ihre Weigerung, ihm zu glauben, daß er an den an jenem Tag verübten Grausamkeiten unschuldig war, tief getroffen hatte.

Ich muß ihr Zeit lassen, damit sie mir wieder vertraut, dachte er. Er liebte Wynne, bewunderte ihre Charakterstärke, ihren Stolz und ihren Mut. Er verfluchte sich für seinen Gefühlsausbruch. Er kam sich wie ein Ungeheuer vor, denn so, wie er sich ihr gegenüber verhalten hatte, war es klar, daß sie ihn nicht mehr liebte. Er würde erneut um ihre Liebe kämpfen, er mußte es einfach tun.

Daß Severus ihr Geliebter gewesen war, schnitt ihm ins Herz. Der Gedanke, daß ihr vollkommener, alabastergleicher Körper unter diesem widerlichen alten Mann gelegen haben sollte, lähmte seine Sinne und hielt ihn davon ab, sie aufzusuchen.

Und Wynne. Wynne litt ebenfalls an ihrem gebrochenen Herzen. Sie würde niemals den Ekel in seinen Augen vergessen, als er sie für Severus' Geliebte hielt. Warum hatte sie ihm nicht die Wahrheit gesagt? Wie oft sie für ihre Weigerung, Severus zu Willen zu sein und seine gräßlichen Phantasien zu befriedigen, bestraft worden war? Wollte sie sich damit rächen, indem sie Valerians Stolz verletzte? Seit ihrer unerfreulichen Zusammenkunft hatte Wynne ihr Zimmer nicht mehr verlassen. Feigheit paßte nicht zu ihr, und sie wußte, daß sie sich nicht für den Rest ihres Lebens in ihrem Schlafzimmer verstecken konnte.

In eine blaßblaue Stola gekleidet, das Haar offen über ihre Schultern wallend, verließ Wynne ungeschminkt ihr Schlafgemach und machte sich zum Triklinium, dem Speisezimmer, auf. Wenn sie Valerian dort allein antraf, wollte sie ihn bitten, ihr noch einmal die Ereignisse jener schrecklichen Nacht darzulegen, und ihn mit der Tatsache konfrontieren, warum er ihren Vater getötet hatte. Sie würde ihm erklären, daß sie nicht Severus' Mätresse war, aber ebenfalls nicht gewillt war, die seine zu werden. Sie würde ihm offenbaren, wie sehr sie ihn einmal geliebt hatte und wie es ihr durch seinen Verrat das Herz gebrochen hatte. Dann würde sie ihm noch anbieten, daß sie Frieden schließen sollten. Mehr konnte er nun wirklich nicht von ihr verlangen.

Als sie die Unterhaltung zweier männlicher Stimmen wahrnahm, hielt Wynne an der Eingangstüre zum Speisezimmer inne.

»Wie ist es denn mit deiner neuen Sklavin gelaufen?« hörte sie die Stimme des älteren Römers. »Ist sie so leidenschaftlich im Bett, wie es den Anschein macht?«

»Ich weiß es nicht ... Ich ... ich habe noch nicht mit ihr geschlafen«, vernahm sie Valerians Antwort. Eine angespannte Stille entstand.

»Noch nicht mit ihr geschlafen? Bei Juno, wäre es meine Sklavin, hätte ich sie gleich am ersten Abend flachgelegt, ob mit oder ohne ihr Einverständnis!« Wieder die Stimme des Generals. »Was hält dich davon ab? Liegt es daran, weil du deine Verlobte in Rom nicht betrügen willst? Sie ist doch weit weg. Du wirst deines leeren Bettes bald überdrüssig sein.«

Wynnes Herz setzte für Sekundenbruchteile aus. Eine Verlobte? Also hatte Severus sie nicht angelogen, als er von Valerians römischer Geliebten sprach. Noch mehr Erniedrigung, noch mehr Verrat. Wie hatte sie nur hoffen können, daß es anders war?

Valerian sprach so leise, daß Wynne seine Antwort nicht verstand, sosehr sie sich auch bemühte. Beschrieb er dem General gerade, wie sehr er das römische Mädchen liebte, wie weich ihre Haut war und wie sehr er es genoß, sie zu küssen und zu streicheln? Tränen rannen ihre Wangen hinab.

Alles Lügen. Er hat mir gesagt, daß er mich liebt und daß er versucht hat, mich wiederzufinden, aber das waren ebensolche Lügen wie alles andere auch. Sie war eine Närrin gewesen, daß sie seine Worte geglaubt hatte. Unter Tränen des

Zorns und der Erniedrigung flüchtete sie sich in den Hof und schlenderte dort so lange umher, bis sie zu erschöpft war, um noch einen klaren Gedanken fassen zu können. Sie blickte zum Himmel auf und wünschte sich, Flügel wie eine Taube zu haben und in die Freiheit hinausfliegen zu können.

Während er mit Cassius vor dem wärmenden Feuer saß, die letzten Reste eines Honigkuchens verspeiste und dazu verdünnten Wein schlürfte, fuhr Valerian mit seinem Gespräch fort. Er brauchte den Rat eines Freundes. Er erzählte ihm, wie er dem keltischen Mädchen begegnet war, von ihrer Liebe, vom Untergang ihres Volkes, wie er von Severus gefangengenommen worden war und sie für tot gehalten hatte. Er ahnte nicht, daß sich ebendiese Frau nur unweit entfernt von ihnen ihr Herz ausweinte.

»Wenn du sie liebst, dann vergiß doch einfach Severus«, riet ihm Cassius. »Ich zweifle nicht daran, daß er sie zu Liebesdiensten gezwungen hat. Glaubst du denn, daß sie diesen alten Knochen begehren könnte? Außerdem würde es mich überraschen, wenn sie überhaupt irgendein Vergnügen bei ihrem Beischlaf empfunden hätte.«

Valerian setzte unsanft seinen Becher Wein ab, er war zornig auf sich selbst. Natürlich hatte Cassius recht. Wynne war vermutlich dazu gezwungen worden, das Bett des Tribuns zu teilen – aber hatte es nicht vielleicht auch noch andere gegeben? »Ich kann mir nicht helfen, sondern frage mich, ob sie noch mit anderen geschlafen hat«, meinte er stirnrunzelnd.

»Und du, bist du selbst so unschuldig, Valerian?« lachte Cassius. »Außerdem ist die Frau eine Sklavin, die sich nicht widersetzen kann, anders als eine Ehefrau. Wenn du ein ganzer Mann bist und sie richtig behandelst, sie mit fester Hand regierst, dann wird sie keinen anderen als dich wollen. Wenn du sie dann satt hast, kannst du sie verkaufen. In der Zwischenzeit läßt du die Vergangenheit ruhen. Sie würde dich nur unnötig quälen.«

»Ich will nicht, daß sie meine Sklavin ist. Ich möchte ihr die Freiheit zurückgeben und sie heiraten«, antwortete Valerian. Cassius hatte sich, was die Vergangenheit betraf, nicht geirrt: Es lagen bereits Welten zwischen ihnen.

»Ihr die Freiheit zurückgeben und eine gute Sache ruinieren?« Cassius brach in schallendes Gelächter aus. »Dann wird sie dir einen Ring durch die Nase ziehen, mein lieber Freund. Und was die Heirat anbelangt, bezweifle ich, daß dein Vater so etwas akzeptieren würde. Welchen Wert hätte eine solche Verbindung? Keinen. Also schlaf mit ihr, aber heirate sie nicht.«

»Sie hat bereits genug Erniedrigungen durchlitten. Sie verdient ihre Freiheit. Sie hätte niemals Sklavin werden dürfen«, sagte Valerian, um seine Absichten zu verteidigen. »Und was eine Heirat anbelangt, interessiert es mich nicht, was mein Vater dazu sagt.«

Cassius hob seine Hand, um ihn zum Schweigen zu bringen. »Du bist jung und hitzig, Valerian, bedenke deshalb folgendes. Wenn du ihr jetzt, wo sie dich so haßt und dich für schuldig am Untergang ihres Volkes hältst, die Freiheit gibst, wie lange, glaubst du, wird sie da bei dir bleiben? Eine Stunde? Einen Tag? Eine Woche? Denke darüber nach, mein Freund, wenn es dir wichtig ist.« Nachdem er das gesagt hatte, erhob sich Cassius, ging auf die Tür zu und ließ einen vollkommen verwirrten Valerian zurück.

Als er darüber nachdachte, mußte Valerian zugeben, daß der General recht gehabt hatte. Er würde Wynne irgendwann die Freiheit schenken, denn die Götter allein wußten, wieviel er ihr schuldig war – sein Leben beispielsweise –, aber im Augenblick würde er sie wie eine abhängige Sklavin an sich binden, bis er es schließlich geschafft hatte, daß sie ihn wieder liebte.

60

Noch niemals in seinem Leben hatte sich Valerian so gequält: Wynne lebte mit ihm zusammen unter einem Dach, und doch liebte sie ihn nicht. Immer wieder suchte er nach einer

Gelegenheit, die Dinge zwischen ihnen richtigzustellen. Er wollte ihr sagen, daß es ihm leidtat, daß er niemals eine andere Frau als sie lieben könnte und daß es ihm nichts ausmachte, wenn sie dazu gezwungen gewesen war, mit Severus zu schlafen. Und er mußte ihr ein für allemal klarmachen, daß er mit dem Angriff auf ihr Volk nichts zu tun hatte. Doch jedesmal, wenn er sich ihr näherte und sich eine Gelegenheit für ein Gespräch unter vier Augen ergab, wich sie ihm aus wie ein junges Reh, das seinem Häscher entgehen will, und trug den gleichen, furchtsamen Blick zur Schau.

Wynne wertete Valerians verstohlene Blicke in ihre Richtung als Verachtung, da sie nicht wußte, wie es aufgrund ihrer Nähe in seinem Innersten wütete. Als sie im Vorübergehen einmal versehentlich seine Hand streifte, zog er sie weg, als hätte er sich verbrannt. Die Berührung ihrer Haut machte ihn fast wahnsinnig. Wynne verletzte diese Reaktion, konnte sie doch nicht ahnen, wie sehr er sich nach ihr sehnte.

Er verhält sich, als wäre ich aussätzig, dachte sie voller Zorn. Ihre heftige Auseinandersetzung am ersten Tag ging ihr nicht aus dem Kopf. Wie war es nur möglich, daß er eine solche Meinung von ihr hatte und glaubte, daß sie mit Männern schlief und sich dafür mit Schmuck entlohnen ließ?

Die Tage vergingen, und die Kluft zwischen Valerian und Wynne wurde mit jedem Mißverständnis größer, andererseits entwickelten sie für ihr Zusammenleben gewisse Routinen. Wynne fing damit an, für Valerian den Haushalt zu regeln, da er keine Ehefrau mitgebracht hatte. Das gefiel ihm. Er sprach nicht mehr in ärgerlichem Ton zu ihr und versuchte ebenfalls nicht, sich ihr erneut zu nähern und sie zu berühren. Doch jedesmal, wenn er sie anschaute, quälte es ihn, daß er sie nicht in seine Arme nehmen durfte. Es blieb ihm nicht verborgen, mit welchen Blicken andere Männer ihre grazile Schönheit bewunderten. Er konnte nicht anders, als sich dann immer wieder zu fragen, ob sie vielleicht mit einem dieser Männer geschlafen hatte, und diese Frage nagte unerbittlich an seiner Seele.

Was Wynne anbelangte, war sie sich ihrer Wirkung nicht bewußt. Selbst Cassius fühlte sich zu ihr hingezogen, obwohl er niemals seine Freundschaft zu Valerian aufs Spiel gesetzt hätte, nachdem er nun wußte, welche Gefühle der junge Mann für das Mädchen hegte.

Als Wynne die gespannte Situation zwischen ihnen nicht mehr ertragen konnte, bat sie ihn darum, ihr die Freiheit zu geben. Hoch erhobenen Hauptes stand sie ihm im Atrium gegenüber, und ihr Haar wirkte im Licht wie gesponnenes Gold. »Ich muß dich darum bitten, mir meine Freiheit zu geben«, sagte sie.

»Nein«, sagte Valerian entschieden. »Du gehörst jetzt mir, Wynne.« Der schmerzvolle Ausdruck in ihren Augen besänftigte ihn. »Ich werde versuchen, es dir hier so angenehm wie möglich zu machen. Du brauchst weder zu arbeiten noch das Bett mit mir zu teilen.«

»Ich flehe dich an ..., gib mir meine Freiheit zurück«, flüsterte sie.

Aber Valerian war entschlossen, sie an sich zu binden, da er Angst hatte, sie sonst niemals wiederzusehen, und er schickte sie weg.

»Warum nimmst du dir nicht, was dir gehört, Valerian?« fragte ihn Cassius im Verlaufe derselben Woche. »Als ihr Gebieter ist es dein Recht. Ihr Körper gehört dir. Du hast sogar die Macht über Leben und Sterben dieser Frau.«

»Ich will mehr als nur ihren Körper. Ich möchte ihre Liebe gewinnen«, antwortete Valerian und blickte gedankenverloren aus dem Fenster auf die fallenden Schneeflocken. Wie er sich nach dem Sommer sehnte.

»Liebe? Liebe? Die gibt's doch gar nicht. Es gibt nur den Respekt gegenüber der eigenen Ehefrau und die Lust auf die Geliebte!« Vor ihm stehend, schälte sich Cassius mit seinem Dolch einen Apfel und träumte davon, endlich wieder Weintrauben essen zu können. Während er sprach, untermalte er seine Worte mit dem Schaben des Dolchs.

Valerian schüttelte den Kopf. »Nein. Du bist im Unrecht. Es gibt die wahre Liebe. Ich hatte sie gefunden. Wynne liebte mich. Das weiß ich.«

»Und wenn sie dich nun nicht mehr liebt? Willst du ewig warten? Halt dich an meinen Rat, und wenn du sie zu nichts zwingen willst, dann nimm dir eine andere Mätresse. Zumindest so lange, bis die Keltin wieder bei Verstand ist und erkennt, daß du ein wesentlich besserer Beschützer bist, als es Severus je war.« Als Cassius aufblickte, sah er Wynne hereinkommen, die mit Bergen von Nahrungsmitteln für das abendliche Bankett beladen war – ein Fest zu Ehren des neuen Tribuns.

Wie gewöhnlich vermied Wynne, Valerian anzusehen, so als existierte er für sie gar nicht. Seine Ablehnung auf ihre Bitte, ihr die Freiheit zu schenken, hatte sie tief getroffen; es verletzte ihren Stolz, wenn sie daran dachte, daß er sie für sein Eigentum hielt, mit dem er tun und lassen konnte, was er wollte.

Cassius verließ eiligst den Raum, um die beiden allein zu lassen, dabei blickte er den Tribun an, als wollte er ihm sagen: Nimm dir, was dir gehört.

»Ich schätze deine Bemühungen für die Vorbereitungen des heutigen Abends«, sagte Valerian.

»Das ist die Pflicht einer Sklavin, Herr«, erwiderte Wynne hochmütig, griff nach ein paar Tannenzweigen und wollte weiterhuschen.

Er ignorierte den eisigen Tonfall in ihrer Stimme und bemühte sich, ihr doch noch ein Lächeln zu entlocken. »Zeig mir mal, was du gekauft hast. Ah, Schellfisch, Eier« – er berührte sämtliche Lebensmittel, während er ihr immer näher kam –, »Kapaun, Trüffel, Äpfel, Datteln aus Rom.« Er grinste sie an. »Ich fürchte, wenn dieser Abend vorüber ist, sind wir alle vollgestopft wie Weihnachtsgänse.« Unbeabsichtigt trafen sich ihre Blicke, und er flüsterte ihr eindringlich zu: »Haßt du mich wirklich so sehr, Wynne?«

»Ich hasse dich nicht, *Herr*«, sagte sie. »Es ist meine Pflicht, dich in allem zufriedenzustellen – außer in einer Sache.« Es bestand kein Zweifel, dachte sie bei sich, daß er ein Flittchen suchte, das er mit ins Bett nehmen konnte, wenn das Fest vorüber war. Und dafür war sie ihm gut genug. Hatte er die anderen Männer so rasch vergessen, die – seiner Ansicht nach – ihren Körper gehabt hatten, oder war das egal, wenn der Phallus des Mannes vor Begierde steif wurde?

»Nenn mich nicht ›Herr‹. Ich heiße Valerian. Ich habe es satt, daß du mich so nennst! Verstehst du mich?« Er war hin- und hergerissen zwischen seinem Zorn über ihren Hochmut und seiner Erregung über ihre Nähe.

»Wie du es wünschst, Herr Valerian«, antwortete sie kühl, wobei sie das Wort ›Herr‹ erneut anklagend hervorhob.

Valerian konnte sich nicht länger beherrschen. Die ganzen Tage hatte er sich in der Gewalt gehabt, aber jetzt waren seine Gefühle wie ein berstender Damm. Voller Zorn packte er sie an den Schultern.

»Laß mich los!« schrie Wynne. Sie versuchte, sich gegen ihn zur Wehr zu setzen, aber er war stark, und sein Zorn trug noch ein übriges dazu bei.

»Nein. Bei den Göttern, das werde ich nicht tun. Nicht solange du nicht zugibst, daß du mich noch magst, daß du mir vergibst und daß du mich genauso willst wie ich dich.« Er zog sie abrupt an sich und bedeckte ihren Mund mit einem brutalen Kuß; einen Arm um ihre Taille gelegt, vergruben sich seine Hände in ihrer goldenen Haarpracht.

Wynne bemühte sich nach Kräften, ihm zu entkommen, denn sie erinnerte sich nur zu gut daran, welchen Schmerz ein Mann dem weiblichen Körper zufügen konnte. Vergessen war die Erinnerung, wie sehr sie seine Küsse einst geschätzt hatte. Jetzt war er nur noch ein aufgeblasener, schwitzender, lüsterner Römer wie alle anderen. In einem Anflug von Panik biß sie ihm in die Unterlippe, und er gab sie augenblicklich frei; aus seinem Mund tropfte Blut.

»Nun, du blutrünstige kleine Barbarin«, schrie er und vergaß jeglichen Einwand gegenüber Cassius, daß er Wynnes Liebe und nicht nur ihren Körper wollte. Er raste vor Zorn. »Warst du bei Severus auch so hinterhältig, oder bist du in seinen Armen dahingeschmolzen? Muß ich dich erst mit Juwelen überhäufen, um deine Gunst zu erringen, wie er es zweifellos getan hat?«

»Wie kannst du es wagen, so etwas zu mir zu sagen? Du bist ein Ekel!« schluchzte sie. »Von allen Menschen solltest du doch am besten wissen, daß ich keine Hure bin. Eine Frau kann sich nicht dagegen wehren, wenn ihr Körper gegen ihren Willen mißbraucht wird.« Sie trat einen Schritt zurück, zog dann zornig die Schulterpartie ihres Gewandes nach unten und deutete auf die Narben der Peitschenhiebe, die Severus veranlaßt hatte. »Das habe ich von Severus bekommen«, sagte sie. »Weil ich nicht mit ihm schlafen wollte. Ich habe niemals das Bett mit ihm geteilt, kein einziges Mal! Eher hätte ich mich mit einer Schlange vereinigt.«

Er starrte sie an und bereute seine zornigen Worte und seine Reaktion aus tiefster Seele. »O Wynne, es tut mir so leid«, stammelte er. »Ich hätte so etwas niemals sagen dürfen.« Er trat einen Schritt auf sie zu, aber sie drehte sich um und rannte aus dem Zimmer.

»Valerian, du hirnrissiger Idiot!« schrie er sich selbst an. »Jetzt wirst du ihre Liebe niemals mehr gewinnen. Dein Temperament hat alles zerstört.«

Von Reue und Zärtlichkeit für sie überwältigt, erinnerte er sich an ihre erste Begegnung, wie sie ihm Nahrung und Kleidung gebracht und ihm Sloan überlassen hatte. Wenn es noch irgend etwas gab, womit er seine schrecklichen Äußerungen wiedergutmachen konnte, dann war das vielleicht Sloan. Das Pferd war sein einziger Hoffnungsschimmer. Wenn sie ihn dann immer noch haßte und nicht bereit war, ihm zu vergeben, dann hatte er noch ein weiteres Geschenk für sie: ihre Freiheit.

61

Valerian hatte sich auf das am Abend stattfindende Fest gefreut, hatte allerdings auch gehofft, daß Wynne es an seiner Seite verbrachte – als seine Geliebte und ihm ebenbürtig. Aber es sollte nicht sein. Während des Essens mied sie ihn, außer wenn sie ihn bediente, und selbst dann senkte sie den Blick. Ihre Verärgerung war wie ein Stachel, der sich bei ihren Begegnungen von Mal zu Mal tiefer in sein Herz bohrte.

Der Wein floß in Strömen, und man unterhielt sich angeregt. Die versammelten Gäste hatten ihre Schuhe ausgezogen und es sich auf den Sitzbänken bequem gemacht, vor die Tische gestellt wurden. In Rom wäre der Raum jetzt mit Blumen geschmückt gewesen, doch hier, inmitten des kältesten Winters, hatte Wynne ihn mit Immergrün und farbigen Stoffen dekoriert.

Das Festmahl bestand aus drei Gängen: einer Vorspeise aus gekochten Eiern und Schellfisch in Weinsauce; dem Hauptgang aus gebratenem Wildschwein mit Trüffeln und Äpfeln; und zum Dessert reichte man Honigkuchen und Nüsse.

»Greif zu, Valerian«, drängte ihn Cassius. »Bald gibt es wieder nur einfache Soldatenkost.« Während er seine Hände für den Nachtisch säuberte, grinste er Valerian listig an und griff dann nach einem Honigkuchen.

Valerian versuchte, das Festmahl zu genießen, aber das Essen schien ihm im Hals steckenzubleiben. Plötzlich überkam ihn der Wunsch, alle geladenen Gäste fortzuschicken. Obwohl er üblicherweise wenig Alkohol zu sich nahm, hatte er an diesem Tag schon bald einen Schwips, weil er hoffte, daß ein Rausch die Schmerzen in seinem Herzen betäubte.

Als er bemerkte, wie unwohl sich sein Freund fühlte, bahnte sich Burrus seinen Weg durch die Menge lachender Soldaten, um an Valerians Seite zu sein. Sie umarmten sich herzlich wie alte Freunde.

»Es sind so viele Leute hier, daß ich noch nicht die Zeit gefunden habe, dich richtig zu begrüßen«, sagte Burrus und beobachtete, wie Valerian einen weiteren Kelch Wein hinunterschüttete. »Es scheint, als gäbe es viel zu erzählen, seit wir uns das letztemal getroffen haben.«

»Ja, das stimmt. Die Götter waren mir gewogen. Sie haben mein Leben verschont und mir vieles geschenkt. Wenn nur die Göttin der Liebe ein Einsehen mit mir hätte!«

»Ach Valerian, könnte es denn ein größeres Glück geben, als eine Schönheit wie Wynne in deinem Hause zu wissen? Sie ist nicht nur schön, sondern auch mutig.«

Valerian drehte sich abrupt zu seinem Freund um und sah ihn so zornig und eifersüchtig an, daß Burrus erstaunt zurückwich. »Was ist los? Habe ich etwas gesagt, das dich kränkt?« fragte er.

»Du kennst sie?« fragte er, und dann fiel ihm ein, daß Burrus sich natürlich in der Nähe von Severus und Wynne aufgehalten haben mußte.

»Ja, ich kenne sie«, antwortete Burrus mit verhaltener Stimme. »Ich glaube, mein Freund, es wäre besser für dich, wenn du mit dem Trinken aufhörtest. Der Alkohol scheint dich streitsüchtig zu machen.« Er griff nach Valerians Glas, aber der hielt es fest.

»Das hat mit dem Trinken nichts zu tun. Ich habe eher den Verdacht, daß du vielleicht den Reizen meiner Sklavin erlegen bist und mit ihr geschlafen hast. Ich bin ja nicht blind und sehe doch, welche Blicke ihr den ganzen Abend austauscht und wie sie dich immer anlächelt. Wenn sie mich doch einmal so anschauen würde.«

»Du beleidigst sie«, erwiderte Burrus. »Ich habe nie mit dieser reizenden Frau geschlafen, obwohl ich bei den Verlokkungen der Göttin Venus zugeben muß, daß ich es versucht hätte, wenn sie nur das leichteste Interesse gezeigt hätte. Sie ist eine seltene Kostbarkeit, diese Frau. Sie hat jeder Bestrafung durch Severus widerstanden – Schlägen, Hungern, Mißhandlungen, Beleidigungen und Drohungen. All die Zeit, während der Severus sich bemühte, sie sich gefügig zu machen, hat sie sich niemals seinem Willen gebeugt. Und kein einziges Mal hat sie sich freiwillig von einem Mann berühren lassen.«

»Kein einziges Mal?« fragte Valerian mit sanfter Stimme, denn sein Zorn war verschwunden.

»Nein, niemals«, antwortete Burrus. Voller Traurigkeit erinnerte er sich an Wynnes eigene Worte, als sie ihm die Qualen jenes Tages geschildert hatte, an dem Severus so brutal über ihre Stammesangehörigen hergefallen war. Wie ihr Volk vor ihren eigenen Augen abgeschlachtet worden war und wie ein Römer, dem sie ihr ganzes Vertrauen geschenkt hatte, ihren Vater umgebracht hatte. »Sie wäre an jenem Tag beinahe von Soldaten unserer Legion vergewaltigt worden. Eine Zeitlang haßte sie alle Römer, bis es mir schließlich gelang, mich mit ihr anzufreunden. Als sie mir ihre Geschichte erzählt hatte, war es mir mehr als peinlich, zugeben zu müssen, daß auch ich Römer war«, sagte Burrus.

Mit vor Entsetzen weit aufgerissenen Augen starrte Valerian ihn an. Er hätte niemals vermutet, daß sie solchen Erniedrigungen ausgesetzt gewesen war. »Meine arme Wynne«, murmelte er. Er sah, wie sie durch den Raum ging, und war nicht überrascht, daß sie ihn wie üblich mit einem eisigen Blick bedachte. Nach allem, was er in seiner Eifersucht gesagt hatte, verdiente er ihre Verachtung wirklich.

»Seit jenem Tag ist sie nicht mehr in der Lage, Gefühle der Leidenschaft zu hegen, obwohl ich weiß, daß sie einst einen Mann sehr geliebt hat.« Burrus sah auf und war schockiert vom Gesichtsausdruck seines Gegenübers, der ihn anstarrte, als hätte der leibhaftige Pluto aus der Unterwelt seine Fühler nach ihm ausgestreckt und wollte ihn holen. »Valerian, was ist los?« fragte er angsterfüllt. Das Gesicht des Tribuns war so blaß, als wäre ihm Zerberus, der dreiköpfige Wachhund des Totenreiches, auf den Fersen. »Geht es dir nicht gut?«

»Ich wünschte mir, daß mich die Erde in diesem Augenblick verschluckte, so daß ich für immer verschwinden und in ewigen Schlaf fallen würde.« Er faßte sich an die Brust, als würde er jeden Moment sterben. »Es ist, als wäre ich bereits tot, denn ich habe das vernichtet, was mir mehr bedeutet hat als mein eigenes Leben.« Daraufhin erzählte er Burrus alles, was zwischen ihm und Wynne geschehen war, seit sie sich das erste Mal vereinigt hatten. Er berichtete ihm von den häßlichen Worten, die er ihr gesagt hatte, und wie sie ihn für den Tod ihres geliebten Volkes und für ihr Sklavendasein verantwortlich gemacht hatte. Jetzt befürchtete er, daß sie ihm niemals vergeben würde.

»Dann ist ... ist Wynne die Keltin, die du liebtest, die Frau, die du an jenem Tag treffen wolltest, um mit ihr über einen Frieden zu sprechen? Sie ist es, die dich seit Monaten nicht schlafen läßt.«

»Ja. Sie hat einmal zu mir gehört, aber jetzt habe ich sie verloren.« Valerian senkte den Kopf, damit man nicht die unmännlichen Tränen sah, die ihm über seine Wangen rannen.

Burrus wollte etwas erwidern, wollte versuchen, seinen Freund zu trösten, doch bevor sich eine Gelegenheit ergab, hatte sich bereits ein weiterer Freund zu ihnen gesellt und klopfte Valerian auf die Schulter.

»Hier bist du also, versteckst dich in einer Ecke. Komm schon, der unterhaltsame Teil beginnt.« Der Eindringling zog am Arm des Tribuns, und Valerian fand sich schließlich mitten im Zimmer wieder, umgeben von Tänzern und Akrobaten, die ihre Vorführung darboten, aber seine Trauer über das, was Burrus ihm erzählt hatte, machte ihn blind und taub gegenüber der Außenwelt.

Wynne lag in ihrem Bett und hörte das grölende Gelächter der betrunkenen Soldaten. Es war schön gewesen, Burrus wiederzusehen. Sie hoffte inständig, daß sie vor seiner Abreise am nächsten Tag noch einmal mit ihm sprechen konnte.

Sie fragte sich, wie es wohl um ihn und Meghan stand. Hatte die Liebe es mit ihnen besser gemeint als mit ihr?

Seit Valerians Ankunft war ihr Kissen jede Nacht von Tränen durchnäßt.

»Oh, warum verweigert er mir nur meine Freiheit?« rief sie laut. »O Göttin, geliebte Mutter, warum hält er mich fest und bricht mir das Herz?«

Sie vermutete, daß er sich jetzt mit einer der anderen Sklavinnen oder einer Tänzerin vergnügte. Der Gedanke quälte sie und brachte ihr immer wieder das Bild seines muskulösen Körpers in den Armen einer anderen Frau vor Augen. Und doch hatte sie sich ihm verweigert.

»Ach, würde mein Herz ihm doch nur verzeihen, daß ich das Entsetzen jenes Tages vergessen und mich ihm wieder so hingeben könnte, wie ich es in unserer Höhle getan habe. Ich weiß jetzt, daß ich ihn liebe. Ich liebe ihn so sehr, daß ich es kaum ertragen kann!« Schluchzend gab sie sich ihrem Kummer hin. »Selbst wenn er mich nicht liebt, wäre ich in seinen Armen glücklich, wenn ich doch nur eine freie Frau wäre, aber das kann ich nicht, denn solange ich lebe, werde ich keine richtige Frau mehr sein, sondern nur eine Hülle.« Plötzlich zitterte sie und hüllte sich deshalb in eine Decke ein. Es dauerte lange, bis sie einschlief, und dann wurde sie von schrecklichen Träumen gequält. Sie glaubte, daß Valerian an ihrem Bett stand, sie um Vergebung bat, sich zu ihr hinunter beugte und ihre Schultern und ihr Haar streichelte. Selbst im Traum spürte sie die Wärme seiner Hand und lächelte.

Sie konnte ja nicht ahnen, daß es kein Traum war, sondern Valerian wirklich in ihrem Zimmer stand, auf sie niederblickte und sie bewunderte. Als er sich nicht mehr beherrschen konnte, berührte er sanft ihr Haar und verließ sie dann leise wieder.

62

Als Valerian aus seinem Dämmerschlaf erwachte, fiel schon das kalte Licht der Morgensonne ins Zimmer. Sein Kopf fühlte sich an wie eine reife Wassermelone, sein Magen rebellierte, und der pochende Schmerz in seinen Schläfen machte ihn fast wahnsinnig. Er dachte an die Unmengen Wein, die er am vorherigen Abend vertilgt hatte, und verfluchte sich für seine Maßlosigkeit.

Sogleich dachte er wieder an Wynne. Er hatte noch sehr gut in Erinnerung, was ihm Burrus erzählt hatte. Es war wirklich kein Wunder, daß sie sich ihm entzog, nachdem er sie beschuldigt hatte, sich anderen Männern hingegeben zu haben.

Langsam erhob sich Valerian, damit sein Kopf nicht noch stärker schmerzte, als es ohnehin der Fall war, und kleidete sich in seine Tunika und Toga. Schon bald würde er zwei Tuniken benötigen, denn draußen wurde es immer kälter.

Ich muß Wynne finden, dachte er. Ich muß ihr so vieles erklären und mich ihr offenbaren. Jetzt war ihm klar, daß er ihr die gewünschte Freiheit schenken mußte, auch wenn er wußte, daß er sie dann niemals wiedersehen würde. Als erstes mußte er Sloan holen, und nachdem er ihr das Pferd zurückgegeben hatte, würde er ihr alles sagen, was gesagt werden mußte, und dann … dann würde er ihr die Freiheit geben und dafür sorgen, daß sie sicher zu ihrem geliebten Volk zurückgebracht wurde. Die Vorstellung, Wynne glücklich zu sehen, war Balsam für seine Seele, und zum ersten Mal seit langer Zeit war er mit sich zufrieden. Er machte sich auf.

Als er aus seinem Schlafzimmer trat, überraschte es Valerian nicht, einige der Gäste im Flur liegend vorzufinden, die dort ihren Rausch ausschliefen. Zweifellos gab es außer ihm noch viele andere in der Villa, die heute von Kopfschmerzen geplagt wurden. Er suchte nach Burrus, um ihn um seinen Rat zu bitten, konnte ihn aber nirgends finden.

»Nun, egal, er wird schon den Weg kennen«, dachte er bei sich, schlenderte in Richtung der Ställe und schwang sich auf eine große, graue Stute.

Als Wynne ihre Augen öffnete, blickte sie in das vertraute Gesicht von Burrus und lächelte ihn an.

»Hallo, Eisprinzessin«, sagte er mit einem jungenhaften Grinsen.

Wynne setzte sich in ihrem Bett auf, griff nach seiner Hand und hielt sie in freundschaftlicher Geste umschlungen. »Burrus! Burrus! Es ist so schön, dich wiederzusehen. Ich habe dich und Meghan so vermißt!«

»Du hast uns auch gefehlt.« Er küßte sie sanft auf die Stirn und freute sich, daß sie nicht vor ihm zurückwich, wie es bei den Berührungen eines Mannes sonst ihre Art war. »Wie geht es dir, Keltin?«

Tapfer bemühte sie sich, ihre wahren Gefühle zu verbergen. »Gut. Severus ist nicht mehr da, und bald wird auch der kalte Winter vorüber sein.«

Burrus hob ihr Kinn an und zwang sie, ihn anzublicken. »Und wie steht es mit deinem neuen Herrn? Wie kommst du mit ihm zurecht?« Während er auf ihre Antwort wartete, ließ er ihr Kinn nicht los.

»Er schlägt mich nicht, wie es Severus getan hat. Es ist alles in Ordnung«, antwortete sie leise und drehte ihren Kopf weg.

»Nein, nichts ist in Ordnung. Mich kannst du nicht anlügen. Glaubst du, ich würde die Tränen in deinen Augen nicht bemerken? Ich weiß alles über dich und Valerian.«

Mit weit aufgerissenen Augen starrte sie ihn an. Es entstand eine lange Pause, bis sie endlich wieder sprach. »Was meinst du damit? Und was weißt du?«

»Ich meine eure Liebe.«

Vergeblich bemühte sie sich, ihre Tränen zu unterdrücken. »Er liebt mich nicht mehr«, flüsterte sie, »und ich hasse ihn!« Dann verließ sie fluchtartig ihr Bett und wollte aus dem Zimmer stürmen. In zwei Schritten hatte Burrus sie wieder eingeholt und ergriff ihren Arm, so daß sie ihn ansehen mußte.

»Du haßt ihn nicht. Ich bin doch nicht blind. Deine Augen können nicht lügen. Du liebst ihn, und das zerbricht dich innerlich. Warum? Warum vergibst du ihm nicht für ein paar unüberlegte Worte, die er vielleicht gesagt hat?«

»Unüberlegte Worte? Es waren Worte des Hasses. Und du weißt ja gar nicht, was er meinem Volk angetan hat.«

»Nur die Eifersucht sprach aus seinen Worten, weil er dich sehr liebt.«

»Er liebt mich nicht. Er hält mich für schmutzig, weil ich von lüsternen römischen Hunden angegriffen wurde, die mich vergewaltigen wollten. Versteht er denn nicht, daß ich in diesem Augenblick am liebsten gestorben wäre? Ich hätte mich bis zum letzten Atemzug gewehrt.« Ihre Augen funkelten vor Zorn.

»Valerian hält dich für eine schöne und tapfere Frau«, antwortete Burrus. Er streckte seine Hand aus und wollte ihr freundschaftlich über ihr goldenes Haar streichen.

Wynne schüttelte den Kopf und berichtete Burrus dann in allen Einzelheiten, was zwischen ihr und Valerian seit seiner Rückkehr vorgefallen war, seine harschen Worte, seine vernichtenden Blicke.

Burrus führte sie zu einem Sofa, auf dem sie sich beide niedersetzten. Es gab viele Mißverständnisse zwischen den beiden. Er seufzte. »Ach Wynne, du hast ihn mißverstanden.

Valerian wußte gar nicht, was geschehen war, bis ich ihm gestern abend alles erzählte. Er wußte nicht, wie grausam man dich an jenem Tag mißhandelt hat. Nachdem ich ihm alles berichtet hatte, glaubte ich schon, er würde zusammenbrechen und wie ein kleines Kind weinen. Und er war nahe daran.«

»Er hat mich beschuldigt, meinen Körper gegen Juwelen zu verkaufen. Wie konnte er nur so etwas von mir annehmen? Wie konnte er nur!«

»Das war nur seine Eifersucht.«

Burrus berichtete ihr von seinem Gespräch mit Valerian am Abend zuvor und wie sich der Tribun beinahe mit ihm gestritten hätte, als er herausfand, daß Burrus sie kannte. Er erzählte ihr von Valerians Bemühungen, sie zu finden, und seinem Schmerz, als er sie schließlich gefunden hatte und sie ihn haßte und ihm nicht vergeben wollte. »Es hat ihn fast um den Verstand gebracht, als er erfuhr, daß du Severus' Mätresse warst. Er wußte nicht, daß der alte Bock impotent ist, aber ich weiß, daß es so ist.«

Als Wynne erstaunt ihre Augen aufriß, mußte Burrus lachen. »O ja, ich weiß, daß er impotent ist, und dafür dankte ich den Göttern jede Nacht. Denn so ist dir das Schlimmste erspart geblieben.«

Zum ersten Mal seit Tagen lachte Wynne. »Ja, so ist mir das Schlimmste erspart geblieben.« Ihr Lachen verwandelte sich schließlich in Schluchzen, als ihre Gefühle unkontrolliert aus ihr hervorbrachen. Valerian liebte sie, war eifersüchtig auf sie und wußte, daß sie nicht von anderen Männern entehrt worden war. Vielleicht hatten sie doch noch eine Chance. Vielleicht konnte er ihr erklären, was in ihrem Dorf vorgefallen war. Aber plötzlich runzelte sie die Stirn, denn ihr war noch etwas eingefallen.

»Valerian ist verlobt. Ich habe selbst gehört, wie Cassius es erwähnt hat«, sagte sie.

Diese Nachricht machte Burrus stutzig. Das wußte er noch nicht. »Davon weiß ich nichts und kann mir nur vorstellen, daß es sich um ein Mißverständnis handeln muß. Ich glaube nicht, daß Valerian eine andere Frau heiraten würde, wo er doch dich liebt. Sprich einfach mit ihm und finde die Wahrheit heraus.«

»Nein.« Ihr Stolz machte sie starrsinnig. »Außerdem spielt das keine Rolle. Das ist auch nicht der Grund, weshalb ich mich ihm eigentlich entziehe. Es ist sein Verrat. Valerian gab mir das Versprechen, Frieden zu schließen, während er andererseits plante, mein Volk anzugreifen und zu besiegen, um zu Ruhm und Ehre zu gelangen. Dies und den Tod meines Vaters kann ich ihm niemals verzeihen.« Sie wollte den Raum verlassen, doch Burrus stellte sich ihr in den Weg.

»Hör mir jetzt gut zu, Wynne. Valerian trägt keine Schuld an dem, was geschehen ist. Er wollte wirklich Frieden zwischen deinem Volk und unseren Soldaten schließen. Das weiß ich. Ich folgte ihm. Er war mein Kommandant. Severus war der blutrünstige Befehlshaber. Er brach sein Wort gegenüber Valerian und griff einfach an. Es war abgemacht, daß er uns erst nach mehreren Tagen folgen sollte. Wir wollten mit deinem Volk Friedensgespräche führen und dann seiner Legion in Windeseile Bericht erstatten.«

»Ist das wahr?« fragte Wynne, die ihm so gern glauben wollte.

»Es ist wirklich wahr. Das schwöre ich bei allen Göttern. Valerian haßte all das Töten und Blutvergießen. Als er erfuhr, daß Severus einen Angriff auf dein Volk plante, überzeugte er ihn davon, ihn mit einer Vorhut reiten zu lassen und Frieden zu schließen, damit das Kämpfen endlich ein Ende hatte. Er glaubte, daß selbst ein Mann wie Severus keine unbewaffneten, friedfertigen Menschen tötete; aber da irrte er sich gewaltig. Severus dachte, daß Valerian ihm zuvorkommen und euch angreifen würde.« Rasch erzählte er ihr alles, was passiert war und wie Valerian ständig von einem reizenden keltischen Mädchen gesprochen hatte, das er anbetete. Während er sprach, wurde Wynnes Gesichtsausdruck auf einmal weich und glücklich bei dem Gedanken, daß Valerian sie liebte und ihn keine Schuld an dem Verrat traf – wie sie das irrtümlich angenommen hatte.

»Und weil er meinte, er beabsichtigte, ihn zu hintergehen, wollte Severus Valerian köpfen lassen. Nur mit Hilfe von

Meghan und einem Sklavenjungen namens Ibu gelang ihm die Flucht«, fuhr Burrus fort.

»Ja, diese Geschichte kenne ich.« Sie erinnerte sich wieder an jenen Tag, als Ibu ihr erzählt hatte, daß Valerian sein Gebieter war und welchen Mut er besaß. Aber was war mit dem Tod ihres Vaters? Edan hatte gesehen, wie er auf Adairs Hütte zugesteuert war. Warum hatte er ihren Vater getötet? War das ein entsetzlicher Irrtum gewesen? Konnte es dafür eine andere logische Erklärung als grausamen Verrat geben? Zum ersten Mal, seit sie Burrus' Worten lauschte, keimten in ihr Zweifel auf – Zweifel an Brennas Schuldzuweisung, denn diese Frau war zu jeder Lüge fähig, das wußte sie.

»Ich danke dir, Burrus. Danke, daß du mir alles erzählt hast und daß du mein Freund bist.« Mit diesen Worten umarmte sie ihn und drückte ihn herzlich.

Als sie sich schließlich trennten, fiel Wynne Meghan ein. Es war nur recht und billig, daß ihre Freundin glücklich war, auch wenn ihr das selbst nicht vergönnt war. »Wie geht es Meghan?« fragte sie. »Ist sie gesund und munter?«

Burrus nickte. »Und sie wird mit jedem Tag schöner.«

»Sie liebt dich, Burrus«, platzte Wynne lachend heraus. Bei ihren Worten errötete er wie ein kleiner Junge. Es war für Wynne offensichtlich, daß er ebenso empfand, und seine Antwort bestätigte ihre kühnsten Hoffnungen.

»Ja, ich weiß, und ich liebe sie auch. Manchmal glaube ich, fast verrückt zu werden, wenn sie in meiner Nähe ist, aber ich werde sie nicht anrühren, solange sie keine freie Frau ist. Solange man sie für meine Sklavin hält, werde ich nicht mit ihr schlafen.« In seinem Blick spiegelte sich die ganze Zuneigung, die er dem rothaarigen Mädchen entgegenbrachte.

»Dann schlage ich dir vor, keine Zeit zu verlieren und ihr so schnell wie möglich die Freiheit zu schenken«, neckte ihn Wynne.

»Ihr die Freiheit geben?« Er legte den Kopf schief. Diese Idee war ihm nie gekommen, daß er sie freilassen und dann heiraten konnte. Grinsend schüttelte Burrus den Kopf. »Gute Idee, Eisprinzessin. Wirklich, eine sehr gute Idee. Darüber werde ich noch heute mit Valerian sprechen.«

Für Sekundenbruchteile überkam Wynne trotz ihres Glücksgefühls Traurigkeit, denn auch sie sehnte sich nach Freiheit. Schweren Herzens blickte sie Burrus nach.

63

Nach etwa einer Stunde erreichte Valerian sein Ziel. Er war hungrig und durstig, sein Kopf tat höllisch weh, aber der Anblick des schwarzen Hengstes ließ ihn jeden Schmerz vergessen. Valerian grüßte den wachhabenden Soldaten, der ihm bekannt vorkam, obwohl er sich nicht erinnern konnte, wo er ihm schon einmal begegnet war.

»Ich werde den Rappen mit zurück in mein Haus nehmen«, erklärte Valerian dem Mann, als er die Stallungen verließ.

»Wird das andere Pferd hierbleiben?«

»Nein, ich brauche beide. Der Rappe ist für jemand anderen bestimmt«, antwortete Valerian und wunderte sich über die Nervosität des Stallwartes; es kam ihm vor, als wollte dieser ihn absichtlich aufhalten. Tja, es gab sie nun einmal, diese merkwürdigen Kauze unter den Soldaten, die unter der Einsamkeit litten, weit weg von zu Hause leben zu müssen.

»Habt ihr irgendwelche Nachrichten über den Tribun Severus erfahren?« fragte Valerian, da er wußte, daß Stallknechte durch Reisende häufig an Informationen aus erster Hand gelangten.

»Nein …, nein … kein einziges Wort«, lautete die hastige Antwort. Der Soldat wandte sich zum Gehen und rief Valerian über seine Schulter hinweg zu, daß er nur ja das Tor hinter sich schließen sollte.

Valerian ging in den dunklen, stickigen Stall zurück, um Sloan zu satteln.

»Ruhig, ruhig, Sloan«, sagte er, während er dem Pferd den Rücken tätschelte. Das Pferd kam ihm an diesem Morgen besonders unruhig vor, es scharrte mit seinen Hufen über den Boden und warf seinen Kopf ständig hin und her.

»Du hast viel durchgemacht, was, Sloan?« meinte er. »Nun, ab heute wirst du wieder deiner rechtmäßigen Besitzerin gehören, die dich liebt. Ich hatte dich nur für eine Weile ausgeliehen.« Als könnte das Pferd ihn verstehen, nickte Sloan ihm zu und versuchte, sich zu befreien. »Ruhig, mein Junge. Wir sind noch schnell genug bei ihr.« Lachend zog er das Halfter über Sloans Kopf.

Da ihm das Pferd zu lahmen schien, kniete sich Valerian, um Sloans Hufe zu untersuchen. In diesem Augenblick hörte er den Klang klirrenden Metalls über seinem Kopf.

»Was zum …?«

Er stand auf und blickte in die Richtung, aus der das Geräusch gekommen war. Dort, wo er soeben noch gestanden hatte, steckte ein Speer in der Holzwand. Wenn er sich nicht zu Sloan hinuntergebeugt hätte, wäre er wie ein Wildschwein aufgespießt worden. Er rannte zum Gatter, doch dort war niemand zu sehen – nicht einmal der Stallwart. Die Ställe wirkten wie ausgestorben.

Valerian sprang auf das Pferd und galoppierte ohne Zeit zu verlieren los, die graue Stute im Schlepptau. Er zweifelte keine Sekunde lang daran, daß jemand versucht hatte, ihn zu töten. Ein gezielter Speerwurf konnte kein Zufall sein. Es war absichtlich geschehen. Aber warum? Und wer sollte so etwas tun?

Severus! dachte er, denn wer außer ihm hatte ein Interesse an seinem Tod? War er von seinem Feldzug aus dem Norden zurückgekehrt? Deshalb hatte sich der Stallwart auch so merkwürdig verhalten. Zweifellos war der Mann einer von Severus' Spionen. Von nun an mußte Valerian vorsichtig sein, bis Severus endlich auf den Weg zurück nach Rom gebracht war.

Als Valerian zur Villa zurückkehrte, band er Sloan sorgfältig an einem versteckten Baum an. Er wollte Wynne unverhofft überraschen und sie mit seinem Geschenk erfreuen. Pfeifend wie ein kleiner Junge ließ er sich zum Essen nieder. So traf ihn Wynne an und wunderte sich über den Grund für seine plötzliche Freude. Burrus hatte ihr erzählt, daß Valerian aufgrund ihres Zorns völlig niedergeschlagen war, aber hier wirkte er auf einmal ausgeglichen und fröhlich. Verwirrt drehte sie sich um und wollte den Speiseraum verlassen, doch ihre Hand streifte einen Weinkelch, der splitternd zu Boden fiel.

Valerian sprang auf, um Wynne beim Einsammeln der Scherben behilflich zu sein. Sie protestierte, aber als er darauf bestand, war sie von seinem seltsamen Verhalten zu überrascht, als daß sie noch etwas entgegnen konnte.

»Ich habe etwas für dich, Wynne«, sagte er zu ihr, als sie schließlich die Glassplitter beseitigt hatten. Diesmal entzog sie sich ihm nicht, als er nach ihrem Arm griff, sondern ließ sich von ihm durch das Atrium und durch den Hinterhof in Richtung einer Baumgruppe führen, die sie an ihren geliebten Wald erinnerte. Wynne bedachte Valerian mit einem fragenden Blick und überlegte plötzlich, was er im Schilde führte, denn so ganz traute sie ihm immer noch nicht. Dann sah sie ihn.

»Sloan!« hauchte sie. Es war schon so lange her, seit sie das Pferd zum letztenmal gesehen hatte. In ihren Augen standen Tränen der Freude, als sie auf das angebundene Pferd zulief und ihre Arme um seinen Nacken schlang.

»Würdest du mich doch so begrüßen«, sagte Valerian lächelnd und war überrascht, daß sein Lächeln erwidert wurde.

»Kann ich ihn reiten, Valerian?« fragte sie aufgeregt wie ein Kind. Daß sie ihn mit seinem Namen anredete – und nicht ›Herr‹ zu ihm sagte – erfüllte ihn mit neuer Hoffnung.

»Du kannst tun, was immer du möchtest, Wynne«, antwortete er. »Ich gebe ihn dir zurück. Er hat mir niemals gehört. Niemals.«

Voller Mißtrauen betrachtete sie ihn, aber sein Gesichtsausdruck war arglos.

»Oh, ich danke dir, Valerian«, rief sie und sprang auf den Rücken des Tieres. Sekunden später galoppierte sie über das freie Feld. Es war schon lange her, daß sie sich so frei, so lebensfroh gefühlt hatte. Für kurze Zeit vergaß sie, daß sie eine Sklavin war, doch als sie das Pferd zurück in Valerians Richtung lenkte, fiel es ihr schlagartig wieder ein, und als sie abgesessen hatte, senkte sie traurig den Kopf.

»Ich kann ihn nicht behalten. Sklaven dürfen keinen Besitz haben.« Dann sah sie auf und bemerkte die Zuneigung in den Augen des Römers.

»Du bist jetzt keine Sklavin mehr, Wynne«, sagte er.

»Wie meinst du das?«

»Ich meine einfach, daß du keine Sklavin mehr bist. Und du hättest niemals eine werden dürfen. Du bist eher eine Königin oder eine Prinzessin.«

Wynne traute ihren Ohren nicht. Gab er ihr die Freiheit zurück, um die sie ihn gebeten hatte? Wollte er sie nicht länger an seiner Seite haben? Ohne zu wissen warum, brach sie in Tränen aus. Valerian war der Kummer einer Frau noch niemals so ans Herz gegangen. Er nahm sie in seine Arme und umschlang sie zärtlich, als würde sie sonst zerbrechen. Ihre Tränen durchnäßten seine Tunika, als er sie sanft hin und her schaukelte und mit seinen Händen ihr Haar streichelte. Es dauerte lange, bis sie ihre Tränen getrocknet hatte, und die ganze Zeit über zerriß ihm ihre Traurigkeit fast das Herz.

»Bitte, bitte Wynne, hör auf zu weinen. Oh, meine Liebe. Bitte weine nicht. Ich kann es nicht ertragen. Bitte vergib mir die schrecklichen Dinge, die ich zu dir gesagt habe. Ich muß mich für so vieles entschuldigen. Für meine Eifersucht, meine Dummheit. Aber es ist meine eigene Schuld. Scht! Scht! Ich liebe dich so sehr!«

Sie sah zu ihm auf, und ihre Augen bestätigten seine Worte, denn ihre blauen Tiefen waren voller Liebe. Plötzlich waren Valerians Lippen auf den ihren. Sie schrak nicht ängstlich vor ihm zurück, sondern erwiderte seinen Kuß mit der ganzen Sehnsucht ihres Herzens. Als sie sich schließlich voneinander lösten, wollten sich beide zugleich erklären, doch Wynne hob ihre Hand und gebot ihm zu schweigen.

»Du hast mich einmal gefragt, ob ich dich hasse, Valerian«, sagte sie. »Die Antwort lautet nein. Ich habe dich immer geliebt. Aber Lieben bedeutet auch vertrauen, und das konnte ich dir nicht. Ich glaubte, du hättest mich betrogen, doch Burrus berichtete mir, was ich über jenen schrecklichen Tag wissen mußte. Ich hätte wissen müssen, daß du niemals einen solch entsetzlichen Verrat, eine solche Tat wie den Mord an einem unbewaffneten Volk, begehen könntest.« Sie schlang ihre Arme um seinen Hals, küßte ihn zärtlich, und alle Bitterkeit der Vergangenheit schien wie Schnee in der Sonne dahinzuschmelzen.

Sie mußten sich auf einmal so vieles erzählen, hatten sich so viel zu sagen. Schließlich stellte ihm Wynne noch die eine Frage, die sie Tag und Nacht bedrückte.

»Hast du meinen Vater getötet?«

»Deinen Vater? Deinen Vater getötet?« wiederholte er ungläubig, da er nicht verstand, was sie meinte.

»Hast du meinen Vater mit deinem Schwert niedergestreckt – weil du vielleicht nicht wußtest, wer er war?«

Er war fassungslos. »Nein. Nein. Sicherlich nicht. Wieso denkst du so etwas von mir?«

Die ganze Geschichte – Brennas und Edans Anschuldigungen – sprudelten aus ihr hervor.

»Kein Wunder, daß du mich so hassen mußtest und nicht wolltest, daß ich dich berühre.« Valerian ergriff ihre Hand und hielt sie zärtlich mit seiner starken Hand umschlossen. »Wynne, als ich dich suchte, sagte mir Brenna, du wärest tot, auf Severus' Geheiß umgebracht worden. Ich habe sie wiedererkannt. Sie war die Priesterin des Kultes der Finsternis, die meinen Tod wollte.«

»Der Kult der Finsternis? Und Brenna?« Sie hatte die Frau immer gehaßt, aber konnte sie wirklich so grausam sein?

»Ich weiß, daß sie es war. Ich werde dieses Gesicht niemals vergessen. Sie erzählte mir, wie sehr sie dich gehaßt hat und daß sie froh über deinen Tod war. Sie versuchte mich zu töten, mich mit einem Dolch zu durchbohren.«

»Und du hast meinen Vater wirklich nicht umgebracht?«

»Nein. Ich schwöre bei den Göttern, daß ich es nicht war. Als Severus mich gefangennahm, ließ ich meinen Helm und mein Schwert fallen. Du sagst, daß du sie blutbedeckt gesehen hast, und ich sage dir, daß, wer auch immer deinen Vater ermordete, mein Schwert dazu benutzt hat. Möge seine Mörderseele auf ewig im Hades verrotten!« Wieder zog er sie in seine Arme. Dort gehörte sie hin, es war so ein angenehmes Gefühl.

»Also hat Brenna mich angelogen, um mir weh zu tun, da sie zweifellos wußte, daß ich dich liebte.«

Valerian sog den Duft ihres Haars tief ein und spürte, wie tief in seinem Inneren Begehren entfacht wurde. Da er befürchtete, sie zu erschrecken, hielt er sie etwas auf Abstand.

»Wenn du zurück zu deinem Volk gehen willst, werde ich dafür sorgen, daß du sicher dorthin geleitet wirst. Wenn du es wünschst, bringe ich dich sogar selbst zurück.«

Wynne schüttelte ihren Kopf. »Ich möchte hier bei dir bleiben, jetzt, wo ich die Wahrheit kenne. Du bist mein Volk, mein Leben, und das bist du, seit wir uns das erste Mal begegnet sind. Ich bin damit zufrieden, deine Mätresse zu sein. Ich bleibe aus freiem Willen bei dir.«

»Nein, Wynne, nicht als meine Mätresse, sondern als meine Ehefrau«, flüsterte er.

Sie blickte ihn fragend an und war erleichtert, daß er es ernst meinte. »Und was ist mit deiner Verlobten?«

»Ich stimmte dieser Heirat nur zu, weil ich dich für tot hielt. Ich wußte aber, daß ich niemals eine andere als dich lieben würde.«

»Ich möchte mit dir zusammensein. Komm heute nacht zu mir, Valerian.«

Statt einer Antwort zog er sie fest an sich. Sie spürte seine erigierte Männlichkeit, doch sie wußte, bei ihm würde sie Liebe und Zärtlichkeit finden.

»Diese Nacht«, flüsterte Valerian, »wird die schönste meines Lebens sein.«

64

Sanft lächelnd und mit geschlossenen Augen lag Wynne in die Kissen ihres Sofas gebettet, das wallende, goldene Haar umspielte ihr Gesicht. Valerian erschien sie wie die leibhaftige Göttin Venus.

Wie konnte ich sie nur irrtümlich für Minerva halten? Sie ist die wiedergeborene Venus, die schönste Frau des römischen Weltreiches, dachte er, während er sie betrachtete. Zärtlich flüsterte er ihren Namen.

Langsam schlug Wynne ihre Augen auf. »Valerian?« sagte sie leise und streckte ihre Hand nach seinem heißen, muskulösen Körper aus.

»Du bist so wunderschön«, murmelte er, während seine Hand unter den Stoff ihrer Tunika glitt und ihre seidige Haut streichelte. Er nestelte an ihrem Nachtgewand und streifte es über ihre Schultern, bis es ihre Brüste freigab. Sein Atem ging stockend, während er auf einer Ecke des Sofas saß und ihre weiche Haut spürte.

Wynne spürte, wie ihre Haut prickelte und sich ihre Brustwarzen unter den zärtlichen Berührungen seiner liebkosenden Hände aufrichteten.

Begehren durchzuckte ihren Körper, als er sie küßte. Sie fühlte, daß ihn seine tiefe Leidenschaft erzittern ließ.

Als Valerian spürte, daß sie seinen Zärtlichkeiten nachgab, streifte er ihre Tunika ab und riß sich dann mit einer Bewegung seine eigene vom Körper. Als sie nackt an seinen Körper geschmiegt lag, stöhnte er vor Lust und bedeckte ihren Körper mit dem seinen.

»Hab keine Angst«, flüsterte er zärtlich. »Ich verspreche, daß ich dir nicht weh tun werde. Sag mir nur, wann ich aufhören soll. Ich werde dich nicht drängen.«

»Ich weiß«, flüsterte sie und sah ihm tief in die Augen. Für eine Weile waren sie vollkommen fixiert auf ihre Blicke, dann streichelte er sie erneut. Sein Mund suchte ihren Nakken und ihre Schultern, dann glitt er zurück zu ihren Lippen. Sinnlich erwiderte sie seinen Kuß, als sie spürte, wie sie das erwachende Feuer der Leidenschaft umfing. Mit ihm erschien ihr alles so vollkommen und so schön. Sie gehörte zu ihm, und sie liebte ihn.

Wir sind füreinander bestimmt, dachte sie. Die Götter müssen uns für diesen Augenblick geschaffen haben. Mit geschlossenen Augen flüsterte sie seinen Namen, bat ihn, sie zu lieben, und öffnete ihm ihre Schenkel.

Sie spürte sein Gewicht auf ihrem Körper, hatte jedoch keine Furcht, sondern nur das Gefühl der Lust, als er zärtlich in sie eindrang.

»Ich liebe dich«, hauchte sie. Gemeinsam gelangten sie in das Reich der Sinnlichkeit. Wynne glaubte, sie müsse sterben vor Ekstase, und wußte, es wäre ein herrlicher Tod, denn sie war wieder eine richtige Frau, eine geliebte Frau. Mit einem Aufschrei der Lust erschauerte sie, als Valerian in einer letzten, wollüstigen Bewegung zu seinem eigenen Höhepunkt fand.

Dann schliefen sie lächelnd und eng umschlungen ein.

Als die ersten Sonnenstrahlen in ihr Zimmer fielen, erwachte Wynne gähnend. Sie öffnete ihre Augen und wußte, daß etwas in ihrem Leben verändert war. Dann fiel ihr ein, daß Valerian neben ihr lag. Er hatte sie letzte Nacht geliebt, nicht nur einmal, sondern mehrere Male, und sie hatte noch niemals zuvor ein solch lustvolles Vergnügen empfunden.

Valerian hatte sich auf einen Ellbogen aufgestützt. »Du bist wunderschön.« Er streckte seine Hand aus und streichelte zärtlich über ihre Brüste. Seine Berührung erregte sie, genau wie sein Blick, und sie fühlte sich begehrenswert.

»Ich liebe dich mehr als mein Leben«, flüsterte er.

»Mir ergeht es ebenso«, antwortete sie. Ihr Kopf lag an seine Schulter geschmiegt, und sie seufzte zufrieden.

Mit einem Lächeln auf ihren Lippen beugte sich Wynne über ihren Geliebten, streichelte seinen muskulösen Brustkorb und glitt mit ihrer Hand zu seiner Magengegend, bis er vor Lust aufstöhnte.

»Ach Wynne, du machst mich noch verrückt vor Begehren.« Als sie an ihm hinuntersah, bemerkte sie, daß ihre Hände seine Männlichkeit zu neuem Leben erweckt hatten, und sie streichelte fasziniert seinen Penis, der ihr soviel Lust geschenkt hatte.

»Willst du mich noch einmal«, hauchte sie.

»Ja. Ich will dich«, stöhnte er, während er sie mit seinen Armen umschlang und leidenschaftlich küßte. Seine Lippen waren heiß und unnachgiebig auf ihrem Mund, und als er erneut ihre Brüste und ihre Lenden streichelte, gab sie sich dem erregenden Gefühl seiner Berührung hin.

Valerians Hände glitten von ihren Brüsten zu ihrem Nabel und dann zu dem goldenen Vlies zwischen ihren Schenkeln, wo er zärtlich den Blütenkelch erkundete, der ihm so viel Lust beschert hatte. Wie trunken vom Wein, so war Wynne von einem Nebel der Zufriedenheit eingehüllt: Und dann spürte sie erneutes Begehren. Von glutheißen Wogen durchzuckt und doch am ganzen Körper zitternd, bat sie ihn darum, sie wieder zu nehmen.

»Liebe mich, Valerian«, schrie sie auf. Ihre Arme umschlangen seinen Hals und zogen seinen Körper zu sich hinunter. Als er in sie eindrang, krallte sie ihre Nägel in seinen Rücken. Es war das Gefühl der Vollkommenheit, sie war glücklich, denn er hatte sie zu einer richtigen Frau gemacht. Sie waren vereinigt, untrennbar verbunden, eine Einheit für immer und ewig.

65

Wie er es ihr versprochen hatte, schenkte Valerian Wynne ihre Freiheit. Noch am gleichen Tag bestellte er einen Schreiber, der die Freilassung schriftlich dokumentierte. Nach römischer Gesetzgebung hatte ein freigelassener Sklave nicht die vollen Bürgerrechte, aber es war zumindest ein wichtiger Schritt, und als Valerian Wynne die Dokumente aushändigte, tat er das leichten Herzens.

»Was mein Herz anbelangt, so wirst du mir immer gehören«, sagte er, »ansonsten möchte ich jedoch, daß uns der Bund der Ehe verbindet und nicht die Sklaverei.«

Wynne schwieg, sie war glücklich über ihre Freiheit und die in Aussicht gestellte Heirat, aber gleichzeitig auch verwirrt. Mitten in ihrem glückseligen Schlaf war sie an jenem Morgen aus einem Traum hochgeschreckt, der ihr wieder wie eine ihrer Visionen vorgekommen war. Aber er ergab keinen Sinn – es war ein Kampf gewesen, in dem nicht Römer gegen

Kelten, sondern Römer gegen Römer gekämpft hatten, in dem die Soldaten ihre Kameraden abschlachteten. Sie versuchte, die Erinnerung an diesen seltsamen Traum abzuschütteln, und schmiegte sich schutzsuchend an ihren Geliebten.

»Du bist wirklich ein Narr«, hörten sie plötzlich eine polternde Stimme aus der Richtung der Tür. Als Valerian sich umdrehte, sah er Cassius, der zusammen mit Burrus und einigen anderen Freunden dort stand, um das junge Glück zu feiern. »Diese Keltin hätte dir ein Vermögen einbringen können, aber als freie Frau ist sie nichts wert.«

»Sie wird die Mutter meiner Kinder sein«, erwiderte Valerian verärgert, doch dann bemerkte er das Zwinkern in Cassius' Augenwinkeln.

»Gib nur acht, Tribun, daß sie nicht bald die Hosen anhat. Eine Frau braucht eine feste Hand.« Er trat zu ihm und flüsterte ihm ins Ohr: »Ich beneide dich, Valerian.«

Dann klatschte Cassius in die Hände, und ein Junge erschien, von dem Valerian wußte, daß es der Sklave des Generals war.

»Bring ein Tablett mit Wein und Gläsern. Wir haben einiges zu feiern«, befahl ihm Cassius.

»Wie Ihr wünscht, Herr«, sagte der Junge. Traurig betrachtete Wynne den Jungen und wünschte sich von ganzem Herzen, daß man auch ihm seine Freiheit zurückgab.

Cassius prostete dem jungen Paar zu und hatte Valerian dann noch weitere Neuigkeiten zu berichten. »Severus ist zurückgekehrt«, verkündete er. »Ich habe ihm befohlen, mir morgen Bericht zu erstatten.«

Daraufhin musterte Cassius Wynne und fragte sich, wie sie wohl reagierte, wenn sie den Tribun wiedersähe. Zweifellos war Severus außer sich, wenn er erfuhr, daß sich seine reizende Mätresse in Freiheit und außerhalb seines Zugriffs befand. »Er hat mehrere neue Sklaven mitgebracht. Vielleicht kann ihn das besänftigen, wenn er herausfindet, daß sein goldener Vogel freigelassen wurde«, sagte er. »Mir ist zu Ohren gekommen, daß diese Sklaven aus deiner Gegend stammen, Wynne. Sie sind Anhänger eines Teufelskultes, der Gottheiten der Finsternis anbetet und Menschenopfer darbringt.«

Bei dieser Nachricht blickten sich Valerian und Wynne vielsagend an.

Cassius fuhr fort: »Es hat den Anschein, daß die Hohepriesterin dieses Kultes einst mit Severus verbündet war und durch ihn sogar nach den Druiden-Morden ihre Machtbefugnisse erhielt. Aber der Frau scheint ihre Macht zu Kopfe gestiegen zu sein, denn sie war dumm genug zu glauben, daß sie mächtiger sei als ihre römischen Eroberer. Jetzt wird sie in Ketten und heulend wie eine Bestie in diese Stadt gebracht. Ich bezweifle, daß sie noch irgendeinem Herrn gute Dienste leisten wird.«

Vor Wynnes geistigem Auge erschien auf einmal Brennas Gesicht. Es konnte sich um keine andere Frau handeln. Die Götter waren gerecht.

»Ich muß diese Priesterin sehen«, sagte sie zu Valerian. »Ist das möglich?«

»Ich werde dafür sorgen, daß man dich dorthin begleitet. Ich traue dieser Frau nicht. Wenn sie dir etwas antäte, wollte ich nicht mehr leben«, antwortete er.

Bestärkt durch seine Liebe lächelte Wynne ihn an. Der Gedanke, ihre Stiefmutter wiederzusehen, gefiel ihr gar nicht, aber sie wollte aus ihrem Munde hören, wer ihren Vater tatsächlich getötet hatte und warum Brenna sie so heimtückisch belogen hatte.

Schon bald herrschte im Raum angeregtes Stimmengewirr. Wynne hing allein ihren Gedanken nach. Sie sah Burrus und Valerian in ihr Gespräch vertieft und bemerkte, wie Valerian dem jungen Zenturio lächelnd auf die Schulter klopfte. Zweifellos hatte dieser um die Freilassung von Meghan aus der Sklaverei gebeten, und Valerian war einverstanden.

Während Wynne Valerian und Burrus beobachtete, fielen ihr schlagartig wieder die Bilder aus ihrem morgendlichen Traum ein; jetzt konnte sie deren Warnung nicht länger verdrängen und eilte an Valerians Seite. Im gleichen Augenblick hörte man von draußen plötzlich das Geräusch klirrender Schwerter und alarmierendes Rufen.

»*Severus!*« fluchte Valerian. Und er war es wirklich, stob

in den Raum mit Dutzenden bewaffneter Gefolgsmänner, die nur eins im Sinn hatten: Tod und Zerstörung.

Wynne kreischte auf, als sie sah, wie einer von Valerians Offizieren von einem Schwerthieb in seine Brust getroffen in sich zusammensank. Er lag auf dem Mosaikfußboden, und das Blut aus seiner Wunde hinterließ einen dunklen Fleck auf dem weißen Marmor.

Mit dem Instinkt eines Kriegers griff Wynne nach einem der kleinen Serviertische und schleuderte ihn mitten in das Gemenge von Severus' Soldaten. Die Soldaten des Generals taten es ihr nach, warfen Weinkelche, Flaschen, Küchengerät und Tische, nur um den Feind abzulenken und Zeit zu gewinnen, um zu ihren Schwertern zu gelangen, die im Flur postiert waren.

Wynnes Blick schweifte zu Valerian, und sie wurde von Entsetzen gepackt, als sie sah, daß Severus auf ihn zusteuerte. Verzweifelt rannte sie in ihr Schlafzimmer, wo ihre einzige Waffe verborgen war – ihr Dolch.

Als Valerian aufblickte, hatte er das grinsende Gesicht Severus' vor sich, der ihn mit erhobenem Schwert bedrohte. Er hatte keine Zeit gehabt, sein eigenes Schwert zu holen, und er verfluchte sich für seine Unvorsichtigkeit.

Severus stieß zu. Valerian wich ihm aus und entkam ihm nur mit knapper Not. Dunkle Augen funkelten ihn wütend und haßerfüllt an. »Ich habe mir schon seit langem deinen Tod gewünscht«, meinte Severus zu ihm und grinste ihn mit seinen gefletschten, vorstehenden Zähnen an. »Einmal bist du mir entkommen, ein zweites Mal wird dir das nicht gelingen.«

Wie in Zeitlupe sah der in die Enge getriebene Valerian, daß die Schwertklinge auf ihn herniederging. Plötzlich ging Burrus dazwischen, wurde vom Hieb des Schwertes getroffen; und im gleichen Augenblick trat Wynne, den Dolch in ihrer Hand, ins Bild. Sie warf sich nach vorn und kämpfte sich durch die feindlichen Reihen, weil sie zu ihrem geliebten Valerian vordringen wollte. Sie sah, wie Severus zu Boden fiel, das erlösende Grinsen des Todes auf seinen Lippen. Cassius stand mit erhobenem Schwert über ihm.

Nachdem ihr Anführer gefallen war, lösten sich Severus' Truppen in Panik auf, einige Soldaten flohen, andere ergaben sich. Innerhalb von Minuten befand sich die Villa wieder in Cassius' Hand.

»Valerian!« schrie Wynne, als sie eine leblose Gestalt auf dem Boden liegen sah. Aber es war nicht der Tribun; es war der edelmütige Zenturio Burrus.

66

»Ist er tot?« schluchzte sie, während sie den leblosen, blutüberströmten Körper nicht aus den Augen ließ.

»Nein!« antwortete Valerian. »Aber er braucht Hilfe. Gütigste Juno, er hat sich zwischen mich und diesen Irren Severus gestellt, um den mir zugedachten Hieb einzustecken. Die Götter dürfen ihn nicht sterben lassen.«

»Ich werde alles für ihn tun, was ich nur kann«, versprach Wynne. »Unser Volk versteht sich hervorragend auf die Kunst des Heilens.«

Burrus öffnete seine schmerzerfüllten Augen. »Meghan, Meghan«, hauchte er. »Ich muß Meghan sehen ..., ich habe ihr noch so viel ... zu sagen.«

»Bleib ruhig liegen, mein liebster Freund«, antwortete Wynne und verband seine Wunde. »Ich werde dafür sorgen, daß sie hierhergebracht wird, um an deiner Seite zu sein, aber jetzt mußt du mit deinen Kräften haushalten.«

»Diese hinterhältige Bestie Severus. Ach, hätte ich ihn doch schon längst getötet«, klagte Valerian.

»Für Jammern ist es jetzt zu spät, Tribun«, meinte Cassius kleinlaut. »Was geschehen ist, ist geschehen. Jetzt müssen wir über Burrus' Leben wachen und achtgeben, daß nicht noch mehr Unheil geschieht.« Er hieß die Haussklaven, Severus und die anderen gefallenen Soldaten aus dem Zimmer zu tragen und für ein standesgemäßes Begräbnis zu sorgen.

Valerian und Cassius hoben Burrus vorsichtig hoch und trugen ihn in eines der Schlafgemächer. Wynne untersuchte mit geübten Händen sorgfältig seine Wunde und verteilte Befehle wie ein General. »Bringt mir Myrrhe und Goldsiegel«, herrschte sie die Sklaven an.

Die Myrrhe war schnell gebracht, aber die Sklaven wußten nicht, was sie mit Goldsiegel gemeint hatte. Wynne fiel ein, daß sie die keltische Bezeichnung für die Heilpflanze gewählt hatte.

»Die Wurzel wird auch Gelbwurz oder Augenwurz genannt«, sagte sie und suchte fieberhaft nach dem lateinischen Namen. Sie beschrieb sie genauestens, während ihr Herz wie wild klopfte, da sie keine Zeit zu verlieren hatten. Burrus war mittlerweile leichenblaß geworden, und sie hatte schreckliche Angst um ihn.

Schließlich trat eine alte Frau zu ihr. »Was du suchst, ist die Wurzel der Himbeere«, meinte sie. »Ich werde sie für dich finden.« Dann eilte sie fort und kam bald darauf mit der gewünschten Arznei zurück.

Wynne tauchte Myrrhe und Himbeerwurzel in kochendes Wasser und wusch die Wunde dann sorgfältig mit dieser Lösung aus. Nachdem Burrus' Verletzung gesäubert war, gab sie noch ein wenig zerstoßene Himbeerwurzel darauf und verband sie mit sauberen Leinenstreifen.

Dann streichelte sie Burrus, der in einen heilsamen Schlaf gefallen war, sanft über die Stirn. An Valerian gewandt, sagte sie: »Mehr kann ich jetzt nicht für ihn tun. Ich werde zu Meghan reiten und sie hierherbringen. Sie ist sicherlich die beste Medizin für ihn.«

»Laß mich dich begleiten«, flüsterte Valerian, weil er fürchtete, daß sie sich in Gefahr begab.

»Nein. Allein bin ich schneller. Sloan wird uns beide zurücktragen – und ich werde vorsichtig sein«, fügte sie, erfreut über seine Besorgnis, hinzu.

Innerhalb von Minuten galoppierte sie bereits in Windeseile zu Burrus' Villa. Während sie ritt, bemerkte sie überall die Vermischung von römischer und keltischer Kultur. Die Stadt hatte gepflasterte und von Abwasserkanälen durchzogene Straßen, Foren, Basiliken, Tempel, Ziegelhäuser mit festen Dächern und öffentliche Bäder, in denen Hunderte von

Menschen zugleich baden konnten. Und überall in der Stadt befanden sich die Statuen römischer Gottheiten, die keltische Göttinnen umschlungen hielten.

Burrus' Villa war ein Holzhaus, das wesentlich kleiner war als das von Valerian. Sie sprang von Sloans Rücken, rannte zur Tür und war sich gar nicht dessen bewußt, wie furchterregend sie in ihrer blaßblauen, blutbefleckten Stola und mit ihrem zerzausten Haar wirken mußte.

Die Sklavin, die ihr die Tür öffnete, wich bei ihrem Anblick entsetzt zurück. »Verschwinde. Verschwinde«, kreischte die Frau. »Hilfe. Hilfe. Eine Barbarin!« Die Tür wurde vor ihrer Nase zugeworfen.

Wütend pochte Wynne auf das Holztor. »Ich muß mit Meghan sprechen. Es ist dringend!« schrie sie.

Die Tür wurde erneut einen Spaltbreit geöffnet, und wieder beäugte sie die Frau. »Wer bist du?« fragte sie mit vor Furcht zitternder Stimme.

»Sag Meghan, daß Wynne hier auf sie wartet. Und beeil dich. Burrus ist verwundet worden«, drängte Wynne.

Als die Tür erneut geöffnet wurde, stand sie Meghan gegenüber, die sie aus ängstlich aufgerissenen Augen anstarrte. »Wynne, Wynne. Was ist Burrus zugestoßen?« Als sie Wynnes blutverschmierte Kleidung sah, entfuhr ihr ein herzzerreißender Schrei.

»Er ist verwundet worden«, antwortete Wynne und griff nach Meghans Hand. »Komm, wir dürfen keine Zeit verlieren!«

67

Wynne war kaum im Hof der Villa angelangt, da raste Meghan auch schon los, und ihr rotgoldenes Haar wehte ihr über die Schultern. Wynne übergab Sloan einem Sklaven und folgte ihr. Meghans Wangen waren gerötet, ihre jadegrünen Augen weit aufgerissen vor Angst, daß sie vielleicht zu spät kam. Durch die Zimmertür erspähten sie bereits die gebeugte Gestalt eines weißhaarigen Römers, der die grüne Toga eines Arztes trug.

»Mein Gebieter Burrus!« schrie Meghan, rannte auf die Liege zu, auf der er in Kissen gebettet lag, und vergrub ihr Gesicht in seiner Tunika.

Burrus, der wieder erwacht war, streckte seinen unverletzten Arm aus und zog sie dicht zu sich heran.

»Du darfst nicht sterben. Bitte verlaß mich nicht. Bitte, Burrus«, flüsterte sie. »Ich liebe dich. Ich liebe dich so sehr.«

Wie er sich wünschte, er hätte dieses reizende junge Mädchen zur Frau gemacht. Warum war er nur so dumm und edelmütig gewesen, wo sie sich doch beide mit jeder Faser ihrer Körper und ihrer Herzen danach sehnten, eins zu werden.

»Er wird überleben«, sagte der Arzt in ernstem Ton. »Obwohl ich zugeben muß, daß die Wunde knapp an seinem Herzen entlang führt.« Anerkennend musterte er Meghan. »Bist du die Frau, die seine Verletzung behandelt hat?«

»Das war ich«, sagte Wynne leise.

»Selbst ich hätte es nicht besser machen können. Die Wunde ist sauber und zeigt keine Anzeichen für einen Wundbrand, der häufig von Schwerthieben verursacht wird. Wo hast du deine Heilkünste gelernt?«

»Von meinem Vater.«

»Dann war er also Arzt?«

»Nein, er war ein Druide!« antwortete sie stolz.

»Ach ja. Ich habe schon oft von ihrer Zauberkraft und ihren Heilkräutern gehört. Es gibt sicherlich vieles, was ich in dieser Hinsicht von dir lernen könnte. Unsere Methoden sind oft sinnlos«, fügte er mit einem Stirnrunzeln hinzu. »Die Römer haben schon viel von anderen Völkern übernommen, aber ich befürchte, wir müssen noch viel mehr lernen.« Dann wandte er sich zu Meghan und erklärte ihr, welche Pflege Burrus benötigte.

Wynne spürte, wie Valerian seine starken Arme um ihre Taille legte, und sie lehnte ihren Kopf an seine Schulter. Die Nachricht, daß Burrus überleben würde, war Balsam für ihre Seele.

»Du hast heute viel durchgemacht«, flüsterte er, »doch

wie immer erstaunst du mich mit deiner Kraft und deiner Weisheit. Was bin ich doch für ein glücklicher Mann, daß ich dich an meiner Seite habe. So schön wie Venus und so klug wie Minerva.«

»Auch ich kann mich glücklich schätzen«, erwiderte sie. »Keine Frau hat jemals einen so freundlichen, höflichen und attraktiven Mann bekommen wie ich.« Seine Lippen streiften ihr Haar, und sie spürte, wie in ihr Erregung aufflackerte. Gemeinsam schlenderten sie in den Hof, doch plötzlich verschwand Wynnes Lächeln. »Also, Severus ist tot – und ich habe meine Rache. Ich frage mich aber trotzdem, wer meinen Vater umgebracht hat.«

»Ich habe erfahren, wo Brenna untergebracht ist«, sagte Valerian. »Vielleicht ist jetzt der richtige Zeitpunkt, um endlich die Wahrheit herauszufinden.«

»Ja. Ich muß es wissen, denn nur dann kann ich wirklich beruhigt sein.« Sie umschlang ihn mit ihren Armen und zog seinen Kopf zu sich herunter. Weich und süß drückte sie ihre Lippen auf seinen Mund. »Wenn das alles hier vorüber ist, bin ich vielleicht endlich in der Lage, dir unvoreingenommen mein Herz zu schenken.«

»Laß mich mit dir kommen. Auch ich habe mit dieser Hexe noch etwas zu regeln!«

»In Ordnung«, stimmte sie zu. »Ich werde deine Kraft und deinen Beistand brauchen.« Gemeinsam bereiteten sie sich auf diese letzte Auseinandersetzung vor, die schließlich ein für allemal das zwischen ihnen aufgebaute Mißtrauen zerstören sollte.

68

Als sie nach der Sklavin namens Brenna fragten, wurden Wynne und Valerian zu einer kleinen, dunklen Steinzelle geführt. Mißtrauisch musterte sie die Wache.

»Warum wollt ihr sie sehen?« fragte er. »Diese Frau da ist verhext.«

»Es gibt etwas, das ich unbedingt wissen muß, und nur sie kann es mir erklären«, antwortete Wynne und wickelte sich fester in ihren Umhang ein, um sich gegen die feuchte Kälte im Raum zu schützen.

»Sie ist gefährlich. Hat bereits eine Wache getötet. Man sollte sie in die Unterwelt verbannen, denn da gehört sie hin!« Murrend deutete er auf einen Bretterverschlag, der mehr wie ein Käfig als eine Zelle wirkte. »Da drinnen ist sie«, sagte er.

Auf Valerians Arm gestützt, ging Wynne auf den käfigartigen Verschlag zu, der gerade groß genug war, daß ein Mensch darin sitzen konnte. Die wilden Tiere, die sie gesehen hatte, waren besser behandelt worden. In eine Ecke gekauert, saß dort eine weibliche Gestalt, die in keltischer Sprache vor sich hin murmelte. Ihr strähniges, dunkles Haar war verfilzt und voller Läuse.

»Brenna? Brenna, bist du das?«

Beim Klang ihres Namens drehte sich die Frau zu ihr um, und Wynne hielt entsetzt den Atem an. Das Gesicht der Kreatur, die sie mit glasigen Augen anstarrte, war eine Maske des Grauens. Von Brennas früherer Schönheit war kaum noch etwas übriggeblieben.

»Der Einbruch der Nacht ist erfüllt von Licht. Die Mächte des Hasses sind nicht mehr stark genug«, brabbelte sie vor sich hin.

Wynne überlief eine Gänsehaut. Was auch immer diese Frau getan hatte – selbst wenn sie mit ihren eigenen Händen Adair getötet hatte –, es war schrecklich, sie so zu sehen.

»Brenna. Brenna. Ich bin es, Wynne. Sieh mich an. Sieh mich an«, rief sie.

»Das Leben tötet …, die Erde wird von zuviel Licht zerstört«, sang sie leise und wiegte sich dazu auf ihren Knien hin und her.

»Es ist hoffnungslos, Wynne«, flüsterte Valerian und empfand Mitleid für diese gestrauchelte Seele. Er zog Wynne zurück, weil er den stinkenden Ort verlassen wollte.

»Nein. Noch nicht ganz. Brenna, Brenna«, rief sie noch einmal.

Schließlich sah die Kreatur sie an, und ihr Blick wurde für

Sekundenbruchteile klar. »Du siehst wie Adairs Tochter aus!« krächzte Brenna. »Aber du bist tot … tot, ich habe mit eigenen Augen gesehen, daß du zum Tode verurteilt wurdest.« Schrilles Gelächter entwich ihren aufgesprungenen Lippen. »Ich habe dafür gesorgt, denn ich habe dich als Druiden-Priesterin ausgegeben.«

Also war es Brenna gewesen, die beinahe ihr Leben zerstört hätte.

»Stark und grausam sind die Wölfe der finsteren Welten«, fuhr Brenna in ihrem Singsang fort. »Sie hetzen die Beute und reißen uns unsere Eingeweide heraus … sei stark … sei stark … die Macht wird alles besiegen … Söhne der Finsternis … Töchter der Domnu … erhebet euch!«

Wynne rüttelte an den Gitterstäben, damit die Frau endlich aufhörte. Brenna sah sie mit verwirrtem Blick an. Das dreckverschmierte Gesicht grinste sie an. Dann erhob die Frau grüßend ihre Hand, und voller Entsetzen bemerkte Wynne, daß diese schlimme Brandwunden aufwies.

»Zweifellos auch eine von Severus' Strafmaßnahmen«, entfuhr es Valerian. »Kein Wunder, daß die Frau nicht mehr bei Sinnen ist.«

»Das glaube ich gerne«, hauchte Wynne. Tief einatmend schloß sie ihre Augen und brachte den Namen ›Adair‹ über ihre Lippen. »Was ist mit meinem Vater geschehen?«

»Adair … Adair … Adair«, summte die Frau leise. Als vernähme sie übernatürliche Sphärenklänge, bewegte sie rhythmisch ihren Kopf, hielt dann plötzlich inne und starrte Wynne erneut an. »Tot. Er ist tot.«

»Woher weißt du das?« drängte Wynne weiter.

»Ich habe ihn umgebracht. Meinen Ehemann. Adair ist tot.« Unheilvolles Gelächter durchbrach die Stille. »Ich habe ihn mit dem Schwert des Römers getötet.« Wieder dieses Lachen. »Meine Rache war perfekt, wie du siehst.«

Valerian streckte seine Arme aus, um Wynne an sich zu drücken. »Das habe ich mir gedacht. Zweifelsohne benutzte sie mein Schwert, weil sie dich damit noch mehr quälen und den Verdacht von sich selbst ablenken konnte. Sie ist noch hinterhältiger, als ich vermutet hatte.« Er wartete gar nicht erst auf irgendeinen Einwurf von Wynne, sondern zog sie von der stickigen Zelle fort und hinaus an die frische Luft.

»Brenna hat ihn ermordet. Ich hätte es wissen müssen.« Wynnes Augen füllten sich mit Tränen. »Wie oft erzählte sie mir, daß sie es satt hatte, an einen Krüppel gefesselt zu sein.«

»Sprich nicht mehr darüber. Es ist vorbei. Von nun an werden wir zusammenbleiben, und ich schwöre dir, daß uns niemand jemals wieder auseinanderbringen kann.« Zärtlich wischte er ihr mit seinem Daumen einen Schmutzfleck von der Wange und umschloß ihr Gesicht dann liebevoll mit seinen Händen. Er küßte sie leidenschaftlich, schmeckte ihre vom Weinen salzigen Lippen, bis schließlich ihre Tränen versiegten.

»Komm!« sagte er und schlang seinen Arm um ihre Taille. »Es ist Zeit, nach Hause zu gehen.«

69

Als sie gemeinsam mit Valerian die Villa erreichte, war Wynne vollkommen am Boden zerstört. Es war, als wären die monatelangen Qualen und Erniedrigungen, die sie mit aller Macht zu überspielen versucht hatte, mit einemmal wie eine Flutwelle aus ihr hervorgebrochen.

»Du mußt versuchen, alles, was geschehen ist, zu vergessen, Wynne«, meinte Valerian mitfühlend und küßte sie voller Zärtlichkeit und Zuneigung. Aber selbst Valerians Küsse konnten sie ihrer Trauer nicht entreißen. Es hatte den Anschein, als wäre sie mit ihren Gedanken im Augenblick ganz woanders, in einer anderen Welt, in einer anderen Zeit.

»Wenn ich doch nur erkannt hätte, daß sie zu einer solch hinterhältigen Tat fähig war. Wenn ich an jenem Tag doch nur bei meinem Vater geblieben wäre. Ich hätte doch spüren müssen, daß sie etwas Schreckliches mit ihm vorhatte. Sie hat mir ja sogar irgendwann einmal erzählt, daß sie durch seinen Tod ihre Freiheit zurückerhielte«, murmelte sie leise.

»Du hast ihre Arglist nicht bemerkt, weil du dieses Gefühl

nicht kennst. Wir quälen uns nur, wenn wir immer wieder die Vergangenheit aufleben lassen.« Valerian nahm sie in seine Arme und hob sie hoch. »Wir müssen jetzt an unsere Zukunft denken«, sagte er und machte sich auf den Weg in Wynnes Schlafzimmer. »Ich werde dich zu Bett bringen. Du bist erschöpft.«

»Nein. Nein. Ich möchte nicht allein sein.«

Valerian achtete nicht auf ihren Protest, sondern brachte sie ins Schlafzimmer und legte sie dort auf ihr Bett. Sie sah ihn mit ängstlichen Augen an, Augen, die die Monate währende Traurigkeit und ihren Kummer widerspiegelten.

»Wenn ich dich nun getötet hätte? Mich an dir gerächt hätte?« Diese Vorstellung ließ sie erschauern, und im stillen dankte sie den Göttern dafür, daß sie Valerian am Tag seiner Rückkehr nach Britannien nichts angetan hatte.

Als Valerian sich zum Gehen wandte, griff sie nach seiner Hand. »Bitte bleib bei mir, Valerian. Ich kann jetzt nicht allein sein.« Als er sich zu ihr hinunterbeugte, schlang sie ihre Arme um seinen Hals.

»Ich gehe ja gar nicht. Ich werde dich nur ausziehen, massieren, baden und dich dann lieben.« Sanft drückte er sie zurück in ihre Kissen. Dann befahl Valerian zwei Sklaven, das Badewasser einzulassen, und begann, sie zu entkleiden.

»Jetzt ist es Zeit für dein Bad«, rief er, hob sie erneut hoch und setzte sie in das warme Wasser.

Wynne lehnte sich in dem entspannenden Bad zurück und versuchte, die schrecklichen Enthüllungen dieses Tages aus ihrem Gedächtnis zu verbannen. Würde sie jemals Brennas verbrannte Hand oder den Blick ihrer verwirrten Augen vergessen können? Sie erinnerte sich daran, daß Edan ihr einmal gesagt hatte, Haß wäre zerstörerisch. Das war sicherlich richtig, denn Brenna war an ihrem Haß und ihrem Neid zugrunde gegangen.

»Soviel Blutvergießen«, weinte sie. »Warum besteht die Welt denn nur aus Haß und Mord?«

Beruhigend streichelte Valerian ihre Wange. »Vielleicht wird die Menschheit irgendwann lernen, in Liebe und Frieden zu leben«, flüsterte er.

Ihre Blicke trafen sich, und ihre Liebe für ihn spiegelte sich in den Tiefen ihrer blauen Augen wider. »Ja, eines Tages vielleicht, Valerian. Irgendwann.«

»Bis es soweit ist, müssen wir mit der Liebe zufrieden sein, die wir füreinander und für unsere Freunde empfinden. Diese Welt birgt auch sehr viel Gutes und Schönes. Sie ist nicht ausschließlich schlecht.« Er küßte sie zärtlich auf die Stirn, denn ihre Verletzbarkeit ließ sie ihm noch begehrenswerter erscheinen.

Wynne streichelte sein Gesicht und fuhr mit ihrem Zeigefinger bis zu seinem Kinngrübchen. »Ich liebe dich«, hauchte sie. »Ohne dich würde ich nicht leben wollen.« Und sein Blick offenbarte ihr, daß er das gleiche fühlte.

Ihr Anblick im Bad erregte Valerian. »Jetzt mußt du mich waschen«, flüsterte er, zog sich aus und sprang zu ihr in den riesigen Zuber.

Zunächst zögerte Wynne für einen Moment, doch dann fing sie an, ihn so zu massieren, wie er es ihr vorgemacht hatte. Dabei spürte sie voller Entzücken seinen breiten Brustkorb, seine straffe Bauchmuskulatur und schließlich seine erregte Männlichkeit, die sein Verlangen nach ihr signalisierte …

»Genug der Qualen«, stöhnte er. Er nahm Wynne bei der Hand, und gemeinsam verließen sie die Wanne.

Erst trocknete Valerian die üppigen Rundungen ihres Körpers ab und dann sich selbst.

»Du hast mir einmal gesagt, daß dein Volk an die Läuterung durch Wasser und Feuer glaubt«, flüsterte er. »Wir beide haben uns jetzt von der Vergangenheit gereinigt.« Er bedeckte ihren Mund mit sinnlichen Küssen und erweckte das Feuer der Leidenschaft in ihr.

Dann trug Valerian sie auf ihr Bett, legte sich neben sie und liebkoste sie mit Händen und Lippen. Wynne erwiderte seine Zärtlichkeiten, bis sie schließlich beide entflammt waren.

»Liebe mich, Valerian. Liebe mich jetzt«, hauchte sie.

Mit einem lustvollen Stöhnen drang er in sie ein und erfüllte sie mit soviel Vergnügen, daß sie den Atem anhielt.

Gemeinsam fanden sie den vollkommenen Rhythmus, der sie den Gefilden der Götter immer näher brachte. Als wäre es seit Anbeginn der Zeit nie anders gewesen, so waren sie jetzt und für immer miteinander verschmolzen.

»Wir wurden füreinander geschaffen«, seufzte Valerian zärtlich. »Ohne dich bin ich ein Nichts.«

Während sie ihn immer enger an sich zog, hatte sie das Gefühl, daß die Liebe ihre Schmerzen besiegte. Die Wunden der Vergangenheit wurden durch ihre Liebe geheilt.

Als sie später eng umschlungen beieinander lagen, vertraute Wynne Valerian an, daß ihr Volk an den Kreislauf des Lebens glaubte und wie sie tief in ihrem Herzen gewußt hatte, daß sie niemals voneinander getrennt werden würden.

»Ich liebe dich über alles, mein geliebter Eroberer«, flüsterte sie und hatte mit einemmal eine klare Vision ihrer Zukunft, in der sie nicht nur dieses eine, sondern noch viele weitere Leben teilen würden.